TRIGO

I Anna ac Elsi

TRIGO

ALED EMYR

Diolch i:

Mam a Dad am eu sylwadau a'u cefnogaeth ddi-ben-draw;

Marred o Wasg y Bwthyn am roi'r cyfle cychwynnol i mi;

Ifan, fy mrawd am y goeden deulu a'r map;

Jason Roberts, Victory Over All, am y clawr arbennig;

Gareth Evans Jones am ei sylwadau a'i gymorth gwerthfawr o'r cychwyn un;

Meinir a phawb yng Ngwasg y Lolfa am eu gwaith trylwyr, eu caredigrwydd, ac am gredu ynof.

Argraffiad cyntaf: 2024
© Hawlfraint Aled Emyr a'r Lolfa Cyf., 2024

Mae hawlfraint ar gynnwys y llyfr hwn ac mae'n anghyfreithlon llungopïo neu atgynhyrchu unrhyw ran ohono trwy unrhyw ddull ac at unrhyw bwrpas (ar wahân i adolygu) heb gytundeb ysgrifenedig y cyhoeddwyr ymlaen llaw

Llun y clawr: Jason Roberts, Victory Over All
Cynllun y clawr: Tanwen Haf

Rhif Llyfr Rhyngwladol: 978-1-80099-548-2

Dymuna'r cyhoeddwyr gydnabod cymorth ariannol
Cyngor Llyfrau Cymru

Cyhoeddwyd ac argraffwyd yng Nghymru
ar bapur o goedwigoedd cynaliadwy gan
Y Lolfa Cyf., Talybont, Ceredigion SY24 5HE
e-bost ylolfa@ylolfa.com
gwefan www.ylolfa.com
ffôn 01970 832 304

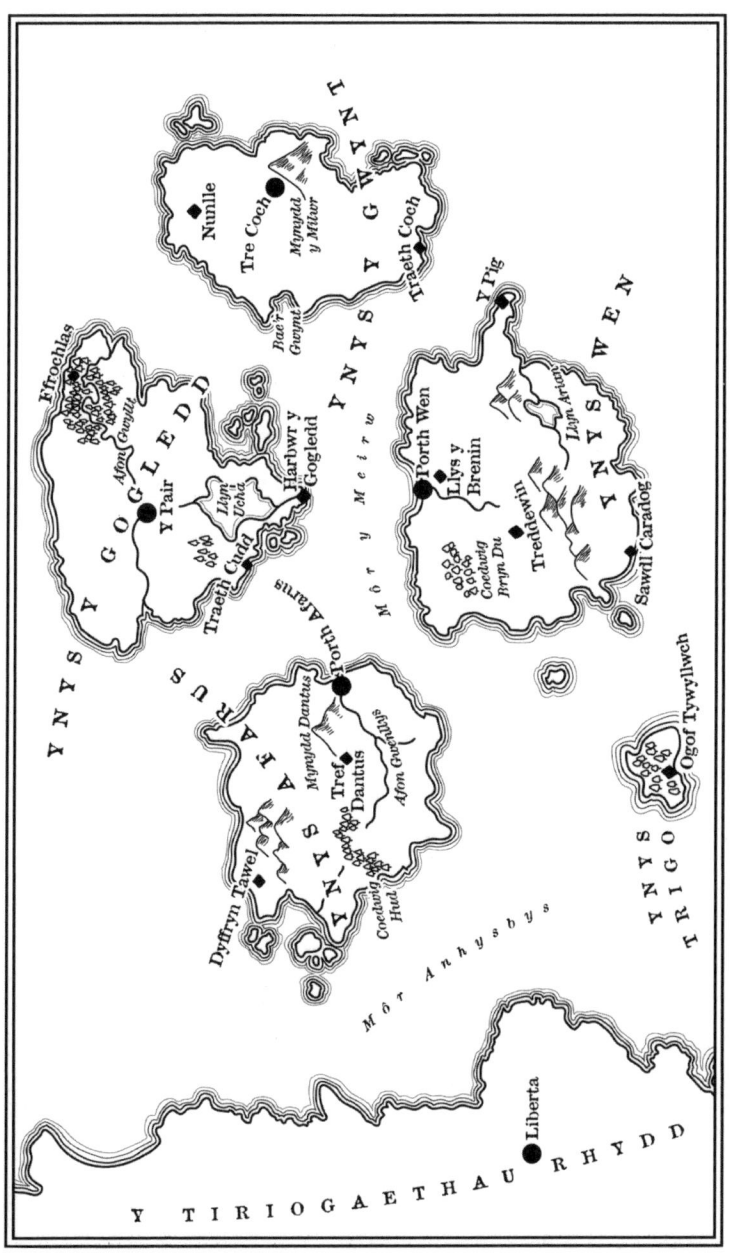

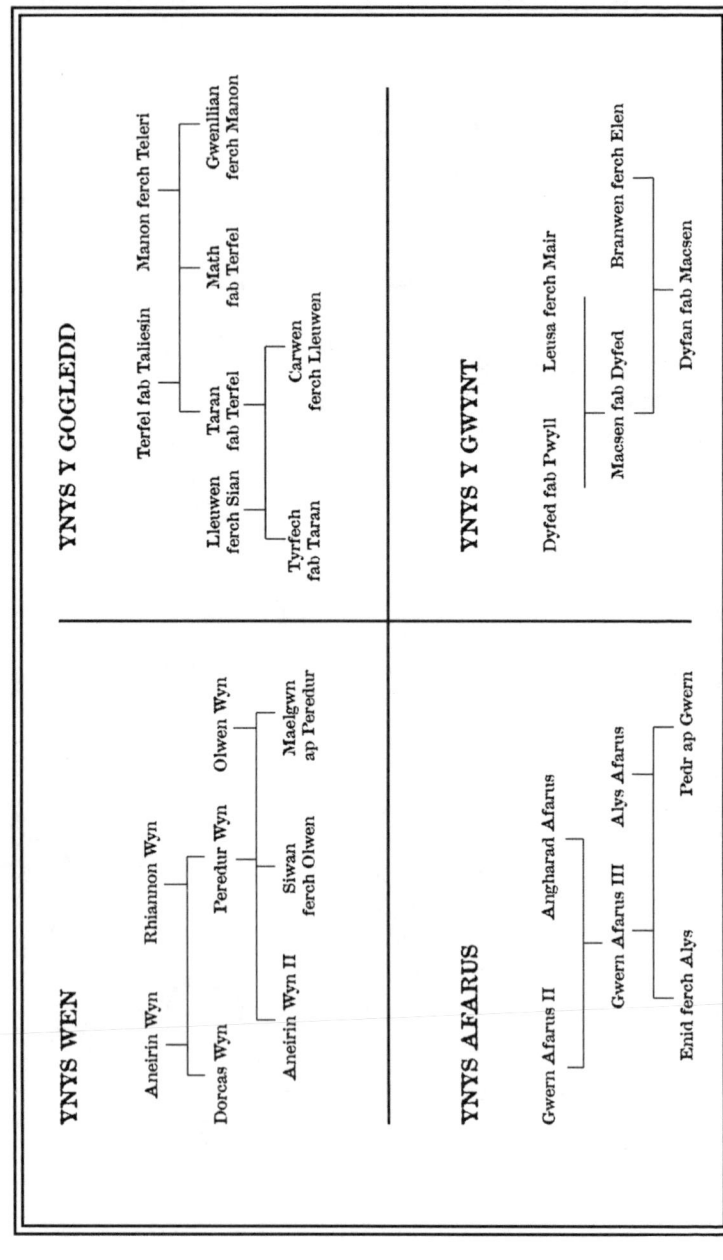

Ynys Wen

Peredur Wyn – Arglwydd Ynys Wen a Brenin y Pedair Ynys

Siwan ferch Olwen – merch y Brenin

Maelgwn ap Peredur – mab y Brenin

Modryb Dorcas Wyn – chwaer y Brenin

Bleddyn y Bwystfil – prif warchodwr y Brenin ac aelod o Gyngor y Brenin

Y Pendefig Madog o Borth Wen – aelod o Gyngor y Brenin

Owain, Ceidwad y Dwyrain – aelod o Gyngor y Brenin

Brân – cyfaill triw i Siwan

Olwen Wyn – mam Aneirin a Siwan

Llywelyn – milwr y Pedair Ynys

Ynys Afarus

Gwern Afarus III – Arglwydd Ynys Afarus

Alys ferch Helen – Arglwyddes Ynys Afarus

Enid ferch Alys – merch Gwern ac Alys

Pedr ap Gwern – mab Gwern ac Alys

Y Pendefig Rheunant – aelod o Gyngor Afarus

Y Rhaglaw Llŷr – aelod o Gyngor Afarus

Y Pendefig Goronwy o Ddyffryn Tawel – aelod o Gyngor Afarus

Smwt – gwas

Gwydion – hen ddewin sy'n byw yn y Goedwig Hud

Gelert – dyn ifanc peryglus

Mostyn – un o ddilynwyr Gelert

Ynys y Gogledd

Taran fab Terfel – Arglwydd Ynys y Gogledd

Tyrfech fab Taran – mab Taran

Carwen ferch Lleuwen – merch Taran, chwaer Tyrfech

Gwenllian ferch Manon – chwaer Taran

Math fab Terfel – brawd Taran

Ceridwen – arweinydd y Dynion Gwyllt

Cadno – brawd Ceridwen

Rolant – hen ffrind i Taran a Tyrfech

Ynys y Gwynt

Aneirin Wyn II – mab y Brenin Peredur ac aelod o Fyddin y Pedair Ynys

Gruff – tafarnwr a phartner Aneirin

Macsen fab Dyfed – Arglwydd Ynys y Gwynt

Branwen ferch Elen – Arglwyddes Ynys y Gwynt

Dyfan fab Macsen – mab Arglwydd
ac Arglwyddes Ynys y Gwynt

Gwilym – Cadfridog Byddin y Pedair Ynys
ac aelod o Gyngor Ynys y Gwynt

Pwyll – Cadlywydd Byddin y Pedair Ynys

Rhisiart – Capten Llong ac aelod o Fyddin y Pedair Ynys

Cymeriadau Eraill

Calrach – hen ddewin dieflig sydd wedi ei
gloi yn Ogof Tywyllwch ar Ynys Trigo

Gwymon – hanner dyn, hanner pysgodyn

Y Tiriogaethau Rhydd

Tegwen – Brenhines y Tiriogaethau Rhydd

Rosa – Eryr Gwyn a chyfaill ffyddlon i Tegwen

Siencyn – môr-leidr a chapten y llong *Tywysoges y Môr*

Shadrach – môr-leidr

Gadael Afarus

Prolog

YNYS TRIGO

Ar gyrion y goedwig, oedodd y gwas. Doedd y daith ddim haws, hyd yn oed ar ôl yr holl ganrifoedd. Roedd yn gas ganddo fynd trwy'r goedwig hon. Yn waeth byth ganddo oedd cyrraedd pen y daith. Gosododd ei sach ar lawr. Edrychodd heibio'r tir anial at y môr yn y pellter y tu ôl iddo. Hiraethodd am fod yn ôl yno; yn nofio'n braf heb unrhyw boen yn y byd. Hafan lle nad oedd rhaid iddo wrando ar orchmynion neb. Rhywle lle gallai fod yn rhydd.

Gwingodd y brigau wrth i'r gwynt godi, gan ddeffro'r gwas o'i fyfyrdod. Trodd i wynebu'r goedwig, ei glogyn blêr yn socian a'i dalcen yn gymysg o chwys a halen y môr. Cododd y sach ddrewllyd â'i holl nerth, ei thaflu dros ei ysgwydd cyn camu i dywyllwch y coed. Roedd y sach yn drymach heno. Sleifiai golau'r lleuad drwy'r brigau gan oleuo rhywfaint ar ei lwybr. Synhwyrai lygaid beirniadol creaduriaid y goedwig arno, ond gwyddai ei fod yn ddiogel. Byddai ei ffrindiau yn gwneud yn siŵr o hynny. Ar wahân i udo blaidd yn y pellter, doedd fawr ddim sŵn heblaw am grensian ysgafn y brigau dan ei draed, yn gyfeiliant i'w anadlu dwfn.

Cyrhaeddodd at lannerch lle safai un goeden unig, heb yr un ddeilen arni, a'r brigau'n pwyntio ato'n fygythiol, fel petai hi'n ei siarsio i droi'n ôl. Ond doedd dim troi'n ôl. Gorweddai niwl yn gaer warchodol o amgylch yr agoriad. Nesaodd at y goeden, a'i cheubren yn ei gymell i mewn i'r ddaear. Teimlai ias yn rhedeg i lawr ei gefn. Llyncodd ei boer. Roedd pob man yn hollol dawel, fel petai'r coed yn dal eu hanadl.

Camodd i mewn i'r twll ac i ddüwch y goeden. Tu mewn, roedd dau lwybr, y ddau'n arwain i'r un lle. Anelodd y gwas i lawr y llwybr ar y dde; yr un lleiaf serth a chreigiog. Teimlodd ei ffordd yn araf, y creigiau'n llaith dan ei ddwylo. Dechreuodd ei lygaid addasu i'r tywyllwch wrth iddo ymbalfalu i lawr y llwybr. Âi'n fwy serth, a'r creigiau'n fwy gwlyb a garw. Straffaglodd i lawr gyda'i sach ar ei gefn, rhywbeth roedd o wedi ei wneud sawl tro, ond doedd o ddim yn mynd yn haws. Cyrhaeddodd y gwaelod, lle roedd twnnel ac awgrym o olau yn y pellter. Daeth teimlad o ofn drosto, yr un teimlad a gâi bob tro y cerddai drwy'r twnnel. Gwyddai'r gwas beth oedd yn ei ddisgwyl. Daeth y golau'n nes ac yn nes tan iddo gyrraedd agoriad yn yr ogof. Ar y waliau llosgai canhwyllau gan oleuo'r agoriad. Roedd yn falch o weld fod y tân a baratôdd rai oriau ynghynt yn dal i losgi. Ym mhen draw'r gofod tanddaearol, gwelai'r graig ac arni'r orsedd wedi ei gwneud o esgyrn. Esgyrn pwy neu beth, feiddiai o ddim gofyn. Ochneidiodd mewn rhyddhad wrth ollwng y sach ar lawr.

'Rwyt ti'n hwyr!'

Neidiodd y gwas wrth i daran o lais adleisio drwy'r ogof. Trodd i wynebu'r llais dwfn. Yno, safai'r hen ddyn a'i glogyn fu unwaith yn wyn, a'r goron o esgyrn ar ei ben. Gafaelai yn ei ffon wen, oedd bron mor hir â'i farf, gan ddisgwyl am ateb gan ei was.

'Mae'n ddrwg gen i, y Brenin Calrach.'

Crynai'r gwas gan ostwng ei ben mewn ffug-barch. Y gwir oedd nad oedd o eisiau edrych i lygaid duon yr hen ddewin.

'Dwi'n gobeithio fod gen ti ddigon,' harthiodd Calrach gan ymlwybro i fyny'r graig at ei orsedd.

Cododd y gwas y sach a thywallt ei gynnwys ar lawr yr ogof. Llithrodd llwyth o bysgod arian allan ohoni. Llyfodd Calrach ei weflau.

'Mae'r pysgod yn fwy chwim nag oedden nhw. Maen nhw'n gallu 'ngweld i'n dod.'

Doedd dim mynegiant ar wyneb Calrach wrth iddo wrando ar y gwas. Doedd dim emosiwn y tu ôl i'w lygaid pŵl. Dyma beth oedd pum can mlynedd mewn ogof yn ei wneud i rywun. Aeth y gwas ati i baratoi'r bwyd o gwmpas y tân. Syllai Calrach i ryw ofod pell wrth ddisgwyl am ei wledd. Lledodd gwên slei ar hyd ei wyneb. Ceisiai'r gwas ddyfalu beth oedd yn mynd trwy ei feddwl. Trodd Calrach ei ben i edrych ar y gornel dywyll. Roedd y gwas ar ei gwrcwd yn ffrio'r pysgod uwchben y tân. Feiddiai o ddim edrych i fyny ar ei feistr.

Ar ôl i'r pysgod grimpio, dychwelodd y gwas yn betrus gyda'r pryd bwyd. Gosododd un plât o flaen Calrach cyn cychwyn i lawr y graig gyda'r platiaid arall. Arhosodd yn ei unfan pan ddechreuodd Calrach siarad, a'i lais yn atseinio fel petai yno fwy nag un Calrach. Roedd un, meddyliodd y gwas, yn fwy na digon.

'Bydd rhaid i ti ddechrau yn ôl tuag at y môr. Gad y plât arall fan hyn, fe af i â fo lawr.'

Ufuddhaodd y gwas gan adael y plât ar lawr o flaen traed budur Calrach. Dringodd o'r graig at geg y twnnel oedd yn arwain yn ôl i fyny i'r goedwig. Aeth Calrach â'r plât tuag at y gornel dywyll, a goleuodd gannwyll arall. Efallai fod ei hud wedi dirywio dros yr holl ganrifoedd ond synhwyrai fod hynny'n newid. Goleuodd y gornel gan ddatgelu corff eiddil yn gorwedd ar y llawr. Rhoddodd Calrach y plât wrth ei ymyl.

Crechwenodd ar yr hogyn bach oedd yn cysgu'n drwm.

Yng ngheg y twnnel, trodd y gwas i syllu ar ei frenin. Gwyddai'r eiliad honno beth oedd rhaid iddo wneud, i achub ei groen ei hun. Trodd ar ei sawdl a rhuthro at y goedwig gan anelu am y môr. Am unwaith doedd y gwas ddim yn edrych ymlaen at wlychu.

Rhan 1

Gwaed ar y Wal

ENID

YNYS AFARUS

Eisteddai Enid wrth droed Mynydd Dantus yn astudio'r llythyr roedd hi wedi ei ysgrifennu'r noson gynt; y llythyr oedd yn barod i hwylio ar y llong i Ynys Wen yfory. Gwyddai y byddai Smwt, y gwas bach ffyddlon, yn cadw ei chyfrinach. Plygodd y llythyr a chododd Enid ei phen i edrych ar yr olygfa. Safai Tŵr yr Arglwydd ar y dde, ei big yn wincio ar Gadeirlan y Grefydd yn haul y bore. Edrychodd Enid heibio'r anheddau, drwy'r strydoedd oedd yn prysur ddeffro a draw tuag at borthladd prysur Porth Afarus. Atseiniai'r clychau ar draws y ddinas ond eu hanwybyddu wnaeth Enid. Breuddwydiai am hwylio i ffwrdd a pheidio ag edrych yn ôl, ond gwyddai nad oedd hynny'n bosib. Doedd hi ddim yn edrych ymlaen at dreulio diwrnod arall gyda'i theulu. Peidiodd y clychau. Dim ond sŵn camau diamynedd a lleisiau diog oedd i'w clywed ar draws yr ynys. Doedd dim chwa o wynt. Dechrau diwrnod arall ar Ynys Afarus. Diwrnod newydd oedd, yn ôl pob tebyg, am orffen fel pob diwrnod arall.

Rhoddodd Enid y llythyr yn ei phoced cyn llusgo'i chorff i lawr o waelod y mynydd tuag at Dŵr yr Arglwydd: ei chartref. Wrth gerdded trwy'r Hen Dref, symudai pawb er mwyn gwneud lle i ferch yr Arglwydd Gwern gael pasio. Teimlai bob llygad cenfigennus arni wrth iddi gyflymu ei chamau drwy'r strydoedd. Wfftiai at eu cenfigen. Doedd bywyd ddim yn fêl i gyd iddi hithau chwaith. Rhuthrodd trwy'r oglau cig a physgod, synau'r siopwyr yn bargeinio a llwch y gweithfeydd gwlân oedd yn chwythu i'w llygaid.

Cyrhaeddodd y giât. Safai dau warchodwr diamynedd yno a chwys yn sêr ar eu talcenni. Sythodd y ddau wrth weld Enid ferch Alys yn agosáu. Agorwyd y giât i'r gerddi oedd yn arwain at borth y palas. Edrychodd i fyny ar y tŵr o'i blaen, yr adeilad uchaf ar yr ynys. Yno y byddai ei thad yn treulio'r rhan fwyaf o'i amser gyda gweddill y Cyngor yn cynllunio'r cytundebau masnach rhwng y tair ynys arall. I Enid roedd hynny'n llawer mwy diddorol na'r diwrnod oedd o'i blaen hithau. Diwrnod, mae'n siŵr, fyddai'r un mor undonog â phob diwrnod arall. Aeth Enid drwy'r drws ac i mewn i'r palas, oedd fel carchar iddi, er na fynnai gyfaddef hynny wrth neb. Roedd hi ar fin cerdded i fyny i'w siambr pan glywodd sŵn traed y tu ôl iddi.

'Ti'n gwybod beth mae dy dad yn feddwl amdanat ti'n gadael y palas mor gynnar yn y bore.'

Trodd Enid i wynebu'r ddynes geryddgar yn ei ffrog dywyll hir. Roedd ei gwallt melyn yn cuddio'r rhychau o amgylch ei llygaid. Roedd pawb yn dweud pa mor debyg oedd Enid iddi, ond doedd hi ddim yn gweld y tebygrwydd – neu'n dewis peidio.

'Yr unig ran o'r diwrnod dwi'n mwynhau,' sibrydodd Enid yn ddigon uchel i'w mam glywed.

'Paid â bod mor ddramatig, a dos i olchi'r stremp oddi ar dy drowsus. Mae'n hen bryd i ti wisgo ac ymddwyn fel dynes. Fydd gan Tyrfech ddim diddordeb ynot ti'n edrych fel 'na.'

'Dyna'r bwriad...'

'Bydd rhaid i ti ildio i ddymuniadau dy dad, fel pob merch

arall,' meddai ei mam yn flin. Roedd Enid ar fin dadlau ond roedd ei mam yn ddigyfaddawd.

'Dwi ddim eisiau clywed mwy o dy gwyno. Dos i ddeffro dy frawd, neu yn ei wely fydd o drwy'r dydd.'

Trodd ei mam ar ei sawdl gan adael Enid yn fwy rhwystredig na chynt. Llusgodd ei thraed i fyny'r grisiau at ystafell ei brawd. Tyrfech! Hyd yn oed petai o'r dyn harddaf yn y byd, pwy fyddai eisiau priodi dyn ag enw fel Tyrfech?

Gwenai'r haul drwy ffenestri'r palas gan oleuo'r coridor. Aeth Enid heibio'r ystafelloedd moethus fyddai'n cael eu neilltuo'n arbennig ar gyfer gwesteion pwysig o'r tair ynys arall. Gwlâu anferth, baddon digon mawr i gymryd pedwar oedolyn, a digon o gwrw a bwyd ar gyfer Afarus i gyd. Teimlai bwl o euogrwydd wrth basio'r ystafelloedd gweigion a chymaint o dlodi ym Mhorth Afarus, ac os oedd yr adroddiadau'n gywir, ar draws y Pedair Ynys gyfan.

Cyrhaeddodd y grisiau troellog oedd yn arwain at ystafell ei brawd. Teimlai Enid yn ddig wrtho, gan ei bod yn gorfod gwneud hyn yn ddyddiol. Ddylai hogyn deuddeg oed ddim gorfod cael ei ddeffro gan ei chwaer bob dydd, ond doedd Pedr ap Gwern ddim fel hogiau eraill. Wfftiai pan fyddai Enid yn ceisio chwarae ag o. Roedd o'n hoffi bod ar ei ben ei hun ac er mor wahanol oedd o i'w chwaer, roedd ganddyn nhw un peth yn gyffredin; doedden nhw ddim yn gallu cynhesu at eu tad. Daeth Enid at ddrws mawr pren. Curodd arno a gweiddi'n ddiamynedd,

'Pedr, deffra'r pwdryn!'

Dechreuodd Enid gerdded yn ôl i lawr pan sylweddolodd fod oglau rhyfedd yn sleifio o dan y drws i'w ffroenau. Oglau'r môr. Trodd yn ôl a churo unwaith eto. Dim ateb, dim o'r tuchan arferol. Roedd Enid wedi cael llond bol a hithau eisiau mynd i roi cyfarwyddiadau i Smwt, y gwas, cyn iddi orfod dechrau ar ei thasgau. Bydd y llong i Ynys Wen yn gadael fory os bydd y tywydd yn caniatáu.

Gwthiodd Enid y drws ar agor. Ar y bwrdd wrth ochr y drws roedd jwg yn llawn o ddŵr a llond powlen o ffrwythau heb eu cyffwrdd. Doedd hynny ddim yn beth anghyffredin yn ystafell Pedr. Deuai chwa o awel trwy'r ffenestr agored. Edrychodd Enid ar y gwely gan ddisgwyl gweld ei brawd yn cysgu, ond gwelodd rywbeth wnaeth fferru ei gwaed. Ar y wal uwchben ei wely roedd ysgrifen goch. Gwyddai Enid yn syth mai gwaed oedd yn llithro'n graith i lawr y wal. Syllodd Enid ar y geiriau yn gegagored…

*Rhyddhewch yr hyn a glöwyd yn y tywyllwch,
neu marw fydd tynged y bachgen.
Mae Gwydion yn gwybod.*

Safodd Enid yn syfrdan. Edrychodd ar y gwely gwag a gweld pentwr o bysgod, a phen pob un ar goll. Trodd Enid a rhedeg i lawr y grisiau yn gweiddi ar ei mam, ac oglau'r pysgod yn ei dilyn fel bwgan trwy'r palas.

Gwern

YNYS AFARUS

'*Mae Gwydion yn gwybod*... ydy'r hen ddyn gwallgof yna'n dal yn fyw?'

Roedd y Pendefig Rheunant ar fin cyfogi. Doedd oglau'r pysgod ddim yn effeithio cymaint ar Gwern, neu gwnâi ymdrech i beidio â gadael i'r drewdod amharu arno.

Safai Gwern Afarus III – Arglwydd Ynys Afarus – gydag aelod o'i Gyngor, wrth droed gwely drewllyd Pedr. Roedd Rheunant yn dalach, yn fwy golygus, yn gryfach nag o. Ond un peth nad oedd gan Rheunant oedd pŵer. Ers pan oedden nhw'n blant, bu'r ddau'n ffrindiau mawr ac ers marwolaeth tad Gwern bu Rheunant ar Gyngor yr Arglwydd. Câi Gwern foddhad o'r pŵer oedd ganddo dros ei ffrind, ynghyd â gweddill ei Gyngor.

Tu ôl i'r ddau eisteddai'r Arglwyddes Alys Afarus ar y gadair, ei phen yn ei dwylo. Gallai Gwern weld drwy'r dagrau ffug. Roedd ei wraig yn berfformwraig wych ac yn mynnu sylw ar bob cyfle posib. Esgus i gael ei chysuro gan Rheunant. Wnaeth hi erioed edrych arno fo fel yr edrychai ar ei ffrind. Edrychodd Gwern eto ar Rheunant a'i wallt trwchus. Ochneidiodd. Roedd gan Gwern fwy o wallt ar ei draed nag ar ei ben.

'Mae'n rhaid glanhau'r llanast yma. Mi fydd pobl Afarus yn siarad. Mae'n rhaid i ni gario ymlaen fel tasa 'na ddim byd o'i le,' sibrydodd Gwern.

Yn y distawrwydd llethol a ddilynodd, ystyriodd Gwern yr hyn roedd newydd ei ddweud. Doedd o ddim yn poeni cymaint â hynny am ddiflaniad ei fab – doedd ei galon ddim wedi suddo pan glywodd y newyddion. Doedd Pedr ddim yn teimlo fel mab iddo rywsut; bachgen bach tawel oedd o a wnâi iddo deimlo'n sobr o anghyffyrddus. Rhywbeth am ei lygaid duon efallai? Roedd Enid, ei ferch, yn wahanol, yn fwy siaradus ac yn fwy llawen, ac eto roedd rhyw ddüwch yn perthyn i'w llygaid hithau hefyd.

'Pam nad wyt ti'n poeni dim am dy fab?' poerodd Alys gan godi ei phen. Nid dyma'r tro cyntaf i'w wraig ofyn y cwestiwn hwn iddo. Nid peth hawdd i unrhyw dad oedd cyfaddef fod ei unig fab, ei etifedd, yn siom enbyd iddo, ond doedd Alys ddim am roi'r gorau iddi. 'Beth wyt ti'n mynd i wneud i geisio achub Pedr?'

'Mi wna i yrru ychydig o fy milwyr gorau i geisio'i achub,' meddai'n dawel gan geisio'n aflwyddiannus i guddio'i ddiffyg amynedd.

'Gwna di'n siŵr eu bod yn achub Pedr bach.'

Cododd Alys a mynd allan o'r ystafell gan eu gadael yn nrewdod y pysgod.

'Mae popeth yn barod ar gyfer ymweliad yr Arglwydd Taran,' cyhoeddodd Rheunant, gan geisio newid y pwnc a'r awyrgylch.

'Gwych. Mae gan Gynghorau Ynys Afarus ac Ynys y Gogledd dipyn i'w drafod,' atebodd Gwern, gan ysgubo sefyllfa ei fab o'r neilltu.

'Wyt ti'n meddwl y byddwch chi'n llwyddiannus?' holodd Rheunant yn ofalus.

'Oes gen ti rywbeth ar dy feddwl, y Pendefig Rheunant?'

'Mae'n gynllun uchelgeisiol, ond os oes unrhyw un yn gallu, yna Taran yw hwnnw.'

Gwyddai Gwern beth oedd Rheunant yn ceisio'i wneud; ceisio ei frifo. Roedd o'n llwyddo.

'Mae angen i hyn ddigwydd, er lles pobl y Pedair Ynys,' meddai Gwern yn awdurdodol.

Sleifiodd Enid drwy'r drws mor dawel ag y gallai ond roedd Gwern wedi clywed ei chamau'n dringo'r grisiau cerrig.

'Fe ddwedes i wrthot am aros yn dy siambr.' Doedd Gwern ddim wedi troi i edrych ar ei ferch. 'Dyna'r cwbl, y Pendefig Rheunant.'

Gwenodd Rheunant ar Enid gan wneud iddi gochi, cyn diflannu i lawr y grisiau troellog. Roedd gan Rheunant yr effaith yna ar ferched y Pedair Ynys.

Trodd Gwern i wynebu ei ferch. Gwelai ofn yn ei llygaid ond hefyd yr un tân oedd yn perthyn i'w mam pan oedd hithau'n ifanc – cyn i bopeth newid. Pan edrychai Gwern ar ei wraig y dyddiau hyn, doedd o'n teimlo dim. Wrth iddo fynd yn hŷn, roedd Gwern yn poeni llai am ei deulu a llawer mwy am ei statws. Un ffrind oedd ganddo mewn gwirionedd: yr Arglwydd Taran o Ynys y Gogledd. Roedd o'n llawn edmygedd o'r arglwydd dieflig, nad oedd yn poeni dim am neb ac yn cymryd popeth roedd o eisiau heb feddwl am y goblygiadau. Ymdrechai Gwern i efelychu Taran bob dydd. Teimlai'n hapus y bydden nhw hyd yn oed yn fwy o ffrindiau ar ôl i Enid briodi mab Taran, Tyrfech.

'Beth sy'n digwydd rŵan?' gofynnodd Enid.

'Does dim angen i ti wybod, Enid,' meddai Gwern. Roedd gan Gwern y ddawn o wneud i'w blant deimlo mor fach. Rhywbeth a etifeddodd yntau gan ei dad.

'Beth am Gwydion?' holodd Enid yn obeithiol.

'Beth amdano?'

Cerddodd Gwern at y ffenestr oedd yn dal yn gilagored.

Edrychodd dros ei ddinas a pha mor fychan oedd hi, o gymharu â Phorth Wen ar Ynys Wen.

'Oes... rhywun...'

Gwrthodai'r geiriau ddod allan. Gwyddai Gwern beth oedd Enid yn ceisio'i ddweud ond roedd yn mwynhau ei chlywed hi'n brwydro.

'Oes rhywun yn mynd i chwilio amdano?' mentrodd Enid o'r diwedd.

Roedd hi ar dân eisiau mynd ar antur i'r Goedwig Hud yr ochr arall i Fynydd Dantus. Yno, yn ôl y sôn, roedd Gwydion yn byw. Roedd Gwern a Rheunant wedi gweld yr hen ddyn pan oedden nhw'n ifanc yn chwarae yn y goedwig. Ar y diwrnod hwnnw, roedd Gwydion wedi gweiddi arnyn nhw i adael y goedwig, a doedd neb wedi ei weld ym Mhorth Afarus ers blynyddoedd. Ychydig, os nad dim, roedd pobl yn ei wybod am yr hen ddyn, dim ond ei fod yn byw yn y goedwig a'i fod yn orffwyll.

'Mae'r hen ddyn yna yn wallgo...'

'Ond beth am yr ysgrifen?' torrodd Enid ar ei draws gan bwyntio at yr ysgrifen goch oedd wedi sychu'n grachen ar y wal.

'Does dim angen i ti boeni.'

'Dwi'n fodlon mynd i chwilio amdano.'

Edrychodd Gwern ar ei ferch cyn dechrau chwerthin yn aflafar. Camodd mor agos at Enid fel y gallai hi ogleuo'i anadl yn gymysg â'r pysgod.

'Mi wnei di fel mae dy dad yn dymuno i ti wneud. Dos i dy siambr ac arhosa yno tan dwi'n dweud. Wyt ti'n deall?' poerodd Gwern.

Ufuddhaodd Enid gan geisio cuddio'r dagrau. Brysiodd i lawr y grisiau gan adael Gwern gyda'i feddyliau. Dechreuodd gwestiynu ei hun. Oedd o'n teimlo'n euog am y ffordd roedd yn trin ei deulu? Sut y byddai'n teimlo os na fydden nhw yno rhagor? Beth oedd o eisiau go iawn? Trodd i gerdded at y ffenestr, heibio gwely gwag ei fab. Clywai'r adar yn trydar wrth i drigolion Ynys Afarus barhau â'u bywydau di-bwys. Roedd ambell gwmwl yn yr awyr ac roedd awel yn chwythu dros ei ben moel. Ond roedd llygaid Gwern Afarus III yn edrych y tu hwnt i'r ddinas a'i phorthladd prysur, tuag at y cymylau duon oedd yn lledu'n fygythiol dros Ynys Wen.

Enid

YNYS AFARUS

Ynoson honno roedd hi'n rhyddhad i Enid gael encilio i'w siambr. Disgynnodd i'r sach ar ei gwely. Bu'n ddiwrnod hir ac roedd hi mor falch o gael llonydd. Doedd dim rhaid iddi guddio'r dagrau rhagor wrth i'r llifddorau agor. Teimlai'n gaeth yn ei chartref ei hun. Wrth iddi edrych ar y nenfwd, dechreuodd olwynion ei meddwl droi. Doedd hi ddim am ildio i'r drefn fel y gwnâi ei mam. Yn wahanol i'w mam, ei thad a gweddill ei theulu, roedd hi'n poeni am Pedr ei brawd.

Taflodd y lleuad ei lewyrch ar ei hwyneb. Roedd y lleuad wastad wedi diddori Enid. Dywedai pawb mai'r Creawdwr yn gwarchod y byd oedd y lleuad. Doedd Enid ddim yn siŵr. Doedd y Grefydd ddim yn bwysig iddi. Doedd y Grefydd ddim yn bwysig i lawer o neb ddim mwy. Byddai ei thad a'i mam yn gweddïo ar y lleuad bob nos. Tybed oedden nhw'n cael atebion i'w gweddïau? Un o'i hatgofion cyntaf oedd eistedd gyda Pedr a'i mam yn edrych ar y lleuad ar noson braf, heddychlon fel hon a methu deall pam bod ei mam yn crefu ar y lleuad am ei diogelwch hi a'i theulu.

Trodd Enid ei chefn ar y lleuad ac at wres y tân. Teimlai rywbeth yn ei phigo wrth iddi droi. Estynnodd y llythyr o'i phoced. Roedd cymaint wedi digwydd ers iddi ysgrifennu'r llythyr y bore hwnnw. Gwasgodd y llythyr yn ei llaw cyn ei daflu i'r tân. Cododd ar ei thraed ac anelu am y bwrdd bach oedd yng nghornel yr ystafell. Gwagiodd ei meddwl ar y dudalen; digwyddiadau'r dydd yn dychwelyd, cyn gwibio heibio fel fflach. Ar ôl gorffen, gosododd Enid y llythyr yn y fasged, er mwyn i Smwt gael ei gasglu fore trannoeth.

Wrth iddi ddringo i'w gwely, dechreuodd ei meddwl garlamu unwaith eto. Meddyliodd am Pedr druan ar ei ben ei hun ac yn bell oddi cartref. Roedd Enid yn methu deall pam nad oedd ei thad yn poeni o gwbl amdano. Teimlai gymaint o gasineb tuag ato. Teimlai gymaint o gasineb tuag at ei mam, oedd yn sefyll yno'n gwbl ddiymadferth ac yn gwneud dim oll am y peth.

Edrychai ymlaen at fynd at droed Mynydd Dantus yn y bore, fel pob bore arall. Ond doedd Enid ddim yn bwriadu eistedd yno'n edrych i lawr ar Borth Afarus fory. Roedd ei llwybr yn arwain y tu hwnt i'r mynydd, heibio Tref Dantus ac i mewn i'r Goedwig Hud. Teimlai gyffro wrth feddwl am yr antur oedd o'i blaen, ond roedd digwyddiadau'r dydd ar fin ei threchu. Caeodd ei llygaid. Roedd ei breuddwydion ar fin dechrau. Dechreuodd y tân bylu. Roedd y lleuad yn gwarchod Enid heno.

GWERN

YNYS AFARUS

Chwifiai baneri Ynys Afarus yng ngwynt y porthladd yn barod i groesawu'r llong o Ynys y Gogledd. Ar y baneri roedd seren felen ar gefndir gwyrdd ac amlinell mynydd y tu ôl iddi. Roedd y seren yn cynrychioli meirw Afarus. Yn ôl y Grefydd, pobl wedi marw oedd y sêr, ac os oedden nhw'n dilyn y Grefydd roedd caniatâd iddyn nhw ymuno â'r lleuad yn yr awyr.

Safai'r Arglwydd Gwern wrth y porthladd yn edrych allan ar y bwystfil o long oedd yn nesáu. Wrth ei ymyl roedd Alys, yn ddiemosiwn yn ei ffrog o wlanen orau'r ynys a'i gwallt wedi'i glymu fel pob tro y byddai arglwyddi neu deulu brenhinol yn ymweld â'r ynys. Y tu ôl i'r ddau roedd Cyngor Afarus: y Pendefig Rheunant (y talaf), y Rhaglaw Llŷr (modfedd yn fyrrach) a'r Pendefig Goronwy o Ddyffryn Tawel (maint hogyn bach deuddeg oed). Roedd milwyr a gweision yn eu hamgylchynu mewn seremoni, a neb yn meiddio yngan gair. Roedd heddiw'n ddiwrnod pwysig.

Trodd Gwern pan glywodd un o'i weision yn rhedeg at y porthladd, allan o wynt. Daeth y gwas ato, gan sibrwd yn ei glust, 'Does dim golwg ohoni yn ei llofft.'

'Smwt!' galwodd Gwern yn gadarn. Camodd gwas bach eiddil ato. 'Rhed i'r mynydd, a tyrd â hi'n ôl ar unwaith!'

Igam-ogamodd Smwt rhwng y milwyr cyn rhuthro i gyfeiriad y mynydd.

'Ydy'r milwyr wedi gadael i achub Pedr?' gofynnodd Alys gydag awgrym o obaith gwan yng nghrygni ei llais.

'Dim rŵan,' atebodd Gwern yn ddiamynedd.

'Ond…' dechreuodd Alys grefu ond roedd edrychiad Gwern yn ddigon i'w thawelu.

Pan gyrhaeddodd y llong y porthladd, yr Arglwydd Taran oedd y cyntaf i gamu oddi arni. Brasgamodd yn hyderus tuag at Gwern. Crynai ei wallt gwyllt yn y gwynt gan gosi ei ysgwyddau llydan a'i gôt ffwr. Ar ei frest roedd emblem Ynys y Gogledd: blaidd llwyd gyda llygaid coch dieflig ar gefndir gwyn. Roedd gweddill ei bobl yn ei ddilyn mor sydyn ag y gallen nhw. Arhosodd Taran o flaen Gwern. Roedd y ddau arglwydd yn ddistaw am dipyn, eu hwynebau difrifol yn cadw pawb ar bigau. Lledodd gwên ar draws wyneb Taran, a chofleidiodd y ddau gan chwerthin.

'Mae hi 'di bod rhy hir, fy ffrind.'

'Yn wir. Croeso i Ynys Afarus unwaith eto!' cyhoeddodd Gwern.

Y tu ôl i Taran daeth ei fab Tyrfech, oedd yr un ffunud â'i dad; gwallt hir tonnog, llygaid tywyll a gên fawr. Wrth ochr Tyrfech safai Math, ei ewythr; stwcyn o ddyn fyddai'n dilyn ei frawd, Taran, i bob man. Yn y cefndir, cerddai dwy o wragedd Taran a gweddill ei filwyr tuag atyn nhw. Ond doedd Gwern ddim yn cymryd sylw ohonyn nhw. Roedd ei lygaid yn syllu ar y ddynes a safai y tu ôl i Tyrfech a Math. Credai Gwern mai hi oedd y ddynes harddaf welodd y Pedair Ynys erioed. Roedd wedi breuddwydio amdani dro ar ôl tro ers ei chyfarfod yn yr un lle, yr holl flynyddoedd yn ôl. Camodd ati gan roi cusan ar y ddwy foch. Aeth Gwern ar goll yn ei llygaid gan deimlo'n gynnes wrth afael yn ei dwylo meddal.

'Gwenllian, mae'n bleser cael dy gwmni di yma yn Afarus.' Teimlai ei fochau'n cochi wrth siarad â hi.

'Fe gymerodd dipyn o berswâd arni i ddod. Tydy fy chwaer ddim yn hoff o adael Ynys y Gogledd. Na finna chwaith, a dweud y gwir,' meddai Taran. 'Gwern, lle mae dy blant? Mae Tyrfech yn ysu i gyfarfod ei ddarpar-wraig. Lle mae Enid?'

'Mae hi... y... yn y palas. Mae Enid eisiau edrych ar ei gorau ar gyfer Tyrfech! Mae'r gweision wrthi'n paratoi gwledd ar ein cyfer heno. Bydd angen digon o nerth cyn y daith i Borth Wen.'

Dechreuodd pawb adael y porthladd ac ymlwybro i'r palas gan ddilyn y ddau arglwydd. Gwrandawai Gwern yn astud, fel hogyn bach, ar straeon Taran wrth gerdded trwy oglau'r farchnad ac oglau'r tlodi. Roedd milwyr yr arglwyddi yn eu hamddiffyn wrth i rai o drigolion Afarus syllu'n genfigennus ar y ddau yn eu dillad trymion. Edrychai'r trigolion i ffwrdd bob tro y byddai Taran yn edrych arnyn nhw. Roedd pawb wedi clywed y straeon erchyll amdano a'r ffordd y byddai'n trin unrhyw un fyddai'n ei fradychu.

'Sut mae Carwen fach?' holodd Gwern, yn ymwybodol nad oedd hi wedi gadael ei hystafell ers bron i flwyddyn. Gwyddai pawb fod rhyw salwch arni ond doedd neb yn gwybod beth yn union oedd yn bod.

'Iawn,' atebodd Taran yn syth.

Roedd ganddo berthynas ryfedd gyda'i deulu. Bu farw ei wraig gyntaf, Lleuwen, saith mlynedd ynghynt, ar enedigaeth Carwen. Doedd o erioed wedi caru neb fel y carai Lleuwen a'r ddau blentyn a roddodd hi iddo. Ers hynny roedd Taran wedi cael llawer o wragedd, rhai ar yr un pryd, ond unwaith iddyn nhw esgor ar faban byddai'n eu gyrru nhw a'r plant i ffwrdd. Roedd ganddo blant ym mhob cornel o Ynys y Gogledd, ond Tyrfech a Carwen oedd popeth iddo.

Roedd y llwybr hir o'r porthladd i'r palas ar fin dod i derfyn wrth iddyn nhw gyrraedd y giât. Agorwyd honno gan y gwarchodwyr a dilynodd pawb yr arglwyddi i mewn i'r palas. Dangoswyd gwesteion y Gogledd i'w hystafelloedd ac aeth Taran, Gwern a'i Gyngor i'r Neuadd Fawr.

'Mae hi'n bleser cael eich cwmni yma ar Ynys Afarus, yr Arglwydd Taran.' Roedd llais y Pendefig Goronwy o Ddyffryn Tawel fel llygoden fach. Llais oedd yn gweddu i'w gorff eiddil.

'Sut oedd y daith dros Fôr y Meirw?' gofynnodd y Rhaglaw Llŷr.

'Roedd y môr yn garedig, ond dwi'n falch o gael cyrraedd. Tyngodd un o'r milwyr iddo weld cyrff o dan y dŵr ac nid pawb sy'n ddigon cryf i groesi Môr y Meirw. Dwi am gael gair preifat efo Gwern,' meddai Taran yn sydyn, cyn i'r sgwrs ei ddiflasu hyd yn oed yn fwy.

Ufuddhaodd y Cyngor a diflannodd y tri gan adael neb ond Gwern a Taran ar ôl yn y Neuadd Fawr. Roedd bwrdd mawr y pen draw i'r ystafell lle byddai'r arglwyddi a'u teuluoedd yn eistedd. Bob ochr i'r bwrdd roedd baneri Ynys Afarus yn llipa. Yr ochr arall i'r neuadd cynhesai'r tân y ddau wrth iddyn nhw ddechrau trafod.

'Wyt ti'n gallu ymddiried yn dy Gyngor, Gwern?'

'Mae'r tri wedi bod ar y Cyngor gen i ers blynyddoedd. Maen nhw'n ddynion da sy'n ffyddlon i'w harglwydd,' atebodd Gwern yn gadarn.

'Ro'n i'n arfer ymddiried yn fy Nghyngor innau hefyd ond wyt ti'n cofio lle maen nhw rŵan? Bydda'n wyliadwrus, gyfaill,' sibrydodd Taran gan chwarae â meddwl Gwern.

Roedd Gwern wedi clywed y straeon am y gosb erchyll roddodd Taran fab Terfel ar y Cyngor a geisiodd fradychu eu harglwydd. Tri dyn uchel eu statws wedi eu croeshoelio'n noeth am bedwar diwrnod cyfan cyn cael eu crogi, a'r cyfan yn gyhoeddus, i'r ynys i gyd gael gweld. Roedd ymddiried Taran yn ei ffrindiau wedi erydu'n llwyr. Teulu Taran oedd ei Gyngor nawr.

'Mae dy amser wedi dod, Gwern,' cyhoeddodd Taran. 'Mae fy nghyfaill draw yn Ynys Wen yn dweud bod y brenin yn wan, yn fregus.'

'Ydy popeth yn ei le?'

'Gad bopeth i mi. Dim ond un peth fydd rhaid i ti wneud. Beth am i ni fwynhau'r nosweithiau nesaf. Mi fydd popeth yn newid ar ôl cyrraedd Ynys Wen,' meddai Taran a'i lais yn codi gyda phob gair. 'Y Ddeddf Llongau oedd yr hoelen yn yr arch i'r brenin. Pan fydd y cynllun wedi'i gwblhau, bydd posib ymosod ar y Tiriogaethau Rhydd. Mae'n bryd i'r Pedair Ynys lewyrchu unwaith eto. Efo fi a ti wrth y llyw, mi fydd hi'n amhosib i unrhyw un ein trechu.'

Roedd pethau wedi bod yn heriol ers i Peredur – Arglwydd Ynys Wen a Brenin y Pedair Ynys – leihau'r niferoedd o longau oedd yn cael hwylio o Ynys Wen i Ynys y Gogledd ac Ynys Afarus bob wythnos. Golygai hyn fod llai o fwyd a diod yn cael eu mewnforio o'r brifddinas – llysiau, pysgod, gwin – gweithred oedd wedi cynddeiriogi Gwern a Taran. Ond am y tro cyntaf ers talwm, teimlai Gwern rywbeth nad oedd wedi ei deimlo ers blynyddoedd. Cyffro. Roedd o'n fwy agos ag erioed i'r hyn roedd o eisiau. Dychmygai ei hun ar orsedd y brenin ym Mhorth Wen. Torrodd Taran ar draws ei fyfyrdod.

'Wela i di yn y neuadd. Dwi'n edrych ymlaen at weld Enid ar ôl yr holl flynyddoedd, ac wrth gwrs i fwyta ac yfed tan y bydda i'n teimlo'n sâl,' chwarddodd Taran cyn gadael Gwern ar ei ben ei hun yn y neuadd mewn penbleth.

Ble oedd Enid? Y gnawes iddi, yn difetha diwrnod mor bwysig iddo! Doedd Smwt byth wedi dod â'r ferch yn ei hôl eto. Teimlai'n ddig iawn tuag ati. Doedd o ddim eisiau siomi Taran. Ar hynny agorwyd y drws a cherddodd Smwt i mewn yn swil. Roedd y gwas ar ei ben ei hun a'i osgo'n dweud nad oedd wedi dod o hyd iddi. Yn ei law, roedd llythyr.

'Doedd hi ddim wrth y mynydd, Arglwydd. Edrychais ym mhob man. Doedd dim golwg ohoni.'

Edrychodd Smwt ar y llawr. Sylwodd Gwern ar y llythyr.

'Tyrd â'r llythyr i mi,' gorchmynnodd Gwern.

Rhoddodd Smwt y llythyr i Gwern. Camodd yn ôl a sefyll yno mewn distawrwydd. Dechreuodd yr arglwydd ddarllen:

Annwyl Siwan,

Roeddwn wedi ysgrifennu llythyr atat bore 'ma ond mae gymaint wedi digwydd ers hynny fel bod rhaid i mi ysgrifennu un newydd.

Bore 'ma rydym wedi darganfod fod Pedr wedi cael ei gipio. Dwi'n poeni'n ofnadwy am fy mrawd ac wedi cael diwrnod gwaeth na'r arfer heddiw. Does neb arall i'w weld yn poeni amdano! Dwi wedi cael digon ar fy nhad. Dwi ddim eisiau bod yn ei gwmni byth eto! Rwyt ti'n lwcus o gael tad meddylgar sy'n poeni amdanat ti ac sydd yn dy garu.

Roeddwn yn edrych ymlaen gymaint at dy weld ond yn anffodus fyddaf i ddim yn hwylio gyda fy nheulu i Ynys Wen dradwy. Bydd fy nhad yn wallgof, gan fod Tyrfech yn disgwyl am fy llaw. Ond mae'n rhaid i mi fynd i chwilio am fy mrawd. Mae'n rhaid i mi achub Pedr.

Does neb arall am wneud. Yr unig beth dwi'n falch ohono yw cael dianc rhag yr holl ffanffer yma. Dwi ddim eisiau priodi Tyrfech a dwi ddim am ildio i ddymuniadau fy nhad. Pan ddof i o hyd i Pedr, mi wna i ddianc i rywle'n ddigon pell o Ynys Afarus.

Diolch i ti am y llythyr diwethaf. Mae dy eiriau'n rhoi cysur mawr i mi ar ddiwrnodau diflas. Dwi wrth fy modd hefyd yn clywed dy hanes di yn y brifddinas. Gobeithio bod Brân yn bihafio, mae dy straeon amdano'n gwneud i mi wenu, pan nad oes llawer yma sy'n gwneud i mi wenu rhagor.

Mae fy nghalon i'n torri wrth ysgrifennu'r llythyr hwn. Does dim posib gwybod pryd y bydda i'n dy weld di nesa. Efallai na wela i di fyth eto. Dwi'n gobeithio rhyw ddydd y gwnei di weld Porth Wen i gyd a gweddill y Pedair Ynys. Gobeithio erbyn hynny na fydd yna dlodi ac y bydd pawb yn hapus. Mae'n rhaid i mi fynd. Mae diwrnod hir o'm blaen i yfory.

Diolch eto am y llythyrau, maent yn gysur mawr i mi. Dwi'n gobeithio dy weld eto.

Llawer o gariad.
Dy ffrind,
Enid

'Does dim angen i ti yrru hwn, Smwt. Rydyn ni'n hwylio i Ynys Wen ac mae gen i bopeth rydw i ei angen,' meddai Gwern.

'Oes rhywbeth arall, fy Arglwydd?' gofynnodd Smwt.

'Gyrra bedwar milwr ar ôl Enid. Dwi eisiau hi'n ôl yma erbyn iddi nosi. Fydd hi ddim yn bell,' gorchmynnodd Gwern.

Gadawodd Smwt ei arglwydd yn gafael yn y llythyr. Roedd ei ferch wedi bod yn gyrru llythyrau at ei ffrind ers blynyddoedd.

Ond y llythyrau roedd hi'n derbyn gan Siwan, merch y brenin Peredur ar Ynys Wen oedd wedi bod yn ddefnyddiol iddo. Roedd Smwt yn was bach ffyddlon, meddyliodd. Camodd Gwern ar draws yr ystafell tuag at y tân. Gwasgodd y llythyr yn ei law cyn ei daflu i'r fflamau. Pan ddeuai Enid yn ôl, edrychai ymlaen i'w gweld hi'n priodi Tyrfech. Fyddai o ddim angen ei ferch wedyn.

Enid

YNYS AFARUS

Gwyddai Enid nad oedd amser i orffwys. Byddai ei thad yn gyrru milwyr ar ei hôl pan sylwai ei bod wedi gadael. Roedd hi wedi dilyn afon Gwenllys yr holl ffordd o waelod y mynydd, ond nawr byddai'n rhaid ei chroesi. Teimlai'n falch ei bod wedi gwisgo dillad blêr a chlogyn i groesi'r afon, nid yn unig o ran ymarferoldeb ond hefyd fel nad oedd neb yn ei hadnabod. Hyd yn oed yn ei dillad blêr, doedd Enid ddim eisiau disgyn i'r afon, felly roedd rhaid bod yn ofalus ar y cerrig llithrig a godai o'r dŵr.

Cododd y gwynt wrth iddi gamu ar y garreg gyntaf, ond doedd hynny ddim yn broblem iddi. Meddyliodd am Pedr; dim ond chwythu arno a byddai yntau'n disgyn. Roedd Enid yn wahanol, wrth ei bodd yn crwydro a dringo. Camodd ar yr ail garreg, ac yna'r drydedd, cyn llithro ychydig ar y bedwaredd gan wneud iddi ymestyn ei breichiau ar led er mwyn sicrhau cydbwysedd. Bu bron iddi ollwng ei sach ond dwy garreg wedyn ac roedd hi wedi cyrraedd yr ochr arall. Eisteddodd ar graig am eiliad i gael ei gwynt ati. Roedd bryn bychan o'i blaen. Gwyddai fod posib gweld i lawr at Dref Dantus o'r copa. Llenwodd ei fflasg â dŵr o'r afon a'i rhoi yn ei sach cyn dringo'r bryn. Doedd dim troi'n ôl nawr.

Edrychodd i lawr y dyffryn. Yno, yng nghysgod y mynydd,

roedd Tref Dantus. Deuai mwg o'r tai islaw. Clywai ddynion meddw yn y tafarndai, plant yn chwarae a gwragedd yn chwerthin. Teimlai gynhesrwydd wrth wrando. Roedd hi'n dref heddychlon. Efallai y byddai Enid wedi hoffi byw yn rhywle fel hyn. Tu hwnt i'r dref, roedd y Goedwig Hud. Edrychai fel coedwig dywyll, annifyr o gopa'r bryn, ac i gyrraedd yno roedd rhaid iddi fynd drwy'r dref. Doedd dim dewis.

Wrth agosáu at y dref, teimlai Enid gyffro'n saethu drwyddi. O'r diwedd, roedd hi ar antur. Ers iddi weld yr ysgrifen ar y wal yn ystafell Pedr, roedd hi wedi teimlo emosiynau gwahanol yn mynd a dod. Un o'r rheiny oedd cyffro, a phob tro y byddai'n teimlo fel hyn, dechreuai deimlo'n euog yn syth bin. Hawdd iawn oedd anghofio fod Pedr mewn perygl.

Cynyddodd y siarad, y chwarae a'r chwerthin. Tynnodd ei chlogyn dros ei phen a gostwng ei llygaid. Doedd hi ddim am i neb ei hadnabod. Roedd y farchnad wedi cau am y diwrnod a'r dynion yn y tafarndai'n gwario'u helw ar gwrw a merched. Roedd y stryd fawr yn droellog a charegog. Doedd hi ddim am fynd drwy'r strydoedd bach. Gwyddai fod y stryd fawr yn mynd trwy'r dref ac yn gorffen cyn y caeau oedd ar gyrion y goedwig.

Roedd Enid ar fin cerdded heibio tafarn Y Seren pan ddisgynnodd dau ddyn mawr trwy'r drws ac allan i'r stryd. Rhuthrodd gweddill y potiwrs ar eu holau. Roedd y ddau ar ganol waldio ei gilydd yn ddidrugaredd fel dynion gwallgof a chynulleidfa o'u hamgylch yn gweiddi, yn rhwystro Enid rhag cario ymlaen â'i thaith. Trodd yn ôl i geisio dod o hyd i stryd arall. Stopiodd yn ei hunfan. Clywai sŵn tincian oedd yn mynd yn uwch ac yn uwch. Roedd hi wedi clywed y sŵn o'r blaen. Rhewodd ei gwaed wrth iddi ddeall mai arfwisg milwyr yr Arglwydd oedd y sŵn.

Rhedodd Enid yn ôl tuag at y dorf oedd wedi cynyddu y tu allan i'r dafarn. Ceisiodd fynd i fewn i'r Seren ond gwthiodd y tafarnwr, a oedd yn sefyll yn y drws, hi i ffwrdd.

'Does dim croeso i blant yn y Seren!' gwaeddodd y tafarnwr. Byddai'n rhaid iddi gwffio'i ffordd drwy'r dorf.

Trodd Enid, a chyn iddi ddechrau cerdded gwaeddodd y tafarnwr, 'Hei!'

Roedd o wedi ei hadnabod. Daeth sŵn y tincian i gystadlu efo'r dorf, a hynny'n tynnu sylw'r tafarnwr am eiliad. Bachodd Enid ar y cyfle i ddianc gan nadreddu drwy'r môr o wynebau o'i chwmpas. Deuai oglau cwrw i'w ffroenau wrth iddi basio'r potiwrs yn gweiddi a rhegi, a'u clindarddach yn boddi unrhyw gynnwrf o du'r milwyr yn y pellter.

O'r diwedd, ymwthiodd Enid allan o'r dorf. Roedd hi'n rhydd, am ychydig. Edrychodd dros ei hysgwydd. Gallai weld y milwyr yn bustachu drwy'r dorf. Roedd eu harfwisgoedd trymion yn arafu eu taith. Doedd dim amser i aros. Rhedodd i lawr y stryd. Roedd hi o fewn dim i gyrraedd y cae a gwelai ganghennau'r coed yn ei gwahodd i'r goedwig. Y tu ôl iddi, roedd y milwyr wedi torri'n rhydd, yn agosáu, ac ar fin cyrraedd y cae. Doedd fiw iddi edrych yn ôl. Roedd hi mor agos. Yna, roedd hi dan ganopi'r coed. Rhedodd mor bell ag y gallai cyn cuddio y tu ôl i goeden anferth.

Wrth eistedd yno, edrychodd Enid o'i chwmpas. Doedd dim gwynt yn Nhref Dantus, ond roedd awel ysgafn yn ymledu drwy'r goedwig. Teimlai fel petai'r coed yn sgwrsio â'i gilydd. Yn bendant, roedd hudoliaeth gyfrin yn perthyn i'r Goedwig Hud. Âi sŵn y milwyr yn llai a llai wrth iddyn nhw ruthro tuag at galon y goedwig, tan nad oedd dim i'w glywed ond y dail yn sibrwd eu cyfrinachau. Cododd Enid, a theimlai gynhesrwydd cyfarwydd. Doedd hi erioed wedi bod yn y Goedwig Hud o'r blaen, ond eto fe deimlai'n gartrefol yno.

Edrychodd o'i chwmpas. Doedd hi ddim am fentro yr un ffordd â'r milwyr ac roedd rhywbeth yn ei thynnu i'r cyfeiriad arall beth bynnag. Crensiodd y dail crin dan ei thraed wrth iddi ymlwybro tuag at y grym oedd yn ei thynnu. Roedd yr haul ar fin machlud, a'i olau'n creu patrymau hudolus ar y coed. Ond roedd unig ffynhonnell olau Enid ar fin diflannu.

Dechreuodd flino. Erbyn hyn doedd dim golau i'w harwain a theimlai'n unig yn y tywyllwch. Doedd crensian y dail ddim yn rhoi cysur iddi rhagor ac roedd sibrwd y dail yn codi ofn arni. Roedd rhywbeth yn dal i'w thynnu yn ddyfnach i fewn i'r goedwig. Teimlai fel petai rhywun neu rywbeth yn ei dilyn. Gallai deimlo llygaid yn edrych arni. Roedd y cynhesrwydd wedi diflannu ac oerfel wedi cymryd ei le.

Oedodd Enid am eiliad. Roedd eiliad yn ddigon. Clywodd sŵn traed y tu ôl iddi. Gwyddai'r tro hwn i sicrwydd fod rhywun neu rywbeth yn ei dilyn. Goleuodd rhywbeth y goedwig. Teimlai Enid ei chalon yn curo. Safodd mewn tawelwch llwyr. Feiddiai hi ddim troi i wynebu'r golau. Roedd fel petai hi wedi rhewi. Yna torrwyd ar y tawelwch gan lais yn gofyn, 'Pwy wyt ti?'...

ENID

YNYS AFARUS

Pan drodd Enid i wynebu'r llais, roedd yr hyn a welodd hi'n ddychrynllyd. Safai dyn gwyllt yng nghanol y goedwig mewn dillad llwyd blêr a ffon bren yn ei law. Ar big y ffon roedd carreg emrallt, fel ei lygaid tywyll. Roedd Enid wedi gweld un debyg o'r blaen, ar ymweliad â chastell y Brenin Peredur ar Ynys Wen. Atebodd hi'r hen ddyn, 'Enid ferch Alys, Arglwyddes Afarus.' Dim ond troi a cherdded i ffwrdd wnaeth o. Ond doedd Enid ddim am roi'r gorau iddi mor hawdd â hynny. Dilynodd y golau oedd yn disgleirio o dop ffon yr hen ŵr drwy'r goedwig. Aeth oriau heibio, a'r haul yn bygwth gwawrio, ac roedd Enid wedi llwyr ymlâdd. Yr unig beth ar ei meddwl oedd llygaid blinedig, diemosiwn y dyn gwyllt.

Roedd o wedi anwybyddu Enid trwy'r nos wrth iddi erfyn arno i stopio. Tynnodd Enid ei llygaid oddi ar y golau am eiliad. Aeth popeth yn dywyll, a disgynnodd i'r llawr. Teimlai'n anobeithiol. Roedd hi ar fin crio pan glywodd sŵn o'i blaen. Cododd ei phen. Edrychodd Enid i'w lygaid unwaith eto. Aeth ias i lawr ei chefn. Edrychai'r dyn fel petai wedi byw am ganrifoedd.

'Dwi'n cymeradwyo dy ddyfalbarhad. Beth wyt ti isio?' gofynnodd yr hen ddyn.

'Mae fy mrawd wedi cael ei gipio. Dwi angen eich help.'

'Pan dwi'n trio helpu pobl, mae pobl yn cael eu brifo,' meddai'r hen ddyn fel petai mewn poen. 'Rwyt ti wedi dod i'r lle anghywir. Dwi'n ymddiheuro fod dy daith di'n ofer, ond fedra i ddim dy helpu.'

Trodd i ffwrdd a dechrau cerdded oddi wrthi.

'Rhyddhewch yr hyn a glöwyd yn y tywyllwch, neu marw fydd tynged y bachgen. Mae Gwydion yn gwybod,' gwaeddodd Enid arno. Stopiodd yr hen ddyn yn ei unfan. Mentrodd Enid yn ei blaen. 'Dwi'n cymryd mai chi yw Gwydion?'

'Lle glywaist ti'r geiriau yna?' holodd Gwydion gan droi.

'Roedden nhw wedi cael eu hysgrifennu mewn gwaed uwchben gwely fy mrawd, Pedr, ac ar y gwely roedd pysgod drewllyd, eu pennau ar goll...'

Roedd y ddau'n ddistaw am gyfnod. Eisteddodd Enid ar y gwely o ddail a mwd yn ceisio cael ei gwynt yn ôl, ac roedd Gwydion fel petai'n ceisio datrys pos yn ei ben. O'r diwedd, torrwyd ar y tawelwch.

'Tyrd efo fi,' ac ar hynny dechreuodd Gwydion gerdded. Dilynodd Enid mewn distawrwydd.

Teimlai Enid yn llawer mwy cartrefol yn y goedwig erbyn hyn. Bu neithiwr yn brofiad blinedig a brawychus, ond roedd hudoliaeth y goedwig wedi dychwelyd gyda'r haul. Ar ôl mwy o gerdded, roedd y coed yn agosach at ei gilydd a phob un yn drwm gan ddeiliach. Roedden nhw bron fel gwrychoedd. Yn sydyn diflannodd Gwydion rhwng dwy goeden. Cwffiodd Enid drwy'r canghennau, a'r deiliach yn crafu ei hwyneb. Yn y diwedd, gwthiwyd hi i'r llawr ac allan o'r drain gan gangen.

Cododd ar ei thraed. Roedd hi wedi cyrraedd agoriad yn y goedwig. O'i blaen roedd caban pren bychan. Deuai mwg o'r simnai. Amgylchynwyd y caban gan y coed a chanai adar o bob cyfeiriad. Roedd hud yn perthyn i'r lle, yn sicr, meddyliodd

Enid. Pesychodd Gwydion, a oedd yn sefyll yn y drws, i dynnu sylw Enid.

'Wyt ti am ddod i mewn?' holodd yn ddiamynedd cyn diflannu drwy'r drws.

Camodd Enid yn araf a gofalus ar draws y gwair tuag at y caban. Wrth iddi gamu dros y trothwy, caeodd y drws yn glep gan wneud i Enid neidio. Llosgai tân yng nghanol yr ystafell ac roedd crochan bach yn crogi uwch ei ben. Yn y gornel roedd carthen i rywun orwedd arni, ond doedd hi ddim yn edrych yn gyfforddus. Wrth ei hymyl, roedd cwpwrdd. Yn y gornel arall eisteddai Gwydion ar gadair bren yn astudio Enid. Rhoddodd arwydd iddi eistedd ar y gadair fechan arall oedd yr ochr arall i'r tân. Eisteddodd Enid arni. Cododd Gwydion, cerdded at y cwpwrdd ac estyn powlen. Llenwodd y bowlen gyda chawl o'r crochan a'i roi i Enid. Edrychai'r cawl yn rhyfedd. Roedd yn lliw anghynnes gyda lympiau rhyfedd ynddo. Rhyfeddach fyth oedd yr oglau.

'Mae'n siŵr dy fod di ar lwgu,' meddai Gwydion.

Derbyniodd Enid y bowlen gan ddiolch iddo. Cymerodd lymaid nerfus o'r cawl. Er syndod iddi roedd y cawl yn fendigedig; er na wyddai beth oedd ynddo. Doedd hi erioed wedi blasu dim byd o'r fath.

'Mae'n hyfryd.'

'Dwi'n gwybod,' meddai Gwydion fel petai Enid wedi dweud rhywbeth hollol hurt. Doedd o ddim wedi siarad yn iawn gyda neb arall ers blynyddoedd.

Edrychai Gwydion yn flinedig. Roedd Enid wedi amau ei fod wedi profi tristwch, siom, profedigaeth yn ei fywyd, ond roedd hi'n dechrau amau mai unigrwydd oedd wedi ei daro galetaf. Llowciodd Enid y cawl yn sydyn. Roedd hi eisiau atebion.

'Pwy sydd wedi cipio fy mrawd?'

Dim ond syllu i'r tân wnaeth Gwydion.

'Pwy?' crefodd Enid drachefn. Cododd llygaid Gwydion i edrych arni.

'Calrach.'

'Calrach?'

'Mae pawb wedi clywed ei stori, ond mae ei enw yn angof. Calrach oedd Brenin y Pedair Ynys. Y dewin olaf i deyrnasu. Daeth â thywyllwch ar draws ein hynysoedd,' adroddodd Gwydion, ei lygaid yn llenwi.

'Does dim ffasiwn beth â dewiniaid!' chwarddodd Enid. Cliciodd Gwydion ei fysedd. Diffoddwyd y tân. Cliciodd ei fysedd eto. Ailgynnodd y tân yn fwy llewyrchus nag o'r blaen. Edrychodd Enid mewn anghrediniaeth lwyr.

'Mae'n rhy beryglus i ti fynd ar ôl dy frawd,' meddai Gwydion.

'Sut...?' Roedd y geiriau'n sownd yn ei gwddf.

'Dos adra. Mae'n siŵr fod dy rieni'n poeni amdanat ti.'

'Dyna pam dwi angen chi i ddod efo fi.' Ymbiliodd Enid arno. 'Gyda'ch pwerau chi, mi allwn ni drechu Calrach, y dewin dieflig.'

Roedd ei feddwl yn rasio. Roedd Gwydion wedi bod yn arswydo wrth feddwl am y diwrnod hwn. Rhyfedd iddo deimlo presenoldeb ei hen ffrind ychydig ddyddiau yn ôl ac yntau heb feddwl amdano ers peth amser. Roedd o wedi gweithio'n galed i geisio cael gwared â Calrach o'i feddwl ers y dyddiau du.

'Fedra i ddim dy helpu di,' meddai eto, gan wyro ei ben mewn siom.

'Felly marw fydd tynged Pedr.'

Cododd Enid. Roedd hi wedi cael llond bol ar yr hen ddyn gwallgof. Doedd Enid ddim am wastraffu mwy o amser; amser efallai nad oedd gan Pedr. Edrychodd ar Gwydion fel petai'n faw ar waelod ei hesgidiau.

'Pa fath o fywyd ydy hyn?' gofynnodd gan edrych o'i chwmpas ar y caban gwag, oer. 'Eisteddwch chi yma'n gwneud dim, ond dwi am geisio achub fy mrawd,' meddai'n herfeiddiol gan ruthro drwy'r drws.

Wrth gerdded i ffwrdd, teimlai fel petai llygaid yn edrych arni. Trodd yn obeithiol i wynebu'r caban. Caeodd y drws yn araf. Roedd y tu mewn i'r caban yn dywyll. Suddodd calon Enid, a diflannodd i'r goedwig. Roedd hi ar ei phen ei hun eto.

Gwern

YNYS AFARUS

Curai pen yr Arglwydd Gwern fel y drwm fyddai'n curo'n ddidrugaredd yng ngwleddoedd Afarus. Bu'r wledd yn un ryfedd neithiwr. Suro wnaeth yr achlysur ar ôl i Taran ddysgu am ddiflaniad Enid a herwgipiad Pedr. Erbyn hynny roedd Gwern wedi yfed llawer gormod a doedd dim modd rhesymu ag o. Gorweddai yn ei wely yn awr yn syllu ar y nenfwd, ei wraig yn smalio cysgu wrth ei ochr. Llusgodd ei hun o'r gwely. Buasai'n well ganddo aros yno am byth ond rhaid oedd gwisgo arfwisg ei wyneb i guddio'i siom a'i gywilydd. Yfory bydden nhw'n hwylio i Ynys Wen ac roedd rhaid paratoi, ond wynebu Taran oedd yn ei boeni.

Ymlwybrodd Gwern o'i ystafell wely tuag at y neuadd, ei ben yn bowndio bob cam a'i fol yn cwyno. Aeth i lawr grisiau mawreddog y palas cyn cyrraedd y Neuadd Fawr. Roedd y drws ar led ac yno roedd Taran a'i deulu o gwmpas y bwrdd yn trafod yn ddwys. Sylwodd Math arno'n cerdded tuag atyn nhw. Trodd Taran i'w wynebu a lledodd gwên ar draws ei wyneb.

'Sut mae'r pen bora 'ma, Arglwydd Gwern?'

Chwarddodd y lleill wrth i fochau Gwern gochi.

'Mae popeth sydd wedi digwydd yn y dyddiau diwethaf yn dechrau dweud arna i,' atebodd Gwern gan geisio rhoi'r argraff ei fod yn poeni am ei blant. Pylodd gwên Taran. Cododd o'i sedd a chofleidio ei gyfaill.

''Dan ni i gyd yn barod i neud bob dim i ddod ag Enid yn ôl adra, a Pedr wrth gwrs,' meddai yn llawn cydymdeimlad.

'Mae fy milwyr gorau wedi mynd ar ei hôl. Mi ddown nhw o hyd iddi,' cyhoeddodd Gwern wrth bawb yn y neuadd mewn ymdrech i geisio ailsefydlu ei awdurdod.

'Beth am i mi yrru rhai o fy milwyr i ar ei hôl hefyd? Mi all Tyrfech fynd efo nhw, ac ella rhywun sy'n nabod yr ynys yn dda?'

Cododd Tyrfech ei ben yn syth wrth glywed ei enw. Edrychai fel petai ar fin protestio ond gwyddai mai gwell fyddai peidio â herio ei dad.

'Wyt ti'n siŵr? Dwi ddim eisiau achosi trafferth.'

'Trafferth? Mae dy blant di ar goll. Mae darpar-wraig Tyrfech ar goll. Dim trafferth o gwbl,' meddai Taran.

'Gwir. Eith Smwt efo nhw. Mae o'n nabod yr ynys yn well nag unrhyw un,' cytunodd Gwern.

'Gwych. Tyrfech, dos i hel dy bethau,' gorchmynnodd Taran. Ufuddhaodd ei fab, ond roedd ei wyneb yn bwdlyd wrth iddo adael y neuadd. Trodd Taran yn ôl at Gwern.

'Heddiw ma'n rhaid i ti orffwys. Mae'r diwrnod mawr yn agosáu. Wela i di wedyn, gyfaill.'

Gadawodd Taran y neuadd. Dilynodd Math ei frawd fel ci bach ffyddlon.

Yr unig rai ar ôl yn y neuadd oedd Gwern a Gwenllian ferch Manon. Roedd y distawrwydd yn llethol. Eisteddodd Gwern a chodi ei ben i edrych arni. Roedd hithau'n edrych arno yntau. Cofiodd y tro cyntaf y gwelodd o'i hwyneb. Roedd hi'r un mor brydferth nawr, flynyddoedd yn ddiweddarach. Teimlodd mor ddig tuag at ei dad am ei orfodi i briodi Alys. Roedd Alys yn dlws, ond roedd prydferthwch fel prydferthwch Gwenllian yn beth prin ofnadwy.

'Trist iawn oedd gen i glywed am eich plant,' torrodd Gwenllian ar y tawelwch.

'Diolch,' atebodd Gwern. Doedd o ddim yn gwybod beth i'w ddweud, ond straffaglodd yn ei flaen yn herciog. 'Dwi'n meddwl y byd ohonyn nhw. Maen nhw'n blant da.'

Celwydd noeth. Doedd Gwern ddim yn adnabod ei blant a doedd o'n bendant ddim yn meddwl y byd ohonyn nhw! Ond doedd o ddim eisiau i Gwenllian wybod hynny. Teimlai Gwern nad oedd ganddo ddim i'w golli.

'Doeddwn i ddim eisiau priodi Alys,' meddai'n sydyn a'r geiriau'n dod allan bron heb yn wybod iddo.

'Arglwydd Gwern, mae brenin yn cael dewis pwy mae o eisiau priodi,' gwenodd Gwenllian arno'n ddiniwed ond roedd ei llygaid yn dweud cyfrolau.

Wrth iddi gerdded heibio, rhoddodd ei llaw ar ysgwydd yr arglwydd. Oedodd am eiliad cyn cerdded i ffwrdd. Edrychodd Gwern arni, gan werthfawrogi ei chorff. Trodd Gwenllian i edrych arno unwaith yn rhagor cyn diflannu. Ochneidiodd Gwern. Dim ond un peth oedd ar ei feddwl. O'r diwedd, roedd o'n gallu gweld ei ddyfodol yn glir...

* * *

Yr ochr arall i'r palas, yn ddiarwybod i Gwern, roedd Tyrfech wedi gorffen pacio ei bethau pan ddaeth Taran i mewn i'w ystafell. Rhoddodd Taran ei law ar ysgwydd ei fab.

'Dwi'n gwybod nad wyt ti isio mynd, ond mae hyn yn bwysig.'

'Pam fi?' gofynnodd Tyrfech yn anobeithiol.

'Un diwrnod, mi fedri di fod yn Frenin y Pedair Ynys.'

'Dwi'm isio bod yn frenin, 'nhad. Dwi isio bod yn Arglwydd Ynys y Gogledd, fel chi, a dwi isio bod efo chi pan mae'r llong yn cyrraedd Ynys Wen,' atebodd Tyrfech. Edrychodd Taran arno â balchder.

'Mae'n rhy hwyr erbyn hyn. Mae hyn angen digwydd. Ac a bod yn onest, mae meddwl amdanat ti ar yr ynys hon yn rhoi cysur i mi. Mi all pethau fynd yn flêr yn y brifddinas. A wnei di hyn er mwyn dy dad? Er mwyn dy chwaer? Mae Carwen dy angen di rŵan, yn fwy nag erioed.' Cododd Tyrfech ei ben. Syllodd Taran ar ei wyneb. Roedd o fel edrych i ddrych y gorffennol.

Enid

YNYS AFARUS

Edrychai popeth yr un fath. Bu Enid yn ymlwybro drwy'r goedwig ers oriau. Doedd dim yn ei thynnu i nunlle rhagor a dim ond dilyn ei thrwyn oedd hi bellach. Teimlai'n rhwystredig nad oedd hi'n gwybod lle i chwilio am Pedr. Gollyngai'r haul ei olau gwan drwy ridyllau'r coed.

Penderfynodd Enid orffwys. Teimlai ei thraed fel dwy garreg. Disgynnodd i'r llawr a gorwedd yn erbyn boncyff coeden. Roedd hi mor dawel yno. Clywodd aderyn yn crawcian yn y pellter, wrth i'w llygaid gau. Doedd hi ddim yn y goedwig rhagor. Safai yng nghanol neuadd ei chartref. Doedd dim tân i'w chynhesu a gwelai fwg ei hanadl yn dianc o'i cheg. Roedd baneri Afarus wedi rhwygo ar hyd y waliau, a rhai wedi disgyn yn gyfan gwbl.

Clywai sŵn crio yn dod o un ochr i'r neuadd. Eisteddai merch ar y llawr yn crio. Gwisgai glogyn dros ei phen. Wrth i Enid ymlwybro'n ofalus tuag ati, clywodd flaidd yn udo y tu ôl iddi, ond doedd dim byd yr ochr honno o'r neuadd, dim ond y baneri blêr. Aeth yn ei blaen. Wrth iddi agosáu, peidiodd y crio. Arhosodd Enid yn ei hunfan wrth i'r ferch droi'n araf bach i'w hwynebu. Gwelodd Enid yr wyneb cyfarwydd a oedd, fel arfer, wastad yn gwenu.

'Siwan?' gofynnodd Enid mewn sioc.

Edrychai Siwan fel y gwnâi'r tro diwethaf iddi ei gweld. Y tro hwn doedd hi ddim yn gwenu arni. Roedd casineb yn ei llygaid.

'Rwyt ti wedi fy mradychu,' poerodd Siwan.

Wyddai Enid ddim beth i'w ddweud. Roedd hi'n methu siarad, er iddi drio gyda'i holl nerth.

'Help...'

Daeth y llais cyfarwydd o ochr arall y neuadd. Trodd Enid yn sydyn. Yno'n sefyll roedd ei brawd. Edrychai'n deneuach nag arfer ac roedd ei lygaid yn ddwy ogof ddu.

'Pedr!'

Camodd tuag ato. Dechreuodd Siwan grio unwaith eto a throi i ffwrdd. Udodd y blaidd drachefn. Y tro hwn roedd mwy nag un. Teimlai ei chroen yn rhewi wrth iddi gerdded at ei brawd. Stopiodd pan glywodd lais dwfn yn sibrwd.

'Mi wna i roi'r byd i ti.' Edrychodd o'i hamgylch i gyfeiriad y llais.

'Help,' ymbliliodd Pedr.

'Mi wna i roi'r byd i ti.'

Udodd y bleiddiaid.

Cynyddodd crio Siwan.

Sŵn brigyn yn torri.

'Mi wna i roi'r byd i ti...'

Deffrodd Enid o'i hunllef. Roedd yr haul wedi diflannu y tu ôl i'r coed ac roedd hi mor oer â'i breuddwyd. Teimlai ei bochau'n rhewi a'i dannedd yn clecian. Clywodd sŵn brigyn yn torri a bleiddiaid yn udo. Cododd yn sydyn a throi i adael. Rhewodd gwaed Enid. Yno'n disgwyl amdani roedd tri blaidd. Doedd hi ddim yn breuddwydio rhagor. Harthiodd y bleiddiaid gan ddangos eu dannedd miniog, a phoer yn diferu i'r llawr. Pwyntiai eu clustiau fel cleddyfau ati a rhewai eu llygaid cochion ei chalon. Roedd y tri ar lwgu ac roedden nhw eisiau i Enid wybod hynny. Camodd y bleiddiaid yn agosach. Roedd Enid eisiau rhedeg ond doedd ei choesau ddim yn ymateb a gwyddai nad oedd ganddi obaith dianc.

Caeodd ei llygaid am eiliad. Meddyliodd am ei hystafell wely glyd. Clywodd flaidd arall yn udo ond roedd yr udo yma'n wahanol. Agorodd ei llygaid. Safai blaidd du o'i blaen, yn wynebu'r tri blaidd arall. Roedd Enid yn methu deall. Udodd y blaidd unwaith eto, cyn troi ei ben at Enid. Sylwodd hithau ar ei lygaid duon oedd fel pyllau, fel rhai Pedr yn ei breuddwyd. Daeth yr olygfa â dagrau i'w llygaid. Yna, dechreuodd y tri blaidd llwyd redeg at Enid a'r blaidd du. Aeth y bleiddiaid benben â'i gilydd gyda'u holl nerth, eu hewinedd a'u dannedd yn suddo i'w crwyn. Roedd y frwydr yn un ffyrnig. Cwffiodd y blaidd du gyda dau o'r bleiddiaid llwyd gan adael un yn rhydd i ddod at Enid. Edrychai'n fuddugoliaethus. Roedd o'n edrych ymlaen at ei swper.

Wrth i'r blaidd neidio tuag ati, llenwyd y goedwig â goleuni. Caeodd Enid ei llygaid a disgynnodd i'r llawr. Udodd y bleiddiaid eto, y tro hwn mewn poen. Gwrandawodd Enid arnyn nhw yn dioddef, cyn i'r udo dawelu a'r golau ddechrau pylu. Agorodd ei llygaid. Y cwbl a welai oedd golau llachar, ond ar ôl ychydig, dechreuodd weld y goedwig. Roedd y bleiddiaid yn gelain ar lawr a ffigwr yn sefyll o'u blaenau, a ffon yn ei law.

Daeth Enid ati hi ei hun. Safai Gwydion yno, gyda'r bleiddiaid y tu ôl iddo. Roedd golwg ddiamynedd ar ei wyneb. Newidiodd ei emosiwn pan sylwodd fod Enid yn gallu ei weld.

'Ti'n gallu gweld?' gofynnodd mewn sioc.

'Be?...'

'Dwyt ti ddim i fod i allu gweld mor sydyn ar ôl y golau.

Mae'n cymryd dyddiau fel arfer,' meddai Gwydion mewn penbleth.

'Ydy'r bleiddiaid i gyd wedi marw?' gofynnodd Enid.

'Mae'r goleuni'n lladd unrhyw enaid drwg sydd yn agos. Roedd y bleiddiaid yma'n ceisio dy ladd.'

'Ond roedd yr un du'n ceisio fy achub.'

Trodd Gwydion i edrych ar y pentwr ar y llawr. 'Mae'n rhaid fod rhyw ddüwch yn perthyn iddo.'

Trodd i wynebu Enid. 'Cwyd ar dy draed. Rwyt ti wedi bod yn mynd mewn cylchoedd.' Dechreuodd gerdded i ffwrdd ond yna stopiodd y dewin a throi unwaith eto.

'Wyt ti'n dod neu beidio?'

Edrychodd ar Gwydion cyn codi. Ysgydwodd Enid y dail oddi ar ei dillad a dilynodd oleuni ffon y dewin drwy'r Goedwig Hud.

* * *

Baglodd Enid dros frigyn a disgyn i'r llawr. Er ei bod hi'n fore, doedd yr haul ddim wedi dod i'w chyfarch heddiw. Roedd y coed yn ei gwarchod rhag y gwynt ond clywai'r dail yn crynu. Disgynnai ambell ddiferyn o law arni bob hyn a hyn. Cododd ar ei thraed i weld Gwydion yn pwyso ar ei ffon ac yn edrych arni'n frwnt. Roedd hithau wedi dechrau cael llond bol hefyd.

'Ydych chi'n gwybod lle 'dach chi'n mynd?!' gofynnodd yn flin.

'Ydw,' trodd a cherddodd i ffwrdd.

Ochneidiodd Enid cyn dilyn y dewin diamynedd. Teimlai fel oes ers iddi ddechrau ei ddilyn. Dim ond sŵn traed yn torri dail a brigau oedd i'w glywed. Roedd y cyfan ychydig fel breuddwyd, un oedd fel petai'n para am byth. Roedd y ddau wedi bod yn cerdded mewn distawrwydd ers i Enid synhwyro nad oedd gan Gwydion awydd siarad. Penderfynodd roi cynnig arni eto.

'Pam fod Calrach wedi ysgrifennu'ch enw chi ar y wal?'

Arafodd Gwydion ychydig cyn cario ymlaen.

'Mae gen i hawl i gael gwybod.'

'Hen ffrind,' harthiodd Gwydion.

'Ond pam fod o isio chi?'

'Pwy ti'n meddwl gloiodd o yn Ogof Tywyllwch?'

Trodd Gwydion i edrych arni fel petai hi'n dwp.

'Do'n i ddim yn gwybod ei fod o yn Ogof Tywyllwch, lle bynnag mae fanna. Dydych chi ddim wedi dweud dim wrtha i,' atebodd Enid fel hogan fach ddigywilydd. Gwyddai Gwydion ei bod yn hollol gywir.

'Tydy Calrach ddim yn gallu dod allan o'r ogof,' oedodd y dewin. 'Mae o wedi mynd yn wallgof.' Dechreuodd llygaid Gwydion lenwi. Llyncodd ei boer yn drwm. 'Dechreuodd ladd pobl ddiniwed, plant diniwed. Felly, roedd yn rhaid ei gloi o yn y Tywyllwch.'

'Pam ddim ei ladd o?'

Chwarddodd Gwydion yn rhwystredig cyn tynnu anadl ddofn. 'Weithiau mae'n haws creu golau na wynebu'r tywyllwch.'

'Be?'

Aeth Gwydion yn ei flaen drwy'r goedwig. Safodd Enid yno mewn penbleth. 'Sut mae Calrach wedi llwyddo i gipio Pedr, felly? Ydy o wedi dianc?'

'Nac ydy, neu fasa fo wedi dod i chwilio amdana i ei hun. Mae o wedi dod o hyd i ffordd o gipio Pedr ond dwi ddim yn gwybod sut.'

Rhedodd Enid ar ei ôl. Dechreuodd y gwynt gynyddu drwy'r goedwig a chlywodd Enid adar yn canu. O'r diwedd, daeth y goedwig i ben ac o'i blaen roedd y môr glas yn golchi'r cerrig mân. Doedd dim tir i'w weld yn unlle heblaw am yr ynys dan ei thraed. Gallai deimlo gwynt y môr yn anwesu ei boch. Caeodd ei llygaid ac am eiliad teimlai'n llonydd, tan i Gwydion dorri ar ei thraws.

'Wyt ti'n mynd i helpu?'

Edrychodd Enid ar Gwydion yn ceisio gwthio cwch rhwyfo blêr, budur yn agosach at y môr.

'O lle ddoth hwnna?'

'Roedd o yma'n barod,' atebodd Gwydion gyda straen yn ei lais.

'Chi sydd bia fo?'

'Dwi ddim yn gwybod pwy sy'n berchen y cwch ond mae wedi bod yma ers blynyddoedd, heb ei gyffwrdd, dim ond gen i.'

'Pam dach chi isio ei ddefnyddio fo?'

'Os nad wyt ti wedi sylwi'n barod, mae gen i dipyn o amser ar fy nwylo. Dwi'n hoff o fynd ar y môr o bryd i'w gilydd,' meddai Gwydion gydag elfen o hiraeth yn ei lais.

'Na, pam dach chi isio ei ddefnyddio fo rŵan?' gofynnodd Enid â golwg ddryslyd arni.

'Wyt ti'n gallu hedfan?'

'Nac ydw.'

'Felly bydd angen cwch i groesi'r Môr Anhysbys draw i'r ynys. Mae'n daith hir a pheryglus,' meddai Gwydion gan ddal i wthio'r cwch i'r dŵr heb unryw fath o gymorth gan Enid.

'Pa ynys? Lle mae'r Ogof Tywyllwch 'ma?'

Roedd hanner y cwch yn y dŵr. Trodd Gwydion i wynebu Enid a golwg wedi blino'n lân arno. 'Ar ynys fechan, rhwng y

Pedair Ynys a'r Tiriogaethau Rhydd,' oedodd Gwydion. 'Ynys Trigo.'

Rhythodd Enid arno cyn torri ar y tawelwch. 'Dwi 'rioed wedi clywed am Ynys Trigo chwaith.'

Ochneidiodd Gwydion. 'Eistedda yn y cwch.'

Ufuddhaodd Enid. Gwthiodd Gwydion y cwch i'r môr cyn neidio i mewn ati hi ac edrychodd y ddau ar ei gilydd wrth i'r cwch bellhau'n araf oddi wrth y lan. Gwyddai Enid nad oedd Gwydion am godi'r rhwyfau ond roedd hithau'n gallu bod yn styfnig hefyd. Eisteddai Gwydion yn llonydd a bodlon tra bod Enid yn dechrau colli amynedd a'i thu mewn yn corddi. Gwylltiodd Enid cyn gafael yn y rhwyfau a dechrau rhwyfo. Gwenodd Gwydion.

Doedd Enid erioed wedi gweld Ynys Afarus fel hyn o'r blaen. Edrychodd draw at y tir gwyrdd, hardd mewn edmygedd. Gwahanol iawn i Borth Afarus, meddyliodd. Tybed ble oedd ei thad erbyn hyn? Oedd o'n chwilio amdani? Neu oedd o wedi anghofio amdani yn yr un modd â Pedr? Teimlai'n euog am adael ei mam. Roedd Enid a'i mam wastad yn ffraeo ond roedd cariad rhyngddyn nhw, ond doedd dim cariad yn perthyn i'w thad.

Dechreuodd glaw mân ddawnsio ar wyneb y môr. Roedd Enid wedi bod yn rhwyfo ers peth amser ac edrychai Ynys Afarus mor bell i ffwrdd bellach. Gallai weld ynys arall yn y pellter draw tua'r dwyrain. Ynys Wen oedd hi, mae'n rhaid. Stopiodd Enid rwyfo, wedi ymlâdd. Dim ond edrych allan ar y môr wnâi Gwydion.

'Wnewch chi rwyfo am ychydig? Mae fy nwylo'n lladd i!' meddai Enid gan ddangos bod ei dwylo'n swigod mân drostyn nhw.

Rowliodd Gwydion ei lygaid cyn clicio'i fysedd. Dechreuodd

y rhwyfau symud ar eu pen eu hunain a hynny'n llawer cyflymach nag oedd Enid wedi bod yn rhwyfo. Edrychodd Enid ar Gwydion yn flin. Roedd golwg ddireidus ar ei wyneb, yn amlwg wedi mwynhau ei gweld yn trafferthu.

'Pam wnaethoch chi ddim hynny o'r dechrau?!'

'Ro'n i eisiau ychydig o ddistawrwydd.'

Croesodd Enid ei breichiau ac edrych i ffwrdd. Roedd darn o dir arall yn y pellter ac edrychai'n ynys enfawr.

'Ai honna ydy Ynys Trigo?'

'Dyna'r Tiriogaethau Rhydd. Dydyn ni ddim eisiau mynd yn rhy agos.'

'Pam wnaethoch chi aros yn Afarus ar ôl beth ddigwyddodd? Pam ddim symud i'r Tiriogaethau Rhydd?' holodd Enid.

'Afarus yw fy nghartref ers pan o'n i'n bymtheg oed. Yno dwi wedi treulio'r rhan fwya o fy mywyd. Ro'n i wedi gwneud beth oedd yn rhaid, felly roedd hi'n amser i ddynion reoli'r Pedair Ynys, a dim dewiniaid, ond ro'n i'n methu gadael.'

'Tydy dynion ddim ffit i reoli chwaith,' meddai Enid yn swta.

Gwenodd Gwydion ac edrychodd ar Enid yn llawn edmygedd. 'Ti'n meddwl fasat ti'n gallu rheoli ynys?'

'Dwi ddim isio. Dwi isio gweld y byd, dim eistedd ar orsedd ddrudfawr yn dweud wrth bawb be i wneud. Ond yr unig beth dwi isio ar y funud ydy Pedr yn ôl yn ddiogel.'

'Mi wna i bopeth i dy helpu, ar un amod,' meddai Gwydion dan wenu.

'Be?'

'Dy fod ti'n gofyn llai o gwestiynau!' Diflannodd y wên gynnes a throdd ei wyneb yn un piwis unwaith eto.

Ochneidiodd Enid. Yna clywodd grafiad o dan y cwch. Edrychodd y ddau ar ei gilydd. Gafaelodd Gwydion yn ei ffon ac edrych i'r môr. O'u hamgylch roedd cysgodion yn nofio. Taflodd un creadur ei hun yn erbyn gwaelod y cwch gan wneud i'r ddau neidio, a disgynnodd ffon Gwydion i mewn i'r dŵr. Roedd rhywbeth neu rywun yn ymosod arnyn nhw.

Rhan 2

Y Brifddinas

Siwan

YNYS WEN

Safai Siwan wrth y tân yn y Neuadd Fawreddog. Syllai ar y fflamau, gan gnoi ei hewinedd. Roedd hi'n aflonydd. Doedd hi ddim wedi clywed yn ôl gan Enid ers dyddiau lawer. Roedd sawl llong wedi angori ym mhorthladd Porth Wen ond dim un llythyr. Poenai am ei ffrind, er yn gwybod y byddai hi'n gallu sefyll ar ei thraed ei hun, yn llawer gwell nag y gallai hi wneud fyth. Roedd Enid yn wydn a hithau mor wan.

Clywodd sŵn y tu ôl iddi. Trodd i wynebu aderyn du yn hedfan tuag ati cyn iddo lanio ar fwrdd bychan wrth ymyl y tân. Ochneidiodd Siwan mewn rhyddhad.

'Wnest ti godi ofn arna i, Brân!'

Crawciodd Brân yn bryfoclyd. Roedd Siwan wrth ei bodd yng nghwmni ei chyfaill bach ffyddlon.

'Dwi'n poeni am Enid, Brân. Gobeithio nad oes rhywbeth wedi digwydd iddi.'

Agorodd drysau'r neuadd, a cherddodd Modryb Dorcas i mewn yn awdurdodol, gan afael mewn pentwr o lythyrau a sgroliau. Rhuthrodd Siwan ati'n gyffrous.

'Oes llythyr i mi?'

'Well i ti fynd â Brân o 'ma cyn i dy dad ddeffro,' meddai Dorcas wrth roi'r pentwr ar y bwrdd bwyta. 'A na, does dim llythyr i ti, mae'n ddrwg 'da fi.'

Roedd hi'n anodd gan Siwan guddio ei siom. Trodd at Brân oedd wedi darllen ei meddwl. Hedfanodd heibio'r ddwy a diflannu drwy'r ffenestr. Edrychodd Dorcas arni a gwenu.

'Rwyt ti'n edrych mwy fel dy fam bob dydd. Mae 'da ti'r un llyged yn union; perlau gwyrddlas. Fe fyddai hi'n falch iawn ohonot ti.'

Gwenodd Siwan, ond roedd golau'r haul yn disgleirio arni o'r ffenestr ac yn ei dallu am ennyd. Agorodd ei cheg a chau un llygad i herio'r haul.

'Ca dy geg, ti'n edrych yn dwp!'

Roedd Siwan yn meddwl y byd o'i modryb, er mor frwnt ei thafod oedd hi weithiau.

'Mae'n ddrwg 'da fi.'

'Os wyt ti moyn priodi arglwydd, fydd neb moyn ti'n edrych fel 'na.'

Cyngor teg ond brwnt unwaith eto gan Dorcas. Roedd hi'n edmygu dawn dweud ei modryb. Merch ddistaw ac ufudd oedd Siwan. Gwraig berffaith i unrhyw arglwydd, yn ôl ei thad.

Daeth sŵn chwibanu ar draws meddwl Siwan. Cerddodd dyn ifanc tenau i mewn i'r neuadd, a golwg fodlon iawn arno.

'Modryb Dorcas a fy annwyl chwaer, bore da, ac am fore hyfryd yw hi,' cyhoeddodd Maelgwn â gwên fawr ar ei wyneb.

'Mae rhywun yn hapus!' meddai Dorcas.

'Newyddion da o lawenydd mawr, mae 'nhad o'r diwedd wedi dewis pwy fydd y ferch ffodus fydd yn cael y fraint o fod yn wraig i mi, y Tywysog Maelgwn ap Peredur, brenin y dyfodol!'

'Dwi'n gwybod. Mae 'da ti waith diolch i mi. Pwy ti'n feddwl helpodd Peredur i ddewis?' atebodd Dorcas.

'O, Dorcas! Rwyt ti werth y byd!'

'Pwy yw hi 'te?' gofynnodd Siwan yn gyffro i gyd.

'Gwenfair, merch Owain, Ceidwad y Dwyrain. Y peth hardda weles i erioed,' meddai Maelgwn gan syllu i ryw wagle fel petai mewn breuddwyd.

Roedd Siwan wedi syrffedu ar y ffordd y gwnâi pawb, yn ferched a dynion, fesur gwerth merch yn sgil ei harddwch. Edrychodd Siwan arno, roedd ganddo'r un trwyn â'u tad – trwyn mawr tew, a'r un gwallt tywyll blêr. Un o'r gwahaniaethau mwyaf rhwng y ddau, erbyn hyn, oedd mai dim ond un ên oedd gan Maelgwn, lle roedd tair neu bedair yn gorffwys dan geg y brenin, ar ddiwrnod da! Roedd ei brawd hŷn, Aneirin Wyn II, yn wahanol i'r ddau, heb fod mor hyderus ar lafar, ond yn gryfach yn gorfforol ac yn feddyliol. Yn anffodus, alltudiwyd Aneirin yn filwr i Ynys y Gwynt am fradychu'r brenin. Yno roedd lleoliad prif safle Byddin y Pedair Ynys. Doedd hi byth yn ei weld ac roedd hynny'n ei gwneud yn drist.

Daeth sŵn cloncian arfwisg i dorri ar draws ei meddyliau. Straffaglodd y Brenin Peredur i mewn i'r neuadd yn ei wisg fawreddog ddu, oedd yn ysgubo'r llawr wrth iddo gerdded yn araf tuag atyn nhw. Doedd dim llawer o bobl or-dew ar yr ynys, ond roedd y brenin bron yn ddwbl maint y rhan fwyaf o'r dinasyddion. Roedd gwên ar ei wyneb wrth iddo edrych ar ei blant a'i chwaer, Dorcas. Aeth ias i lawr cefn Siwan wrth weld pwy oedd yn dilyn y brenin: Bleddyn y Bwystfil – cawr o ddyn, a Phrif Warchodwr y brenin. Roedd y Bwystfil yn dal i godi ofn ar Siwan, er ei bod hi'n bymtheg oed erbyn hyn. Arhosodd Bleddyn fel delw wrth y drysau wrth i'w thad gamu'n araf ati.

'Siwan, mae 'da fi newyddion da i ti. Rwy wedi dewis gŵr i ti.'

Chwarddodd y brenin ac oglau gwin gorau'r ynys ar ei

wynt, wrth iddo straffaglu i eistedd ar gadair wrth y bwrdd. Diolch byth fod y cadeiriau'n ddigon cadarn i gymryd yr holl bwysau.

'Dere 'ma, 'mechan i,' meddai'r brenin gan roi ei law ar ei lin.

Ufuddhaodd Siwan gan eistedd ar lin ei thad – rhywbeth roedd hi'n hoff o wneud, er ei bod hi ychydig yn hen i hynny. Ond doedd hi ddim yn hoff o weld y darnau o fwyd oedd yn gaglau yn ei farf.

'Roedd yr Arglwydd Macsen a'i deulu'n arfer dod yma o Ynys y Gwynt yn aml, wyt ti'n cofio?'

'Ydw, 'nhad,' atebodd Siwan.

'Beth oedd enw'r crwt 'na ro't ti'n hoff ohono fe'

'Dyfan,' meddai Siwan gan ddechrau cochi.

Edrychodd Siwan a'i thad ar ei gilydd am eiliad cyn iddi ddeall yr hyn roedd y brenin yn ceisio'i ddweud wrthi. Cododd ar ei thraed yn sydyn.

'Ydw i'n mynd i fod yn wraig i Dyfan fab Macsen?'

Chwarddodd y brenin wrth weld y cyffro ar wyneb ei ferch.

'Wyt ti eisiau bod yn Arglwyddes Siwan ferch Olwen, gwraig Arglwydd Ynys y Gwynt?' heriodd y brenin.

'Yn fwy na dim,' meddai Siwan gan eistedd yn ôl ar lin ei thad.

'Cei di gadw llyged ar y tylwyth teg o frawd sydd 'da ti yno!' poerodd ei thad gyda dirmyg.

'Dwi'n mynd i ddweud wrth Brân.'

Cododd Siwan a dechrau rhedeg at y drws.

'Paid â gadael y deryn felltith 'na mewn i'r castell!' gwaeddodd y brenin arni.

Arafodd Siwan wrth gyrraedd y drws. Roedd hi'n gorfod

cerdded heibio Bleddyn y Bwystfil. Gwisgai ei helmed, fel y gwnâi bob tro, a'i lygaid cochion yn syllu ar Siwan. O dan ei helmed mae'n debyg fod ei wyneb yn greithiau i gyd. Roedd llawer o storïau, neu chwedlau, am sut y cafodd ei greithiau; cwffio â bleiddiaid wrth hela gyda'i thad-cu yng Nghoedwig Bryn Du, neu ar ôl cael ei gipio gan ddynion gwyllt y Gogledd ar ôl Brwydr Afon Gwyllt. Doedd dim posib gwybod. Doedd gan Bleddyn ddim llawer i'w ddweud ac roedd gan bawb arall ormod o ofn mentro siarad ag o, heblaw am y brenin wrth gwrs.

Ochneidiodd Siwan mewn rhyddhad unwaith eto wrth basio Bleddyn. Rhuthrodd i fyny'r grisiau. Roedd hi'n methu aros cael dweud wrth Brân. Wrth iddi basio ffenestri ar y grisiau sylweddolodd fod yr haul wedi diflannu. Roedd glaw mân wedi cyrraedd Ynys Wen, ac yn y pellter roedd cymylau duon bygythiol yn nesáu. Anwybyddodd Siwan y tywydd, doedd dim byd yn mynd i ddifetha'i hapusrwydd heddiw.

* * *

Bu'n ddiwrnod hir, llawn cyffro, ond edrychai Siwan ymlaen at gael llonydd. Gallai weld goleuadau llusernau Porth Wen yn y pellter o'i llofft a chlywed y glaw yn curo ar y ffenestri. Edrychodd ar y ddinas. Doedd hi erioed wedi wedi bod i lawr yno, dim ond crwydro o fewn muriau'r castell, rhywbeth roedd hi'n hoff o'i wneud.

Gorffwysodd Siwan ar y gwely. Dan olau gwan y gannwyll gwelai batrwm lleithder ar y nenfwd. Edrychai fel yr hen fap roedd hi'n hoff o'i astudio pan oedd hi'n ferch fach. Map o'r Pedair Ynys. Roedd y canol hyd yn oed yn edrych fel Môr y Meirw. Credai llawer mai canol y môr hwn oedd canol y byd.

Cofiodd Siwan am y chwedl y byddai Dorcas yn ei hadrodd. Flynyddoedd maith yn ôl un ynys fawr oedd y Pedair Ynys. Bu ffrae fawr rhwng y pedwar arglwydd a reolai'r ynys. Gwasgarodd y bobl i bedair cornel o'r ynys i baratoi am ryfel. Arhosodd y rhai nad oedd eisiau dim i'w wneud â'r ffrae yn y canol. Yno, cododd y storm fwyaf erioed, gan achosi llifogydd. Boddi oedd tynged y rhai nad oedd eisiau rhyfel, y rhai diniwed. Credai rhai mai'r lleuad oedd wedi creu'r storm i osgoi rhyfel. Credai eraill mai lol oedd y chwedl. Wyddai Siwan ddim beth i'w feddwl, ond byddai hi'n aml yn hel meddyliau am y rhai diniwed oedd yn gorwedd ar wely'r môr.

Trodd sylw Siwan pan glywodd sŵn adenydd, yna hedfanodd Brân i mewn i'w hystafell wely gan geisio ei dychryn, ond roedd Siwan wedi clywed yr aderyn bach pryfoclyd yn dod. Eisteddodd ar erchwyn y gwely.

'Tro nesa falle?'

Glaniodd yr aderyn direidus ar y silff ffenest.

'Alla i ddim dishgwl symud i Ynys y Gwynt at Dyfan, a bod yn arglwyddes ar fy ynys fy hunan. Dychmyga'r holl wleddoedd, y gwisgoedd a'r dawnsio,' adroddodd Siwan, ar goll yn ei ffantasi ddiweddaraf.

Disgynnodd diferyn o'r to gan dorri ar draws ei meddyliau. Ac un arall yn fuan wedyn. Roedd y gwynt a'r glaw wedi tawelu a'r cyfan oedd i'w glywed oedd *drip... drip... drip...*

'Wyt ti am ddod 'da fi i Ynys y Gwynt?' gofynnodd Siwan.

Crawciodd Brân yn uchel, fel arwydd ei fod yn cymeradwyo.

'Ddim rhy uchel, neu bydd rhywun yn clywed!' chwarddodd Siwan yn ddiniwed.

Disgynnodd yn ôl ar y gwely. Ceisiodd ganolbwyntio ar y patrwm. Wrth i fflam y gannwyll bylu, roedd yn anos iddi ei weld. Caeodd ei llygaid a gwelodd yr hen fap yn ei phen. Enwau trefi, mynyddoedd, afonydd; llefydd nad oedd hi erioed wedi bod ynddyn nhw, dim ond yn ei phen. Gwelodd siâp Ynys y Gwynt yn glir. *Drip.* Agorodd ei llygaid yn sydyn. Edrychodd tuag at y silff ffenest lle roedd ei chyfaill ffyddlon yno'n ei gwarchod.

'Beth os nad yw e'n hoffi fi? Beth os nad odw i'n deilwng ohono?'

Daeth ton o ansicrwydd drosti. Dechreuodd chwysu. Roedd Siwan wedi disgwyl cymaint am hyn, ac roedd hi eisiau i bopeth fod yn berffaith. Cofiodd pan oedd hi'n iau, a Dyfan yn dod draw gyda'i dad Macsen i ymweld â Phorth Wen. Roedd Siwan a Dyfan yn dipyn o ffrindiau adeg hynny. Teimlai'n hyderus y byddai popeth yn disgyn i'w le. Yfory byddai'n cael gwybod pryd fyddai'r briodas a daeth y cyffro yn ôl.

Edrychodd ar yr hollt oedd fel craith yn y to. Dilynodd y diferyn diweddaraf o'r to i'r llawr. *Drip.* Roedd y gannwyll, fel hithau, yn blino. Edrychodd Siwan ar y patrwm unwaith eto, ond doedd dim posib ei weld. Roedd y Pedair Ynys wedi eu llyncu gan y tywyllwch. Rhuai'r gwynt a'r glaw eto gan foddi sŵn y diferion. Caeodd ei llygaid, a deffrowyd hi fore trannoeth gan sŵn taran. Roedd hi'n fore gwlyb a diflas. Roedd y gwynt wedi tawelu. *Drip.* Canodd cyrn o'r porthladd. Roedd llong wedi cyrraedd Ynys Wen.

Gwern

YNYS WEN

Camodd yr Arglwydd Taran o'r llong i'r porthladd, a dilynodd yr Arglwydd Gwern fel gwas bach ufudd. Amgylchynwyd y ddau gan filwyr o'r ddwy ynys oedd yno i'w gwarchod. Gwynt a glaw oedd yn eu croesawu ar Ynys Wen, ond parhau i weithio heb gymryd fawr o sylw o'r arglwyddi a wnâi pawb yn y porthladd, er yr holl ffanffer. Yno'n eu disgwyl roedd y Pendefig Madog o Borth Wen ac Owain, Ceidwad y Dwyrain, aelodau o Gyngor y Brenin. Roedd y ddau yn wrthgyferbyniad perffaith i'w gilydd; Owain yn dal a thenau a Madog yn bwdin bach tew.

Roedd llu o filwyr yn sefyll yn seremonïol y tu ôl i'r ddau. Gwenodd y pâr yr un pryd â'i gilydd wrth i Gwern a Taran nesáu.

'Croeso i Borth Wen, arglwyddi. Mae'r Brenin Peredur Wyn yn gwerthfawrogi eich presenoldeb yma mewn cyfnod anodd i'r Pedair Ynys,' croesawodd Madog yr arglwyddi gan foesymgrymu.

'Ddim digon i'n croesawu ni ei hun?' gofynnodd Taran gyda gwên ddireidus ar ei wyneb.

Edrychodd Madog yn chwithig arno, fel petai wedi lladd ar ei blant ei hun.

'Mae'r brenin yn gyndyn o adael y castell y dyddie 'ma, am nifer o resyme,' chwarddodd Owain.

'Dwi ddim yn beio'r brenin. Dwi'n siŵr fod ganddo ddigon o win y Pig i gadw cwmni iddo,' atebodd Taran.

Gwenodd Owain. Roedd gan Owain balas enfawr yn y Pig, oedd ar bwynt mwyaf dwyreiniol Ynys Wen. Yno byddai'n treulio'r rhan fwyaf o'i amser yn gwledda ac yn mwynhau bywyd i'r eithaf. Byddai Owain yn lletya ym Mhorth Wen pan fyddai cyfarfodydd y Cyngor, ond roedd ei galon yn y Pig, a gwyddai pawb pa mor benderfynol oedd o i gadw ei afael ar ei swyddogaeth fel Ceidwad y Dwyrain. Draw yn y dwyrain hefyd roedd gwinllannoedd gorau'r Pedair Ynys. Roedd sôn fod y Brenin Peredur yn hoff iawn o dreulio'i ddyddiau yn yfed poteli ar ôl poteli o'r gwin, ond anodd iawn oedd cael gafael ar botel ar unrhyw ynys arall.

Doedd dim byd wedi ei drefnu i gludo'r arglwyddi o'r porthladd i'r castell, felly dechreuwyd ar y daith hir drwy'r ddinas ar droed. Teimlai Gwern yn ddig nad oedd dim i'w gwarchod rhag y glaw. Ai dyma ffordd y Brenin o ddangos diffyg parch? Doedd Taran ddim fel petai'n poeni. Roedd o wedi hen arfer efo'r gwynt a'r glaw ar Ynys y Gogledd. Roedd y daith yn gyfle iddyn nhw weld y ddinas. Doedd Gwern ddim wedi bod yma ers pedair blynedd. Roedd marchnadoedd yn gwerthu llysiau, pysgod a gwin ar bob cornel a sgwâr. Deuai'r oglau pysgod ag atgofion i Gwern o ystafell Pedr. Dyna'r tro cyntaf iddo feddwl am ei fab ers sbel. Doedd o ddim yn ei golli a doedd o ddim yn teimlo'n ddrwg am beidio chwaith. Edrychodd dros ei ysgwydd. Cerddai ei Gyngor y tu ôl iddyn nhw, a Chyngor Taran hefyd, sef ei deulu. Edrychodd Gwenllian arno'n chwareus, a gwenodd Gwern arni. Yn wahanol i Alys, roedd Gwenllian yn gwneud i'w galon guro'n gyflymach. Rhyfedd nad oedd hi erioed wedi priodi.

Roedd hi'n amlwg wrth edrych o'u cwmpas bod y diffyg

llongau'n hwylio rhwng y Pedair Ynys wedi effeithio ar Ynys Wen hefyd. Eisteddai cardotyn ar bob yn ail stepen drws yn erfyn am gymorth. Eu hanwybyddu a wnâi pawb, yn enwedig yr arglwyddi a'r bonheddwyr. Roedd pethau pwysicach ar eu meddyliau.

Daeth y castell i'r golwg wrth iddyn nhw gyrraedd Maes y Brenin, sgwâr enfawr yn llawn prysurdeb. Yma roedd marchnadoedd lu bob ochr i'r llwybr tua'r castell. Dyma'r lle gorau i weithwyr werthu eu cynnyrch ac roedd milwyr Ynys Wen yn bla o amgylch y lle. Roedd pethau'n gallu mynd yn flêr rhwng y siopwyr a'r gwerthwyr ar adegau.

Edrychodd Gwern o'i flaen a gweld y grisiau oedd yn arwain at ddrws y castell, neu 'Llys y Brenin' fel yr oedd weithiau'n cael ei alw. Roedd drysau enfawr y castell wedi cau, tra bod ychydig o filwyr y tu allan yn aros amdanyn nhw. Nesaodd Taran at Gwern.

'Paid â phoeni, Gwern, bydd popeth yn iawn. Mi fyddi di'n gwybod pan fydd hi'n amser i weithredu.'

Gwenodd Gwern arno, gan geisio cuddio'i nerfusrwydd. Gwyddai beth oedd rhaid iddo ei wneud, ond ni wyddai sut oedd Taran wedi cynllwynio'r holl beth. Erbyn cyrraedd top y grisiau roedd Madog allan o wynt, ac Owain yn chwerthin arno. Agorwyd y drysau. Safai pawb mewn cwrt yn disgwyl am gyfarwyddiadau. Roedd o'n gwrt digon plaen, sgwâr bach a charegog. Ddim y cwrt mwyaf croesawgar yn y Pedair Ynys, rhaid dweud. Arweiniwyd Cynghorau'r ddwy ynys i'w hystafelloedd a throdd Owain at y ddau arglwydd.

'Yr Arglwydd Gwern, yr Arglwydd Taran, mae'r Brenin Peredur am eich gweld yn y Neuadd Fawreddog,' meddai gan foesymgrymu.

Dilynodd yr arglwyddi filwyr Ynys Wen i'r neuadd.

Agorwyd drysau trymion y neuadd yn araf bach gan ddau filwr. Eisteddai'r brenin ar ei orsedd, gyda Bleddyn y Bwystfil wrth ei ochr. Roedd ganddo ffiol o win yn ei law a gwên hunanfoddhaus wedi lledaenu ar draws ei wyneb. Llenwyd y neuadd â milwyr, pob un ag un llaw wrth ei ochr a'r llall ar garn ei gleddyf. Y tu ôl i Peredur, hongiai baner enfawr Ynys Wen yn falch. Edrychai fel petai hi'n faner fwy nag arfer. O amgylch y neuadd roedd baneri Ynys Wen gyda'r blodyn gwyn i'w gweld ymhobman.

Camodd Gwern a Taran i mewn i'r neuadd gydag wyth milwr y tu ôl iddyn nhw – pedwar yn gwisgo seren felen Ynys Afarus ar eu harfwisgoedd a'r pedwar arall yn gwisgo'r blaidd llwyd â'r llygaid milain. Edrychai Taran yr un mor hyderus ag erioed tra bod golwg nerfus ar Gwern wrth i'r ddau gyrraedd gwaelod y grisiau a arweiniai at yr orsedd.

Oedodd y ddau ar waelod y grisiau cyn moesymgrymu, heb ddweud dim. Doedd neb eisiau bod y cyntaf i dorri'r tawelwch oedd bellach yn affwysol o boenus. Lledodd gwên ar draws wyneb Taran, a thorrwyd ar y tawelwch. Gallai dyngu fod y neuadd yn crynu wrth iddo annerch y brenin.

'Diolch am y gwahoddiad, Frenin Peredur. Roedd y tywydd yn ein herbyn wrth i ni groesi Môr y Meirw, felly rydan ni'n falch o gyrraedd y brifddinas.'

'Croeso.'

'Rydych chi wedi paratoi ar ein cyfer ni,' meddai Taran gan bwyntio at y faner enfawr oedd yn hogian o'r to gerfydd dwy wialen arian.

'Rydyn ni eisiau sicrhau'r croeso cynhesaf i'n gwesteion.'

Edrychodd Gwern a Peredur ar ei gilydd.

'Ac yn wir, rydyn ni'n gwerthfawrogi'r croeso,' crechwenodd Gwern wrth i'r geiriau atseinio o amgylch y neuadd.

Yn dilyn y geiriau, roedd saib annioddefol o hir a neb yn gwybod beth i'w ddweud na'i wneud. Roedd nerfusrwydd Gwern wedi ei ddisodli gan gyffro a hyder. Doedd y brenin ddim wedi cynhyrfu o gwbl wrth iddo daflu'r gwin i lawr ei wddf. Aeth hanner y gwin lawr ei ên. Daeth gwas o ochr y neuadd yn gyflym gyda chostrel o win a'i dywallt i ffiol y brenin, yna rhuthrodd yn ôl i gysgodion y neuadd. Llenwyd y neuadd gan sŵn straen y brenin wrth iddo godi ar ei draed. Edrychodd Gwern a Taran ar ei gilydd a gallai Gwern weld bod Taran yn ceisio'i orau i beidio chwerthin

'Ydych chi'n barod i ddechre?' holodd Peredur.

Wrth i'r brenin gamu tuag at y drws, disgynnodd y faner a'r ddwy wialen arian yn glep ar y llawr oer. Diflannodd ei wên am eiliad. Trodd Peredur i edrych ar ei faner oedd yn llanast ar y llawr. Sylwodd ar hollt oedd yn graith drwyddi. Roedd sylw pawb wedi troi at faner Ynys Wen, heblaw Gwern. Wrth i Peredur edrych yn ôl i gyfeiriad y ddau arglwydd, roedd Gwern yn dal i edrych yn syth i fyw llygaid y brenin.

* * *

Doedd neb yn or-hoff o'r ystafell oedd yng nghrombil y castell, gan nad oedd ffenestr ynddi. Yr unig olau oedd y golau a deflid gan y canhwyllau ar y waliau, a'r fflamau'n creu ellyllon o wynebau'r dynion, a'r un ferch, a eisteddai yno. Roedd yr ystafell yn ddiflas, yn union fel gallai cynadleddau'r Pedair Ynys fod, ond roedd tipyn i'w drafod dros y dyddiau nesaf.

Yn y gadair fwyaf moethus, eisteddai'r Brenin Peredur ar goll mewn myfyrdod, a golwg ddifater arno. Crafodd ei farf wen oedd yn cuddio'i dagellau. O amgylch y bwrdd, eisteddai Cynghorau'r Pedair Ynys, ac eithrio Ynys y Gwynt.

'Eich Mawrhydi, daeth llythyr o Ynys y Gwynt bore 'ma, ac mae'r Arglwydd Macsen a'i Gyngor yn ymddiheuro nad ydyn nhw'n gallu bod yma. Mae Macsen yn ddifrifol wael. Mae'r frwydr yn erbyn y dynion gwyllt wedi gadael ei hôl arno,' meddai Madog, gan edrych draw at Owain, yn falch o gael bod y cyntaf i rannu'r newyddion.

Roedd Madog ac Owain wedi bod yn chwydu geiriau diangen ers cyrraedd yr ystafell. Roedd y ddau'n hoff iawn o glywed eu lleisiau eu hunain. Ceisiai'r ddau greu argraff ar y Brenin gyda'u gwybodaeth a'u geiriau mawr, ond doedd Peredur ddim yn cymryd llawer o sylw ohonyn nhw. Edrychodd Gwern draw at y dyn mawr, distaw, a eisteddai wrth ymyl y brenin. Roedd ei lygaid cochion a'i arfwisg fygythiol yn codi ofn ar bawb ar draws y Pedair Ynys. Gwisgai arfbais Ynys Wen ar ei frest; y blodyn gwyn oedd yn llenwi gerddi'r castell. Doedd dim dianc rhag y chwedlau arswydus am Bleddyn y Bwystfil.

Wrth ochr Gwern, eisteddai ei Gyngor distaw. Ysgydwodd ei ben. Tri dyn di-asgwrn-cefn. Yn eistedd gyferbyn ag o oedd Taran, ei frawd Math a'i chwaer hyfryd Gwenllian. Ceisiai Gwern beidio â syllu arni, ond roedd hi'n anodd peidio.

'Felly, dim ond y Tiriogaethau Rhydd mae'r brenin yn dymuno i ni drafod bore 'ma. Bydd cyfle i ni drafod y busnes llongau yfory,' meddai Owain, gan agor y gynhadledd yn swyddogol.

Ers canrifoedd bellach roedd rhai o drigolion y Pedair Ynys wedi hwylio draw i'r Tiriogaethau Rhydd er mwyn ceisio canfod bywyd gwell. Doedd neb yn dychwelyd, ond roedd yna straeon am wlad hudolus a phawb yno'n llewyrchus. Roedd hyd yn oed sôn fod blodyn hud yno â'r gallu i drin heintiau a gwella cleifion. Bu llongau lu yn hwylio draw yno o'r Pedair

Ynys dros gan mlynedd yn ôl, llongau llawn cleifion oedd yn dioddef o'r pla.

'Pa newyddion, Owain?' gofynnodd y brenin.

Daeth gweision i mewn gyda gwin i bawb.

'Fe adawodd—'

Torrodd Taran ar ei draws.

'Oes yna Gwrw'r Gogledd, was?'

Roedd y gwas wedi dychryn.

'Dim ond gwin y Pig mae arna i ofn, f'arglwydd,' atebodd y gwas ifanc yn nerfus.

Rhythodd Taran arno wrth iddo arllwys y gwin. Roedd ei ddwylo'n crynu ond doedd fiw iddo sarnu dim ar y bwrdd. Edrychodd pawb ar y gwas yn ddistaw, bron fel petaen nhw eisiau iddo wneud llanast. Yn ffodus, glaniodd pob diferyn yn ffiol yr arglwydd. Gadawodd y gweision yr ystafell a dechreuodd Owain eto.

'Fe adawodd llong yr harbwr bore ddoe i hwylio i'r Tiriogaethau Rhydd. Dwi'n tybio y bydd yn dychwelyd yfory gyda'r llong yn wag. Mae'n digwydd bob tro wrth gwrs. Mae'n debyg fod y Frenhines Tegwen yn cadw rhai o'r teithwyr fel caethion,' cyhoeddodd Owain.

'Bradwyr!' poerodd Madog, er mwyn profi ei ffyddlondeb i'r brenin. 'Ydych chi'n mynnu i mi orchymyn eu bod yn cael croeso bradwyr os dychwelan nhw?'

Rhowliodd Owain ei lygaid. Doedd neb erioed wedi dychwelyd. Madog oedd un o grafwyr gorau'r Pedair Ynys.

Cytunodd Peredur, yn awyddus i gloi'r mater.

'Mae'n rhaid i ni ymosod ar y Tiriogaethau Rhydd. Rŵan ydy'r amser,' meddai Taran. Roedd Math, Gwenllian ac yntau'n edrych ar y brenin, yn disgwyl yn eiddgar am ei ymateb.

'Rŵan ydy'r amser i ymosod,' ymbiliodd Taran eto

ar Peredur o flaen ei sedd. Doedd Gwern erioed wedi gweld ei ffrind fel hyn o'r blaen. Roedd Taran fel arfer mor ddigynnwrf.

'Pam dechre rhyfel na fedrwn ni ei ennill?' atebodd y Pendefig Madog, yn ddiogel yr ochr arall i'r bwrdd mawr crwn. Tybed oedd o'n sylweddoli fod pawb yn ymwybodol o'r chwys oedd yn cronni ar ei groen? Roedd Gwern yn ei gweld hi'n anodd canolbwyntio ar y ddadl wrth iddo syllu ar y diferyn o chwys oedd yn llithro i lawr wyneb Madog.

'Maen nhw'n cymryd ein pobl ni, a chitha'n ista yma'n gneud dim,' meddai Taran yn sur.

'Nhw sy'n dewis mynd.' Roedd gan Madog ateb i bob cwestiwn, ac yn hoff o ddangos ei hun o flaen y brenin. Edrychai Gwern i lawr arno.

'Felly, ydan ni am eu gadael nhw yna?'

'Pam ddylsen ni helpu bradwyr sy'n ildio i anobaith ac sy'n gadael ein hynysoedd pan mae pethe'n dechre mynd yn anodd?'

Roedd pawb arall yn dawel wrth i Taran a Madog barhau â'u brwydr eiriol.

'Mwy a mwy fydd yn mynd yno, felly,' ildiodd Taran gan ymlacio yn ei gadair.

'Gad iddyn nhw fynd – llai o gegau i'w bwydo.' Edrychai Peredur yn ddiamynedd heb geisio cuddio'r ffaith amlwg nad oedd o eisiau bod yno.

Fiw iddo ddweud, ond roedd Gwern yn cytuno â'r brenin. Pam ddylsen nhw geisio achub bradwyr? Ond rhaid fod gan Taran reswm dros deimlo mor angerddol am ymosod ar y Tiriogaethau Rhydd ac roedd Gwern yn barod i ddilyn ei ffrind i unrhyw le.

'Rwyt ti'n awyddus iawn i ymosod ar y Tiriogaethau Rhydd,

yr Arglwydd Taran. Oes rheswm gyda ti?' heriodd Madog.

Edrychodd Gwern draw ar Taran. Edrychai fel na wyddai beth i'w ddweud. 'Os nad ydan ni'n ymosod arnyn nhw, mi wnân nhw ymosod arnon ni.'

Roedd pawb yn ddistaw am eiliad. Sylwodd Gwern fod pawb yn osgoi cyswllt llygaid heblaw Owain. Roedd Ceidwad y Dwyrain wedi suddo yn ei gadair erbyn hyn ac yn llygadu pawb. Doedd Gwern ddim yn hoff ohono. Edrychai'n smart bob amser ond roedd golwg slei arno, a'r wên a wisgai yn gwneud i Gwern deimlo'n anghyffordus. Oedd unrhyw un yn ymddiried ynddo? Daliodd Owain lygaid Gwern. Edrychodd Gwern i ffwrdd yn sydyn. Roedd y tensiwn yn yr ystafell yn annioddefol.

Aeth y cyfarfod yn ei flaen, a'r amser yn llusgo'n araf. Dros yr oriau nesaf, roedd digon gan bawb i'w ddweud, ond doedd dim byd yn cael ei wneud. Felly y byddai llawer o'r cyfarfodydd rhwng Cynghorau'r ynysoedd. Wedi oriau o drafod, cododd Peredur ar ei draed. Bron iddo ddisgyn, oherwydd yr holl win neu oherwydd ei ordewdra affwysol.

'Dwi'n cyhoeddi fod y cyfarfod ar ben. Edrychaf ymlaen i'ch gweld chi i gyd yfory.' Roedd ei wyneb yn goch. Roedd fel petai canhwyllau ei lygaid yn ceisio dianc. Cododd pawb ar eu traed. Edrychodd y brenin ar Gwern yn sydyn cyn baglu o'r ystafell a gadael pawb mewn distawrwydd anghyffordus.

Gadawodd pawb yn araf gan adael Taran a Gwern. Oedodd Owain wrth y drws.

'Roedd hynny'n ddiddorol,' meddai Owain yn ei lais cryg. 'Mae fory'n ddiwrnod tyngedfennol, diolch i chi am heddiw.'

Gadawodd Owain Ystafell y Cyngor.

'Diolch i chi am heddiw? Diolch i chi am heddiw!' gwatwarodd Gwern yn syth ar ôl i'r drws gau.

'Wyt ti'n hoff o unrhyw un?' heriodd Taran. 'Paid â phoeni amdano. Mae'n amser i ni orffwys. Fel dwedodd Owain, mae fory'n ddiwrnod mawr.'

Cododd Taran ar ei draed a gadael yr ystafell.

Eisteddodd Gwern yno am ychydig. Roedd hi'n hollol dawel yno. Cododd ar ei draed a chamu o amgylch y bwrdd at gadair foethus y brenin. Teimlodd y breichiau aur fel petai'n rhoi mwythau i gi defaid. Plygodd yn araf bach i eistedd ar y gadair. Anadlodd yn ddwfn. Lledaenodd gwên ar draws ei wyneb. Teimlai'n gartrefol iawn am unwaith yn ei fywyd.

Siwan

YNYS WEN

'Dylwn i fod wedi bod 'na,' cwynodd Maelgwn gan gerdded yn ôl ac ymlaen wrth droed gwely Siwan.

Gorweddai Siwan ar ei gwely, wedi blino ar wrando ar ei brawd yn cwyno. Roedd camau di-baid Maelgwn yn ei gwneud hi'n benysgafn.

'Fel brenin y dyfodol, dylwn i fod yn bresennol yn y cyfarfodydd pwysig hyn.'

Mwmiodd Siwan i gytuno, er mwyn ymddangos ei bod hi'n dal i wrando arno.

'Fe fydda i yn ddwy ar bymtheg oed mewn ychydig. Dwi'n ddigon hen i ddechrau arwain y bobl. Dyw 'nhad ddim yn ei weld e,' cariodd Maelgwn yn ei flaen.

Roedd hi wedi nosi, a'r gwynt a'r glaw wedi gostegu. Gallai Siwan ddisgyn i gysgu mor hawdd, ond roedd ei brawd yn mynnu ei chadw yn effro.

'Wyt ti'n meddwl y bydda i'n frenin da?'

Styriodd Siwan o'i myfyrdod. Fiw iddi betruso ateb. Y peth olaf roedd hi eisiau ei wneud oedd chwalu hyder Maelgwn.

'Wrth gwrs. Mae 'da ti nodweddion cryf ein tad, a'r un anwyldeb â mam,' meddai Siwan yn angerddol.

'Dwi'n ei cholli hi,' sibrydodd Maelgwn. Er ei fod yn un ar bymtheg oed, yn yr eiliad hon, edrychai fel hogyn bach.

'A finne.'

Newidiodd Maelgwn y pwnc yn sydyn. Doedd o ddim eisiau datgelu i'w chwaer fach bod dagrau'n agos. Eisteddodd ar erchwyn y gwely.

'Dwi'n cymryd dy fod di'n hapus 'da dy ddarpar-ŵr?' gofynnodd Maelgwn â gwên ddireidus ar ei wyneb.

'A tithe 'da dy ddarpar-wraig?' chwarddodd Siwan.

Gwenodd Maelgwn. Er bod y teulu wedi profi amser caled yn y gorffennol, edrychai pethau'n addawol. Am y tro cyntaf ers blynyddoedd, edrychai'r Brenin yn fodlon ac roedd ei blant yn destun balchder iddo, heblaw Aneirin wrth gwrs. Trueni fod hwnnw wedi bradychu eu tad. Ar hynny daeth Dorcas heibio.

'Maelgwn! Cer i dy stafell dy hunan. Mae'r lleuad mas, amser i ni gyd gael llonydd,' winciodd Dorcas ar Siwan. Gwyddai, er cymaint oedd hi'n caru ei brawd, fod Siwan yn dymuno cael llonydd.

Ymlwybrodd Maelgwn tuag at y drws.

'Maelgwn, fe fyddi di'n frenin penigamp. Fe ddaw dy amser di,' meddai Siwan.

Gwenodd Maelgwn cyn cau'r drws ar ei ôl.

Paratôdd Siwan am ei gwely. Gallai gysgu'n dawel heno. Wrth iddi gau ei llygaid, glaniodd Brân ar y silff ffenest i'w gwarchod.

* * *

Eisteddodd Peredur wrth fwrdd oedd yng nghanol yr ystafell. Pwysodd yn ôl yn ei gadair a mwynhau teimlo'r gwin yn llithro i lawr ei gorn gwddf. Nawr fod pawb yn y castell yn cysgu, roedd hi'n amser i Peredur fwynhau ei hun ychydig bach.

Daeth cnoc ar y drws. Agorwyd y drws ac yno'n sefyll roedd merch ifanc mewn ffrog sidan. Safodd yno'n edrych ar y brenin. Rhoddodd Peredur arwydd iddi eistedd ar y gwely. Llygadodd bob ongl o'r ferch. Roedd hi'n berffaith. Gwyddai Madog sut i ddarganfod y merched gorau, ac roedd hon yn un o'r goreuon. Teithiodd meddwl Peredur yn ôl i'w ugeiniau pan oedd ei galon yn llawn cariad. Yr amser hynny, gallai weld ei draed pan oedd yn sefyll, ond roedd pethau wedi newid. Doedd ganddo ddim teimladau at y ferch hon, fel cannoedd o rai eraill oedd wedi bod ers hynny.

'Dwi am dy alw di'n Olwen,'

'Gewch chi alw fi'n unrhyw enw.'

'Olwen,' meddai Peredur yn sydyn ag awgrym o unigrwydd yn ei lais.

Dechreuodd y ferch dynnu ei ffrog yn araf bach tra bod Peredur yn tywallt mwy o win iddo'i hun. Dyma adeg o'r diwrnod roedd yn ei mwynhau, rhywbeth i dynnu ei sylw o'i rôl fel brenin a'i unigrwydd diddiwedd. Noson o gyffro ai peidio, gwyddai mai yn ôl y deuai'r teimlad gwag, fel y gwnâi bob tro.

Gwern

YNYS WEN

Fore trannoeth roedd pawb yn ôl yn eu lle, a'r ystafell yr un mor ddiflas a thywyll ag erioed. Ond yn wahanol i ddoe, roedd un sedd wag. Doedd dim golwg o Owain, Ceidwad y Dwyrain.

'Gadawodd Owain y ddinas neithiwr, ond fe fydd yn ôl heddi gyda'i ferch, Gwenfair, yn barod am y briodas ymhen ychydig ddyddie. Ry'n ni i gyd yn edrych ymlaen yn fawr at y briodas,' cyhoeddodd Madog â golwg fel petai newydd lyncu lemon. Efallai ei fod yn siomedig nad oedd y brenin wedi dewis un o'i ferched yntau i briodi Maelgwn.

'Fe ddechreuwn ni hebddo. Un o'r prif resymau fod pawb yma yw'r anghydfod am y llongau. Gobeithio cawn ddatrys y sefyllfa erbyn diwedd y dydd,' meddai Madog.

Edrychodd Gwern ar y Brenin Peredur. Eisteddai yno'n llowcio ei win gan orchymyn i'r gweision lenwi ei ffiol bob dau funud. Edrychai'r brenin mor flinedig ac roedd Gwern wedi dychryn gymaint roedd wedi heneiddio. Doedd o ddim yn ffit i reoli. Prin oedd o'n gallu edrych ar ôl ei hun.

'Mae hyn yn fater sy'n peri gofid i ni ar Ynys y Gogledd ac Ynys Afarus dwi'n siŵr,' meddai Taran gan bwyntio at Gwern. Synnai Gwern sut y gallai Taran fod mor ddiplomataidd ac eto roedd y gallu ganddo i fod mor greulon at unrhyw un oedd yn gwneud cam ag o neu ei deulu.

Styriodd Gwern gan ategu pryder ei gyfaill.

'Cytuno! Mae tlodi yn Afarus yn sgil y ddeddf llongau wedi gwaethygu, a throseddau a marwolaethau wedi cynyddu,' adroddodd Gwern, a'i rwystredigaeth yn cynyddu wrth iddo sylwi nad oedd y brenin yn cymryd llawer o sylw ohono.

'Ry'n ni'n deall eich pryderon. Mae tlodi yma yn Ynys Wen hefyd, fel y gwelsoch chi ar y ffordd i'r castell. Mae'r mewnfudwyr o'ch ynysoedd chi wedi rhoi straen ar ein heconomi. Roedd rhaid i ni gyflwyno'r ddeddf er mwyn cadw'r ddisgyl yn wastad,' atebodd Madog. Camodd Rheunant i mewn i'r sgwrs.

'Gyda phob parch, mae'r cynnydd mewn mewnfudwyr yma yn ganlyniad uniongyrchol i'r gostyngiad yn y nwyddau sy'n cyrraedd Afarus ac Ynys y Gogledd.'

Roedd Gwern yn falch fod ei Gyngor yn dal yn effro. Doedd dim smic i'w glywed ganddyn nhw ddoe.

'Canlyniad uniongyrchol? Tydy pethe ddim mor ddu a gwyn â hynny, y Pendefig Rheunant,' chwarddodd Madog yn nawddoglyd.

Roedd wyneb Madog yn disgleirio yng ngolau'r canhwyllau. Allai Gwern ddim dioddef y bwbach bach tew. Hoffai petai'n gallu tynnu'r wên dwp oddi ar ei wyneb coch.

'Ond tydy pethau ddim yn gorfod bod mor anodd â hyn,' meddai Gwern.

Edrychodd Peredur draw ato'n wyliadwrus, cyn mynd yn ôl i ganolbwyntio ar ei win. Roedd amynedd Gwern yn brin. Edrychodd ar Taran. Gwenodd yntau arno, fel arwydd i ymdawelu. Gwyddai Gwern fod gan Taran bopeth dan reolaeth. Ceisiodd ymlacio ychydig bach, ond roedd niwl ei feddwl yn ei rwystro rhag gweld pethau'n glir. Roedd hefyd yn nerfus gan nad oedd Taran wedi rhannu ei gynllun gydag o yn llawn. Dechreuodd boeni. A oedd o'n gallu ymddiried yn Taran? Efallai ei fod o'n dweud nad oedd o eisiau'r goron, ond a oedd Gwern yn ei goelio? Deffrodd o'i fyfyrdod i glywed yr hyn roedd gan Taran i'w ddweud.

'Mae Gwern a finnau'n poeni am iechyd ein trigolion...'

Bron i Peredur boeri ei win. Chwarddodd y brenin.

'Rydych chi'n poeni am eich trigolion cymaint â fi, Taran a Gwern. Hynny yw, dim o gwbl,' baglodd Peredur ar ei eiriau. Llithrodd y gwin coch o'i wefusau ac edrychai fel petai gwaed wedi'i beintio dros ei farf.

Roedd pawb wedi eu syfrdanu. Doedd neb wedi clywed y brenin mor frwnt ei dafod o'r blaen, yn enwedig yn gyhoeddus. Edrychodd Gwern draw at Taran. Roedd golwg ddireidus ar ei wyneb. Torrwyd ar y tawelwch wrth i'r drws hedfan ar agor a baglodd Owain i mewn ar ffrwst. Daeth chwech o filwyr Ynys Wen i mewn ar ei ôl, pob un yn barod am frwydr.

'Mae milwyr Afarus ac Ynys y Gogledd wedi torri amddiffynfeydd y ddinas!'

Cododd Bleddyn y Bwystfil. Tynnodd ei gleddyf o'i wain. Edrychodd Peredur draw at Gwern a Taran ac roedd y newyddion fel petai wedi ei sobri ychydig. Trodd Peredur at Bleddyn y Bwystfil.

'Cer i amddiffyn Siwan a Maelgwn!' gorchmynnodd y brenin.

'Dylen i fod wrth eich ochr chi, eich Mawrhydi,' plediodd Bleddyn. Aeth ias i lawr cefn Gwern wrth iddo glywed ei lais cryg, oeraidd.

'Gorchymyn yw hyn!' atebodd Peredur yn gadarn.

Camodd Bleddyn yn betrusgar tuag at y drws. Cymerodd un olwg ddirmygus ar y Brenin cyn diflannu. Dal i eistedd a wnâi Gwern, Taran a'u Cynghorau. Edrychai Cyngor Afarus mewn sioc, tra bod Taran a'i deulu'n eistedd yno'n llonydd, fel petai dim byd o'i le. Gallai Gwern glywed ei galon yn curo.

'Mae'n rhaid fod byddin fawr 'da chi i dorri amddiffynfeydd y ddinas,' meddai Peredur. Lledodd gwên fach ansicr ar draws ei wyneb. 'Ond does dim modd torri amddiffynfeydd y castell. Mae'r castell yma'n gaer ac ry'ch chi ar yr ochr anghywir.'

Safai'r chwe milwr y tu ôl i Peredur yn wynebu Taran, Gwern a'r Cynghorau. Camodd Owain yn araf i sefyll wrth ymyl Madog.

'Mae'n haws torri amddiffynfeydd pan mae'r ddwy fyddin ar yr un ochr,' a thro Taran oedd hi i wenu.

Cododd y Brenin Peredur, ychydig yn fwy chwim na'r arfer. Roedd ei wyneb fel tomato o ardd y castell ac roedd golwg wyllt yn ei lygaid.

'Ymosodwch ar y bradwyr yma!' gorchmynnodd Peredur.

Camodd y milwyr heibio'r brenin a chamu'n bwrpasol tuag at Gwern a Taran. Tri'n mynd un ffordd o amgylch y bwrdd, a'r tri arall yn mynd y ffordd wahanol. Cododd y ddau arglwydd ar eu traed. Doedd gan yr un ohonyn nhw gleddyf na dim i'w hamddiffyn. Dechreuodd Gwern boeni, ond ymlaciodd ychydig wrth weld Taran yno'n gwenu. Oedodd y milwyr ac aros yn eu hunfan.

'Peidiwch â sefyll yno! Gwnewch rywbeth!' gwaeddodd y brenin.

Ar hynny, er mawr syndod i Gwern, gwelodd Owain yn estyn cyllell finiog o'i boced a'i suddo'n ddisymwth i gefn Madog. Gwaeddodd Madog dros yr ystafell cyn disgyn i'r llawr. Safai Peredur yno, ei geg yn llydan agored.

Trodd y milwyr i wynebu Peredur. Dechreuodd y tri agosáu ato. Camodd Peredur yn ôl mewn ofn.

'Be-beth sy'n mynd ymlaen?' gofynnodd y brenin yn ddiymadferth.

Gafaelodd dau o'r milwyr ynddo a'i wthio i'w liniau ar y llawr oer. Teimlai Gwern fel petai'r ystafell yn ysgwyd wrth i liniau'r brenin daro'r llawr. Ochneidiodd Peredur. Daeth un o'r milwyr â'i gleddyf i Gwern. Oedodd Gwern am ychydig. Edrychodd draw ar Taran. Gwenodd yntau gan annog Gwern i gymryd y cleddyf. Estynnodd Gwern gan fwytho'r carn, cyn tynnu'r cleddyf o'r wain. Camodd yn araf o amgylch y bwrdd tuag at y brenin. Roedd rhaeadr o boer yn disgyn o geg Peredur. Edrychai fel petai'n siarad â fo'i hun, yn melltithio ei hun am fod mor naïf. Edrychodd ar Owain oedd yn sefyll uwchben Madog mewn un cynnig anobeithiol olaf.

'Fe ddaw Ynys y Gwynt ar eich holau chi. Mae'r Arglwydd Macsen yn driw i mi,' gwaeddodd y brenin.

'Mi fyddwn ni'n barod amdano,' meddai Gwern.

Safodd Gwern uwchben y brenin gyda'r cleddyf yn ei law. Oedodd yno am ychydig yn edrych ar Peredur. Teimlai mor bwerus. Roedd ganddo ffawd y brenin yn ei ddwylo ac roedd o am wneud y mwyaf o'r eiliad hon.

'Am beth wyt ti'n disgwyl, ddyn?' gofynnodd Peredur, wedi derbyn ei ffawd.

Plymiodd Gwern ei gleddyf i fol Peredur. Clywodd sŵn rhochian yn dod o'i enau. Doedd dim urddas mewn marwolaeth. Cerddodd Taran at Gwern a rhoi ei law ar ei ysgwydd fel tad balch ac estyn cyllell fechan iddo gyda'i law arall.

Tynnodd y cleddyf o fol Peredur cyn hollti ei wddf gyda'r gyllell. Tasgodd y gwaed. Dal i afael yn y brenin wnâi'r milwyr. Brwydrodd Peredur am ychydig. Safai pawb o amgylch y bwrdd yn syllu arno. Heddiw roedden nhw'n dystion i ddienyddiad y brenin, yn dystion i ddechrau cyfnod newydd. Cymerodd

Peredur ei anadl olaf. Gollyngodd y milwyr eu gafael ynddo. Disgynnodd yn glewt ar y llawr. Dyna oedd diwedd teyrnasiad Peredur Wyn, Arglwydd Ynys Wen a Brenin y Pedair Ynys.

SIWAN

YNYS WEN

Gorweddai Siwan ar ei gwely. Doedd Dorcas ddim wedi dod heibio i'w nôl hi eto. Byddai Dorcas yn dysgu iddi sut i wnïo yn y boreau fel arfer, ond heddiw doedd dim golwg ohoni. Roedd hi ar fin codi pan agorodd y drws yn sydyn.

Rhuthrodd Bleddyn y Bwystfil i mewn. Roedd Siwan wedi ei pharlysu gan ofn. Caeodd Bleddyn y drws. Edrychai ar goll.

Trodd yn ôl a dal ei glust yn erbyn y drws i geisio clywed rhywbeth, ond doedd dim i'w glywed. Yna aeth i estyn sach o'r gist a'i thaflu at Siwan.

'Rho dy bethe yn hwn. Dim ond pethe pwysig!'

Edrychai Siwan arno mewn penbleth gan afael yn y sach. Beth yn y byd oedd yn mynd ymlaen?

'Glou!' gorchmynnodd Bleddyn.

Cododd Siwan ar unwaith a dechrau taflu ambell ddilledyn ynddo. I ble oedd hi'n gorfod mynd? Taflodd Bleddyn ei chlogyn ati.

'Ble mae Maelgwn?'

'Dwi ddim yn gwybod,' atebodd Siwan.

'Doedd e ddim yn ei lofft,' meddai Bleddyn yn bryderus.

'Be sy'n digwydd?' plediodd Siwan.

'Does dim amser i esbonio. Wnes i addo i dy dad 'mod i am dy warchod. Os y'n ni'n cael ein gwahanu, cer drwy'r twnnel cudd.'

'Gwarchod rhag pwy? Dwi ddim yn mynd i—'
'Shhh.'

Torrodd Bleddyn ar ei thraws, yn amlwg wedi clywed rhywbeth.

Safai'r ddau yno'n ddistaw. Clywodd Siwan gamau'n agosáu yr ochr arall i'r drws. Daeth y camau'n nes ac yn nes cyn stopio. Roedd Siwan ar fin agor ei cheg pan ddaeth cnoc ar y drws. Gafaelodd Bleddyn yng ngharn ei gleddyf.

Gwern

YNYS WEN

Teimlad rhyfedd oedd lladd rhywun a bod yn dyst i'r anadl olaf. Wrth i Gwern sefyll o flaen y Brenin Peredur gyda chleddyf yn un llaw waedlyd a chyllell yn y llaw goch arall, meddyliodd am yr holl bobl yr oedd wedi gorchymyn iddyn nhw gael eu lladd. Ond doedd Gwern erioed wedi lladd rhywun ei hun o'r blaen. Doedd o erioed wedi bod mewn rhyfel, ond synhwyrai y byddai hynny'n newid yn y dyfodol agos.

Roedd Gwern fel petai mewn breuddwyd yn edrych ar gorff Peredur. Ni chlywai ddim ac ni welai ddim, ar wahân i'r corff. Doedd yr holl beth ddim wedi ei daro'n iawn eto. Teimlodd law ar ei fraich. Edrychodd i fyny a gweld wyneb Taran yn edrych arno.

'Dyma dy amser di, Gwern,' meddai Taran. Trodd Gwern i wynebu ei ffrind.

'Fyddai hyn ddim yn bosib hebddot ti, fy ffrind. Mawr yw fy nyled i ti, Taran. Y peth cyntaf wna i fel Brenin yw cyhoeddi Tyrfech fab Taran yn Arglwydd Afarus. Does dim rhaid iddo briodi Enid, caiff ddewis unrhyw ferch yn wraig iddo.'

Gwenodd Taran arno. Trodd Gwern at Owain a chamodd ato'n araf. Moesymgrymodd Owain.

'Eich Mawrhydi.'

'Wyddwn i ddim dy fod yn rhan o hyn. Diolch i ti am dy

gymorth ac os oes rhywbeth y gallaf ei wneud i dalu'n ôl, fe wnaf.'

'Mae gan Taran yr argyhoeddiad a'r dulliau o berswadio rhywun i wneud unrhyw beth,' atebodd Owain.

'Roedd hi'n llawer rhy hawdd i dorri mewn i balas y Pig a chipio Gwenfair,' chwarddodd Taran yn sinigaidd. 'Diolch iti am y milwyr, Owain. Paid â phoeni, mi fydd Gwenfair ar y llong nesaf yn ôl i Ynys Wen.'

Gwenodd Owain gan ddangos ei ansicrwydd am y tro cyntaf. Trodd at Gwern.

'Fe fyddai'n anrhydedd pe cawn sedd ar Gyngor y Brenin. Fe fyddai'n fraint cynghori a rhoi cymorth i chi, eich Mawrhydi.'

Doedd Gwern yn dal ddim yn ymddiried ynddo'n llwyr ond gwyddai ei fod yn syniad da cadw dyn fel Owain yn agos ato. Roedd ganddo balas mawr yn nwyrain yr ynys. Digon posib mai y Pig fyddai'r amddiffynfa gyntaf rhag unrhyw wrthymosodiad gan Ynys y Gwynt.

'Mi fydd dy brofiad ar y Cyngor yn werthfawr i mi wrth i'r Pedair Ynys symud ymlaen,' meddai Gwern.

Daeth Gwenllian i longyfarch Gwern. Edrychai fel brenhines yn ei ffrog arian. Moesymgrymodd o'i flaen.

'Y Brenin Gwern, gadewch i mi wybod os oes unrhyw beth alla i wneud i chi.'

Doedd Gwern erioed wedi teimlo mor bwerus wrth i'r cyffro saethu drwyddo. Gwenodd wrth iddo edrych arni'n cerdded tuag at y drysau. Edrychodd Gwenllian yn ôl arno'n chwareus cyn diflannu drwy'r drws.

Safai'r dynion mewn tawelwch am eiliad. Roedd yr holl beth yn swreal. Ystwyriodd Gwern o'i fyfyrdod.

'Owain, dwed wrth y milwyr i ddod â'r plant i'r neuadd fwyd. Dwi am gael gair gyda'r ddau,' gorchmynnodd Gwern.

'A beth am Aneirin, mab cyntaf Peredur, eich Mawrhydi?'

Meddyliodd Gwern yn ddwys am ychydig. 'Bydd rhaid delio gydag Aneirin yn yr un modd â'i frawd a'i chwaer,' atebodd y brenin newydd. Moesymgrymodd Owain cyn gadael yr ystafell.

Dilynodd pawb yn fuan wedyn. Cerddodd Gwern i fyny'r holl risiau oedd yn arwain o grombil y castell tuag at ddrysau'r neuadd. Safai dau warchodwr ag arfbais Afarus ar eu harfwisgoedd. Agorwyd y drysau. Yr ochr arall i'r ystafell wag roedd yr orsedd yn disgleirio yng ngolau'r haul. Roedd gweision yn brysur yn hongian baner Afarus y tu ôl i'r orsedd.

Daeth Taran y tu ôl iddo. Gwenodd y ddau ar ei gilydd. Roedd Gwern wedi disgwyl mor hir am y cyfle hwn. Prin y gallai gredu'r peth. Caeodd y drysau a dechreuodd Gwern gerdded at yr orsedd. Goleuodd ei lygaid yn fwy gyda phob cam. Dilynodd Taran ef yn araf bach, yn gadael iddo drysori'r daith. Oedodd am eiliad cyn eistedd arni a gafael yn dynn ar y breichiau, a gwaed ei ragflaenydd yn sychu ar ei groen.

Siwan

YNYS WEN

Anelodd Bleddyn ei gleddyf at y drws.

'Aros y tu ôl i mi,' gorchmynnodd drwy ei ddannedd. Roedd Siwan wedi codi o'r gwely ac yn sefyll fel cysgod y tu ôl iddo.

Daeth cnoc arall ar y drws, yn gryfach y tro hwn, ond doedd dim llais i'w glywed. Gwyddai Siwan mai gelynion oedd y tu hwnt i'r drws pren. Crynodd. Cydiodd yn arfwisg Bleddyn fel petai hi'n glynu am ei bywyd.

'Bydd popeth yn iawn,' sibrydodd Bleddyn gydag awgrym o wên yn ei lygaid cochion. Gwthiodd Bleddyn hi'n dyner i gornel yr ystafell cyn troi at y drws a gweiddi, 'Mae'r drws ar agor!'

Safai'r ddau yno mewn distawrwydd cyn clywed sŵn cleddyfau'n codi, yn barod am frwydr. Trodd dolen y drws a chamodd pedwar milwr dros y trothwy a sefyll yn fur yn wynebu'r ddau ohonyn nhw. Gwisgai'r pedwar darian Afarus ar eu harfwisgoedd. Bleddyn oedd y talaf a'r cryfaf o bell ffordd, ond gwyddai Siwan mai amhosib fyddai trechu pedwar ar yr un pryd. Camodd un yn ei flaen, y milwr hynaf a'r pwysicaf yr olwg.

'Mae'r brenin am weld Siwan yn y Neuadd Fwyd.'

'Gorchmynnodd y Brenin Peredur i mi aros yma gyda

Siwan. Dwi ddim yn gwrando ar orchmynion milwyr Afarus,' atebodd Bleddyn yn gadarn.

'Mae'r Brenin Peredur wedi marw,' cyhoeddodd y milwr yn ddiemosiwn.

Rhewodd Siwan. Roedd hi wedi synhwyro fod ei thad mewn peryg ond dyma'r cadarnhad ei fod wedi marw, wedi mynd am byth.

'Mae'r Brenin Gwern, Brenin y Pedair Ynys ac Arglwydd newydd Ynys Wen, yn disgwyl am Siwan yn y Neuadd Fwyd. Rydyn ni yma i'w hebrwng i lawr yno,' aeth y milwr yn ei flaen.

Safodd Bleddyn yno am ychydig mewn sioc, wrth geisio treulio'r newyddion. Roedd ei ffrind, ei arwr, wedi marw. Synhwyrai Siwan ei fod wedi rhagweld hyn ychydig funudau yn ôl. Ond gall newyddion drwg eich taro yr un mor galed os ydych chi'n hanner ei ddisgwyl.

'Os yw Peredur wedi marw, Maelgwn yw Brenin y Pedair Ynys, ac felly Siwan yw chwaer y brenin, a dyw hi ddim yn dod gyda chi.'

Edrychodd y milwyr ar ei gilydd. Roedd hi'n amlwg nad oedd yr un ohonyn nhw eisiau wynebu'r enwog Bleddyn y Bwystfil. Cymerodd y pedwar gam wedi'i goreograffu'n berffaith wrth iddyn nhw nesáu at Bleddyn. Safodd yntau'n gadarn heb symud blewyn.

'Dyma dy rybudd olaf, Bwystfil!' rhybuddiodd un o'r milwr. Arhosodd Bleddyn yn ei unfan.

Ochneidiodd y milwr cyn ymosod ar Bleddyn yn ffyrnig, ac ymunodd y tri arall. Cuddiodd Siwan y tu ôl i'r gadair. Yr oll a glywai oedd sŵn cleddyfau'n taro yn erbyn ei gilydd, sŵn dynion yn ochneidio a gweiddi a sŵn traed ar y llawr fel petai rhywun yn dawnsio'n wyllt. Caeodd ei llygaid a rhoddodd ei dwylo dros ei chlustiau. Arhosodd yno ar ei chwrcwd yn clywed y synau fel petai dan ddŵr.

Ymhen ychydig, tynnodd ei dwylo oddi ar ei chlustiau. Clywai sŵn dau ddyn yn brwydro. Cododd yn araf bach i sbecian dros gefn y gadair. Gwelai Bleddyn ar y llawr, ei gleddyf wrth ei ochr a'r milwr yn hofran uwch ei ben fel aderyn ysglyfaethus. Gorweddai'r tri milwr arall yn gelain, dau ar y llawr ac un ar y gwely. Roedd cleddyf y milwr pwysig bron â chyffwrdd yng ngwddf Bleddyn. Llifai gwaed o fraich y Bwystfil. Edrychai Bleddyn fel petai wedi ei drechu ond gwelai Siwan ei fod yn ceisio â'i holl nerth i ddianc rhag cleddyf miniog y milwr.

Edrychodd Siwan ar y llawr. O'i blaen gorweddai un o'r milwyr eraill, gyda'i gleddyf wrth ei ochr. Oedd hi am aros yn llwfr? Oedd hi am sefyll yno'n ddiymadferth yn gwylio'r cyfan? Onid hi oedd merch Peredur? Cerddodd yn araf bach tuag at y milwr celain agosaf, heb wneud smic. Cododd y cleddyf yn ofalus. Daliai'r ddau i frwydro ar y llawr, y cleddyf yn agosáu at wddf Bleddyn fesul eiliad. Camodd Siwan ymlaen at y ddau, a'r cleddyf yn drwm yn ei dwylo. Mae'n rhaid fod y milwr wedi clywed rhywbeth. Oedodd am ychydig cyn troi ei ben, ac yno'n disgwyl roedd Siwan. Plymiodd y cleddyf mor galed ag y gallai i gefn y milwr. Disgynnodd ei gleddyf i'r llawr a bloeddiodd y milwr mewn poen. Gollyngodd Siwan y cleddyf mewn braw. Camodd yn ôl at y gadair. Fedrai hi ddim coelio ei bod wedi lladd rhywun. Teimlai ei stumog yn troi.

Cododd Bleddyn yn araf bach. Edrychodd ar ei fraich lle roedd ei groen wedi agor. Diferai'r gwaed i lawr ei fraich yn araf bach ond doedd hynny ddim yn poeni fawr arno. Camodd tuag at Siwan yn ofalus.

'Fe wnaet ti filwr da, Siwan. Dere, mae'n rhaid i ni fynd.'

Safai Siwan yno'n edrych ar y milwr a phwll o waed yn ffurfio'n gylch o'i gwmpas. Edrychodd i fyw ei lygaid, oedd yn dal ar agor. Gallai glywed ei floedd yn atseinio yn ei phen.

'Siwan.'

Gorffwysodd Bleddyn ei law ar fraich Siwan. Deffrodd o'i myfyrdod.

'Does dim amser i oedi. Mae'n *rhaid* i ni fynd, Siwan.'

Roedd Bleddyn yn erfyn arni, gan geisio peidio â'i chynhyrfu.

Sobrodd Siwan a gafael yn ei sach. Camodd y ddau dros y milwyr celain. Teimlai Siwan yn anniddig wrth sylwi fod y castell yn hollol dawel. Wrth iddyn nhw droedio heibio Creiriau'r Cyndeidiau ar y waliau carreg, tynnodd Bleddyn ei gleddyf allan yn ofalus. Roedd o'n amlwg yn synhwyro fod mwy o drwbwl ar y ffordd. Cyrhaeddodd y ddau ben y grisiau. O'u blaenau roedd y drws oedd yn arwain drwy'r cyntedd i'r Neuadd Fawreddog. I'r dde, roedd drws y gegin ar agor led y pen. Wrth y drws hwnnw roedd arfwisg a ffon hud Dyfrach, y dewin cyntaf i fod yn frenin ar y Pedair Ynys, cyn i'w fab ei hun droi yn ei erbyn. Dim ond chwedl oedd honno, yn ôl ei thad.

Gwyddai'r ddau y byddai Gwern yn disgwyl amdanyn nhw yn y Neuadd Fawreddog, felly roedd yn rhaid dianc yn gyflym. Meddyliodd Siwan am ei brawd – rhaid ei achub o grafangau'r brenin newydd. Dechreuodd y ddau wneud eu ffordd i lawr y grisiau, un droed yn dilyn y llall mor ysgafn â phosib. Cyrhaeddodd y ddau y gwaelod a dyna pryd y gwelodd Siwan hi. Sgrechiodd. Ar y llawr o'u blaenau gorweddai corff Dorcas, ei gwddf wedi ei hollti a'r gwaed wedi llifo fel afon ohoni.

'Yfory byddaf yn frenin swyddogol dros y Pedair Ynys.'

Roedd drysau'r neuadd ar agor. Safai Gwern yno'n

crechwenu. Suddodd calon Siwan wrth weld Gwern yn gafael ym Maelgwn gydag un llaw a chyllell waedlyd yn y llall. Safai Taran ac Owain bob ochr iddo a milwyr mewn rhes y tu ôl i'r tri.

'Roedd dy dad yn ddyn gwan, Siwan, fel dy fam.' Edrychai Gwern i lygaid Siwan. Teimlai ddicter yn saethu drwyddi. 'Mae pobl wan wastad yn disgyn. Dwi wedi disgwyl yn rhy hir am y diwrnod hwn.'

Safai Siwan wedi ei pharlysu. Edrychodd ar Maelgwn mewn anobaith. Roedd ei lygaid fel marblis mawr a'i wefus yn crynu. Edrychai brenin y dyfodol fel hogyn bach y gorffennol.

'Mae popeth am fod yn iawn, Maelgwn.'

Ceisiodd Siwan gysuro ei brawd, ei gwefus hithau'n crynu hefyd. Cododd Gwern y gyllell waedlyd i'r awyr i Bleddyn a Siwan gael gweld.

'Dyma'r gyllell enwog wnaeth hollti dy fodryb, a hollti dy dad, y cyn-Frenin Peredur. Dyma'r gyllell wnaiff ryddhau pobl y Pedair Ynys,' cyhoeddodd Gwern yn falch.

'Ymhen ychydig fisoedd, bydd pobl Ynys Wen wedi gweld mai twyllwr wyt ti, ond dwi'n gobeithio ga i afael arnat ti cyn hynny,' meddai Bleddyn gan ysgyrnygu ei ddannedd.

'Gallaf roi bywyd moethus i ti, Bleddyn. Rho dy deyrngarwch i fi a saf wrth fy ochr mewn brwydr. Tyrd â Siwan draw ac fe gei di bopeth gen i,' adroddodd Gwern gyda gwên fuddugoliaethus.

'Dere â Maelgwn 'ma ac mi gysidra i beidio dy ladd,' atebodd Bleddyn yn syth.

'Mae'n ddrwg gen i glywed dy fod yn teimlo fel hyn,' ochneidiodd Gwern, yn mwynhau'r ddrama.

Gwyddai pawb mai Bleddyn oedd un o'r milwyr gorau i'r Pedair Ynys erioed eu gweld. Roedd Siwan wedi clywed y straeon i gyd. Tybed a fyddai'r llwfrgi yn ymddwyn fel hyn petai o ar ei ben ei hun gyda Bleddyn y Bwystfil?

Plygodd Gwern ei ben. Rhoddodd y llaw oedd yn cydio yn y gyllell i lawr. Cododd calon Siwan am eiliad, ond newidiodd y gobaith yn hunllef o fewn eiliadau. Cododd Gwern y gyllell a hollti gwddf Maelgwn. Sgrechiodd Siwan yn afreolus cyn dechrau rhedeg ato. Cydiodd Bleddyn ynddi a hithau'n cicio i drio mynd at ei brawd i'w achub. Disgynnodd Maelgwn i'r llawr gan ddal ei wddf a gwaed yn tasgu rhwng ei fysedd.

Teimlai Bleddyn ysfa i ymosod ar Gwern, ond gwyddai fod gormod o filwyr yno i'w amddiffyn. Gwyddai y byddai'n trechu'r bradwr mewn gornest deg ond roedd rhaid nawr iddo ganolbwyntio ar gadw Siwan yn ddiogel. Edrychodd i'r dde, heibio ffon hud Dyfrach tuag at y twnnel cudd. Edrychodd Siwan ar Bleddyn.

'Fe fydda i tu ôl i ti,' sibrydodd Bleddyn.

Roedd ei lygaid cochion yn gysur iddi erbyn hyn. Gollyngodd Bleddyn ei afael arni. Safai Siwan yno am eiliad. Camodd y Bwystfil o'i blaen fel caer cyn gweiddi arni.

'Rhed!'

Gwern

YNYS WEN

'Does dim sôn amdanyn nhw, eich Mawrhydi, ond mae milwyr yn chwilio'n ddi-baid,' cyhoeddodd Owain ar draws yr ystafell lle cynhelid Cynghorau'r Brenin. Heno, roedd brenin newydd i'w gynghori. Taflai'r canhwyllau gysgodion ar y waliau, gan chwyddo'r pedwar oedd yno i edrych fel cewri.

'Does bosib eu bod wedi mynd yn bell, ac mae Owain wedi sicrhau bod milwyr yn gwarchod pob llwybr allan o'r ddinas,' meddai Taran yn ddiamynedd.

Eisteddai'r Pendefig Rheunant yno'n dawel. Edrychai'n ddryslyd a blinedig. Syfrdanwyd Rheunant a Chyngor Afarus pan welson nhw eu harglwydd yn plymio'i gleddyf i fol y cynfrenin. Nawr, roedd Rheunant yn aelod o Gyngor y Brenin ac wedi cael gwybod mai yma, ym Mhorth Wen y byddai ei gartref o hyn ymlaen.

'Mae'n rhaid i ni ddod o hyd i Siwan cyn iddi adael yr ynys. Os gyrhaeddan nhw Ynys y Gwynt, mi fydd ganddi gefnogaeth yr Arglwydd Macsen, Aneirin ei brawd a byddin y Gwynt.' Roedd Gwern wedi'i gynhyrfu. Ni fyddai'n dawel ei feddwl nes y byddai ei elynion wedi'u trechu, pob un ohonyn nhw.

'Mi all y Dynion Gwyllt gadw'r fyddin yn brysur,' meddai Taran. 'Mae gen i drefniant gyda Cadnant, eu harweinydd. Maen nhw'n ffyddlon i mi ac yn barod i ateb yr alwad. Mi fyddai hyn yn rhyddhau milwyr Afarus, y Gogledd ac Ynys Wen sydd wedi gaddo'u ffyddlondeb i'r brenin newydd, i ymosod ar y Tiriogaethau Rhydd. Rydan ni'n gryf, ac yn barod i ymosod.'

'Dydyn ni ddim yn gallu ymladd dau ryfel,' meddai Gwern. 'Mi fydd Macsen yn ymosod ac mae'n rhaid i ni fod yn barod amdano. Mi fyddwn angen cefnogaeth y Dynion Gwyllt ar gyfer rhyfel cyn meddwl ymosod ar y Tiriogaethau Rhydd.'

Gwgodd Taran arno.

'Ga i atgoffa pawb nad ydy Gwern yn frenin swyddogol eto. Mae'r seremoni wedi ei threfnu at yfory yn y Neuadd Fawreddog,' adroddodd Owain. Gwenodd Gwern. Edrychai ymlaen at deimlo'r goron ar ei ben.

'Y peth cyntaf wna i fel brenin yw rhoi gwobr hael i unrhyw un sy'n dod â Siwan ac Aneirin ata i, yn fyw neu'n farw.' Gwnaeth Gwern yn fawr o'r sylw ac oedi am ennyd cyn ychwanegu, 'Mae hi wedi bod yn ddiwrnod hir. Mae'r cyfarfod ar ben.'

Cododd pawb a cherddodd Gwern, gydag urddas darparfrenin, allan o'r ystafell.

* * *

Anadlodd Gwern ochenaid o ryddhad wrth gau'r drws ar ei ystafell newydd. Edrychodd o'i gwmpas. Doedd hi ddim mor fawr â'i ystafell yn Afarus. Roedd y gwely'n llai, a heb fod mor foethus. Cerddodd draw i sefyll ar y balconi. Gallai glywed y gwynt yn sibrwd i lawr ei war a theimlodd gryndod yn lledu drwy ei gorff. Ai oerfel neu gyffro? Doedd o ddim yn siŵr. Edrychodd ar draws Porth Wen ac edmygu'r llusernau'n goleuo fan hyn a fan draw. Roedd hi'n ddinas lawer mwy na Phorth Afarus, ond eto ddim mor hardd.

Doedd dim mynydd mawr gogoneddus yn cysgodi'r ddinas fel oedd ym Mhorth Afarus, ond doedd hynny ddim yn ei boeni gan mai fo oedd yn teyrnasu dros y cwbl. Byddai popeth yn swyddogol ar ôl y seremoni drannoeth ac wedyn fe allai ymlacio, ychydig. Er gwaethaf ei ddyrchafiad, roedd blas rhyfedd ar ei fuddugoliaeth. Pam na theimlai'n fwy llawen, yn fwy cadarnhaol? Wfftiodd. Byddai'r darnau'n siŵr o ddisgyn i'w lle ar ôl noson o gwsg.

Dychwelodd i'r ystafell. Goleuai'r canhwyllau'r waliau, ond doedd dim tân yno i'w gynhesu. Gwnâi Gwern yn siŵr y byddai tân yn ei ddisgwyl nos yfory. Ymlaciodd ar y gwely. Roedd popeth wedi digwydd mor sydyn heddiw, ac yntau heb gael llawer o gyfle i brosesu'r cyfan.

Hwn oedd y tro cyntaf iddo brofi llonydd a distawrwydd y diwrnod hwnnw. Disgynnodd ei ben ar y glustog. Roedd y diwrnod ar fin dod i ben a'i lygaid ar fin cau pan glywodd sŵn y drws. Cododd ei ben mewn braw. Safai Gwenllian yno, ei siôl yn cuddio'r rhan fwyaf o'r ffrog sidan denau.

'Sut est ti heibio'r milwyr?' holodd Gwern mewn penbleth gan godi o'r gwely.

'Mae angen i chi fuddosoddi mewn milwyr gwell,' gwenodd Gwenllian yn chwareus gan gerdded o gwmpas yn edmygu'r ystafell.

Beth oedd hi eisiau? Roedd Gwern wastad wedi edmygu cryfder a hyder Gwenllian. Ar ôl goresgyn Peredur, yr unig beth ar goll yn ei fywyd oedd hi. Trodd Gwenllian i'w wynebu. Disgynnodd y siôl oddi ar ei hysgwyddau gan ddatgelu'r ffrog werdd a ddisgynnai i'r llawr fel rhaeadr Dantus yn yr haf. Dim ond edrych i'w llygaid tywyll wnaeth Gwern. Roedd rhywbeth hudolus, llesmeiriol amdanynt. Cerddodd Gwenllian tuag ato'n araf. Llyncodd Gwern ei boer. Oedodd hithau o'i flaen, mor agos nes bod trwynau'r ddau bron â chyffwrdd.

'Sut mae'n teimlo i fod yn frenin?'

Safodd Gwern yn stond gan agor ei geg, ond doedd dim sŵn. Ni wyddai beth i'w ddweud.

'Dwi'n cofio'r hogyn bach swil yna'n sefyll wrth ochr ei dad ar borthladd Afarus, yr holl flynyddoedd yn ôl,' sibrydodd Gwenllian â gwên ddireidus ar ei hwyneb. 'Does dim angen bod yn swil. Mae gan y brenin hawl i gymryd beth bynnag mae o eisiau.'

'Dim ond un peth arall dwi eisiau,' meddai Gwern, wedi darganfod ei hyder o rywle ac yn diolch fod ei wefus wedi peidio â chrynu.

Gafaelodd Gwern am Gwenllian a'i chusanu. Teimlai'n anfarwol; y teimlad gorau iddo'i gael erioed. Am eiliad doedd o ddim yn meddwl am ddim byd arall.

'Bydd yn wraig i mi. Dwi eisiau i ti reoli'r Pedair Ynys gyda fi, Gwenllian.'

'Beth am Alys?'

'Mi wna i adael Alys. Fel y dywedaist ti, dwi'n frenin.'

Disgleiriodd llygaid Gwenllian am eiliad cyn iddi daflu ei hun fel arthes arno. Gorfoleddodd Gwern, roedd popeth yn disgyn i'w le yn barod. Dyma beth oedd bod yn frenin.

Rhan 3

Tywysoges y Môr

Enid

Y MÔR ANHYSBYS

Siglai'r cwch yn ffyrnig o un ochr i'r llall. Roedd hwn yn brofiad gwahanol iawn i fod ar longau enfawr Ynys Afarus. Edrychodd Enid draw at Gwydion, yn chwilio am ryw fath o gysur, ond edrychai'r dewin fel petai ar goll heb ei ffon, oedd ar waelod y môr erbyn hyn, mae'n siŵr.

Roedd mwy a mwy o gysgodion wedi ymgynnull o amgylch y cwch, pob un yn gweld cyfle i wledda ar rywbeth mwy blasus na physgod bach y môr. Cofiai Aneirin yn adrodd straeon am fwystfilod y môr wrthi hi a Siwan pan oedden nhw'n iau. Roedd pob stori'n gorffen yr un fath, a neb yn goroesi. Doedd pethau ddim yn edrych yn dda i Enid a Gwydion chwaith. Neidiodd un o'r creaduriaid allan o'r môr am eiliad, dim ond yn ddigon hir i Enid ddal ei lygaid mawr gwyrdd. Edrychai'r bwystfil fel cysgod gwlyb. Roedd ganddo bedair coes â chrafangau hir, miniog ar bob un.

'Fedrwch chi ddefnyddio'ch hud?!' gwaeddodd Enid dros yr holl sŵn crafu.

Daeth Gwydion ato'i hun yn sydyn. Gafaelodd yn un o'r rhwyfau yn barod i amddiffyn ei hun. Estynnodd Enid am y llall.

'Tydw i ddim yn ddigon cryf, a dwi wedi colli fy ffon!' atebodd Gwydion.

Daeth crafanc allan o'r dŵr a chydio yn ochr y cwch gan wneud i'r ddau neidio. Edrychai fel llaw cawr, y fwyaf budur a welodd Enid erioed. Ymatebodd Gwydion yn syth gan daro'i rwyf arni. Roedd sgrech y bwystfil yn fyddarol. Disgynnodd yn ôl i'r dŵr. Dechreuodd crafangau ymddangos bob ochr i'r cwch. Roedd pethau'n edrych yn anobeithiol, yn arswydus o anobeithiol.

Edrychodd Gwydion ar Enid a theimlodd hithau ryw gynhesrwydd yn ei edrychiad. Gwyddai ei fod yn ceisio rhoi cysur iddi. Gafaelodd y ddau yn eu rhwyfau yn barod i ymosod ar y bwystfilod. Fel yr oedden nhw'n codi, dechreuodd y crafangau ddisgyn un ar ôl y llall. Taflwyd Enid a Gwydion ar eu cefnau yn y cwch. Cymerodd Enid gipolwg slei dros yr ochr. Roedd cysgod arall yn cwffio yn erbyn y bwystfilod. Edrychai'r cysgod yma'n debycach i bysgodyn arferol, ond yn llawer mwy. Nofiai'n gyflymach na'r bwystfilod. Gallai Enid glywed sgrech bob hyn a hyn wrth i'r bwystfilod gael eu taflu o gwmpas y môr. Roedd y cwch yn dal i siglo ac erbyn hyn roedd y dewin mewn penbleth.

Parhaodd y frwydr o dan wyneb y dŵr, ond roedd y pysgodyn wedi llwyddo i dynnu'r bwystfilod i ffwrdd o'r cwch.

'Be ydy o?' gofynnodd Enid.

'Dim syniad,' meddai Gwydion, heb dynnu ei lygaid oddi ar y cysgod ffyrnig o dan y môr.

'Pam ei fod o'n ein helpu ni?'

'Efallai ei fod o isio ni i gyd iddo'i hun?' heriodd Gwydion, ond roedd pryder yn perthyn i'w lais.

Dechreuodd Enid deimlo'n anghyfforddus unwaith eto wrth sylwi fod llaw Gwydion yn dal i afael yn dynn yn ei rwyf. Edrychodd yn ôl at y dŵr. Roedd y brwydro ffyrnig wedi peidio a doedd dim cysgodion i'w gweld yn y môr rhagor.

'Ydy o 'di mynd?'

'Wn i ddim!' atebodd Gwydion yn ddiamynedd.

Roedd y môr o'u cwmpas wedi llonyddu. Ymlaciodd Enid ychydig. Edrychai fel petaen nhw'n ddiogel am y tro. Ochneidiodd mewn rhyddhad wrth daflu ei phen yn ôl ac edrych ar yr awyr. Diolchodd i'r pysgodyn am achub ei bywyd.

'Roedd hynny'n—'

'Mae o'n ei ôl,' torrodd Gwydion ar ei thraws.

Estynnodd Enid am y rhwyf yn sydyn. Gwelai gysgod y pysgodyn yn nofio'n araf tuag atynt. Teimlai'r rhwyf yn llithro yn ei dwylo chwyslyd.

'Bydd yn barod,' rhybuddiodd Gwydion wrth dynhau ei afael ar y rhwyf, a'r cysgod yn agosáu at y cwch.

Wrth iddo gyrraedd y cwch, cododd Gwydion, yn barod i ymosod unwaith eto. Ond aros yn y dŵr wnaeth y pysgodyn a nofio o dan y cwch fel petai'n herio'r ddau. Trodd Enid a Gwydion i'r ochr arall. Neidiodd y pysgodyn o'r môr. Edrychodd y ddau mewn rhyfeddod. Nid pysgodyn ond dyn, neu rywbeth tebyg i ddyn, oedd yn hedfan uwchben y dŵr. Oedd eu llygaid yn eu twyllo? Oedd blinder yn chwarae triciau â'r dychymyg? Roedd ganddo ffon Gwydion yn ei law. Dim ond am eiliad yr oedd y creadur yn yr awyr cyn disgyn a diflannu unwaith eto. Roedd Enid a Gwydion wedi eu syfrdanu.

Neidiodd y creadur o'r môr unwaith eto, gan lanio yn y cwch y tro hwn. Roedd Enid a Gwydion wedi'u rhewi ac mewn gormod o sioc i ddweud na gwneud unrhyw beth.

'Chi sydd piau hon?' gofynnodd y creadur gan bwyntio at y ffon.

Nodiodd Gwydion, ei geg lydan ar agor. Roedd Gwydion wedi gweld pethau rhyfeddol, ond doedd o erioed wedi gweld hanner dyn, hanner pysgodyn. Cymerodd y dewin ei ffon yn ôl yn ddiolchgar.

'Gwymon ydw i,' meddai'r creadur rhyfedd.

Roedd hi'n anodd dyfalu ei oed. Er gwaethaf ei lygaid mawr pefriog, roedd ôl gwyntoedd a heli'r môr ar ei wyneb. Roedd ei gorff yn gryf a chyhyrog. Edrychai'n debyg mai yn y dŵr y digwyddai'r trawsnewid i bysgodyn. Ymlaciodd Enid ychydig wrth ddal llygaid y creadur. Roedd ei wên yn wahanol i un Gwydion, gwên ddiffuant yr olwg.

'Be wyt ti?' gofynnodd Enid. Edrychodd Gwydion arni'n feirniadol am ofyn y fath gwestiwn.

Chwarddodd Gwymon. 'Dwi ddim yn rhy siŵr fy hunan. Ta waeth, roeddech chi'n edrych fel pe baech chi mewn perygl.'

'Roedd popeth dan reolaeth,' cyhoeddodd Gwydion. Tro Enid oedd hi wedyn i syllu'n feirniadol.

'Diolch yn fawr i chi,' meddai Enid.

'Dim problem. Mae'r môr yn gallu bod yn lle unig a chreulon. Rwy'n hapus i helpu ac yn hapus i weld wynebau cyfeillgar.'

Canolbwyntiodd Gwymon ar Enid, heb gymryd fawr o sylw o Gwydion. Roedd hyn yn gwneud i'r dewin deimlo'n anghyfforddus.

Doedd y glaw ddim yn dawnsio ar y dŵr rhagor ac roedd y gwynt wedi gostegu, ond yn y pellter roedd mwy o gymylau duon yn crynhoi. Roedd gan Enid deimlad fod mwy o drwbwl ar y gorwel.

'Beth mae hen ddyn a merch ifanc yn ei wneud ar gwch rhwyfo yng nghanol y Môr Anhysbys?'

''Dan ni ar ein ffordd i achub fy mrawd. Mae o wedi cael ei gipio gan—'

Dechreuodd Enid ddatgelu'r cyfan iddo cyn i Gwydion gael cyfle i dorri ar ei thraws.

'Cau dy geg!' ysgyrnygodd y dewin blin.

'Mae o newydd achub ein bywyd. Be sy'n bod arnoch chi?' harthiodd Enid yn ôl arno, yn methu deall beth oedd ei broblem.

'Mae'n ddrwg gen i. Tydy o ddim o 'musnes i,' ymddiheurodd Gwymon.

'Nac ydy,' atebodd Gwydion yn sydyn gan groesi ei freichiau. Ysgydwodd Enid ei phen ar yr hen ddyn. Trodd Gwymon, yn barod i neidio yn ôl i'r môr.

'Na! Paid. Arhosa am ychydig?' plediodd Enid.

Trodd Gwymon yn ôl ac eisteddodd yn y cwch gyda'r ddau. Rhowliodd Gwydion ei lygaid ond anwybyddodd Enid y dewin. Defnyddiodd Gwydion ei hud i ddechrau rhwyfo unwaith eto. Eisteddodd Gwymon yno'n gwenu'n swil ar Enid. Gwenodd Enid yn ôl wrth i'r cwch rwyfo'n nes at y cymylau duon.

SIWAN

YNYS WEN

Roedd y twnnel yn dywyll a llaith, a golau'r llusern ar waelod y grisiau yn dechrau pylu gyda phob cam. Gwelai Siwan ei hanadl yn dianc wrth i'r llawr ddechrau gwlychu. Yn y pellter, clywai lif yr afon a sisial y gwynt. Roedd hi'n agosáu at ben draw'r twnnel. Clywai sŵn siarad hefyd; sŵn prysur y ddinas. Cyrhaeddodd geg y twnnel. Roedd hi wedi cyrraedd Porth Wen ar ôl cuddio mewn cilfach am oriau yn disgwyl tan y nos. Doedd fiw iddi fentro allan yng ngolau dydd.

Treuliodd Siwan yr oriau nesaf mewn ofn. Ddoe roedd y dyfodol wedi edrych mor ddisglair, ond nawr roedd hi mewn hunllef a doedd dim arwydd ei fod yn dod i ben. Cododd o'r gilfach dywyll. Safodd yng ngheg y twnnel yn betrusgar cyn camu i'r nos, ac er ei bod hi'n hwyr, roedd y ddinas yn dal i ddawnsio. O'i blaen roedd yr afon yn llifo i lawr tuag at y porthladd. I nesáu tuag at fwrlwm y ddinas, y gerddoriaeth a'r chwerthin, roedd rhaid iddi ddringo o geg y twnnel, i fyny'r wal greigiog ac at y stryd fawr. Defnyddiodd Siwan ei holl nerth i ddringo'r wal ac yna, o'r diwedd, roedd hi yng nghanol Porth Wen.

Roedd Siwan yn methu peidio crynu a hynny'n gymysg o sioc ac oerfel. Edrychodd o'i chwmpas. Doedd hi ddim fel roedd hi wedi dychmygu. Roedd y strydoedd yn afiach o fudur a chardotyn yn gorwedd ar bob stepen drws. Ar gornel y stryd roedd tafarn orlawn, a'i harwydd uwchben y drws yn siglo yn y gwynt, arwydd gyda llun ceffyl gwyn. Deuai cerddoriaeth a chanu ohoni, ond doedd ganddi ddim diddordeb yn y caneuon.

Wyddai Siwan ddim beth i'w wneud. Mentrodd i lawr y stryd, heibio tafarn y Ceffyl Gwyn, gan basio'r holl strydoedd a gordeddai oddi arni. Gorchuddiodd hanner ei hwyneb â'i llaw. Wrth iddi gerdded ymlaen, cynyddai'r drewdod, distewodd y canu a chael ei ddisodli gan blant yn crio a phobl yn tagu'n ddiddiwedd. Dechreuodd niwl ei hamgylchynu, ac yna roedd y stryd yn wag. Yng nghanol y niwl gwelai ffigwr yn nesáu ati. Stopiodd Siwan yn ei hunfan. Cerddai plentyn, tua chwech oed, tuag ati'n araf. Roedd ei ddillad yn fudur ac wedi rhwygo. Edrychai fel sgerbwd. Plygodd Siwan i geisio'i helpu.

'Helô,' sibrydodd Siwan, gan geisio peidio dychryn yr hogyn bach. Roedd yr hogyn wedi stopio'n stond ac edrychai arni'n syn gyda'i lygaid mawr glas. 'Does dim angen bod ofn.'

Roedd Siwan yn methu coelio bod y plentyn ar ei ben ei hun a hithau'n dywyll. Arhosodd y plentyn yn ei unfan, yn fud.

'Fe wna i dy helpu di. Wyt ti moyn mynd adre? Lle wyt ti'n byw?' holodd Siwan yn obeithiol.

Dim ond parhau i syllu'n syn arni wnaeth yr hogyn. Clywodd Siwan sŵn y tu ôl iddi. Trodd i edrych ond doedd dim byd yno. Pan drodd hi'n ôl at yr hogyn, gwelodd ef yn rhedeg i ffwrdd gan ddiflannu i ganol y niwl. Cododd Siwan o'i chwrcwd. Teimlai ei bod mewn hunllef. Clywodd yr un sŵn y tu ôl iddi drachefn. Trodd i wynebu'r sŵn. Y tro hwn, roedd tri creadur tenau, hyll yn sefyll yno. Y tri yr un ffunud, y tri fel sgerbydau. Rhewodd Siwan. Nesaodd y tri. Llyfodd un ohonyn nhw ei weflau gan arddangos ogof o geg ddi-ddant. Camodd Siwan yn ôl.

'Ti'n beth fach bert,' meddai'r creadur cyntaf. Aeth ias i lawr cefn Siwan.

Trodd Siwan ar ei sawdl a rhedodd nerth ei thraed. Gallai glywed camau'r sgerbydau'n ei dilyn. Carlamodd i lawr stryd arall cyn dod i stop. Roedd hi wedi ei chornelu gan y drindod aflan. Doedd dim i'w wneud ond datgelu pwy oedd hi.

'Fi yw merch y Brenin Peredur. Os ydych chi moyn cadw eich pennau, dwi'n awgrymu eich bod yn gadael llonydd i mi,'

'Gwern yw'r brenin nawr,' heriodd un ohonyn nhw.

'Ry'n ni'n lwcus, gyfeillion. Merch Peredur! Alla i ddim dishgwl i ddweud wrth weddill y giwed,' chwarddodd y tri wrth agosáu ati yn glafoerio mewn cyffro.

Dechreuodd Siwan sgrechian. Camodd y creadur cyntaf ati a rhoi un llaw dros ei cheg a'r llall ar ei gwddf. Crechwenodd arni, ei dafod yn saethu i mewn ac allan fel neidr. Clywodd grawc cyfarwydd yn y pellter. Eisteddai Brân ar silff ffenest yn crawcian yn ddi-baid, ond roedd Siwan yn ddiymadferth. Caeodd ei llygaid. Daeth y ddau greadur arall naill ochr iddi. Teimlai eu hanadl poeth, drewllyd ar ei gwddf. Peidiodd y crawcian.

Clywodd Siwan y sŵn yn gyntaf. Agorodd ei llygaid. Roedd gwên y creadur aflan wedi diflannu a'i geg yn llydan agored. Pwyntiai cleddyf gwaedlyd tuag ati o'i fol. Yna llyncwyd y cleddyf a disgynnodd y creadur i'r llawr. Disgynnodd Siwan gydag o. Gwelodd y ddau arall yn disgyn hefyd. Digwyddodd popeth mor sydyn. Daeth ffigwr ati. Y tro hwn roedd y ffigwr yn gawr. Sgleiniai arfwisg Bleddyn y Bwystfil drwy'r niwl, a Brân yn hofran dros ei ysgwydd. Edrychodd Siwan i mewn i'r llygaid coch, a dyna'r peth olaf welodd hi'r noson honno.

ENID

Y MÔR ANHYSBYS

Chwythai'r gwynt y cwch o ochr i ochr wrth i'r storm gynyddu fesul eiliad. Gwisgai Enid a Gwydion glogyn am eu pennau a theimlai'r ddau'n ddiflas iawn, er bod y ffaith fod y cwch yn dal i rwyfo ei hun yn gysur iddyn nhw. Ar y llaw arall, dal i wenu a wnâi Gwymon. Yn wir, roedd y creadur yn ei elfen wrth i'r dŵr orchuddio ei groen noeth, llysnafeddog. Sylwai Enid nad oedd Gwymon fel dynion eraill, doedd ganddo ddim 'rhannau' fel oedd gan eraill. Gwnâi'r creadur yma hi'n fwy chwilfrydig wrth i amser fynd heibio.

'Sut wyt ti'n pi-pi?'

Roedd gan Enid y ddawn o siarad heb feddwl. Chwarddodd Gwymon. Rhowliodd Gwydion ei lygaid.

'Dwi'n sownd mewn cwch rhwyfo efo ffyliaid,' sibrydodd y dewin, yn ddigon uchel i Enid glywed.

Sgwrsiodd Gwymon ac Enid fel plant bach yn cwrdd am y tro cyntaf ac o fewn dim, roedd hi'n rhy dywyll i weld unrhyw beth. Dal i arllwys wnâi'r glaw, a'r gwynt yn dal i ruo. Rhoddodd Enid ei llaw o flaen ei hwyneb ond doedd dim posib ei gweld. Yna daeth goleuni i'w hachub rhag y tywyllwch. Goleuodd pen ffon hud Gwydion. Edrychodd Enid ar y dŵr byrlymus. Roedd y Môr Anhysbys fel anghenfil gwyllt.

'Pam y Môr Anhysbys?' gwaeddodd Enid dros y gwynt a'r glaw.

'Be?' gwaeddodd Gwydion yn ôl. Gofynnodd Enid eto, yn uwch y tro hwn.

'Cyn i bobl ddechrau ffoi i'r Tiriogaethau Rhydd, wyddai neb beth oedd yr ochr arall i'r môr,' esboniodd Gwydion.

Clywodd Enid y geiriau'n glir. Oedd y gwynt wedi tawelu? Neu oedd llais y dewin yn rhuo dros y tywydd garw?

Roedd yna gyfnod pan nad oedd neb yn gwybod am y Tiriogaethau Rhydd, meddyliodd Enid. Erbyn hyn, fyddai pwy bynnag a ymdrechai i gyrraedd yno fyth yn dychwelyd i'r Pedair Ynys. Synnai sut gallai amser newid pethau. Ddoe doedd hi ond wedi bod ar ddwy ynys. Nawr roedd hi ar ei ffordd i Ynys Trigo, nad oedd hi wedi clywed amdani cyn y bore hwnnw.

'Ydan ni'n dal i fynd y ffordd iawn?' holodd.

'Dwi'n gobeithio,' atebodd Gwydion.

'Hy! Addawol iawn!'

Edrychodd draw at Gwymon, ei ben wedi codi tuag at y cymylau. Edrychai mor ddedwydd. Fedrai Enid ddim llai na gwenu. Roedd edrych arno'n codi ei chalon.

'Beth yn y byd?' mwmiodd Gwydion gan dynnu sylw Enid yn ôl at y dewin.

Edrychai Gwydion yn syth o'i flaen. Deuai cwch i'w cyfarfod. Cwch tebyg iawn i'r un roedden nhw ynddo, ond bod hwn yn hollol wag. Siglodd y cwch heibio iddyn nhw. Roedd ambell sach arno ond dim sôn am fywyd. Edrychodd Enid a Gwydion ar ei gilydd.

'Be sydd wedi digwydd?' gofynnodd Enid, a'i gwefus yn crynu.

'Wn i ddim. Efallai nad oedd gan y rhain greadur i'w helpu,' atebodd Gwydion gan gyfeirio at Gwymon. Ei ffordd o ddweud diolch.

'Ond doedd dim marciau na dim ar y cwch,' meddai Enid yn ddryslyd.

Anwybyddodd Gwydion hi, dim ond un peth oedd yn bwysig nawr: goroesi'r storm a chyrraedd Ynys Trigo yn y Tiriogaethau Rhydd. Yna, clywodd Enid sŵn siarad a chwerthin, cyn gweld golau canhwyllau yn y pellter. Yn amlwg roedd Gwydion wedi eu gweld hefyd wrth iddo roi ei law ar dop ei ffon i ddiffodd y golau.

'Pwy ydyn nhw?' sibrydodd Enid.

'Bydd ddistaw,' atebodd Gwydion drwy ei ddannedd.

Daeth y goleuadau'n nes, a llong enfawr i'r golwg drwy'r glaw a'r niwl. Arhosodd y tri'n ddistaw wrth i'r llong fynd heibio. Roedd y criw'n amlwg yn cael hwyl, wrth i'r chwerthin gynyddu. Edrychai am eiliad fel petai'r llong am basio heb i neb weld y cwch bach, ond y peth nesaf dyma weld dyn yn chwydu dros yr ochr. Cododd ei ben ac edrychodd yn syn ar y tri am eiliad cyn gweiddi.

'Siencyn!'

Gwelwyd breichiau cyhyrog yn gafael yn ochr y llong cyn i wyneb caled ond cyfeillgar bwyso dros yr ochr i edrych arnyn nhw. 'Noswaith dda, gyfeillion!'

'Noswaith dda,' atebodd Enid. Gwgodd Gwydion arni'n flin.

Ai ffrindiau neu elynion oedd y rhain? Atebwyd y cwestiwn pan bwysodd gweddill y criw dros yr ochr, bron bob un yn pwyntio bwa saeth atynt.

'Does dim angen i neb farw yma. Dewch i fyny! Ymunwch â ni!' arwyddodd Siencyn cyn diflannu o'r golwg. Taflwyd rhaff atyn nhw o'r llong.

Doedd dim dewis ganddyn nhw. Cododd y dewin ar ei draed a gafael yn y rhaff i ddod â'r cwch yn nes at y llong. Clymodd y rhaff i'r cwch cyn arwyddo i Enid ddringo. Cododd hithau gyda Gwymon. Daliodd yn y rhaff cyn dechrau dringo, gyda Gwydion a Gwymon yn ei chynorthwyo. Yna, yn sydyn, gollyngodd Gwymon ynddi a neidio i mewn i'r dŵr. Gwaeddodd un o'r criw cyn rhyddhau saeth i'r môr. Ymddangosodd Siencyn unwaith eto.

'Peidiwch â gwastraffu'ch saethau. Neith o ddim para noson yn y môr.'

Gwyddai Enid a Gwydion yn wahanol wrth gwrs, ond doedd fiw i'r un ohonyn nhw ddweud dim. Teimlai Enid yn flin gyda Gwymon am ei gadael. Roedd hi wedi meddwl amdano fel arwr ond tybiai nawr mai llwfr oedd y creadur rhyfedd.

Ar ôl straffaglu i fyny'r rhaff, cyrhaeddodd Enid fwrdd y llong. Safai'r dyn cyhyrog o'i blaen, gyda dyn oedd yn fersiwn fyrrach, fwy blin ohono wrth ei ochr. Cyrhaeddodd Gwydion gyda'i ffon yn fuan wedyn. Pam na fyddai'r hen ddyn wedi defnyddio ei hud? Ysgydwodd Gwydion ei ben fel petai wedi synhwyro'r hyn oedd ar feddwl Enid. Edrychai'n flinedig, yn hen. Erbyn hyn, roedd y criw wedi amgylchynu'r ddau.

'Croeso ar fwrdd *Tywysoges y Môr*. Siencyn ydw i, capten y llong,' cyhoeddodd Siencyn yn seremonïol. Tagodd y dyn blin i ddal ei sylw. Ochneidiodd Siencyn. 'A dyma Shadrach.'

'Wel, wel, dyma ni hogan ddel, hogia!'

Ymlwybrodd Shadrach yn nes at Enid yn chwareus. Chwarddodd rhai o'r criw. Camodd Gwydion o flaen Enid yn warchodol. 'Ond dwi ddim yn siŵr am hwn. Dipyn bach yn rhy hen a blewog i fi,' meddai, gan gyfeirio at y dewin. Chwarddodd y criw cyn i Siencyn dorri ar draws.

'Dy'n ni ddim yn cyffwrdd ein gwesteion, Shadrach.'

'Does bosib ein bod ni angen yr hen ddyn 'ma. Edrycha arno, mae bron â chysgu.'

Disgynnodd Gwydion ar ei liniau. Oedd o'n chwarae tric arnyn nhw? Neu oedd o'n dioddef? Cymerodd Siencyn y ffon a'i rhoi i un o'r criw, cyn camu i'w helpu. Gafaelodd yn Gwydion a'i godi. Trodd Siencyn at Shadrach.

'Y Frenhines sy'n dewis.'

Gafaelodd dau o'r criw yn Enid. Dechreuodd gicio a sgrechian. Tu ôl iddi roedd Gwydion yn cael ei gario i lawr i grombil y llong. Ar ôl cael ei chario i lawr rhes o risiau, cyrhaeddodd grombil enfawr y llong gyda rhyw ugain o bobl wedi'u clymu mewn cadwyni. Roedd oglau'r chwys mor annioddefol, bron iddi lewygu. Brwydrodd Enid ond llwyddodd y dynion i'w chlymu. Digon hawdd oedd clymu'r dewin anymwybodol. Gadawodd y dynion, gan gau'r drws ar eu holau. Ceisiodd Enid gwffio'r dagrau, ac yna clywodd rywun yn symud yn y gornel.

'Enid?' gofynnodd llais o'r tywyllwch. Pwysodd y siâp ymlaen ac ymddangosodd wyneb cyfarwydd o'r cysgodion.

'Smwt?' ebychodd Enid yn syfrdan.

SIWAN

YNYS WEN

Teimlai Siwan yn noeth wrth i Bleddyn ddefnyddio ei gyllell i dorri'r cudyn olaf o'i gwallt. Roedd y Bwystfil wedi llwyddo i ddianc rhag milwyr Gwern ac wedi dod o hyd i Siwan ar ddamwain, pan glywodd grawcian cyfarwydd i lawr stryd fach dywyll. Erbyn hyn roedd hi wedi llonyddu. Gwyddai bod rhaid cael meddwl clir a gwrando'n astud ar gyfarwyddiadau Bleddyn am yr oriau nesaf, os oedd hi am oroesi.

Clywai ambell floedd milwr yn y pellter bob hyn a hyn wrth iddyn nhw chwilio'n ddi-baid am y ddau fradwr. Cydiodd Bleddyn yn y sach oedd yn hongian fel llen am yr hollt yn y wal. Trodd Siwan i gyfeiriad y tri oedd yn eistedd yn y gornel, wedi eu clymu mewn rhaffau. Eisteddai Brân ar y bwrdd, wastad eisiau bod yn agos i Siwan.

'Oedd rhaid defnyddio gymaint o raffau?'

'Fedrwn ni ddim ymddiried yn neb rhagor,' sibrydodd Bleddyn.

Roedd cannwyll fechan yn olau wrth ochr y tri; dyn canol oed a'i wallt yn britho, ei wraig a'i fab oedd tua'r un oed â Siwan. Roedd y bwrdd wedi'i orchuddio â chynhwysion gwneud bara. Roedd Siwan wedi mwynhau bara o'r becws yma lawer tro, ond erioed wedi bod yma ei hun.

'Ond mae'r teulu yma wedi bod yn ffyddlon i ni dros y blynyddoedd.'

Nodiodd y tad i gytuno, gan swnio fel ci bach yn crio drwy'r lliain oedd yn ei geg. Doedd Siwan ddim yn credu fod hyn yn angenrheidiol, ond roedd Bleddyn wedi mynnu.

'Fe fydd gwobr hael iawn i unrhyw un sy'n dod o hyd i ni. Mae'n rhaid i ni fod yn ofalus,' eglurodd Bleddyn.

Eisteddodd Siwan yn bwdlyd ar gadair wrth y bwrdd. Codai aroglau bara ffres i fyny ei ffroenau. Roedd llefydd gwaeth i guddio na hyn.

Cerddodd Bleddyn at y teulu yn y gornel. Crynai'r tri wrth weld y cawr yn dod amdanynt yn ei helmed arian a'r llygaid cochion yn codi arswyd arnyn nhw.

'Mae'n ddrwg 'da fi am hyn, ond mae'n rhaid i mi warchod y dywysoges.'

Roedd y tad yn deall, ond roedd presenoldeb y Bwystfil yn dal i godi ofn arno a'i deulu. Roedd Bleddyn ar fin eistedd efo Siwan wrth y bwrdd ond roedd o ar bigau'r drain.

'Mae bron yn amser.'

Cymerodd gipolwg drwy'r llen. Roedd y stryd yn dywyll a gwag. Nawr oedd yr amser i ddianc, cyn i haul y bore ymddangos. Tynnodd ddwy gyllell finiog oedd wedi eu clymu i'w arfwisg a chynnig un i Siwan. Edrychodd Siwan arno'n hurt.

'Rhag ofn,' rhybuddiodd Bleddyn gan roi'r gyllell yn ei llaw.

Derbyniodd Siwan y gyllell yn anfoddog. Cychwynnodd y ddau at y drws. Doedd dim sŵn yn dod o'r ochr arall. Roedd y naws yn ddigon i aflonyddu Siwan. Byddai'n well ganddi aros yn aroglau'r bara am byth, wel, am ychydig yn hirach beth bynnag. Trodd i edrych ar y teulu am y tro olaf gan deimlo euogrwydd am eu trin yn y fath fodd.

'Mae'n flin 'da fi,' sibrydodd Siwan.

Agorodd Bleddyn y drws yn araf bach a sbecian y tu allan cyn rhoi arwydd i Siwan ei bod yn ddiogel i adael. Gadawodd y ddau'r becws, a'r cyllyll yn eu dwylo'n barod am y nos. Hedfanodd Brân i ffwrdd, ond gwyddai Siwan y byddai'n eu dilyn drwy'r awyr. Roedd hi'n noson glir a disgleiriai'r lleuad. Roedd hynny'n gysur i Siwan wrth iddi daflu ychydig o olau ar y stryd gul.

Sleifiodd y ddau'n ofalus gan igam-ogamu o stryd i stryd. Bob hyn a hyn roedd bloedd yn y pellter wrth i'r milwyr redeg o gwmpas y ddinas fel cŵn hela yn chwilio am y ddau. Âi'r ddinas yn fwy budur wrth iddyn nhw ymbellhau o'r castell. Roedd aroglau'r môr yn araf ddringo i'w ffroenau. Er ei bod mor dywyll, gallai Siwan weld y goleuni ar ddiwedd y daith. Oedodd Bleddyn ar gornel stryd fach. Gallai'r ddau deimlo awel y môr yn eu cyfarch yn dawel. Arhosodd y ddau yn y cysgodion yn edrych ar brysurdeb y porthladd i'r chwith iddyn nhw. Roedd gweithwyr y porthladd yn gorfod codi'n gynnar iawn yn y bore i gadw at derfynau amser. I'r dde, roedd grisiau'n arwain i lawr i'r môr lle roedd cychod rhwyfo a chychod pysgota'n cael eu cadw. Dim ond dau filwr Afarus oedd i'w gweld.

'Bydd rhaid i ni ladd y ddau, heb dynnu sylw'r milwyr draw fan yna,' sibrydodd Bleddyn gan bwyntio at y porthladd.

'Eto?' protestiodd Siwan. Doedd dim diwrnod cyfan wedi pasio ers iddi ladd rhywun am y tro cyntaf. Doedd hi ddim yn disgwyl gorfod ailadrodd y profiad mor fuan.

'Mae 'da fi gynllun. Cer yn ôl i waelod y stryd a dechre chwibanu.'

'Beth?'

'Wyt ti'n ymddiried yndda i?'

'Wrth gwrs,' atebodd Siwan yn gadarn. Bleddyn oedd yr unig un roedd hi'n gallu ymddiried ynddo erbyn hyn, a Brân wrth gwrs.

'Aros yn y cysgodion,' gorchmynnodd Bleddyn gan sefyll ar stepen drws, i ffwrdd o oleuni'r lleuad.

Camodd Siwan yn ôl gan ddechrau chwibanu. Cyrcydodd fel cath yn disgwyl llygoden. Doedd dim byd yn digwydd. Chwibanodd unwaith eto, ychydig yn uwch y tro hwn. Gallai Siwan weld amlinell Bleddyn o ben draw'r stryd. Chwibanodd eto. Yna daeth dau gysgod i sefyll yn agoriad y stryd. Daliodd Siwan ei gwynt. Edrychodd y ddau filwr ar ei gilydd cyn craffu i geisio gweld yn nhywyllwch y stryd. Gafaelodd un yng ngharn ei gleddyf. Chwibanodd Siwan am y tro olaf. Daeth cleddyf y ddau filwyr i'r golwg cyn iddyn nhw gamu i'r tywyllwch. Cerddodd y ddau'n araf bach i lawr y stryd, heibio i Bleddyn heb sylwi. Neidiodd y bwystfil allan gan hollti gwddf un a rhoi cleddyf drwy galon y llall. Disgynnodd y ddau'n ddiseremoni ar y llawr oer.

'Gwisga hon,' meddai Bleddyn gan roi arfwisg un o'r milwyr iddi.

'Wyt ti wir yn meddwl fod hyn yn mynd i weithio?' holodd Siwan.

'Does 'da ni ddim dewis arall,'

Ffeiriodd Bleddyn ei arfwisg enfawr am un y milwr celain, ond heb newid ei helmed. Gosododd Siwan yr arfwisg arall dros ei dillad. Rhoddodd y gyllell mewn poced yng nghefn ei throwsus.

'Barod?' gofynnodd Bleddyn.

Camodd y ddau allan o'r cysgodion. Roedd y grisiau a arweiniai at y cychod o fewn eu cyrraedd. Cerddodd Bleddyn gydag urddas ar draws y porthladd. Siglai helmed Siwan gyda phob cam ac roedd yr arfwisg fel ogof amdani. Gallai'r ddau deimlo llygaid y gweithwyr a'r milwyr arnyn nhw. Roedden nhw o fewn ychydig gamau at y grisiau.

'Hei!'

Rhewodd y ddau. Trodd Siwan i edrych i gyfeiriad y waedd. Cerddai tri milwr atynt â golwg amheus arnyn nhw a llaw pob un ar garn ei gleddyf. Roedd rhai o'r gweithwyr wedi oedi am ychydig i fusnesu. Gallai Siwan glywed ei chalon yn curo a gweld y cychod yn nofio ar y môr llonydd. Oedodd y tri milwr o'u blaenau.

'Ble mae'r ddau arall?' gofynnodd un. Edrychodd Siwan ar Bleddyn yn betrus.

'Wedi mynd i'r castell. Rydyn ni yma i gymryd eu lle. Gorchymyn gan y Brenin Gwern,' atebodd Bleddyn.

Edrychodd y milwyr ar ei gilydd cyn troi'n ôl at y ddau. Camodd un yn nes a chraffu ar Bleddyn. Camodd yn ôl yn sydyn cyn tynnu ei gleddyf allan.

'Bwystfil!'

Gafaelodd y ddau arall yn eu cleddyfau.

'Gadewch i ni fynd. Dwi ddim eisiau lladd mwy o filwyr,' meddai Bleddyn heb symud. Safodd Siwan y tu ôl i Bleddyn, oedd yn darian iddi.

Roedd brwydr yn anochel wrth i'r tri ohonyn nhw wrthod ildio. Ochneidiodd Bleddyn cyn gafael yn ei gleddyf. Neidiodd y tri amdano. Llwyddodd Bleddyn i amddiffyn ei hun rhag y tri. Camodd un yn ôl gan adael i'r ddau arall frwydro yn erbyn y bwystfil. Edrychodd ar Siwan cyn cerdded ati'n araf bach yn trio'i dychryn. Daeth y milwr yn nes, yn amlwg wedi sylweddoli pwy oedd hi. Gwyddai'r milwyr i gyd ei bod efo Bleddyn y Bwystfil.

'Dwi'n mynd i fod yn gyfoethog,' gwenodd y milwr yn fuddugoliaethus gan roi ei gleddyf yn ei wain.

Gafaelodd ym mraich Siwan. Disgynnodd ei phenwisg i'r llawr wrth iddi frwydro yn ei erbyn. Tarodd y milwr ei hwyneb. Gafaelodd yn dynn yn ei braich cyn dechrau cerdded tuag at y stryd dywyll. Teimlai Siwan yn anobeithiol wrth iddi edrych ar Bleddyn oedd yn dal i frwydro yn erbyn y ddau filwr arall. Plymiodd Brân o'r awyr gan ymosod ar y dyn. Gwaeddodd yntau ond llwyddodd i gadw gafael ar Siwan. Yna, cofiodd Siwan am y gyllell oedd ym mhoced cefn ei throwsus. Estynnodd amdani gyda'i llaw chwith, y llaw oedd yn rhydd rhag crafangau'r milwr. Roedd y gyllell yn rhy bell. Ceisiodd estyn eto. Gallai deimlo'r carn ond fedrai hi ddim bachu ynddo. Ceisiodd unwaith eto. Gwaeddodd mewn poen wrth iddi lwyddo i afael yn y gyllell. Tynnodd hi allan o'i throwsus cyn plymio'r gyllell i ochr y milwr. Gollyngodd yntau ei afael arni. Plymiodd y gyllell unwaith eto, i'w galon y tro hwn. Disgynnodd ar ei liniau a gwaed yn tasgu o'i geg, cyn syrthio'n gelain ar y llawr.

Rhedodd Siwan at Bleddyn. Dilynodd Brân hi. Roedd un milwr wedi ei drechu a'r llall ar ei liniau. Holltodd Bleddyn ei wddf. Trodd i'w hwynebu. Roedd gwaed yn baent drosto i gyd. Erbyn hyn roedd pob un o'r gweithwyr yn edrych ar yr ymladd. Tynnodd Bleddyn arfwisg Afarus cyn ei thaflu i'r llawr. Edrychodd yn ôl ar y gweithwyr yn fygythiol. Dechreuodd pawb weithio yn sydyn fel petai dim byd wedi digwydd.

'Dere,' sibrydodd Bleddyn allan o wynt, cyn anelu am y grisiau.

Sgrialodd y ddau i lawr a dringo i'r cwch rhwyfo agosaf. Datglymodd Bleddyn y rhaffau a gwthio'r cwch i ffwrdd o'r wal. Dechreuodd rwyfo. Teimlai Siwan ei phen yn oer a chofiodd yn sydyn bod ei gwallt bellach yn gymysg â'r blawd ar lawr y becws. Gwyddai ei bod yn edrych yn debycach i filwr nag i dywysoges y noson honno. Gwyddai hefyd iddi ymddwyn yn debycach i filwr nag i dywysoges. Yna cofiodd nad oedd hi bellach yn dywysoges. Ochneidiodd mewn rhyddhad wrth iddi edrych yn ôl ar y ddinas, oedd yn mynd yn llai a llai. Edrychodd ar ei dwylo gwaedlyd a dechrau crynu mewn sioc. Cododd ei phen i edrych o'i blaen. Roedd y wawr ar ei ffordd. Crawciodd Brân wrth hedfan uwch eu pennau ac roedd ei grawc yn gysur iddi. Cydiodd Siwan mewn dwy rwyf oedd ar lawr y cwch a dechrau rhwyfo gyda Bleddyn. Doedd ei chartref ddim yn ddiogel iddi rhagor. Byddai gwobr hael iawn gan y Brenin Gwern i unrhyw un oedd yn gallu ei chipio hi. Ynys y Gwynt oedd yr unig le diogel iddi erbyn hyn. Edrychai ymlaen at gyrraedd ei chyrchfan, i ddechrau pennod newydd, a gadael Ynys Wen o'r diwedd. Roedd rhywbeth yn dweud wrthi, fodd bynnag, y deuai'n ôl rhyw ddydd.

Enid

Y MÔR ANHYSBYS

Gallai Enid glywed y chwerthin a'r gweiddi uwch ei phen wrth i'r môr daflu ei hun yn erbyn y llong, ond anwybyddu'r sŵn wnaeth hi. Eisteddai yn ei chadwyni rhydlyd yn syllu mewn penbleth ar yr wyneb cyfarwydd.

'Be... Pam wyt ti yma?'

''Dan ni wedi bod yn chwilio amdanoch chi, Enid,' atebodd Smwt.

'Ni?' gofynnodd Enid yn ddryslyd.

Pwysodd dyn ifanc ymlaen o'r cysgodion; ei wyneb wedi ei orchuddio â gwaed a chleisiau. Roedd yr wyneb yn un anghyfarwydd i Enid ond gwyddai pwy oedd o. Edrychai'n union fel ei dad, ond roedd llygaid Tyrfech yn addfwynach na rhai Taran.

'Dyma fyddai wedi digwydd i chi petaech chi'n ddyn,' eglurodd Smwt.

'Mae dynion yn ei chael hi mor anodd!' atebodd Enid yn goeglyd.

'Pam wnest ti redeg i ffwrdd?' gofynnodd Tyrfech. 'Mae dy dad yn poeni amdanat ti.'

'Nadi, siŵr,' chwarddodd Enid.

'Mae'n rhaid i chi ddod adra efo fi a Tyrfech,' meddai Smwt.

'Does dim un ohonon ni'n mynd i unlle ar y funud,' meddai Enid gan ysgwyd ei chadwyni.

Clywodd Enid sŵn gwingo y tu ôl iddi. Trodd i weld Gwydion yn ceisio deffro, ond yn aflwyddiannus. Ymdebygai'n fwy i hen ddyn gwan na dewin â doniau hud. Roedd rhychau yn afonydd ar fap ei wyneb ac roedd ei lygaid yn bocedi o dywyllwch. Ai hwn oedd y dyn oedd am ei helpu i achub ei brawd?

'Deffrwch!' gwthiodd Enid o'n flin.

Agorodd y dewin ei lygaid yn araf. Edrychai ar Enid fel petai'n rhywun dieithr. Sobrodd Gwydion gan rwbio ei lygaid â'i ddwylo.

'Beth ddigwyddodd?' gofynnodd Enid.

'Henaint,' atebodd Gwydion yn ddiamynedd. Sythodd gan eistedd yn erbyn ochr y llong a thynnu anadl ddofn.

'Ond roeddech chi'n iawn cyn dod ar y llong 'ma!'

Roedd Enid wedi drysu.

'Dwi ddim mor gryf ag oeddwn i. Doeddwn i ddim wedi defnyddio fy hud ers oes cyn i mi ddod ar dy draws di. Po fwyaf dwi'n defnyddio'r hud, y gwannaf dwi'n mynd, yn enwedig ar ôl gadael y goedwig. Mae'n rhaid i mi orffwys.'

'Ond…'

Clywodd Enid chwerthin yr ochr arall iddi. Roedd Smwt, Tyrfech a bron pawb arall yn glannau chwerthin, fel petaen nhw wedi anghofio am y cadwyni oedd yn eu clymu i'r llong.

'Hud?!' chwarddodd Tyrfech. 'Pwy ydy'r dyn gwallgof yma?'

'Dangoswch iddo, Gwydion,' meddai Enid yn obeithiol, yn daer eisiau profi bod y ddau'n anghywir. Teimlai'n ddig eu bod yn chwerthin ar ei ben.

'Mae'n rhaid i mi orffwys,' sibrydodd Gwydion cyn cau ei lygaid unwaith eto. Ochneidiodd Enid.

'Pan fyddwn ni'n dianc, ti'n dod adra efo ni,' gorchmynnodd Tyrfech yn awdurdodol. Peidiodd y chwerthin a chofiodd pawb am ddifrifoldeb y sefyllfa wrth iddyn nhw glywed y cadwyni'n cloncian yn erbyn llawr y llong.

'Dwi wedi bod yn gwrando ar orchmynion ers pymtheg mlynedd. Dwi ddim am wrando rhagor. Dwi am achub Pedr, fy mrawd.'

'Does dim alli di wneud i'w helpu.'

'Mae gen ti chwaer, yn does?'

Oedodd Tyrfech, fel petai o ddim yn siŵr sut i ateb y cwestiwn. Aeth Enid yn ei blaen.

'Beth fyddet ti'n wneud? Aros adra? Neu drio'i helpu?'

Gallai Enid weld wyneb Tyrfech yn newid. Doedd o ddim mor hyll â hynny chwaith, er bod ganddo enw hyll! Yn yr eiliad honno, gwelodd Enid wyneb rhywun oedd yn poeni am eraill, ac felly manteisiodd ar y cyfle i ennill mwy o gydymdeimlad.

'Dwi ddim yn disgwyl goroesi'r daith, ond mae'n rhaid i mi drio, hyd yn oed os oes rhaid i mi wneud hyn ar ben fy hun.'

Trodd Enid i edrych ar Gwydion oedd yn chwyrnu'n drwm. Gorffwysodd Smwt ei gefn yn erbyn y llong. Synhwyrai bod ei daith yn fethiant.

'Tydy Carwen ddim yn dda ar hyn o bryd. Dwi ddim yn cael ei gweld hi, dim ond siarad trwy'r drws fel petai hi'n garcharor. Mae'n torri fy nghalon i feddwl efallai na fydd hi byth yn gwella, ac mi fyswn i'n gwneud unrhyw beth i newid lle efo hi,' sibrydodd Tyrfech dan deimlad.

Edrychodd Enid arno, ei gleisiau'n disgleirio yng ngolau gwan y canhwyllau. Gwelai awgrym o ddagrau yn ei lygaid. Trodd Tyrfech i edrych arni.

'Mi wna i dy helpu di i ddod o hyd i Pedr, os wnei di fy helpu i.'

Roedd Enid angen cymaint o gymorth â phosib, yn enwedig os oedd yna wirionedd yn straeon lliwgar Gwydion am y dewin dieflig, Calrach. Llithrodd Tyrfech yn ôl i'r cysgodion. Synhwyrai Enid nad oedd Smwt yn rhy hapus fod Tyrfech wedi addo rhoi cymorth iddi, ond gwyddai y byddai'r gwas ffyddlon hefyd yn barod i'w helpu.

Pwysodd Enid yn erbyn y llong, gan wrando ar y chwyrnu, y gwynt a'r glaw a'r herian oedd i'w clywed ar y dec. Yna clywodd gamau trymion yn dod i lawr y grisiau. Agorwyd y drws yn ffyrnig. Safai Shadrach yno gyda photel hanner gwag yn ei law. Cerddodd o amgylch yr ystafell yn cicio'r carcharorion ac yn rhegi'n uchel. O'r diwedd cyrhaeddodd Enid. Oedodd. Gallai Enid ogleuo'i wynt drewllyd wrth iddo blygu ati.

'Tydy Siencyn ddim yma i dy helpu,' sibrydodd Shadrach.

'Gad hi fod!' gwaeddodd Tyrfech gan bwyso ymlaen i'r golau. Oedodd Shadrach cyn chwalu'r botel wydr dros ei ben. Llifodd y gwaed i lawr wyneb Tyrfech. Disgynnodd yn ôl yn erbyn ochr y llong.

Roedd gwydr ym mhob man, fel llechi ar lan môr Porth Afarus. Caeodd Enid ei llygaid i geisio meddwl am Borth Afarus, ei chartref, rhywle diogel. Teimlai anadl poeth Shadrach ar ei gwddf o hyd. Ceisiodd feddwl am yr awel fwyn a deimlai ar y porthladd, yn chwarae gyda Pedr pan oedden nhw'n iau. Oedd Smwt am ei helpu?

'Mae Siencyn yn meddwl ei fod o fel rhyw *feistr* arna fi, ond dwi'n cael gneud be bynnag dwi isio,' heriodd Shadrach yn feddw.

Teimlodd Enid law ar ei choes. Ceisiodd gicio ond roedd Shadrach yn rhy gryf iddi. Anadlodd yn ddwfn cyn meddwl am Pedr. Er mwyn ei achub, roedd rhaid iddi aberthu rhai pethau. Agorodd ei llygaid gan ddychryn Shadrach. Edrychodd i fyw llygaid y môr-leidr, oedd wedi'i syfrdanu. Doedd o ddim yn disgwyl iddi fod mor gryf. Yna dechreuodd wenu unwaith eto, a daeth y llygaid dieflig yn ôl. Llithrodd y llaw i fyny ei choes.

'Shadrach!'

Torrodd llais Siencyn ar ei draws.

Oedodd Shadrach, gan edrych i fyw llygaid Enid. Newidiodd yr emosiwn ar ei wyneb. Gallai Enid weld ei fod o'n rhwystredig. Cododd Shadrach ar ei draed cyn dechrau cerdded yn sigledig tuag at y grisiau. Stopiodd yn ei unfan pan glywodd lais Enid.

'Mae dy *feistr* yn galw arnat ti.'

Caeodd Shadrach ei ddyrnau cyn cau'r drws yn glep. Ochneidiodd Enid mewn rhyddhad a lledaenodd gwên fach wan ar hyd ei hwyneb.

Siwan

MÔR Y MEIRW

Deffrodd Siwan yn y tywyllwch. Roedd Bleddyn y Bwystfil yn dal i rwyfo, a'i gawr o gysgod o'i blaen. Oedd o wedi gorffwys o gwbl? Nag oedd, mae'n rhaid. Roedd diwrnod cyfan wedi mynd heibio ers i Siwan a Bleddyn lwyddo i ddianc. Bu'r môr yn llonydd ond roedd y cerrynt wedi brwydro'n dawel yn eu herbyn y rhan fwyaf o'r ffordd.

Teimlodd Siwan ei breichiau. Roedd hi'n boenau byw drosti. Trodd i weld a allai weld tir o'i blaen, ond roedd hi'n rhy dywyll. Gorffwysodd yn y cwch, a'i chlogyn fel blanced amdani a'i phen yn oer heb ei gwallt. Meddyliodd am yr holl bethau oedd wedi digwydd dros y diwrnodau diwethaf. Teimlai fel hunllef. Gallai weld, fel petai'n fyw o flaen ei llygaid, y gwaed yn llifo i lawr gwddf ei brawd, Maelgwn ap Peredur, a chorff Dorcas yn gelain ar y llawr. Yna meddyliodd am ei thad, a'r ffordd y diflannodd o'i bywyd mor sydyn. Gallai glywed synau yn ei phen: cyllell yn hollti croen ei brawd bach; ei gorff yn disgyn i'r llawr; milwyr yn rhedeg ar ei hôl; cleddyf yn plymio drwy galon milwr; hithau'n sgrechian; *ti'n beth fach bert...*

Ystwyriodd Siwan gan godi i chwilio am rywbeth i'w chysuro. Edrychodd i fyny a gweld cysgod Brân yn hedfan, a'r sêr a'r awyr yn gynfas o borffor tywyll. Roedd diwrnod newydd ar droed, cyfle newydd. Canolbwyntiodd ar sŵn y rhwyfau'n anwesu'r môr a gadael i'w rhythm ei llonyddu.

'Mae'n gwawrio,' meddai Bleddyn gan ddal ati i rwyfo.

Edrychai fel petai tân wedi ei gynnau ar y gorwel pell. Syllodd Siwan ar yr haul yn codi'n araf bach, yn goleuo popeth o'u hamgylch. Stopiodd Bleddyn rwyfo ac edrychodd Siwan arno. Doedd ei lygaid ddim yn edrych ar yr haul, ond i gyfeiriad arall. Trodd Siwan hefyd. Yn y pellter, gwelai ddarn o dir.

'Mae gen i rywbeth i ti,' meddai Bleddyn. Estynnodd i'w boced. Roedd dagr yn ei law. 'Cefais hon gan dy dad-cu pan o'n i tua dy oed di. Rhoddodd un i mi ac un i dy dad. Dwi moyn i ti ei chael hi.'

'Ond un ti yw hi,' dechreuodd Siwan brotestio.

'Efallai y byddi di ei hangen hi'n fwy na fi!'

Ailgydiodd Bleddyn yn y rhwyfo. Dechreuodd Siwan deimlo'n bryderus.

'Pa fath o groeso fydd yn ein disgwyl ar Ynys y Gwynt?'

'Mae'r Arglwydd Macsen yn ffyddlon i dy dad,' atebodd Bleddyn yn siŵr ohono'i hun.

Ymlaciodd Siwan ychydig. Yna meddyliodd am ei brawd mawr, Aneirin. Doedd Siwan ddim wedi ei weld ers blynyddoedd. Tybed oedd o wedi newid, ac a fyddai hi'n ei adnabod? Roedd ei meddwl yn carlamu fel ebol blwydd yn newid cyfeiriad bob dau funud. Wrth agosáu at Ynys y Gwynt, meddyliodd am weddill ei theulu oedd wedi marw oherwydd Gwern. Llanwyd ei chorff â dicter wrth feddwl amdano'n crechwenu pan oedd Maelgwn yn ei afael. Teimlai fod yr hen Siwan wedi marw gyda'i theulu ar Ynys Wen. Dim ond un peth oedd ar ei meddwl nawr, dial.

Enid
Y TIRIOGAETHAU RHYDD

Deffrodd Enid i swnian gwylanod. Doedd *Tywysoges y Môr* ddim yn symud rhagor, dim ond siglo'n araf bach o ochr i ochr. Goleuai'r haul wynebau'r carcharorion drwy graciau'r llong. Edrychodd Enid o'i hamgylch. Hi oedd yr unig ferch yno. Milwyr a dynion tlawd oedd yn gobeithio am fywyd gwell oedd ei chyd-deithwyr.

'Does neb erioed wedi dod yn ôl o fan hyn,' meddai Smwt yn ddigalon.

'Lle ydyn ni?' gofynnodd Enid gan wybod beth oedd yr ateb ond yn gobeithio am wyrth.

'Y Tiriogaethau Rhydd,' mwmiodd Smwt.

'Dwi'n ferch i Gwern, Arglwydd Afarus, felly dylsen nhw wrando arna i,' dadleuodd Enid. Chwarddodd Smwt ar ei diniweidrwydd.

'Tydy'r Tiriogaethau Rhydd na'r Pedair Ynys erioed wedi cyfathrebu â'i gilydd. Dydyn nhw ddim yn poeni pwy wyt ti. Yma, dwyt ti'n neb, fel fi.'

Suddodd calon Enid. Doedd bosib nad dyma fyddai diwedd ei thaith? Teimlai ar goll, ac am y tro cyntaf teimlai fel neb. Pwy oedd hi bellach? Eisteddai Gwydion wrth ei hochr. Roedd gwell lliw ar ei wyneb.

'Diolch am yr holl gymorth,' heriodd Enid yn wawdlyd.

'Dwi'n wan heb fy ffon. Mae'n ddrwg gen i.'

Swniai Gwydion yn ddiffuant. Dyna'r tro cyntaf iddo beidio ag ateb Enid yn goeglyd. Teimlai Enid drosto. Roedd o wedi peryglu'i fywyd i'w helpu a dyna'r diolch roedd o'n ei gael ganddi.

Agorodd y drws a daeth Siencyn i mewn. 'Bore da, gyfeillion. Rydyn ni wedi cyrraedd,' cyhoeddodd yn llon. Roedd o'n flinderus o lon, ac yn dechrau mynd ar nerfau Enid.

Dilynwyd ef gan ei fôr-ladron a gorchmynnodd Siencyn iddyn nhw ddatglymu'r cadwyni o'r bachau ar ochr y llong. Safai Shadrach y tu ôl i Siencyn, yn syllu i lygaid Enid. Edrychai mor arw â'r môr neithiwr.

'Codwch!' gorchmynnodd Shadrach yn flin. Ufuddhaodd pawb, heblaw am Gwydion oedd yn straffaglu i godi. Byddai Enid wedi hoffi ei helpu, ond er iddi gael ei rhyddhau o gadwyni'r llong, roedd ei dwylo, fel gweddill y carcharorion, wedi'u clymu gan gadwyn drom.

Diflannodd Siencyn a Shadrach i fyny'r grisiau gan adael i weddill y môr-ladron hel y carcharorion fel defaid a'u tywys i fwrdd y llong. Roedd golau'r haul yn ddigon i ddallu Enid wrth iddi gamu ar y dec. Croesawodd yr awel, ar ôl eistedd yn y tywyllwch gydag aroglau chwys a baw yn mygu'i ffroenau. Wrth i'w llygaid addasu, gallai weld yr hyn oedd yn cyfarch y carcharorion ar y lan. Safai oddeutu ugain o ddynion cryf ar draeth o lechi. Gosodwyd y carcharorion ar gwch rhwyfau er mwyn mynd yn ôl ac ymlaen o'r llong i'r traeth. Ar y daith olaf, roedd Siencyn, dau fôr-leidr, Enid, Gwydion, Tyrfech a Smwt.

'Dylset ti fod wedi aros adra. Tydy fan hyn ddim yn lle i ferch ifanc o'r Pedair Ynys,' meddai Siencyn gydag awgrym o dosturi yn ei lais. Roedd o'n dipyn cleniach na Shadrach.

'Do'n i ddim yn trio dod yma!' brathodd Enid.

'Lle mae fy ffon i?' holodd Gwydion gan dorri ar draws.

'Dwyt ti ddim ei hangen hi,' atebodd Siencyn.

'Os nad wyt ti wedi sylwi, dwi'n hen.'

'Fyddi di ddim yn gorfod cerdded yn bell heddiw, ac os wyt ti'n disgyn, mi neith un o'r hogia dy gario di.'

Tawelodd pawb wrth iddyn nhw agosáu at y porthladd. Roedd y traeth yng nghysgod cawr o graig. Gwelai Enid risiau serth yng nghanol y graig yn arwain yr holl ffordd i'r copa. Suddodd ei chalon wrth feddwl am ddringo'r grisiau mewn haul tanbaid a chadwyni am ei dwylo.

Camodd pawb allan o'r cwch a cherdded tuag at lle roedd y carcharorion eraill wedi ymgynnull. Fe'u hamgylchynid gan ddynion â chanddynt fwa a saeth yr un. Daeth dyn, nad oedd yn rhy annhebyg i Siencyn, i'w cyfarfod wrth iddyn nhw gamu ar y llechi.

'Siencyn! Braf bod yn ôl?'

Cofleidiodd y ddau.

'Mae'n well gen i fod ar y môr, ond ro'n i'n dechra laru ar long llawn dynion.'

'Dwi'n gweld dy fod wedi dal merch,' meddai'r dyn gan bwyntio at Enid.

'Ti'n gwbod y rheolau. Dydyn ni ddim am gyffwrdd y nwyddau.'

'Mae pawb yn gwbod dy fod yn dilyn y rheolau, Siencs!' dywedodd y dyn gan rowlio'i lygaid.

Dechreuodd rhai o'r dynion oedd ar y traeth ymlwybro tuag at y cwch rhwyfo. Wedi deall, môr-ladron oedd y rhain hefyd, yn barod i hwylio'r moroedd am ychydig o fisoedd.

'Cymer ofal ohoni,' gorchmynnodd Siencyn, gan edrych ar y llong yn hiraethus. Gwenodd y dyn arno cyn cerdded i ymuno â'r dynion eraill yn y cwch rhwyfo.

Cyrhaeddodd y criw y grisiau serth gan ddilyn Siencyn. Llyncodd Enid ei phoer. Dechreuodd pawb gerdded fesul un i fyny'r grisiau. Dim ond digon o le i fodiau troed oedd ar bob gris. Âi'r grisiau'n fwy serth gyda phob cam ac roedd hi'n llawer anoddach dringo gyda chadwyni wedi'u clymu ar ddwylo'r carcharorion. Roedd hi'n amlwg fod Siencyn wedi gwneud hyn sawl tro, gan wneud i'r dringo edrych yn hawdd. Camodd Gwydion yn araf bach o'i blaen. Clywodd gerrig yn llithro'r tu ôl iddi, a throdd ei phen i weld Tyrfech yn dechrau llithro. Ceisiodd afael ar y graig ond llithrodd ei ddwylo hefyd. Llwyddodd i afael yn y graig gyda'i ddwylo wedi'u clymu cyn disgyn yr holl ffordd i lawr at y llechi. Digwyddodd yr holl beth mor sydyn. Defnyddiodd Tyrfech ei holl nerth i dynnu ei hun yn ôl ar y grisiau. Anadlodd yn ddwfn cyn mynd yn ei flaen.

'Dewch, y tacla!' gwaeddodd Shadrach o ben y graig.

Cyrhaeddodd Gwydion gopa'r graig gan estyn ei ddwylo mewn cymorth i weddill y carcharorion.

'Doeddwn i ddim yn meddwl y bysat ti'n goroesi'r graig, hen ddyn!' chwarddodd Shadrach yn wyneb Gwydion a phoer yn ffrydio o'i geg.

Ar gopa'r graig, roedd ffarm fechan, caeau ar y dde ac ar y chwith iddi, a bryniau gleision mor bell ag y gallai Enid weld. Yn syth o'i blaen roedd coed yn dwnnel uwchben lôn ddiddiwedd. Roedd ceffylau i'r môr-ladron a dau gerbyd i'r carcharorion. Gwthiwyd Enid a Gwydion ac wyth arall i mewn i gerbyd bychan, drewllyd. Ar ôl saib, cychwynnodd y môr-ladron ar eu ceffylau i lawr y lôn, gyda'r cerbydau'n dilyn. Gwelodd Gwydion un ohonyn nhw'n gafael yn ei ffon.

'Ga i chdi'n ôl!' diawliodd Gwydion.

'Rydych chi'n edrych yn well,' mentrodd Enid. 'Oes 'na unrhyw obaith dianc?'

'Wn i ddim.'

Roedd hi'n daith hir drwy'r coed wrth i'r bore droi'n brynhawn. Diferai'r chwys i lawr wyneb Enid. Diolch byth bod y coed yno i'w gwarchod rhywfaint rhag yr haul tanbaid. Cododd Enid ei phen i gymryd cipolwg dros weddill y carcharorion i weld beth oedd o'u blaenau. Ochneidiodd wrth weld fod cysgod y coed ar fin dod i ben ar waelod bryn. Wrth iddyn nhw adael y coed, clywodd Enid sŵn bwrlwm yn y pellter, fel sŵn pobl yn gweiddi a chwerthin.

Dringodd y cerbydau'r bryn yn araf bach cyn cyrraedd y copa. Agorodd Enid ei cheg yn syfrdan ar yr olygfa annisgwyl a rhyfeddol. Yr ochr arall i'r bryn, i lawr yn y dyffryn, roedd llyn bychan. O'i gwmpas roedd marchnad yn llawn stondinau gemwaith, bwydydd rhyfedd a sidanau lliwgar. Ond yr hyn oedd wedi dal llygaid Enid oedd y palas enfawr gwyn oedd yr ochr draw i'r llyn. Roedd gweddill y ddinas yng nghysgod y palas. Dilynodd y cerbydau'r lôn i lawr y bryn, o amgylch y llyn a chyrraedd drysau'r palas. Doedd trigolion y ddinas ddim hyd yn oed wedi edrych ar y carcharorion, dim ond dal i chwerthin a bargeinio. Disgynnodd Siencyn a gweddill y môr-ladron oddi ar eu ceffylau. Agorwyd y cerbydau a gosodwyd y carcharorion mewn rhes o flaen y palas. Ymunodd sŵn clincian y cadwyni gyda bwrlwm y ddinas. Safodd Siencyn a Shadrach o'u blaenau ac agorodd Siencyn ei geg.

'Rydyn ni wedi cyrraedd dinas Liberta, a dyma balas y Frenhines Tegwen. Tydy'r Tiriogaethau Rhydd ddim yn hoff o fewnfudwyr a phobl ddiarth yn heintio'u dinasoedd hardd. Yfory byddwch yn mynd o flaen y frenhines ac yn derbyn eich ffawd. Tan hynny, mae'r celloedd dan ddaear yn wag.' Agorwyd y drysau. Diflannodd y ddau.

Safai Tyrfech wrth ei hochr, yn syllu ar rywbeth. Edrychodd

Enid i'r cyfeiriad hwnnw. Roedd glaswellt yn arwain tuag at y ddinas wedi ei orchuddio â blodau duon. Roedd Tyrfech yn methu tynnu ei lygaid oddi arnyn nhw. Disgleiriai'r blodau, yn gwreichioni yn yr haul. Beth oedd y blodau rhyfedd, hudolus hyn?

Edrychodd Enid o'i chwmpas unwaith eto. Gwelai wynebau hapus, ond hefyd sylwodd ar wynebau trist pobl mewn gwisgoedd gwyn oedd yn droednoeth, eu breichiau a'u traed wedi'u clymu gan gadwyni. Pwy oedd y rhain? Pam oedden nhw mewn cadwyni? Wrth i weddill y môr-ladron ddechrau tywys y carcharorion tuag at y celloedd, sylwodd Enid ar ffigwr mewn clogyn brown y pen draw i'r llyn. Roedd yntau'n droednoeth hefyd, ond doedd dim cadwyni arno. Edrychai ei glogyn yn wlyb. Camodd y ffigwr i mewn i'r llyn, cyn tynnu ei glogyn oddi ar ei ben. Gwenodd yr wyneb cyfarwydd ar Enid. Diflannodd Gwymon i mewn i'r llyn fel rhith.

* * *

Roedd Enid heb gysgu dim drwy'r nos, diolch i'r pesychu, y dŵr yn diferu i'r pwll y tu allan i'r gell a sŵn traed prysur llygod mawr. Efallai nad oedd chwyrnu di-baid Gwydion wedi helpu chwaith. Rhannai Enid gell fechan gyda Gwydion, Smwt a Tyrfech. Roedd Smwt wedi gallu cysgu rywsut, ond yn ffodus i Enid bu Tyrfech yn effro drwy'r nos, a'i gwmni i'w groesawu mewn lle mor dywyll. Bu'r ddau'n sibrwd â'i gilydd gan hel atgofion am adre, a'u teuluoedd cyn ceisio dyfalu am eu dyfodol.

Gorffwysai'r pedwar yn un o'r degau o gelloedd budur oedd o dan ddinas brydferth Liberta. Roedd cadwyni'n dal am eu dwylo a'u traed. Pan gyrhaeddon nhw'r gell, roedd yr oglau'n ddigon i godi cyfog, ond roedd Enid, erbyn hyn, wedi dechrau arfer. Roedd hi hefyd wedi arfer â'r llawr oer, llaith, ond gobeithiai nad oedd hi am fod yno'n hir.

'Tybed be fyddwn ni'n gorfod wneud fory?' gofynnodd Enid.

'Dwi'n amau ei bod hi'n fory yn barod,' atebodd Tyrfech. 'Roedden ni i fod i briodi heddiw.'

'Tydy bod yma ddim yn ddrwg i gyd, felly,' sibrydodd Enid. Edrychodd y ddau ar ei gilydd cyn chwerthin fel plant direidus. Doedden nhw ddim wedi cael llawer o gyfle i fod yn blant direidus.

Gwingodd Gwydion yn ei gwsg a pheidiodd ei chwyrnu.

'Lle wnest ti gyfarfod hwn?' holodd Tyrfech gan bwyntio at y dewin.

'Yn y Goedwig Hud, yn Afarus,' atebodd Enid.

'Faint ydy ei oed o?'

'Hen, hen iawn.'

'Mae o'n edrych fel petai o wedi byw ers canrifoedd,' chwarddodd Tyrfech.

'Mae o!'

'Ella 'mod i'n hen ond mae 'nghlustiau i'n dal i weithio.' Torrodd Gwydion ar eu traws, ei lygaid yn dal ar gau.

Distewodd y ddau gan wenu ar ei gilydd. Doedd Enid ddim wedi cael cyfle i sgwrsio â rhywun yr un oed â hi ers oes. Roedd hi'n falch fod Tyrfech yno gyda hi.

'Ydych chi'n gallu defnyddio'ch hud erbyn hyn? Os nad ydych chi wedi sylwi, rydyn ni wedi'n cloi mewn cell.'

Agorodd Gwydion ei lygaid a syllu'n flin ar Enid. 'Dwi angen bwyd, dwi angen egni.'

'Beth ydy'r pwynt cael hud os nad ydych chi'n gallu ei ddefnyddio?' heriodd Enid.

Straffaglodd Gwydion ar ei draed a deffrodd Smwt o'i drwmgwsg. Edrychai Gwydion yn benderfynol o brofi bod Enid yn anghywir. Safodd yng nghanol y gell yn wynebu'r clo. Caeodd ei lygaid a'i ddyrnau. Trodd ei wyneb o fod yn welw i fod fel fflam, wrth i'w gorff geisio ymdopi â'r straen. Gallai Enid deimlo'r hud yn pefrio o gorff y dewin. Edrychodd arno mewn syndod. Symudodd y clo fymryn bach. Yna agorwyd y drws ar ben y grisiau oedd yn arwain i lawr at y celloedd gan dorri ar draws gweithred Gwydion. Agorodd ei lygaid ac edrych tuag at y sŵn mewn rhwystredigaeth.

Clywodd y pedwar sŵn traed yn dod i lawr y grisiau. Pwysodd Enid yn erbyn y bariau i geisio gweld. Yn y pen draw, gallai weld cysgod yn cerdded tuag at eu cell, a phedwar arall y tu ôl iddo. Aeth heibio pob cell cyn oedi o'i blaen. Gwenodd Siencyn arni fel petai'r ddau'n hen gyfeillion, tra bod pedwar milwr yn sefyll yn stond y tu ôl iddo.

'Bore da! Mae'n hyfryd tu allan. Does dim gwynt ac mae'r haul yn boeth, rhy boeth efallai, ond dwi ddim am gwyno.'

Edrychodd y pedwar carcharor arno'n syn. Gwisgai wisg uchelwr yn hytrach na'i wisg môr-leidr. Edrychai'n llawer mwy pwysig, mwy awdurdodol, ond yr un mor llon.

'Peidiwch â digalonni. Rydw i yma i'ch hebrwng i'r palas. Mae'r Frenhines Tegwen yn barod i'ch gweld.'

'A beth os dy'n ni ddim isio'i gweld *hi*?' gwgodd Enid arno. Anwybyddodd Siencyn hi.

'Pan fyddwch chi yng nghwmni'r frenhines, peidiwch â siarad oni bai bod y frenhines yn siarad â chi.'

'A beth os y'n ni'n siarad heb ei chaniatâd?' heriodd Enid ymhellach. Roedd hi'n ei hatgoffa ei hun o Pedr pan fyddai'n arfer ei phryfocio hi.

'Peidiwch—' dechreuodd Siencyn.

'Dwi'n aros yma.'

Eisteddodd Enid yng nghornel y gell.

Ochneidiodd Siencyn. Roedd o'n dechrau cael llond bol. Taflodd wên sarhaus ati. 'Tydy hynny ddim yn opsiwn, mae arna i ofn.'

Camodd yn ôl gan adael i'r milwyr afael yn y carcharorion fesul un a'u tywys o'r gell. Gwrthododd Enid godi, ond doedd ganddi ddim dewis pan ddechreuodd un o'r milwyr wasgu ei braich. Gwthiwyd y pedwar carcharor i fyny'r grisiau a thrwy'r drws. Cafodd Enid ei dallu gan yr haul. Ceisiodd roi ei llaw ar ei thalcen i warchod ei llygaid ond roedd breichiau'r milwr yn grafangau amdani. Allai Enid weld dim, dim ond clywed y farchnad brysur ac ogleuo pob math o fwydydd a blodau hyfryd yn cosi ei ffroenau.

Caeodd drws y tu ôl iddi gan gau ar y synau a'r aroglau tu allan. O'r diwedd gallai Enid weld eto. Safai mewn cyntedd hynod foethus ar lawr o farmor gwyn. Roedd grisiau'r naill ochr iddi a drysau mawr porffor o'i blaen. Safai Gwydion, Tyrfech a Smwt wrth ei hochr gyda milwr yr un yn sownd wrthyn nhw. Cerddodd Siencyn tuag at y drws. Roedd o ar fin agor y drysau pan drodd yn ôl at Enid. Oedodd o'i blaen cyn sibrwd,

'Os wyt ti eisiau gweld fory, dwi'n dy gynghori di i fod yn ddistaw ac ateb y frenhines â pharch pan fydd hi'n gofyn cwestiwn i ti.' Doedd dim arlliw o wên ar ei wyneb y tro hwn.

Nid dim ond cwyno o eisiau bwyd wnâi ei bol. Roedd holl bilipalod y deyrnas yn dawnsio ynddo a'r cryndod yn ei dwylo yn bradychu ei nerfusrwydd. Ers cyrraedd Liberta a gweld y palas enfawr, roedd Enid wedi dychmygu sut fyddai'r Frenhines Tegwen yn edrych. Ar ôl clywed Siencyn yn siarad amdani, roedd hi'n disgwyl cawr o ddynes flin a phwerus. Efallai fod hud yn perthyn iddi hi, fel Gwydion. Edrychodd draw at y dewin.

Roedd ei ben i lawr ac edrychai fel meddwyn. Mae'n rhaid bod hud Tegwen yn fwy pwerus nag un Gwydion, meddyliodd. Trodd ei sylw tuag at Siencyn wrth iddo agor y drysau mawr. Anadlodd Enid yn ddwfn. Agorodd y drysau led y pen a syllodd ar yr olygfa o'i blaen mewn syndod.

Pedr

Ynys Trigo

Deffrodd Pedr ap Gwern mewn lle cyfarwydd; ar lawr llaith, caregog, a thywyllwch yn ei amgylchynu. Teimlai fel petai'n breuddwydio, ond y tro hwn gwyddai ei fod yno go iawn. Fel arfer, yn ei freuddwyd roedd o wedi ei barlysu ar y llawr ond nawr roedd o'n gallu symud. Roedd o wastad wedi pendroni ble roedd y lle hwn, a phwy oedd y llais a glywai yn ei ben ynghanol nos ers y gallai gofio. Doedd o erioed wedi dweud wrth ei deulu wrth gwrs. Gwyddai eu bod yn credu ei fod yn 'hogyn bach od'. Ond efallai y byddai Enid wedi gwrando arno petai wedi ymddiried ynddi.

Estynnodd o'i amgylch i geisio teimlo'r hyn oedd o'i gwmpas. Y cyfan allai ei deimlo oedd creigiau. Tynnwyd ei sylw gan rywbeth yn sgleinio wrth ei ochr, a theimlodd blât a rhyw greadur llysnafeddog arno. Dyna oedd oglau'r pysgod, meddyliodd. Dechreuodd fwyta, roedd o ar lwgu. Nofiodd y pysgodyn i lawr ei wddf fel petai'n dal yn fyw. Cododd Pedr yn ofalus. Doedd arno ddim ofn y lle hwn – teimlai'n fwy cartrefol yma nag yn ei gartref ei hun. Doedd dim rhaid iddo boeni am unrhyw beth. Roedd o'n ddigon hen i wybod ei fod o'n siom i'w dad. Mae'n rhaid ei fod yntau'n falch o gael gwared ar Pedr, a gwyddai nad oedd gan ei fam lawer o amynedd ag o chwaith. Ond gwyddai y byddai Enid yn poeni, ychydig.

Gafaelodd yn y graig y tu ôl iddo a dilyn y wal garegog am ychydig, cyn cyrraedd agoriad. Cymerodd un cam ac yna goleuwyd yr ogof. Oedodd Pedr cyn troi i edrych ar yr holl ganhwyllau. Yna gwelodd y graig yng nghanol yr ogof, lle'r eisteddai dyn fel brenin, ei goron o esgyrn ar ei ben a'r ffon wen yn disgleirio yng ngolau'r canhwyllau. Edrychodd Pedr arno'n ddryslyd.

'Pedr.'

Roedd Pedr yn adnabod y llais; y llais dwfn oedd wedi bod yn galw arno yn ei freuddwydion ers blynyddoedd. O'r diwedd roedd ganddo wyneb i'r llais.

'Croeso i'r tywyllwch. Dwi wedi disgwyl gymaint am y diwrnod hwn.'

'Pwy wyt ti? Pam wyt ti wedi bod yn fy mreuddwydion?' gofynnodd Pedr.

'Y Brenin Calrach ydw i. Gwir frenin y Pedair Ynys.'

Roedd tawelwch am ychydig, fel petai Calrach yn disgwyl cymeradwyaeth.

'Dwi erioed wedi clywed am Calrach,' meddai Pedr yn lletchwith. Ochneidiodd Calrach.

'Naddo, mae'n siŵr. Dwi wedi fy nghloi yma ers canrifoedd.'

Gallai Pedr synhwyro tinc unigrwydd yn ei lais. 'Pam?'

'Roeddwn i'n un o bedwar dewin; dau frawd a dwy chwaer. Fi oedd yr hynaf, a'r mwyaf pwerus, yn teyrnasu dros y Pedair Ynys yn gadarn ond yn deg gyda fy ngwraig, oedd newydd roi genedigaeth i fy mab. Roedd pawb yn fy addoli, pawb heblaw fy mrawd.' Roedd ei lais yn chwerw wrth iddo boeri'r geiriau.

'Dewin?'

Oedd Pedr wedi clywed yn iawn?

Cliciodd Calrach ei fysedd. Diffoddwyd fflamau'r canhwyllau. Safodd Pedr yn y tywyllwch yn gwrando.

'Y Brenin Hud olaf. Roedd pawb yn credu fod hud wedi diflannu, ond roedden nhw'n anghywir.'

Ar hynny goleuodd y canhwyllau eto i ddangos gwên Calrach. Edrychodd Pedr arno mewn syndod.

'Pam nad oedd dy frawd yn dy addoli?' holodd Pedr yn rhyw ddechrau mwynhau'r stori.

'Cenfigen. Fo oedd Arglwydd Afarus; i'w weld yn hapus, ond roeddwn i'n gwybod ei fod yn genfigennus ohona i. Allai o ddim dioddef fy mod i'n frenin yn teyrnasu drosto. Cynllwyniodd gyda fy chwiorydd yn fy erbyn a lladd fy mab, Pedr.'

'Pedr?'

'Ie,' gwenodd Calrach gan gwffio'r dagrau wrth gofio ei fab. 'Lladdwyd Pedr yn faban bach diniwed,' meddai Calrach, ei lygaid duon yn tywyllu gyda phob gair.

'Beth ddigwyddodd wedyn?'

'Pan es i wynebu fy mrawd, Gwydion, rhoddodd fi yma dan glo, heb unrhyw ffordd o ddianc.'

'Pam ddim defnyddio'ch hud i ddianc?'

'Dwi wedi bod yn ceisio dianc ers canrifoedd, ond roedd fy mrawd yn ddewin llawer mwy cyfrwys na fi er gwaetha fy mhŵer. Ond nawr dwi'n ôl yn fwy pwerus nag yntau a dwi wedi llwyddo i ddal ei sylw.'

Safodd Pedr mewn tawelwch am ychydig yn ceisio prosesu'r hanes.

'Ond pam fi? Pam wyt ti wedi bod yn fy mreuddwydion?' holodd Pedr yn dal wedi drysu, yn parhau i fod heb unrhyw syniad pam oedd o yno.

'Mi wnes i orchymyn fy ngwas i dy gipio di ganol nos a

dod â ti yma. Rwyt ti fel fi, Pedr.' Cododd Calrach ar ei draed cyn cerdded i lawr y graig heb drafferth. Wrth iddo nesáu ato, sylwodd Pedr ar y crychau oedd yn gorchuddio'i wyneb, a'r pyllau duon o lygaid, llygaid nad oedd yn rhy annhebyg i rai Pedr ei hun. Oedodd Calrach o'i flaen.

'Mae hud yn perthyn i ti, Pedr,' sibrydodd Calrach.

Fedrai Pedr ddim coelio ei glustiau. Roedd o wastad yn gwybod ei fod yn wahanol ond doedd bosib fod hyn yn wir?

'Dwi'm yn deall,' tagodd.

'Dwi angen dy gymorth di. Os wnei di fy helpu i, mi wna i roi'r byd i ti.'

Chwyrlïodd y geiriau o amgylch pen Pedr. Teimlai gymysgedd o emosiynau'n treiddio drwyddo. Gwyddai nawr pam ei fod yn wahanol, ac wrth iddo edrych ar Calrach, roedd awgrym o chwilfrydedd yn ei lygaid duon. Gwyddai fod ei fywyd wedi bod yn arwain at y foment hon. Roedd ei fywyd o a bywydau holl drigolion y Pedair Ynys ar fin cael eu gweddnewid.

Brwydr y Pedair Ynys

Rhan 4

Liberta

Aneirin

YNYS Y GWYNT

Doedd o ddim wedi cysgu drwy'r nos, dim ond syllu ar y nenfwd a'i ben ar chwâl. Rhuo'r gwynt a thonnau ffyrnig y môr oedd wedi cadw cwmni iddo drwy'r nos. Roedd hi'n bum mlynedd ers iddo gael ei orfodi i ymuno â'r fyddin, a thair blynedd ers disgyn mewn cariad â thafarnwr. Trodd Aneirin Wyn i edrych ar Gruff yn gorwedd yn y gwely wrth ei ochr; ei gysur cudd. Gallai deimlo ei gorff yn cynhesu bob tro y byddai yn ei gwmni.

Roedd fflam y gannwyll wedi hen ddiffodd. Doedd fawr ddim yn y llofft fechan, dim ond gwely a basged fach. Ochneidiodd Aneirin wrth weld y wawr yn sbecian drwy graciau'r wal, fel petai'r haul yn ei herio. Roedd o wedi dechrau dod i gasáu'r wawr. Amser gadael ei hafan. Cododd yn araf bach rhag deffro ei gymar, a'i draed yn cyffwrdd y llawr rhewllyd. Eisteddodd ar erchwyn y gwely, gan redeg ei fys ar hyd creithiau'r brwydro oedd ar ei gorff. Roedd y frwydr honno wedi darfod, ond megis dechrau oedd y frwydr fawr. Cododd ei ddillad o'r llawr a'u gwisgo yn dawel. Syllodd ar Gruff am foment cyn rhoi cusan ar ei dalcen.

Agorodd Gruff ei lygaid a gwenu'n ddireidus arno cyn gofyn, 'Pam bod rhaid gadael mor gynnar bob tro? Dy'n ni ond yn treulio amser 'da'n gilydd yn yr ystafell yma,' meddai, a'r wên wedi troi'n olwg bwdlyd.

'Mae rheswm da am hynny,' ochneidiodd Aneirin.

'Dwi'n dal i gredu y dylen ni hwylio i'r Tiriogaethau Rhydd. Dwi wedi clywed fod pawb yn caru pawb yno, dim ots pwy wyt ti.'

'Paid credu popeth ti'n glywed. Mae'n rhaid bod rheswm nad oes neb yn dod yn ôl.'

'Am fod pawb yn cael amser da! Rwyt ti mor besimistaidd, Aneirin!'

Pwysodd Aneirin ato am gusan ffarwél. Trodd Gruff i wynebu'r wal gan ei anwybyddu. Cododd Aneirin ac anelu am y drws.

'Nid dyma'r bywyd dwi moyn,' meddai Gruff wrth y wal.

Edrychodd Aneirin arno cyn camu dros drothwy'r drws. Caeodd ddrws y llofft a chamu i lawr y grisiau. Roedd Tafarn yr Angor yn wag, fel bob bore pan fyddai Aneirin yn sleifio allan drwy'r drws cefn. Yno'n ei gyfarch roedd ei farch gwyn, Eos. Neidiodd ar ei gefn a charlamu i ffwrdd, gan adael Traeth Coch dan goflaid y wawr. Tua hanner awr o siwrnai oedd o'i flaen ac roedd wedi hen arfer â'r caeau gwyrddion, diflas oedd bob ochr iddo yr holl ffordd i Dre Goch. Roedd ambell ffermdy'n torri ar yr undonedd bob hyn a hyn, ond dim llawer mwy. Roedd hefyd wedi gorfod arfer â'r gwynt fyddai'n chwythu'n ddi-baid ar yr ynys. Ynys y Gwynt oedd yr ynys fwyaf gwastad o'r pedair ynys, ond roedd un mynydd yn ei chanol, Mynydd y Milwr, lle roedd y chwarel.

Wrth i Eos gystadlu yn erbyn y gwynt, chwyrlïai cwestiynau lu drwy ben Aneirin. Gwyddai, o'r llythyr a gawsai gan Gwern, fod ei dad, ei frawd a'i fodryb wedi eu llofruddio, ond beth oedd tynged ei chwaer, Siwan? Hi oedd y gallaf ohonyn nhw i gyd, ers pan oedd hi'n blentyn bach. Erbyn hyn, roedd hi'n bymtheg oed ac Aneirin heb ei gweld ers pum mlynedd. Torrodd ei galon pan glywodd am Peredur, Maelgwn a Dorcas, ond roedd y ffaith nad oedd newyddion am Siwan yn rhoi gobaith iddo, ond hefyd yn hunllef peidio gwybod.

Chwythodd y gwynt drwy ei wallt euraidd wrth iddo agosáu at Dre Goch. Doedd bwrlwm arferol y bore ddim i'w glywed, gan fod llawer o filwyr wedi eu hanafu yn y frwydr ddiweddar yn erbyn y Dynion Gwyllt. Ond gallai Aneirin weld mwg yn codi o'r gwersyll, oedd yng nghysgod y mynydd a'i chwarel. Roedd Aneirin yn deall pam fod y Dynion Gwyllt yn ymladd; eisiau dial am ganrifoedd o gael eu herlid, am gael eu trin fel anifeiliaid, a nawr roedd ganddyn nhw gefnogaeth Taran, Arglwydd Ynys y Gogledd. Dyna oedd y si, beth bynnag. Teimlai'n falch fod y frwydr wedi dod i ben, er na wyddai am ba hyd. Roedd Byddin y Pedair Ynys wedi dioddef colledion mawr yn y brwydro, ac Aneirin wedi colli ffrindiau agos iddo. Gwyddai hefyd fod brwydr arall ar y gorwel; brwydr a fyddai'n llawer mwy personol.

Arafodd carnau Eos wrth iddyn nhw gyrraedd muriau'r dref. Roedd fel petai pawb wedi diflannu. Clywodd Aneirin ambell floedd bob hyn a hyn yn dod o'r gwersyll. Wrth nesáu at y gwersyll, gwelodd fod y lle'n llawn: merched a phlant yn ceisio trin y milwyr oedd wedi'u hanafu. Teimlai'n euog am adael neithiwr yn lle aros i roi cymorth, ond roedd o hefyd yn falch o fod wedi cael dihangfa rhag y golygfeydd a'r synau erchyll fyddai'n ei gadw'n effro pan fyddai'n aros dros nos. Merched oedd y rhan fwyaf o'r Dynion Gwyllt, y bobl fwyaf medrus gyda bwa a saeth ar draws y Pedair Ynys. Roedd Aneirin yn lwcus ei fod wedi gallu osgoi'r saethau.

Roedd milwr ifanc, a golwg nerfus iawn arno, yn disgwyl amdano y tu allan i'w babell.

'Aneirin, mae'r Arglwydd Macsen am eich gweld.'

Diolchodd Aneirin iddo cyn gadael awenau Eos yn ei ddwylo. Trodd i gyfeiriad Castell y Gwynt. Dyma'r castell lleiaf o ran maint o holl gestyll y Pedair Ynys. Roedd hyd yn oed Palas y Pig, ar bwynt mwyaf dwyreiniol Ynys Wen, yn fwy. Ceisiodd Aneirin anwybyddu griddfannau'r milwyr, ond dal i'w clywed a wnâi, a hynny mor glir fel petai o bron yn gallu teimlo eu poen.

Agorwyd y giatiau wrth iddo gyrraedd y castell. Cerddodd drwy'r cwrt cyn dringo'r grisiau serth at ystafell yr arglwydd. Safai dau warchodwr tu allan i'r drws. Curodd Aneirin ar y drws. Clywodd floedd yr arglwydd a chamodd i mewn i'r ystafell. Edrychai Macsen yn welw iawn yn eistedd yn ei wely, â briwsion ei frecwast wedi glynu yn ei farf swmpus. O boptu'r gwely roedd dau yn sefyll. Roedd un yn gawr, a'r helmed gyfarwydd yn cuddio'r rhan fwyaf o'i wyneb, a'r llall â golwg ferchetaidd iawn arno. Ond wrth graffu'n ofalus, sylweddolodd nad hogyn oedd o. Doedd yr un diniweidrwydd ddim yn perthyn iddi rhagor, a'r gwallt cwta'n rhoi gwedd wahanol i'w hwyneb. Gostyngodd Bleddyn ei olwg i'r llawr wrth i Siwan gamu ymlaen i gofleidio'i brawd. Gafaelodd Aneirin yn dynn ynddi. Trodd y gobaith yn gysur.

Enid

Y TIRIOGAETHAU RHYDD

Roedd Enid yn gegagored wrth iddi gael ei gwthio i mewn i'r neuadd fwyaf moethus a lliwgar a llydan a welodd hi erioed. Safai milwyr bob ochr i'r neuadd yn wynebu ei gilydd gan adael llwybr eang i'r pedwar carcharor yn y canol. Y tu ôl i'r milwyr safai uchelwyr yn ysu i gael cipolwg ar nwyddau'r dydd, yn gobeithio cael bargen.

Roedd sibrydion yr uchelwyr yn gyfeiliant i gamau Siencyn, Shadrach a'r milwyr ar y llawr o farmor gwyn. Dim ond syllu'n syth o'i blaen wnaeth Enid. Roedd yr orsedd yn enfawr gyda'r hyn a edrychai fel crafangau lliwgar yn ymestyn ohoni i bob cyfeiriad. Ar ben yr orsedd gorffwysai eryr mawr gwyn, bygythiol. Chwifiai ei adenydd bob hyn a hyn gan herio'r carcharorion. Safai tair merch bob ochr i'r orsedd a gwaywffyn yr un ganddyn nhw yn eu dwylo. Roedd arfbais yr Eryr Gwyn â blodyn du ar eu harfwisgoedd, yr un blodyn du ag a welodd Enid a Tyrfech o flaen y palas wrth gyrraedd Liberta. Eisteddai dynes ar yr orsedd mewn gwisg borffor, a godre'r wisg yn ysgubo'r llawr. Tybiai Enid nad oedd hi ond rhyw bedair troedfedd, ond roedd digon o gig arni. Edrychai fel petai'r orsedd yn ei llyncu. Gwisgai goron aur a cherrig porffor ynddi ac roedd ei gwallt arian yn saethu ohoni i bob cyfeiriad, yn union fel yr orsedd yr eisteddai arni.

Er gwaethaf ei gwallt arian, roedd golwg ifanc ar y belen fach gron o frenhines.

Gosodwyd y carcharorion mewn rhes o flaen y frenhines i wynebu eu ffawd. Cerddodd Siencyn a Shadrach yn eu blaenau gan foesymgrymu o flaen y frenhines. Yna, trodd y ddau i wynebu'r carcharorion.

Roedd tawelwch llethol wrth i Tegwen lygadu'r pedwar a safai yno'n lletchwith.

'Moesymgrymwch!' gwaeddodd Shadrach arnyn nhw.

Ufuddhaodd y pedwar. Llwyddodd Gwydion i beidio â disgyn ond roedd golwg wan iawn arno, a hynny'n peri gofid mawr i Enid. Pwyntiodd Tegwen at Tyrfech.

'Tyrd yn agosach,' adleisiai ei llais dwfn o amgylch y neuadd.

Camodd Tyrfech ymlaen.

'Mae hynny'n ddigon agos!' harthiodd Shadrach arno. Dyma oedd croeso!

Wrth i Tegwen lygadu Tyrfech, dechreuodd Siencyn annerch yr uchelwyr.

'Heddiw mae gennym bedair eitem. Bydd y Frenhines Tegwen yn penderfynu a fyddan nhw'n cael eu defnyddio fel cogyddion, garddwyr neu weision personol iddi hi. Os nad ydy'r frenhines yn dymuno cadw'r eitemau, byddan nhw'n mynd i'r cynnig uchaf. Os nad oes cynnig, mi fydd yn rhaid cael gwared o'r eitem.'

Fedrai Enid ddim credu'r hyn a glywai. Roedd Siencyn yn cyfeirio atynt fel 'eitemau'! Adleisiai geiriau Smwt, o grombil y llong, yn ei phen, *yma, rwyt ti'n neb, fel fi...*

'Rwyt ti'n hogyn cryf. Beth yw dy enw di?' gofynnodd Tegwen.

'Tyrfech ap Taran.'

Chwarddodd pawb a'r chwerthin yn taro'r holl farmor gan chwyddo'r sŵn ac adleisio o amgylch y neuadd. Roedd Enid yn gandryll ac roedd hi ar fin agor ei cheg pan ddaliodd lygaid Siencyn. Roedd ei edrychiad yn ddigon iddi ailystyried.

'Tawelwch!' gwaeddodd Tegwen. Distewodd y neuadd yn syth. 'Beth alli di gynnig i mi, Tyrfech?'

'Mae gen i ddawn garddio. Mi alla i eich helpu chi yn y gerddi, eich Mawrhydi,' moesymgrymodd Tyrfech eto.

Edrychai Enid arno mewn penbleth. Garddio? Doedd o ddim yn edrych fel petai ganddo ddiddordeb mewn garddio.

'Da iawn, rydyn ni wastad yn edrych am fwy o arddwyr ifanc,' meddai Tegwen. Doedd dim awgrym o wên ar ei hwyneb. Doedd dim posib gwybod beth oedd yn mynd trwy ei meddwl.

'Ti!' pwyntiodd Tegwen at Smwt. Camodd yntau yn ei flaen yn sydyn.

'Mi oeddwn i'n was ffyddlon ar Ynys Afarus. Mi alla i fod o gymorth i chi o amgylch y palas, yn y gerddi ac yn y ceginoedd...'

'Dydw i ddim yn cofio gofyn cwestiwn i ti,' torrodd Tegwen ar ei draws. Roedd ei hwyneb mor ddifynegiant ond eto mor drawiadol.

'Mae'n ddrwg gen i, eich Mawrhydi,' moesymgrymodd Smwt a golwg nerfus iawn ar ei wyneb.

'Mae gen i ddigon o ddynion bach eiddil yn weision,' meddai Tegwen gan edrych ar Siencyn. Agorodd Smwt ei geg mewn panig ond ddaeth dim geiriau ohoni.

'Oes cynnig ar yr eitem yma?' gofynnodd Siencyn i'r dorf.

Doedd dim ateb. Edrychai Smwt yn anobeithiol o amgylch y dorf. Fedrai Enid ddim credu'r peth. Safai Gwydion yno a'i ben i lawr â golwg hanner cysgu arno. Edrychai'r dorf ar y carcharorion fel petaen nhw'n anifeiliaid. Ochneidiodd Smwt. Roedd Enid ar fin protestio pan ddaeth bloedd o'r dorf gan un o'r uchelwyr.

'Cynnig!' gwaeddodd Siencyn yn llon.

Gwenodd Smwt mewn rhyddhad. Doedd ei amser ddim ar ben eto. Roedd Enid yn falch hefyd.

'Gwych! Dyma Smwt!' gwenodd Siencyn arno. Daeth dau filwr i dywys Smwt o'r neuadd. Gwenodd ar y tri arall cyn gadael y neuadd.

'Ti, tyrd yn nes, os wyt ti'n gallu!' chwarddodd Tegwen wrth weld Gwydion yn straffaglu i aros ar ei draed. Camodd Gwydion yn ei flaen.

'Beth yw dy enw di?'

'Gwydion,' atebodd y dewin yn floesg.

Edrychodd Tegwen ar Siencyn. Roedd hi wedi gweld digon. Doedd hi ddim am wastraffu ei hamser gyda Gwydion.

'Oes cynnig ar yr eitem yma?' gofynnodd Siencyn, ond doedd dim arlliw o obaith yn ei lais y tro hwn. Gwyddai na ddeuai ateb i'w gwestiwn.

Chwarddodd rhai o'r dorf cyn tawelu. Doedd dim cynnig amdano. Gweddïai Enid i'r lleuad am floedd, ond ddaeth dim. Gostyngodd Siencyn ei ben yn siomedig. Trodd i edrych ar Tegwen. Edrychodd hithau yn ôl arno gan roi cadarnhad. Daeth dau filwr i dywys y dewin. Ble oedd ei hud wedi diflannu? Gwaeddodd Enid mewn panig.

'Na!'

'Bydd ddistaw, y gnawes!' gwaeddodd Shadrach arni.

'Tydy hyn ddim yn iawn!' roedd hi'n erfyn ar Tegwen. Edrychodd hithau i lawr ar Enid. Roedd Gwydion ar fin cael ei lusgo o'r neuadd.

'Mae'n gogydd o fri! Dwi'n gaddo, wnewch chi fyth flasu

dim byd gwell. Mae angen iddo orffwys...' dechreuodd Enid. Torrwyd ar ei thraws gan ddwrn Shadrach. Disgynnodd i'r llawr. Gwelai liwiau yn dawnsio, a mwy nag un Shadrach yn sefyll yn fuddugoliaethus uwch ei phen.

'Dyna ddigon, Shadrach!' meddai Tegwen.

Daeth Siencyn ati a'i chodi ar ei thraed. Teimlai Enid yn sigledig ond dechreuodd weld pethau'n gliriach. Safai Shadrach wrth ei hochr yn crechwenu. Wnâi hi ddim anghofio'r hyn wnaeth Shadrach iddi. Teimlai Enid ei hun yn corddi. Trodd i edrych tuag at y drysau lle safai'r milwyr yn dal Gwydion ar ei draed. Oedd gobaith iddo?

'Beth yw dy enw di?' gofynnodd Tegwen

'Enid ferch Alys!' atebodd yn sydyn gan edrych arni'n fygythiol. Gwenodd Tegwen am y tro cyntaf.

'Mae yna dipyn o gythral ynot ti, Enid. Dwi am i ti fod yn forwyn bersonol i mi.'

'Dwi ddim yn forwyn i neb. Enid, merch Arglwydd Afarus ydw i,' roedd Enid wedi gwylltio.

'Does gen ti ddim dewis, 'mach i,' chwarddodd Tegwen.

'Wna i fod yn forwyn i chi, dim ond os caiff Gwydion fod yn gogydd.'

Roedd y neuadd yn ddistaw. Chwifiodd yr eryr ei adenydd enfawr gan godi ofn ar Enid. Ai dyma oedd ei thynged?

'Dwi ddim yn un am drafod gyda'r carcharorion. Rwyt ti wedi dangos amharch llwyr tuag ata i heddiw. Ar ddiwrnod arall, mi fyswn i'n dy fwydo di i Rosa.' Chwifiodd yr eryr ei adenydd enfawr. 'Ond dwi'n edmygu dy hyder.'

Roedd y neuadd i gyd yn dal ei gwynt. Trodd Enid i edrych ar Gwydion.

'Galla i weld faint mae'r hen ddyn yn golygu i ti. Mi rodda i gyfnod prawf iddo yn y ceginoedd.'

Ochneidiodd Enid mewn rhyddhad.

'Ond mi wnei di wrando arna i, Enid, neu mi all popeth newid. Dim ond un brathiad mae'n gymryd,' rhybuddiodd Tegwen.

Chwifiodd Rosa ei adenydd gan hofran uwchben y frenhines yn warchodol. Daeth sgrech fyddarol o'i geg. Roedd Enid yn falch o allu achub y dewin ond teimlai'n anobeithiol am ei thaith i achub Pedr. Gwyddai y byddai'r siawns o ddianc bron yn amhosibl. Yma ar y Tiriogaethau Rhydd, doedd hi'n neb.

Aneirin

YNYS Y GWYNT

Doedd Aneirin erioed wedi gweld dim byd tebyg. Gallai Bleddyn y Bwystfil ddrachtio tancard cyfan o gwrw mewn chwinciad.

'Eto!' gwaeddodd y Bwystfil.

Edrychodd Aneirin a Siwan arno mewn syndod wrth i'r gwas ruthro i lenwi ei dancard â mwy o gwrw. Cuddiai helmed Bleddyn ei wyneb ag eithrio ei geg wlyb a'i lygaid coch. Dim ond y tri ohonyn nhw ac un gwas oedd yn neuadd dywyll a digalon Castell y Gwynt. Goleuai llusernau ar y muriau a chlywai Aneirin y gwynt yn sibrwd y tu allan. Trodd i edrych ar ei chwaer.

'Alla i ddim credu pa mor wahanol rwyt ti'n edrych, Siw. Dwi'n hoffi'r gwallt,' meddai Aneirin yn gellweirus.

'Llai o waith na'r gwallt hir oedd 'da fi!' atebodd Siwan gan wenu, ond tybiai Aneirin ei bod hi o ddifri. Roedd ei diniweidrwydd wedi diflannu ar Ynys Wen.

'Mae'n ddrwg 'da fi am beth oedd rhaid i ti brofi yn dy gartref dy hunan,' meddai Aneirin gan geisio'i chysuro.

'Allwn ni wneud dim am y gorffennol. Y cyfan sydd ar fy meddwl i nawr yw beth wna i pan ga i afael ar Gwern.'

Syfrdanwyd Aneirin. Nid dyma'r chwaer fach a gofiai yn ôl ar Ynys Wen.

'Dwi'n gwybod nad oedd 'da 'nhad lawer o feddwl ohona i, yn enwedig ar ôl i fi—' meddai Aneirin.

'Ei fradychu?' ceisiodd Siwan orffen brawddeg ei brawd.

'Mae'n ddrwg—'

'Fe wnest ti adael, pan oedd e wir dy angen di,' torrodd Siwan ar ei draws gan godi ar ei thraed a gadael y neuadd heb ddweud dim.

Plygodd Aneirin ei ben mewn siom. Doedd o ddim wedi disgwyl hyn gan ei chwaer.

'Paid becso,' meddai Bleddyn, 'mae hi'n ifanc, yn ddryslyd ac mewn sioc, ond fe fydd hi'n iawn.'

'Diolch am ei hachub hi.'

'Fe fethes i achub Peredur, na Maelgwn. Methiant oedd fy nghyfnod fel Prif Warchodwr y Brenin,' meddai Bleddyn yn anobeithiol. 'Eto!'

'Fe fydde 'nhad wedi bod yn falch dy fod wedi achub Siwan, pan oedd popeth yn edrych yn anobeithiol,' diolchodd Aneirin iddo wrth i'r gwas lenwi ei dancard eto fyth.

'Mae dy chwaer yn gryf, yn gryfach nag wyt ti'n meddwl. Nid pawb fydde wedi goroesi'r dyddie diwethaf. Fe fydd hi'n anodd ei pherswadio i beidio dod 'da ni i Ynys Wen.'

'Does bosib y bydd hi eisiau brwydro?' gofynnodd Aneirin wedi ei syfrdanu.

Cymerodd Bleddyn ddracht arall o'i gwrw gan anwybyddu Aneirin.

'Dw inne ddim isie mynd chwaith,' cyfaddefodd Aneirin. Trodd Bleddyn i edrych arno'r tro hwn. Aeth Aneirin yn ei flaen.

'Does 'da fi ddim yr egni i ymladd rhagor. Does 'da fi i ddim syniad pam ry'n ni'n ymladd. Pobl ddiniwed sydd wastad yn marw.'

'Doedd dy dad ddim yn ddiniwed. Roedd e wedi colli ei ffordd, yn meddwl mwy amdano'i hunan na lles y Pedair Ynys. Dyna, yn y diwedd, seliodd ei ffawd. Heb Olwen wrth ei ochr, doedd Peredur ddim hanner y dyn oedd e.'

Doedd Aneirin erioed wedi clywed Bleddyn yn siarad cymaint, ac mor agored. Ar hynny, agorwyd y drysau a brasgamodd dyn ifanc tuag at y ddau. Cuddiai'r berth o wallt oedd ganddo'r rhan fwyaf o'i glustiau pigog. Roedd gan Dyfan fab Macsen, â'i dad yn Arglwydd Ynys y Gwynt, dipyn o feddwl ohono'i hun, a llawer llai o feddwl o Aneirin. Stopiodd o flaen y ddau gan fwytho ei farf dwt.

'Mae 'nhad am i ni drafod ein strategaeth ar gyfer y frwydr i ddod. Dyw e ddim yn ymddiried ym mhawb ond, am ryw reswm, mae'n ymddiried ynddot ti. Dere 'da fi, a dere â'r Bwystfil gyda ti, nawr.'

Rhythodd Bleddyn arno. Dechreuodd Dyfan gerdded oddi yno ond oedodd yng nghanol y neuadd wrth iddo sylweddoli nad oedd y ddau yn ei ddilyn.

'Pan dwi'n dweud nawr, dwi'n golygu nawr! Mae llythyr wedi cyrraedd gan Owain o'r Pig.' Cododd Bleddyn ac Aneirin ar eu traed. Gwenodd Dyfan.

'Eto!'

Ochneidiodd Aneirin. Teimlai'r holl frwydro yn ddiddiwedd. Llenwyd tancard Bleddyn. Roedd yr edrychiad roddodd Aneirin iddo yn ddigon o rybudd nad oedd i yfed mwy.

'Fydda i'n ôl i orffen hwn, whap!' rhybuddiodd Bleddyn y gwas cyn dilyn Dyfan ac Aneirin o'r neuadd.

Enid

Y TIRIOGAETHAU RHYDD

Teimlai Enid yn anghyfforddus yng nghwmni'r eryr oedd wedi sodro ei hun ar fwrdd hir yng nghanol yr ystafell. Ceisiodd Enid beidio edrych i'w lygaid treiddgar. Roedd yr ystafell wedi ei lleoli ar lawr uchaf y palas a'r ffenestri i gyd wedi'u hagor led y pen gan adael gwres yr haul tanbaid i mewn. Safai Enid wrth y ffenestri mewn gwisg wen, fudur. Edrychodd i lawr ar y llyn o flaen y palas a'r farchnad gerllaw. Tybed lle roedd Gwymon? Neu a oedd ei llygaid wedi ei thwyllo pan welodd hi'r creadur ddoe? Cronnai'r chwys ar ei thalcen a gallai deimlo'i chroen yn llosgi, ond ffiw iddi symud. Roedd hi'n ymwybodol iawn o lygaid Rosa yn rhythu arni.

Agorwyd y drws a daeth gwas ifanc â phlât llawn cig a'i osod ar y bwrdd o flaen Rosa. Daeth gwas arall ar ei ôl a gosod plât arall gyferbyn â Rosa. Roedd y platiau yn llawn llysiau ffres, tatws a chig. Roedd yr oglau'n fendigedig ac roedd Enid ar lwgu. Gadawodd y gweision yr ystafell a daeth Tegwen i mewn. Eisteddodd i lawr a dechrau bwyta'r bwyd gyda'i dwylo, heb gydnabod Enid o gwbl. Dechreuodd Rosa fwyta yn fuan ar ei hôl. Er yr olwg ffyrnig a bygythiol oedd ar Rosa, roedd yn eryr cwrtais iawn. Ni wyddai Enid beth i'w wneud. Pam ei bod hi wedi ei galw yno? Beth oedd Tegwen eisiau? Beth fyddai ei dyletswyddau, tybed?

'Pam wnest ti ddod yma?' holodd Tegwen gan barhau i fwyta.

'Do'n i ddim yn trio dod yma. Ro'n i'n chwilio am fy mrawd, Pedr,' atebodd Enid. Teimlai'n benysgafn yng ngwres yr haul a doedd y ffaith nad oedd hi wedi bwyta fawr ddim ers dyddiau ddim yn helpu chwaith. Cododd Tegwen ei phen i edrych arni. Sgrechiodd Rosa a daeth gwas at y frenhines.

'Tyrd â phlât o fwyd i hon,' gorchmynnodd Tegwen. Rhuthrodd y gwas o'r ystafell. 'Eistedda, Enid, dwi ddim am i ti lewygu ar dy ddiwrnod cyntaf!'

Roedd Enid yn falch o gael cyfle i eistedd. Gwyliodd Rosa'n pigo'i fwyd un ochr iddi a Tegwen yn sglaffio'r ochr arall. Synnai Enid mor wahanol oedd Tegwen i'w mam. Doedd hi erioed wedi gweld merch yn bwyta gyda bys a bawd o'r blaen, yn enwedig brenhines. Doedd Tegwen ddim fel petai'n poeni am beth roedd eraill yn meddwl ohoni. Edrychodd Enid arni. Roedd hi'n anodd peidio edmygu'r frenhines ryfedd hon.

'Ble mae dy frawd wedi mynd?'

'Mae rhywun wedi ei herwgipio, a fi oedd yr unig un o'r teulu oedd yn fodlon chwilio amdano,' meddai Enid gan sythu ei chefn wrth weld gwas yn cario plât o fwyd a'i osod o'i blaen. Gafaelodd yn y cig a'i stwffio i lawr ei chorn gwddf. Os nad oedd y frenhines yn poeni, doedd dim rheswm iddi hithau boeni chwaith.

'Dy daid, neu dy hen daid yw'r hen ddyn yna felly?'

Oedodd Enid, doedd hi ddim eisiau datgelu gormod am Gwydion.

'Taid, dwi'n meddwl y byd ohono,' meddai, â llond ei cheg o fwyd.

'Dwi'n tybio'i fod wedi gweld dyddiau gwell!' chwarddodd Tegwen.

Disgynnodd darn o gig ar wisg Enid, yr un wisg ag a welodd hi ar y caethweision o amgylch y ddinas wrth ddod o'r llong. Roedd hi'n un ohonyn nhw erbyn hyn, yn ddim ond gwisg wen.

'Ai mewnfudwyr ydy'r gweision i gyd?'

'Ie,' atebodd y frenhines.

'Pam cosbi pobl am geisio canfod bywyd gwell?'

'Mae'n rhaid i mi edrych ar ôl lles pobl y Tiriogaethau Rhydd o flaen unrhyw un arall,' atebodd y frenhines heb godi ei phen o'i phlât.

'Ond mae'n anfoesol…'

'Rhoi gwaith i bobl ddiarth? Yn anfoesol? Hy! Gallwn fod yn llawer mwy brwnt, 'mach i!'

'Cael eu gorfodi i weithio neu dderbyn marwolaeth? Sut allech chi fod yn fwy brwnt?' heriodd Enid.

Edrychai Tegwen fel petai'n dechrau syrffedu. 'Dwi'n rhoi gwaith, bwyd a rhywle i chi gysgu. Dwi'n hynod o hael, ti ddim yn meddwl?'

Gwyddai Enid nad oedd disgwyl iddi ateb y cwestiwn. Dyna ffordd y frenhines o gau pen y mwdwl.

Parhaodd y ddwy i fwyta mewn distawrwydd, a Rosa wedi hen orffen ei ginio. Roedd llysieuyn hir, porffor ar ei phlât. Doedd Enid erioed wedi gweld bwyd o'r fath. Petrusodd cyn ei fwyta. Roedd o'n hynod flasus, fel mêl. Edrychodd Enid ar y frenhines yn bwyta, a sudd porffor y llysieuyn rhyfedd yn llithro lawr ei gên, fel y byddai ei thad pan fyddai yntau'n claddu ei ginio. Er gwaethaf ei hedmygedd tuag at y frenhines, gwyddai Enid y byddai hi'i hun yn gwneud gwell rheolwr na Tegwen a'i thad.

'Rydych chi'n fy atgoffa o 'nhad. Dwi ddim yn hoff ohono,' mentrodd Enid a'i llygaid heriol yn syllu ar y frenhines.

'Dwi ddim angen i ti fy hoffi, dwi angen i ti wrando ar fy orchmynion. Cliria'r platiau 'ma a gwna fel dwi'n dweud wrthot ti a bydd popeth yn iawn,' meddai Tegwen. Roedd y drafodaeth ar ben.

Gadawodd Tegwen yr ystafell gan daflu croen y llysieuyn porffor ar lawr. Hedfanodd Rosa drwy'r ffenestr, ar ôl bachu'r croen yn ei grafangau, i fwynhau'r awyr las. Ochneidiodd Enid. Roedd hi wedi dianc o un carchar ac wedi glanio mewn un arall. Cliriodd y platiau a glanhau'r bwrdd, cyn ymlwybro at y ffenestr. Edrychodd i lawr ar y llyn o flaen y palas a'r farchnad. Gwelodd Gwydion islaw, yn ei wisg wen, mewn cadwyni, yn cael ei dywys gan ddau filwr tuag at Siencyn. Edrychodd Enid yn fwy manwl. Roedd gan Siencyn ffon yn ei law. Rhoddodd y ffon i Gwydion. Diolchodd y dewin iddo, wedi cael ei ffon hud yn ei hôl o'r diwedd. Wrth gael ei dywys yn ôl, gwelodd Enid yn edrych arno. Daliodd ei lygaid a cheisiodd wên. Gwenodd Enid yn ôl cyn iddo ddiflannu o'i golwg. Byddai angen hud arbennig arnyn nhw i ddianc o'r carchar hwn.

ANEIRIN

YNYS Y GWYNT

'Mae'n ceisio ein twyllo ni 'to. Dyna yw natur Owain, twyllwr yw e,' meddai Aneirin wedi ei gynhyrfu'n lân â'r sgrôl fudur yn ei law. Darllenodd y neges eto.

Fe'ch gwahoddir i'r Pig er mwyn trafod gwrthymosodiad yn erbyn y Brenin Gwern. Rydym ni'n driw i Aneirin, gwir Frenin Y Pedair Ynys.

Owain, Ceidwad y Dwyrain

'Ond mae hi mor amlwg. Mae Owain yn ddyn llawer rhy gyfrwys i anfon llythyr fel hyn,' torrodd Gwilym ar draws meddyliau Aneirin. Dyma ddyn yn ei oed a'i amser. Cadfridog y fyddin. Ond roedd Gwilym wedi gweld dyddiau gwell. Doedd o ddim yn ymladd rhagor. Prin roedd ei arfwisg yn ei ffitio a'r rhychau o amgylch ei fwstás gwyn yn gorchuddio'i wyneb.

'Dwi'n cytuno, fydde Owain ddim yn ysgrifennu neges fel hon, mae'n byped i Gwern, a hwnnw'n byped i Taran,' ymyrrodd Pwyll, Cadlywydd Byddin y Pedair Ynys; dyn nad oedd yn annhebyg i Owain, o ran golwg, ond roedd Pwyll yn llawer mwy cyhyrog. Roedd o hefyd yn ddyn egwyddorol fyddai'n rhoi lles eraill cyn ei les ei hun, yn wahanol iawn i Owain.

Roedd saib yn y drafodaeth wrth i bawb dyrchu drwy eu meddyliau am rywbeth gwerth ei ddweud. Edrychodd Aneirin draw at y ffenestr. Dyma'r ystafell cyngor orau ar draws y Pedair Ynys mae'n debyg. Doedd yr ystafell hon ddim yng nghrombil unrhyw gastell. Gallai Aneirin weld Mynydd y Milwr drwy'r ffenestr, y gweithwyr yn llafurio yn y chwarel a'r rhesi o bebyll llawn cleifion o'i flaen. Dyma'r chwarel lle roedd arfau'r Pedair Ynys yn cael eu gwneud. Gallai hefyd glywed y gwynt yn rhuo, fel y gwnâi bob tro ar yr ynys hon.

Trodd Aneirin ei sylw yn ôl at yr ystafell. Taflodd y sgrôl i ganol y bwrdd. O amgylch y bwrdd hir derw eisteddai Gwilym, Pwyll a Bleddyn y Bwystfil. Ar un pen i'r bwrdd eisteddai Branwen ferch Elen, Arglwyddes Ynys y Gwynt, yng nghadair yr Arglwydd Macsen yn sgil ei absenoldeb. Pwysai eu mab, Dyfan, yn erbyn y wal laith â'i law yn mwytho'i farf. Camodd at y cynulliad a rhoi ei ddwylo ar y bwrdd gan geisio rhoi'r argraff o awdurdod.

'Dwi'n dal i gredu ei bod yn syniad da hala llong yno rhag ofn!'

'Fase dy dad ddim yn cytuno. Mae'n rhaid ni fod yn ddyfeisgar ond gofalus,' atebodd Pwyll.

Rhythodd Branwen arno gyda'i llygaid tywyll. Doedd hi ddim yn hoffi gweld neb yn herio cannwyll ei llygad.

'Beth am hala Aneirin?' cerddodd Dyfan o amgylch y bwrdd a rhoi ei law ar ysgwydd Aneirin. 'Fydde neb yn ei golli, ac os fydde rhywun, gelen nhw fynd gydag e.'

Chwarddodd Gwilym. Roedd golwg hunanfoddhaus ar Dyfan wrth weld wyneb Aneirin yn cochi. Gwenodd Branwen ond doedd dim arlliw o wên ar wynebau Pwyll a Bleddyn.

'Ymosod ar y ddinas o'r môr yw'r unig ddewis,' meddai Pwyll yn gadarn. 'Bydd angen pob milwr posib i ymladd y frwydr. Fe fyddai hala llong o filwyr i'r Pig yn wastraff llwyr. Mae Gwern yn ceisio ein denu ni i'r Pig i dorri ein byddin yn ei hanner.'

'Mae'n rhaid i ni i gyd gytuno ar gynllun. Dyna mae'r Arglwydd Macsen moyn i ni wneud,' meddai Branwen yn ei dull dawel ond cadarn. Gweddai'r ffrog ddu i ddwyster ei chymeriad ond roedd hi'n anodd i nifer o aelodau'r Cyngor beidio syllu ar ei gwefusau mawr coch. Cytunodd Pwyll a Gwilym â'i geiriau.

Rhuthrodd gwas nerfus i mewn i'r ystafell. 'F'Arglwyddes Branwen,' cododd pawb ar eu traed mewn panig, 'Mae'r... Arglwydd Macsen... wedi... marw...'

Saethodd y newyddion drwy galon yr ystafell, er nad oedd o'n syndod. Gostyngodd pawb eu pennau mewn parch. Safai Branwen yno fel delw yn edrych ar y llawr. Ar ôl ennyd, cododd ei phen a thynnu anadl ddofn cyn troi am y drws. Dechreuodd Dyfan ddilyn. Oedodd Branwen, troi at ei mab, a rhoi ei llaw ar ei wyneb.

'Aros yma. Ti yw Arglwydd Ynys y Gwynt nawr,' a gadawodd Branwen yr ystafell gan adael Dyfan yno wedi ei barlysu am eiliad. Trodd i wynebu'r ystafell. Edrychodd pawb arno, ddim yn siŵr iawn beth i'w ddisgwyl. A ddylen nhw ddweud rhywbeth? Gair o gydymdeimlad?

'Aneirin, dwi am i ti ddod â chriw ynghyd i hwylio i'r Pig, dwi ddim am i ni golli cyfle.'

Suddodd calon Aneirin wrth glywed geiriau Dyfan, fel petai wedi cael ei ddedfrydu i farwolaeth. Ond doedd ganddo ddim dewis. Byddai'n rhaid iddo ufuddhau i orchmynion Arglwydd newydd Ynys y Gwynt. Mwythodd Dyfan ei farf unwaith eto.

'Fe ddof i gyda ti,' meddai Bleddyn, y newyddion a'r awyrgylch wedi ei sobri.

'Na, dwi moyn i ti aros 'da gweddill y fyddin,' torrodd Dyfan ar ei draws.

'Pob parch, Arglwydd, ond rwy'n mynd 'da'r Brenin Aneirin.'

Griddfanodd Aneirin, doedd o ddim yn hoff o gael ei alw'n frenin.

'Dyw Aneirin ddim yn frenin. Mae'n ddrwg 'da fi, Bleddyn, ond dim cwestiwn oedd e, rwyt ti'n atebol i fi pan rwyt ti ar fy ynys i,' atebodd Dyfan yn bwyllog ond yn ddigyfaddawd, yn amlwg wedi etifeddu rhai o rinweddau ei fam. Roedd ei swyddogaeth newydd yn gweddu iddo i'r dim. Bwriadai fod yn arweinydd y byddai ei dad wedi bod yn falch ohono.

Dechreuodd Bleddyn brotestio ond torrodd Aneirin ar ei draws.

'Mae'n iawn, Bleddyn, aros di yma. Cymer ofal o Siwan, fe fydd hi dy angen di yn y dyddie nesa.'

Teimlai Aneirin yn ddig tuag at Dyfan. Defnyddiai ei holl nerth i gadw ei feddyliau iddo'i hun. Roedd hi'n edrych fel petai Dyfan yn gwbwl ddifater ynghylch marwolaeth ei dad ei hun! Llwyddodd Aneirin i beidio rhoi llais i'w feddyliau.

Cerddodd Dyfan tuag at y gadair wag oedd ar ben y bwrdd. Eisteddodd gan fwytho ei farf unwaith eto fel y gwnâi bob tro y byddai'n nerfus. Roedd yn ymwybodol fod pawb yn edrych arno, yn disgwyl cyfarwyddiadau. Gafaelodd ym mreichiau'r gadair yn dynn fel petai ei fywyd yn dibynnu arni. Cododd ei olwg tuag at y llygaid disgwylgar oedd yn edrych arno o amgylch y bwrdd.

'Aneirin, dere'n ôl ata i pan rwyt ti wedi gorffen dewis dy griw,' ac yna edrychodd Dyfan ar y gweddill, 'ac fe barhawn ni 'da'r cyfarfod rhywbryd eto. Diolch.' Cododd ei law, yn arwydd i bawb adael yr ystafell.

Gadawodd Gwilym a Pwyll gan foesymgrymu mewn parch a chydymdeimlad. Cerddodd Aneirin a Bleddyn o'r ystafell, y ddau'n lloerig ond yn gwybod i beidio â siarad. Oedodd Aneirin hanner ffordd i lawr y grisiau. Roedd ei ddicter wedi ei drechu. Doedd o ddim am adael i Dyfan ei drin fel baw. Trodd ac anelu'n ôl at yr ystafell. Roedd y drws ar agor. Arafodd Aneirin wrth iddo glywed sŵn yn dod o'r ystafell, sŵn tebyg i gath yn mewian. Edrychodd drwy gil y drws. Eisteddai Dyfan â'i ben yn ei ddwylo a'i gorff yn ysgwyd. Gwyddai Aneirin sut deimlad oedd hi i golli rhiant a theimlodd bwl o euogrwydd am gollfarnu Dyfan. Gadawodd iddo i alaru. Wedi'r cyfan, roedd gan Aneirin waith recriwtio i'w wneud.

Enid

Y TIRIOGAETHAU RHYDD

Eisteddai Enid ar ei phen ei hun ynghanol môr o weision. Edrychai'r neuadd fel petai'n disgyn yn ddarnau. Mae'n debyg mai dyma ran o hen balas brenhinoedd a breninesau'r oesoedd a fu. Ond neuadd fwyta yn nhrigfan y gweision oedd hon bellach. Safai pileri o hen bren o amgylch y neuadd, yn amlwg dan straen wrth geisio dal y to rhag sigo. Roedd pedair rhes o fyrddau hir wedi'u gosod a meinciau i bawb wasgu i eistedd arnyn nhw. Safai degau o filwyr gwyliadwrus o amgylch y neuadd i gadw trefn petai angen. Gafaelai pob milwr yn ei waywffon, oedd bron â chyffwrdd distiau pren y nenfwd isel. Tybiai Enid fod tua cant o weision wedi'u gwasgu i mewn i'r neuadd, pob un â chadwyni ar eu dwylo.

Fel arfer byddai'r neuadd yn llawn wynebau digalon, ond heddiw roedd awyrgylch llawn cyffro yn llenwi'r lle. Roedd ychydig ddyddiau ers i *Tywysoges y Môr* gludo Enid i Liberta, prifddinas y Tiriogaethau Rhydd. Ers hynny, soniai pawb am y 'cawl gorau yn y byd' a'r 'dewin bwyd' a neb yn gwybod fod y cogydd yn ddewin go iawn! Heddiw roedd y dewin wedi llwyddo i ddod â chrochan i drigfan y gweision fel gwobr am eu gwaith caled.

Eisteddai gwas gyferbyn ag Enid. Teithiai ei lygaid o amgylch yr ystafell. Tybiai Enid ei fod tua chwe deg oed. Roedd ei gorun yn foel, ond roedd coedwig o wallt gwyn yn gwarchod ei glustiau. Gwenodd Enid arno'n gwrtais. Camgymeriad! Gwenodd yn ôl arni a dechrau sgwrs, er nad oedd Enid yn awyddus i sgwrsio â rhywun dieithr.

'O ba garchar wnest ti ddianc 'te?'

'Be?' atebodd Enid wedi drysu.

'O ba ynys wyt ti?' chwarddodd yr hen ddyn.

'O, Ynys Afarus.'

'Ynys Wen!'

Nodiodd Enid arno. Doedd hi ddim yn ei hwyliau gorau. Estynnodd yr hen ddyn ei ddwylo dros y bwrdd yn anystyriol o'i hwyliau. Roedd y gweision i gyd mewn cadwyni, ond roedden nhw'n ddigon llac i allu ysgwyd llaw.

'Cennarth!'

'Enid,' meddai, gan ysgwyd ei law. Roedd ei groen yn arw a sych. Mae'n rhaid mai garddwr oedd Cennarth.

'Ie, garddwr ydw i!' chwarddodd, fel petai wedi darllen ei meddwl. Gwenodd Enid, anodd iawn fyddai dianc rhag Cennarth!

'Beth oeddet ti'n ei wneud yn Afarus?'

Oedodd Enid. Am ryw reswm doedd hi ddim eisiau datgelu pwy oedd hi. Doedd statws ddim yn bwysig yma beth bynnag. 'Roeddwn i'n forwyn i deulu o uchelwyr yn Nyffryn Tawel, a chitha?'

'Garddwr i'r teulu brenhinol, cyn iddyn nhw ddweud fy mod i'n rhy hen i weithio! Doedd 'da fi ddim teulu ac unman i aros, felly yr unig ddewis oedd hwylio draw yma. Dwi'n garddio, sy'n fy ngwneud i'n hapus, ond fyse well gen i arddio heb gadwyni!' chwarddodd Cennarth. Roedd o wedi derbyn ei ffawd. O leiaf doedd o ddim yn ddigartref ac ar ei ben ei hun rhagor.

Gwasgodd Tyrfech rhwng Enid ac un o'r gweision. Roedd o'n falch o'i gweld, a hithau'n falch o'i weld yntau. Trodd ei wên yn ochenaid wrth iddo sylwi ar Cennarth gyferbyn ag o.

'Tyrfech!' gwaeddodd Cennarth yn llon.

Ar hynny daeth crochan enfawr drwy ddrws y neuadd. Cynyddodd y cyffro.

'Mae Tyrfech yn garddio 'da fi. Un da yw e hefyd! Mae'n dda cael dynion mawr cry'n helpu! Ga i dy gyflwyno di i Enid,' meddai Cennarth a gwên enfawr ar ei wyneb.

'Pleser dy gyfarfod!' heriodd Enid gan wenu. Rowliodd Tyrfech ei lygaid.

Dechreuodd powlenni o'r cawl gael eu gosod o flaen y gweision. Gwenodd Enid wrth edrych ar y cawl rhyfedd. Teithiodd ei meddwl yn ôl i gaban y dewin a diflannodd y wên wrth iddi gofio am ei thaith, oedd bellach yn ofer, i achub Pedr.

Roedd wyneb Cennarth yn llesmeiriol wrth iddo lowcio'r cawl o'r bowlen bren. Trodd Enid at Tyrfech a sibrwd, 'Mae'n rhaid i ni ddianc!'

Ond roedd yntau fel petai mewn breuddwyd. Rhowliodd Enid ei llygaid. Byddai'n rhaid iddi drafod ar ôl gorffen eu bwyd. Cododd Enid ei phowlen a thywallt ychydig o'r cawl i lawr ei chorn gwddf. Doedd dim sŵn cyffro rhagor. Roedd y neuadd yn dawel wrth i bawb fwynhau'r wledd. Clywodd Enid sŵn ffon. Daeth Gwydion i'r neuadd, yn amlwg yn chwilio am rywun. Roedd ei goban wen yn llawer rhy fawr iddo. Gwenodd Enid arno ac arwyddodd Gwydion iddi ddod ato.

'Tyrd!' meddai Enid gan bwnio Tyrfech yn ei wisg wen tuag at y dewin, a gadael Cennarth yn ei baradwys newydd.

'Tydy o ddim yn stopio siarad!' ochneidiodd Tyrfech. Edrychodd Enid ar wyneb bodlon Cennarth a gwenu.

Ar ôl nadreddu rhwng y gweision a'r byrddau, daeth y ddau at Gwydion.

'Dach chi'n edrych yn well,' meddai Enid.

'Dwi'n teimlo'n well,' gwenodd Gwydion. Disgleiriai ei wallt arian yn niflastod y neuadd.

'Roedd y cawl yna'n fendigedig!' meddai Tyrfech.

'Diolch. Dwi'n eitha mwynhau gweithio yma. Mae pawb yn addoli fy nghawl ac yn fy nhrin i fel brenin,' gwenodd Gwydion cyn ysgwyd ei gadwyni, 'heblaw am y rhain o amgylch fy nwylo!'

'Does gennon ni ddim amser i fwydro. Mi fydd hi'n amser i ni fynd yn ôl mewn ychydig! Ydach chi wedi gweld Smwt?' gofynnodd Enid yn ddiamynedd.

'Naddo, na chlywed ganddo chwaith,' atebodd Gwydion.

'Gobeithio ei fod o'n iawn. Mae'n rhaid i mi ddianc. Does wybod beth yw hanes Pedr erbyn hyn. Ydych chi'n ddigon da i ddianc?' gofynnodd Enid wrth y dewin.

'Mi fydda i'n barod mewn deuddydd. Mae gen i gynllun.'

'A beth am Smwt?' gofynnodd Enid.

Ysgydwodd y dewin ei ben. Doedd dim angen dweud mwy. Byddai'n rhaid iddyn nhw adael Smwt yma er mwyn dianc. Suddodd calon Enid.

'Mae'n rhaid i ni drio!' meddai Enid yn obeithiol.

'Mi hola i amdano. Efallai y bydd rhai o'r garddwyr yn gwybod mwy,' meddai Tyrfech.

'Ac mi ofynna i i'r cogyddion,' ychwanegodd Gwydion.

Daeth gwên enfawr Cennarth i'r golwg rhwng pen Enid a Tyrfech gan godi braw ar y dewin.

'Y dewin bwyd?' gofynnodd Cennarth.

'Ie,' atebodd Gwydion â balchder.

'Diolch i ti! Rwyt ti wedi dod â llawenydd i ni mewn dyddiau caled a thrist!'

Sylweddolodd Cennarth mai Tyrfech ac Enid oedd o'i flaen.

'Wel, helô 'na eto! Ydych chi'n nabod y dewin yma?'

'Na, dim ond wedi dod yma i'w longyfarch ar y cawl.' atebodd Enid yn syth.

Canodd y gloch. Roedd hi'n amser mynd yn ôl i weithio. Gwenodd Gwydion ar Enid gan geisio codi ei chalon.

'Dere, Tyrfech, rwyt ti gyda fi drwy'r prynhawn. Mae gen i lawer o straeon i'w hadrodd i ti! Am hwyl!' gwaeddodd Cennarth cyn dawnsio heibio Gwydion.

'Oes rhaid i ni aros deuddydd cyn dianc?' gofynnodd Tyrfech cyn dilyn yr hen ddyn.

'Paid digalonni. Mewn deuddydd bydd ystafell y gweision yn cael ei datgloi ar ôl cloch olaf y dydd. Mi wnawn ni ddianc, dwi'n gaddo!' meddai Gwydion.

Ymdrechodd Enid i roi gwên a dechrau cerdded tuag at ddrws y neuadd. Oedodd wrth drothwy'r drws a throdd i weld Gwydion yn pentyrru'r powlenni gweigion ar ben ei gilydd. Edrychai'n hapus am y tro cyntaf ers iddi weld yr hen ddyn yn y Goedwig Hud. Teimlai Enid yn euog am lusgo Gwydion gyda hi ar y daith beryglus hon, ond roedd hi'n fodlon gwneud unrhyw beth i gyrraedd Pedr. Unrhyw beth.

* * *

Llusgodd y dyddiau heibio'n araf. Teimlai deuddydd fel mis, ond roedd gan Enid ddigon o ddyletswyddau i'w chadw'n brysur. Roedd wythnos wedi pasio ers iddi gyrraedd y Tiriogaethau Rhydd. Dechreuai pob dydd yr un peth. Canai cloch y gweision yn gynnar yn y bore cyn i'r haul godi. Doedd dim gwaith deffro ar Enid. Roedd hi'n anodd cysgu ar lawr caled wrth ymyl naw o weision eraill mewn ystafell fechan. Un fantais o orfod codi'n gynnar i hwylio brecwast i'r frenhines oedd cael ei rhyddhau o'i chadwyni.

Ar ôl iddyn nhw orffen eu bwyd byddai Enid yn glanhau'r ystafell fwyta a rhuthro wedyn i'r neuadd ar gyfer treialon y dydd. Dyna lle byddai'r Frenhines Tegwen yn dewis ffawd pob carcharor oddi ar y llong ddiweddaraf i gyrraedd Liberta.

Safai Enid wrth ffenestr yr ystafell fwyta yn aros amdanyn nhw. Roedd Rosa yno'n barod, ei lygaid ffyrnig yn syllu ar Enid. Chwifiodd ei adenydd yn ddiamynedd. Roedd hi ganol y bore a chymaint wedi digwydd yn barod, ond roedd amser cinio'n dal i deimlo'n bell i ffwrdd. Agorodd y drws a daeth Tegwen i mewn gan fwydo bara o'i llaw i Rosa a mwytho'i blu. Dilynwyd hi gan Siencyn a Shadrach. Edrychai'r ddau fel uchelwyr yn eu gwisgoedd du a gwyn. Gwenodd y ddau ar Enid, gwên ddiffuant gan Siencyn ond gwên gythreulig gan Shadrach. Penderfynodd Enid beidio edrych ar y ddau, ac arhosodd wrth y costreli dŵr a gwin oedd ar y bwrdd bychan.

Eisteddodd Tegwen wrth y bwrdd mawr yng nghanol yr ystafell. Safodd Siencyn a Shadrach yn disgwyl am arwydd gan y frenhines i eistedd. Daeth yr arwydd ac eisteddodd y ddau wrth y ffenestri agored, yn wynebu Enid.

'Unrhyw newydd, Siencyn?' holodd Tegwen o'r diwedd.

Ysgydwodd Siencyn ei ben. 'Mae llong yn gadael y porthladd yn hwyr heno i gasglu unrhyw fewnfudwyr sy'n ceisio cyrraedd Liberta. Heblaw hynny, does dim trafferth gyda'r gweision newydd,' meddai gan edrych ar Enid, 'ac mae pawb sydd wedi prynu gwas gennych yn fodlon.'

Bu bron i Enid weiddi ar eu traws i ofyn am Smwt, ond gwell peidio. Llenwodd dair cwpan o ddŵr a'u cario ar hambwrdd pren tuag at y bwrdd. Gosododd Enid yr hambwrdd ar y bwrdd cyn rhoi cwpan yr un i'r tri a eisteddai yno. Diolchodd Siencyn.

Trodd Enid i gario'r hambwrdd yn ôl cyn i Shadrach boeri'r dŵr ar hyd y llawr.

'Dŵr!? Tyrd â gwin i mi!'

Arllwysodd Enid win i gwpan arall oedd ar y bwrdd bach. Roedd ei gwaed yn berwi. Dychmygai'r gwin yn waed Shadrach wedi tywallt ar hyd y llawr a'i gorff wedi torri'n ddarnau. Trodd yn ôl a rhoi'r gwpan o'i flaen gan dywallt ychydig o'r gwin ar y bwrdd. Doedd Enid ddim yn gallu edrych arno.

'Roedd hynna'n flêr! Glanha'r llanast yma!' rhuodd Shadrach arni.

Anadlodd Enid yn ddwfn. Doedd hi ddim eisiau cael ei chosbi heddiw. Tynnodd liain o boced ei ffedog. Glanhaodd y llanast gan wneud sioe o fod yn hynod o drylwyr. Ar ôl gorffen, gwenodd ar Shadrach, 'Mae'n ddrwg gen i.'

Trodd Enid ar ei sawdl a mynd yn ôl i sefyll wrth ymyl y ffenestr ac edrych ar draws y llyn a'r farchnad o'i blaen. Ymgollodd yn ei meddyliau. Gwelodd rywbeth yn symud yn y llyn. Tybed ai Gwymon oedd o? Neu oedd ei llygaid wedi ei thwyllo pan welodd y creadur rai dyddiau'n ôl? Os oedd y creadur yno, pam nad oedd o wedi ceisio'i hachub?

'Oi!!!' gwaeddodd Shadrach ar draws yr ystafell. Neidiodd Enid o'i myfyrdod, yn ogystal â Siencyn. Sgrechiodd Rosa a rhythodd ar Shadrach yn fygythiol. Crebachodd Shadrach yn ei gadair a llyncu ei boer.

'Mae'r frenhines yn siarad â ti,' meddai Shadrach.

'Clira'r briwsion oddi ar y bwrdd, yna tyrd i'r ystafell ymlacio,' meddai Tegwen yn dawel cyn gadael yr ystafell. Dilynodd Siencyn a Shadrach hi drwy'r drws. Ochneidiodd Enid. Aeth at y bwrdd i ddechrau glanhau'r briwsion. Safai Rosa ar ben y bwrdd a chamodd Enid yn araf tuag ato.

'Wyt ti'n dal isio bwyd?'

Dilynai llygaid Rosa bob cam. Cynyddodd y cryndod yn ei gorff. Pigodd Enid friwsion o'r bwrdd a'u rhoi ar gledr ei llaw. Syllodd y ddau i lygaid ei gilydd am eiliad. Roedd yr eryr yn greadur gogoneddus. Agorodd ei adenydd gan gloi unrhyw olau haul o'r ystafell. Pwysodd Enid yn ei blaen a chynnig y briwsion i Rosa yn araf bach. Daeth pen yr aderyn yn nes. Crynai gwefus Enid mewn ofn a chyffro. Roedd pig Rosa mor agos. Agorodd ei geg. Cymerodd y briwsion. Ochneidiodd Enid mewn rhyddhad wrth i Rosa hedfan drwy'r ffenestri. Teimlai'n fyw. Gwenodd wrth weld yr aderyn yn hedfan dros y ddinas.

Ar ôl clirio'r ystafell, cerddodd Enid draw at ben y grisiau. Cyn eu dringo, sylweddolodd fod y drws wrth ochr y grisiau ar agor. Yno'n gorwedd roedd Tegwen ar fainc foethus yng nghanol yr ystafell. Cerddodd Enid i mewn a gweld yr holl waith pren oedd ar y wal: symbolau, lluniau, a *LIBERTA* wedi ei ysgythru yng nghanol popeth. Chwythai awel fwyn drwy'r ffenestr. Roedd cadair foethus wrth ymyl y lle tân a chrogai canhwyllau o amgylch waliau'r ystafell. Ond doedd dim angen fflamau ar ddiwrnod hyfryd fel hwn.

'Eistedda,' gorchmynnodd Tegwen heb agor ei llygaid.

Suddodd Enid ar y gadair fel petai'n ceisio'i chofleidio. Caeodd Enid ei llygaid am ennyd ac ymlacio. Roedd hi wedi gweithio'n galetach ers cyrraedd y Tiriogaethau Rhydd nag oedd hi wedi ei wneud mewn pymtheg mlynedd yn Afarus. Pan agorodd ei llygaid roedd Tegwen wedi codi ar ei heistedd ac yn edrych arni. Teithiodd llygaid Enid o amgylch yr ystafell, i unrhyw le heblaw edrychiad Tegwen.

'Cyn i bobl y Pedair Ynys fudo yma, roedd llwythau gwahanol yn byw yn y ddinas, ac ar draws y Tiriogaethau Rhydd. Pob llwyth yn cadw at ei reolau ei hun ond pob llwyth yn byw mewn harmoni â'i gilydd hefyd. Doedd ganddyn nhw ddim llawer o bethau'n gyffredin. Roedd ganddyn nhw gartrefi gwahanol, rheolau gwahanol, moesau gwahanol ac roedd gan bob llwyth iaith wahanol. Yr unig air oedd yr un peth ym mhob iaith oedd "liberta",' meddai'r frenhines.

'Beth ydy ystyr "liberta"?' gofynnodd Enid.

'Rhyddid,' atebodd Tegwen. Chwarddodd Enid.

'Pam wyt ti'n chwerthin?'

'Dwi'n gorfod bwyta a chysgu mewn cadwyni,' chwarddodd Enid. 'Efallai ei bod hi'n amser newid enw'r ddinas?'

'Pobl y Pedair Ynys roddodd ddiwedd ar y rhyddid yma. Ers hynny mae gwaed trigolion Liberta'n gymysg â llwythau'r hen oesoedd a gwaed o'r Pedair Ynys. Newidiodd hynny pan ddaeth fy mam yn frenhines. Roedd hi'n bwriadu cadw gwaed y Tiriogaethau Rhydd yn bur unwaith eto, felly roedd unrhyw fewnfudwr yn cael dewis rhwng caethiwed neu farwolaeth. Dwi'n falch o barhau â'i gwaith er mwyn y Tiriogaethau Rhydd, er mwyn Liberta,' adroddodd Tegwen yn angerddol.

'Dylen ni i gyd helpu ein gilydd. Fyswn i'n rheoli'n wahanol i chi a 'nhad,' atebodd Enid.

'Mae'n rhaid i mi gadw fy mhobl yn ddiogel!'

Suddodd calon Enid unwaith eto. Eisteddodd y ddwy mewn tawelwch am ychydig. Doedd dim awydd protestio ar Enid. Edrychodd i lawr a sylwi ar y pothelli ar ei thraed.

'Ga i ofyn rhywbeth?'

Nodiodd Tegwen.

'Ydy hi'n bosib i mi beidio cysgu yn fy nghadwyni heno? Mae pothelli fy nhraed yn boenus ac yn llawn briwiau,' gofynnodd Enid yn ceisio cael cydymdeimlad.

'Fe gei di gysgu heb gadwyni am dy draed, ond mae'r rhai sydd ar dy ddwylo'n aros,' meddai'n gadarn.

★ ★ ★

Bu gweddill y diwrnod yn undonog. Cafodd Enid a Tyrfech eu mwydro eto gan Cennarth amser cinio. Dilynodd Enid y frenhines i bob man yn gwrando ar yr un hen sgwrs drosodd a throsodd. Gorfodwyd hi i lanhau pob ystafell ar ôl i'r frenhines eu defnyddio, i weini ar bawb oedd yng nghwmni'r frenhines ac i ateb unrhyw ofynion eraill oedd gan Tegwen. Gwyddai Enid nawr sut fywyd oedd bod yn forwyn. Meddyliodd sut yr arferai hi drin ei gweision. Byddai Smwt yn rhedeg o gwmpas drwy'r dydd yn gweini ar ei theulu a byth yn cael diolch. Ond fyddai Smwt byth yn cwyno chwaith.

O'r diwedd roedd hi'n amser cysgu. Roedd Liberta'n dawel, a draw yn nhrigfan y gweision, i ffwrdd o Balas y Frenhines, gorweddai Enid ar y llawr yng nghanol y llofft yn syllu ar y nenfwd. Teimlai'n braf cael ymestyn ei choesau ychydig. Gorweddai cyrff o'i hamgylch yn chwyrnu. Roedd gan bob un glustog a blanced ond doedd dim byd arall yn yr ystafell. Teimlai'r llawr o farmor yn oer yn erbyn ei choesau. Ysai am gael clywed cloch olaf y dydd.

Teithiodd meddwl Enid o Liberta i Ynys Afarus, o Afarus i Ynys Trigo. Roedd hi'n benderfynol o gyrraedd Ynys Trigo. Tybed beth fyddai yn ei disgwyl yno? Sut olwg fyddai ar Pedr? Sut olwg fyddai ar Calrach? Canodd y gloch yn y pellter. Cododd Enid ar ei heistedd. Roedd y gweision eraill i gyd yn llonydd. Gwrandawodd Enid am unrhyw arwydd. Yna clywodd sŵn yr ochr arall i'r drws. Roedd y sŵn yn un digon tila ond yn amlwg yn arwydd iddi fod y drws wedi ei ddatgloi. Cododd Enid yn araf bach gan geisio peidio deffro neb yn yr ystafell. Camodd ar flaenau ei thraed dros gorff wrth ei hymyl. Cyfyng iawn oedd yr ystafell, doedd dim llawer o le i Enid roi ei thraed rhwng y cyrff. Aeth yn ei blaen gan godi un droed. Ond cyn iddi allu ei gosod i lawr, ystwyriodd un o'r cyrff. Rhowliodd y corff ar ei gefn gan rwystro Enid rhag rhoi ei throed ar y llawr. Siglai ei choes dros y corff. Bu'n rhaid iddi ymestyn hyd yn oed yn fwy i lanio'i throed ar y llawr. Llwyddodd Enid gyda'i holl nerth i ymestyn, a safai yno fel pont dros afon lydan. Dim ond un corff arall oedd rhwng Enid a'r drws. Camodd dros y dyn bach eiddil. Roedd hi'n rhydd. Yna rhewodd ei gwaed.

'Beth wyt ti'n neud?'

Trodd Enid yn araf i gyfeiriad y llais. Ond doedd neb yn edrych arni. Oedd hi'n clywed pethau? Roedd hi ar fin troi tuag at y drws pan glywodd y llais unwaith eto.

'Ond dwi ddim isio!'

Roedd y geiriau'n dod o geg y corff oedd wedi rowlio drosodd, ond roedd ei lygaid wedi cau.

'Na, dwi ddim isio,' sibrydodd y corff eto.

Sylweddolodd Enid mai siarad yn ei gwsg oedd y dyn. Camodd at y drws. Sleifiodd Enid o'r ystafell cyn cau'r drws mor ddistaw ag y gallai. Safai Gwydion a Tyrfech yn y cyntedd. Gwenodd Tyrfech arni, ond golwg ddiamynedd oedd ar Gwydion. Roedd y ddau'n gwbwl rydd o'u cadwyni.

'Cymer dy amser, wir!' meddai'r dewin yn goeglyd cyn pwyntio'i ffon at ei breichiau. Agorodd y cadwyni a gosododd Enid nhw ar y llawr cyn dilyn y ddau.

Sleifiodd y tri i lawr y cyntedd gwag. Goleuai'r lleuad weoedd pryfed cop oedd yn hongian o'r nenfwd. Yr unig sŵn oedd siffrwd eu camau ysgafn wrth iddyn nhw gyrraedd y grisiau oedd yn arwain i lawr at brif ddrws trigfan y gweision. Arweiniodd Gwydion y ddau i lawr y grisiau ac anelu am y drws. Oedodd Enid.

'Mae milwyr ochr arall i'r drws!' sibrydodd Enid.

Anwybyddodd Gwydion hi. Agorodd y drws a rhoi ei ben drwyddo. Trodd i wynebu'r ddau arall.

'Mae'r ffordd yn glir,' meddai Gwydion â gwên ar ei wyneb.

Edrychai Enid arno mewn penbleth. Dilynodd y ddau arall drwy'r drws yn ofalus. Disgleiriai'r lleuad ar y stryd garegog. Eisteddai dau filwr, y naill ochr i'r drws yn cysgu'n sownd. Edrychodd Enid ar Gwydion. Safai yno'n gafael yn ei ffon hud gan gadw golwg ar bopeth o'i gwmpas. Trodd y dewin at y cysgodion.

'Mae'n ddiogel,' sibrydodd Gwydion.

Camodd dyn bach eiddil, cyfarwydd o'r cysgodion. Gwenodd Smwt arni yn ei ddillad gwyn, blêr.

'Roedd Cennarth rywsut yn gwybod pwy oedd meistr Smwt. Llwyddodd Gwydion i'w achub heb drafferth,' meddai Tyrfech.

'Diolch byth am geg fawr Cennarth!' chwarddodd Enid.

'I Cennarth mae'r diolch i gyd!' ochneidiodd Gwydion.

Arweiniai'r stryd at Balas y Frenhines ac at y farchnad o flaen y llyn. Oedodd y pedwar yng nghysgod trigfan y gweision ar gornel y sgwâr. Safai'r palas yn falch o'u blaenau. Roedd gweddill y sgwâr yn wag, y marchnatwyr i gyd wedi cau eu stondinau ers y prynhawn. Ond yn anffodus, roedd milwyr yn cylchrodio'r sgwâr. Gallai Enid gyfri deg milwr i gyd wedi eu gwasgaru o flaen y llyn. Byddai'n amhosibl iddyn nhw gyrraedd yr ochr arall heb gael eu gweld.

Dechreuodd crychau ffurfio ar wyneb y llyn. Roedd rhywbeth wedi deffro o dan y dŵr. Gwenodd Enid. Trodd y milwyr i edrych.

'Dewch!' sibrydodd Enid.

Sleifiodd y pedwar ar hyd waliau'r anheddau ar ochr dde'r sgwâr. Roedd rhychau'r llyn wedi troi'n donnau. Safai'r milwyr yn edrych ar y llyn mewn penbleth. Roedd dwylo rhai ar garnau eu cleddyfau yn barod i amddiffyn eu hunain rhag unrhyw fwystfil ffyrnig. Cyrhaeddodd Enid, Gwydion, Tyrfech a Smwt y coed gyferbyn â'r palas, yr ochr arall i'r llyn, lle roedd y tonnau'n dechrau llonyddu. Cuddiodd y pedwar y tu ôl i'r coed. Roedd y tonnau wedi peidio a'r milwyr yn sefyll yno'n ddryslyd.

Clywodd Enid sŵn brigau'n torri o'r gwrychoedd. Cododd Gwydion ei ffon i gyfeiriad y sŵn. Daeth y synau'n nes cyn i greadur ymddangos drwy'r gwrych. Edrychai Tyrfech a Smwt arno'n syn. Beth oedd y creadur hwn oedd yn socian o'i gorun i'w draed gweog rhyfedd? Disgleiriai ei lygaid yng ngolau'r lleuad. Gwenodd y creadur, heb ddim cywilydd ei fod yn noethlymun. Rhedodd Enid at Gwymon a'i gofleidio.

'Dwi mor falch o dy weld di!'

'Dwi wedi bod yn disgwyl am y cyfle ers dyddie!' meddai Gwymon.

'Diolch am dy gymorth, Gwymon,' ychwanegodd Gwydion. 'Mae'n rhaid i ni fynd.'

'Pwy? Be?...' ceisiodd Tyrfech ddweud gan bwyntio at y creadur rhyfeddaf a welodd o erioed. Safai Smwt yno'n gegagored heb yngan gair.

O'r diwedd, anelodd y pump at y ffordd i'r môr. Ond yn ddiarwybod iddyn nhw, roedd rhywun wedi gweld pum cysgod yn gadael y coed o ben draw'r llyn.

Cerddodd y pump mewn tawelwch i lawr y twnnel o goed. Daeth siffrwd o'r coed o'u hamgylch, er nad oedd gwynt. Gallai Enid deimlo llygaid yn edrych arni. Cerddodd Enid yn y blaen gyda Gwydion, tra bod Gwymon y tu ôl iddyn nhw a Tyrfech a Smwt yn y cefn. Dyna pryd clywodd Enid y coed yn symud, camau sydyn ac ebychiad. Trodd pawb yn sydyn i weld cleddyf yn saethu allan o fol Smwt. Diflannodd y cleddyf a disgynnodd

Smwt i'r llawr. Safai Shadrach y tu ôl iddo â golwg ffyrnig yn ei lygaid. Deuai ewyn o'i geg. Gwaeddodd Enid nerth ei phen. Dechreuodd redeg tuag at Shadrach. Ar yr un pryd daeth gwynt cryf o rywle a chwythu Shadrach i fyny'r ffordd. Glaniodd ar ei ben a llifodd gwaed o'i gorff.

Brysiodd Enid at Smwt. Poerai afon o waed o'i geg. Gallai Enid weld ei fod yn ei chael hi'n anodd anadlu. Penliniodd Enid a gorffwyso pen Smwt ar ei gliniau. Roedd o'n trio dweud rhywbeth.

'Mae'n ddrwg gen i, Enid… ti oedd yr unig un i 'nhrin fi fel person… nid fel gwas…'

Anadlodd Smwt am y tro olaf.

'Mae'n rhaid i ni fynd, Enid,' meddai Gwydion.

Tybiai'r dewin fod y milwyr wedi clywed y floedd. Cododd Enid yn araf. Gwyddai Gwydion nawr yr hyn oedd o wedi ei amau yn y Goedwig Hud. Cymerodd Enid un olwg olaf ar gorff eiddil Smwt cyn rhuthro i lawr y ffordd gyda'r tri arall. Doedd dim amser i'w golli.

Rhedodd y pedwar i lawr y twnnel o goed cyn cyrraedd y caeau gwyrddion ar ben y graig. Arafodd y pedwar wrth basio'r ffarm fach ddistaw. Safai'r pedwar ar y graig uwchben y traeth. Gallent weld llong wedi angori yn y pellter a chwch rhwyfo ar y traeth. Roedd tân wedi ei gynnau ar y traeth a dynion yn yfed a chwerthin o'i amgylch.

Cychwynnodd y pedwar i lawr y grisiau serth fesul un. Disgynnai cerrig mân bob hyn a hyn ond wnaeth hynny ddim tynnu sylw'r dynion oddi wrth y tân a'r cwrw cynnes. Roedd dod i lawr y graig yn anoddach na'i dringo hyd yn oed, a doedd tywyllwch y nos ddim yn help chwaith. Curai calon Enid yn gyflymach gyda phob cam. Teimlai nad oedden nhw'n agosáu at y gwaelod o gwbl. Edrychodd Enid i fyny at Gwymon a'i draed llithrig. Roedden nhw mor agos i'r gwaelod pan glywodd Enid sŵn uwch ei phen. Trodd yn sydyn i weld Gwymon yn llithro, gan lusgo Enid a Tyrfech gydag o wrth ddisgyn i'r tywod.

Gorweddai'r tri ar ben ei gilydd yn griddfan ar y traeth. Pan gododd y tri, sylweddolodd Enid fod criw o ddeg môr-leidr yn edrych arnyn nhw'n syn. Dechreuodd y dynion wenu a chamu atyn nhw. Rhuthrodd Gwydion i lawr y graig a sefyll rhwng y dynion a'i ffrindiau. Chwarddodd y dynion.

'Beth wyt ti'n mynd i wneud, hen ddyn?' gofynnodd un.

Cododd Gwydion ei ffon gyda'i ddwy law a'i gollwng yn sydyn ar y traeth. Disgynnodd y deg dyn i'r llawr a dechrau chwyrnu'n uchel.

'Nos da!' chwarddodd Gwydion, cyn troi at y tri.

Safai Enid a Tyrfech yn gafael yn eu pennau mewn poen. Gwenodd Gwymon. Edrychodd Gwydion arno'n amheus. Doedd o ddim yn rhy hoff o'r creadur rhyfedd, ond roedd Enid fel petai'n ymddiried ynddo.

'Dewch, cyn i'r rhain ddeffro,' meddai'r dewin.

Helpodd pawb y dewin i wthio'r cwch i'r môr a neidiodd y pedwar i mewn iddo. Cododd Gwydion y rhwyfau o waelod y cwch a'u gosod o boptu iddo. Cliciodd ei fysedd a dechreuodd y cwch rwyfo'i hun. Ochneidiodd Tyrfech mewn syndod.

Edrychodd Enid yn ôl ar y graig. Meddyliodd am Smwt, y dagrau'n cronni. Teimlai'n ddigalon ond yn benderfynol. Fyddai'r daith i achub Pedr ddim yn ofer, gwnâi Enid yn sicr o hynny. Sychodd ei dagrau. Crebachodd y graig wrth i'r cwch gefnu ar y Tiriogaethau Rhydd ac anelu am Ynys Trigo.

ANEIRIN

YNYS Y GWYNT

Gorweddai Aneirin ar y gwely, yn gorffwys ei ben ar frest flewog Gruff. Roedd sŵn y glaw wedi bod yn gysur drwy'r nos, a'r ddau wedi hen arfer â sŵn diddiwedd diferion o'r nenfwd yn glanio yn y bwced. Bu hi'n anodd iawn, hefyd, i'r ddau gysgu â chymaint o bethau ar eu meddyliau. Gwyddai Aneirin mai dyma'r tro olaf y byddai yng nghwmni Gruff.

Roedd hi'n amser teithio'n ôl i Dre Goch cyn i bawb ddeffro. Cododd Aneirin o'r gwely a gwisgo amdano. Edrychodd drwy'r ffenestr fechan ar fore gwlyb a gwyntog. Rhuai tonnau'r môr yn ffyrnig a gwyddai bod tir yn disgwyl amdano y tu hwnt i'r cymylau llwydion a'r môr, tir ei gartref. Heddiw byddai Aneirin yn dychwelyd i Ynys Wen am y tro cyntaf ers blynyddoedd.

'Oes rhaid i ti fynd nawr?' gofynnodd Gruff o'r gwely.

Trodd Aneirin ato, 'Oes, yn anffodus.'

'Damia Dyfan am orfodi ti i fynd!'

'Dyw e erioed wedi cynhesu ata i,' meddai Aneirin.

Cofleidiodd y ddau gan wasgu'i gilydd yn dynn. Melltithiodd Aneirin ei dad, Dyfan a phawb oedd wedi llywio'i lwybr at yr eiliad hon. Gadawodd y dafarn. Rhuodd y gwynt wrth i Eos garlamu tuag at Dre Goch. Ceisiodd glirio'i feddwl ychydig ar y daith, ond wrth iddo geisio anghofio am un peth deuai rhywbeth arall i'w ddisodli. Pwysodd ei feddyliau arno fel petai'n gwisgo holl arfwisgoedd milwyr y Pedair Ynys.

Cyrhaeddodd wersyll y milwyr. Neidiodd Aneirin oddi ar Eos a'i glymu'n sownd wrth bolyn oedd wrth ymyl ei babell. Mwythodd Aneirin ei geffyl mawreddog gwyn.

'Ffarwél i ti, Eos. Diolch am bopeth,' sibrydodd Aneirin yng nghlust ei geffyl.

Cerddodd ar draws y caeau mwdlyd at Gastell y Gwynt. Chwythai'r gwynt ei wallt gan guddio'i lygaid ychydig, ond roedd hon yn daith roedd wedi ei gwneud droeon. Cerddodd Bleddyn ar draws y caeau i ymuno ag Aneirin.

'Dylset ti fod wedi gadael i fi ddod 'da ti!' meddai a'i lais dwfn yn cael ei gario gan y gwynt.

'Ble mae Siwan?'

'Mae hi yno o'n blaenau.'

Oedodd Aneirin. 'Yn Ystafell y Cyngor?'

'Fe gododd hi'n fore. Roedd hi'n mynnu bod yno i ffarwelio â ti. Mae hi'n bengaled, fel tithe a dy dad,' gwenodd Bleddyn.

Ysgydwodd Anerin ei ben, ond fedrai ddim peidio gwenu. Cerddodd y ddau mewn tawelwch weddill y ffordd i Ystafell y Cyngor. Yno'n eu disgwyl roedd yr Arglwydd Dyfan, Branwen ei fam, Gwilym, Pwyll a Siwan. Synhwyrodd Aneirin densiwn yn yr ystafell. Eisteddodd, gan wenu ar Siwan. Gwenodd hithau'n ôl, ond roedd tristwch yn ei llygaid. Doedd dim tristwch yn llygaid Dyfan, oedd yn amlwg yn hapus yn ei swyddogaeth newydd.

'Diolch i ti am ddod, Aneirin. Gobeithio nad oedd y siwrnai o Draeth Coch yn rhy wyntog i ti. Dylet ti fod wedi aros yno a tithe'n gorfod mynd yn ôl yno nes ymlaen!' crechwenodd Dyfan.

Ceisiodd Gwilym ei orau i beidio chwerthin. Gwyddai pawb

lle roedd Aneirin yn treulio'i nosweithiau. Cochodd Aneirin.

'Roedden ni isie dymuno'n dda i ti ar dy daith i'r Pig. Mae'n daith hynod bwysig yng nghyd-destun y rhyfel,' ychwanegodd Branwen. Roedd ei geiriau hi'n fwy diffuant na rhai ei mab, ond doedd neb o amgylch y bwrdd yn wir yn credu fod hon yn daith bwysig. Teimlai Pwyll mai gwastraff o filwyr da oedd hynny ac nad oedd pwrpas gyrru milwyr i'w marwolaeth. Gwyddai, beth bynnag, mai gwell oedd cadw ei geg ar gau. Roedd Aneirin eisiau dial am farwolaeth ei dad, Peredur, catalydd y rhyfel, yn fwy na neb, ond gwyddai y byddai ei gyfle i ddial yn diflannu wrth hwylio i'r Pig.

Trafodwyd y cynllun ond roedd meddwl Aneirin yn rhywle arall. Cytunodd gyda phopeth. Ar ôl yr holl drafod, gadawodd Cyngor Ynys y Gwynt a Bleddyn yr ystafell gan adael i Aneirin ffarwelio â Siwan.

'Dyw e ddim fel ti i gymryd diddordeb mewn cyfarfodydd fel hyn,' meddai Aneirin gan wenu ar ei chwaer.

'Mae gen i hawl i wybod ble mae Dyfan yn gyrru fy mrawd,' atebodd Siwan cyn ychwanegu. 'Oes gobaith o gwbl?'

'Mae gobaith yn beth peryglus.'

'Ond weithiau mae'n gysur,' meddai Siwan. 'Mae'n ddrwg 'da fi am beth wedes i amdanat ti. Ro'n i'n ddryslyd ac yn flinedig. Do'n i ddim yn ei feddwl e!'

'Does dim rhaid i ti ymddiheuro, Siwan.'

'Oes. Ti'n frawd i fi a dwi'n dy gefnogi di.'

Cofleidiodd y ddau. Doedd Aneirin ddim eisiau gollwng gafael ar ei chwaer ond roedd llong yn disgwyl amdano yn Nhraeth Coch, yn barod i adael am y Pig.

★ ★ ★

Gallai Aneirin weld Gruff yn sefyll o flaen ei dafarn yn edrych ar y llong yn gadael Ynys y Gwynt. Roedd o wedi pendroni gymaint am bwy i ddewis i'r daith. Roedd o'n methu dewis Gruff, er cymaint roedd hwnnw wedi erfyn arno. Ac er mor anodd oedd hi i adael Gruff ar ôl, gwyddai mai dyma'r ffordd orau i'w warchod.

Safai Aneirin yn ymyl Rhisiart, capten y llong, wrth y llyw. Trodd i edrych i lawr ar y dec. Roedd o wedi dewis deunaw o ddynion i ymuno ar y daith gydag yntau a Rhisiart. Teimlai mor euog ond roedd rhaid iddo ddewis rhywun.

Tua phedair awr o siwrnai dros Môr y Meirw oedd hi i'r Pig, ar ochr ddwyreiniol Ynys Wen. Rhuai tonnau'r môr. Doedd dim llawer o siarad ar y daith ac edrychai'r criw yn ddigalon.

'Does neb yn gweld bai arnat ti, Aneirin,' meddai Rhisiart dros y tonnau. 'Rwyt ti wedi dewis dynion sy'n fodlon dy ddilyn di i unrhyw le!'

Doedd geiriau Rhisiart fawr o gysur iddo. Wedi cwpwl o oriau o hwylio, gallai Aneirin weld amlinelliad Ynys Wen yn y pellter. Gorchuddid yr ynys gan gwmwl du. Roedd storm yn eu disgwyl. Chwyddai trwyn yr ynys wrth i'r llong agosáu at y Pig a gwelai Aneirin y palas drwy'r cymylau ar ben y bryn. Ymhen hir a hwyr, gollyngwyd yr angor. Byddai'n rhaid rhwyfo'r cychod bach tuag at y lan. Rhannwyd y milwyr yn ddwy garfan gydag Aneirin yn arwain un a Rhisiart yn arwain y llall. Roedd deg milwr ym mhob cwch. Dechreuodd y glaw ddisgyn yn drymach wrth iddyn nhw nesáu at y lan ddiffaith. Roedd yr awyrgylch yn swrth a phob milwr yn ddistaw. Gwyddai pawb nad oedd gobaith iddyn nhw ennill y frwydr. Roedden nhw wedi cael gorchymyn gan Dyfan i ateb yr alwad gan Owain, er y gwyddai pawb mai cael eu dal mewn rhwyd oedd y canlyniad mwyaf tebygol.

Cyrhaeddodd y cychod y cerrig ar y lan. Neidiodd y milwyr o'r cychod gan dynnu eu cleddyfau o'r wain. Amgylchynid y lan gan goed. Safai'r ugain milwr heb symud, gan edrych, gan wrando. Doedd dim arwydd o neb a'r unig sŵn oedd rhythm y glaw ar arfwisgoedd y milwyr. O'u blaenau roedd llwybr bychan yn arwain i'r coed. Y tu ôl i'r coed roedd y palas. Y tu ôl i'r coed roedd y perygl.

Camodd Aneirin tuag at y llwybr, a dilynodd y milwyr. Brwydrodd Aneirin drwy'r brigau a'r gwrychoedd cyn cyrraedd pen draw'r coed. Roedd brwyn tal o'u blaenau a'r palas yn edrych i lawr arnyn nhw o gopa'r bryn. Oedodd Aneirin. Roedd hi'n frawychus o dawel. Camodd yn ei flaen a gwasgarodd y milwyr ar y gwair y tu ôl iddo. Yn ddisymwth, cododd milwyr o'r gwair o'u hamgylch, gyda mynydd Dantus, arfbais Ynys Afarus, ar eu harfwisgoedd. Rhaid bod tua hanner cant ohonyn nhw. Pwyntiai bob un saeth o'u bwa at Aneirin a'i griw.

'Rhowch eich arfau i lawr!' gwaeddodd un.

Oedodd Aneirin cyn ochneidio. Gollyngodd ei gleddyf, cyn troi at ei filwyr. Dilynodd pawb esiampl eu harweinydd. Camodd milwr ag arfbais Ynys Wen ar ei arfwisg ato. Disgleiriai ei lygaid cyfeillgar, ond roedd ei lais yn uchel ac awdurdodol.

'Mae Owain yn aros amdanat ti, Aneirin!'

Cafodd Aneirin a'i griw eu tywys fel defaid i fyny'r bryn at y palas. Roedd y drysau ar agor a milwyr ym mhob man, rhai ag arfbais Afarus ar eu harfwisgoedd, ond roedd y rhan fwyaf yn gwisgo arfbais Ynys Wen. Camodd Aneirin dros drothwy'r drws oedd yn arwain yn syth at y neuadd hirgron. Roedd grisiau'n troelli'r naill ochr i sedd y Ceidwad. Yno, eisteddai Owain. Gosodwyd Aneirin a'i griw yng nghanol y neuadd. Safai pileri mawr o faen o boptu iddyn nhw. Cododd Owain ar ei draed.

'Doeddwn i ddim yn disgwyl i ti ddod, Aneirin. Mae'n amlwg nad oes gan Dyfan lawer o feddwl ohonat ti! Croeso i'r Pig!'

Ochneidiodd Aneirin mewn anobaith. Melltithiodd Dyfan, ond melltithiodd ei hun yn fwy, am ddilyn y drefn a pheidio paratoi at hyn.

'Y Brenin Gwern ysgrifennodd y llythyr. Mae'n rhaid bod hynny'n amlwg i ti erbyn hyn, ond yma ar y Pig rydyn ni'n ffyddlon i un Brenin,' oedodd Owain.

Cododd Aneirin ei ben. Roedd golwg ddireidus yn llygaid Owain, mwy direidus na'r arfer.

'Rydyn ni'n ffyddlon i'r Brenin Aneirin!' gwaeddodd Owain.

Dechreuodd brwydr o amgylch Aneirin a'i filwyr. Roedd milwyr Ynys Wen wedi troi ar filwyr Afarus yn annisgwyl. Disgynnodd milwyr Afarus fel sachau o amgylch y neuadd. Peintiwyd llawr y neuadd â gwaed. Doedd Aneirin ddim yn deall yr olygfa ryfedd o'i flaen. Trechwyd milwyr Afarus i gyd. Disgynnodd tawelwch dros y neuadd a chamodd Owain i lawr y grisiau a phenlinio o flaen Aneirin.

'Fe orfodwyd i mi gymryd rhan yn nienyddiad dy dad. Gobeithio y gwnei di fadde i mi. Dwi'n ffyddlon i chi, Frenin Aneirin.'

Safai Aneirin yno'n gegagored. Dim marwolaeth oedd yn ei ddisgwyl yn y Pig, ond cyfle i ddial. Megis dechrau oedd rhan Aneirin yn y frwydr fawr.

Rhan 5
Brwydr Porth Wen

Gwern

YNYS WEN

Brasgamodd dyn a dynes garw iawn yr olwg tuag at y Brenin Gwern a eisteddai ar ei orsedd ym mhen draw'r Neuadd Fawreddog. Fe'u dilynwyd gan lu o ferched â bwa saeth ar gefn pob un. Llenwyd y neuadd gan aroglau chwys a baw. Doedd hynny ddim yn syndod wrth edrych ar eu gwisgoedd budron. Edrychai'r merched i gyd yn debyg. Ai chwiorydd oedden nhw? Roedd ganddyn nhw wallt tywyll a chroen gwelw ac roedd golwg hunllefus ar eu hwynebau, bron fel ysbrydion.

'Ceridwen ydy'r gochen a Cadno ydy'r cochyn,' sibrydodd Taran, a eisteddai wrth ochr y brenin. Eisteddai Gwenllian yr ochr arall iddo, a Rheunant yn sefyll wrth ei hochr hi.

Oedodd Ceridwen a Cadno, arweinwyr y Dynion Gwyllt, o flaen yr orsedd. Roedd Cadno'n gawr o ddyn. Gwibiai ei lygaid yn afreolus ac roedd ei wefus isaf fel petai ar fin disgyn i'r llawr. I'r gwrthwyneb, roedd Ceridwen yn ymddangos yn ddigynnwrf ond roedd tân yn ei llygaid.

'Roeddwn i ar ddeall mai Dynion Gwyllt oedd enw eich llwyth. Pam yr holl ferched?' gofynnodd Gwern gan estyn hances i'w rhoi dros ei ffroenau.

Trodd Ceridwen at un o'r merched y tu ôl iddi, un o frodorion y Pedair Ynys, oedd wedi eu neilltuo i gornel fechan ar Ynys y Gogledd ers canrifoedd gan fewnfudwyr o'r Tiriogaethau Rhydd a thu hwnt. Camodd un o'r talaf yn ei blaen. Estynnodd ei bwa'n sydyn ac anelu saeth yn syth drwy'r seren yng nghanol baner Afarus y tu ôl i'r brenin. Safodd y milwyr yn stond. Wyddai neb beth i'w wneud. Gallai'r ferch fod wedi methu. Gallai fod wedi trywanu'r brenin! Gallai Gwern glywed ei galon yn curo fel ceffyl yn carlamu yn ei frest. Trodd at Taran. Eisteddai hwnnw yn ei gadair yn ddigynnwrf a gwenodd ar Gwern.

'Dyma'r bobl fwyaf medrus â bwa a saeth, a'r rhyfelwyr mwyaf ffyrnig ar draws y Pedair Ynys. Maen nhw yma i frwydro ar dy ran di, y Brenin Gwern!' cyhoeddodd Taran. Gwelodd Gwern ei gyfle.

'Beth ddymunwch chi fel cymwynas am frwydro drosta i?' gofynnodd i Ceridwen. Ond ddywedodd Ceridwen ddim. Oedd hon yn fud?

'Maen nhw'n gwrthod siarad â brenin wedi canrifoedd o gael eu herlid. Mi wnawn nhw gwffio gyda ni, ond maen nhw'n gofyn am addewid, ac yn disgwyl i'r addewid honno gael ei chadw,' meddai Taran.

'A pha addewid yw honno?' holodd Gwern gan edrych ar Ceridwen, ond daeth yr ateb gan Taran.

'Rhyddid i fyw heb gael eu herlid gan fyddin y Pedair Ynys. Maen nhw'n gofyn am frenin i'w gwarchod fel y gallan nhw fyw mewn heddwch.'

'Brwydrwch efo fi ac mi wna i warantu eich rhyddid!' cyhoeddodd Gwern.

Plygodd Ceridwen ei phen. Ai diolch iddo oedd hi? Trodd ei sylw at y Pendefig Rheunant, o Gyngor Ynys Afarus, a gorchymyn iddo baratoi llety ar gyfer ei westeion newydd.

Plygodd Rheunant ei ben i orchymyn y brenin. Dechreuodd

dywys y Dynion Gwyllt o'r neuadd gyda chymorth y milwyr. Dim ond Gwern, Taran a Gwenllian oedd ar ôl.

'Mae ein byddin yn cynyddu bob dydd,' meddai Gwenllian wrth Gwern.

'Faint o bobl sydd ym myddin y Dynion Gwyllt?'

'Tua mil,' atebodd Taran, ei lais yn adleisio drwy'r neuadd.

'Mantais i mi,' meddai Gwern dan ei wynt gan wenu.

Roedd newyddion da wedi cyrraedd y diwrnod cynt o'r Pig. Roedd Aneirin wedi brathu ar yr abwyd ac wedi hwylio i Ynys Wen. Byddai Aneirin yn cyrraedd Porth Wen mewn cadwyni yn y dyddiau nesaf. Un aelod arall o'r teulu i'w drechu. Dim ond Siwan oedd ar ôl, ond doedd Gwern ddim yn poeni llawer amdani hi.

Teimlai Gwern yn hyderus, yn rhy hyderus efallai. Yr hyn na wyddai oedd y byddai Aneirin yn cyrraedd Porth Wen yn y dyddiau nesaf, roedd hynny'n wir, ond ni fydd mewn cadwyni.

SIWAN

YNYS Y GWYNT

Doedd dim dianc rhag prysurdeb Tre Goch. Roedd y dref dan ei sang wrth i fyddin swyddogol y Pedair Ynys baratoi i hwylio draw i Ynys Wen. Eisteddai Siwan ar wal garegog yng nghowt Castell y Gwynt yn rhoi min ar y dagr gafodd hi gan Bleddyn, gan edrych arno'n hyfforddi rhai o'r milwyr. Gorffwysai Brân ar y wal wrth ei hochr. Gwisgai Siwan drowsus du a chrys du fel Aneirin pan oedd yntau'n dywysog ac fel Maelgwn druan pan oedd o'n fyw. Edrychai'r milwyr yn amharod i ymladd Bleddyn, hyd yn oed gyda chleddyfau pren. Doedd Siwan ddim yn gweld bai arnyn nhw – roedd y bwystfil yn frawychus yn ei arfwisg. Yr ochr arall i'r cowt, roedd milwyr gyda bwa a saeth yn anelu at darged.

'Alla i wneud yn well na'r rhain, Brân,' sibrydodd Siwan.

Crawciodd yr aderyn. Roedd o wedi bod yn gysur iddi ers cyrraedd Ynys y Gwynt, ac er ei fod yn hoff o hedfan, yn busnesu ar ynys anghyfarwydd, roedd o wastad yn dychwelyd i gadw cwmni gwarchodol i Siwan.

Ochneidiodd y milwyr mewn rhyddhad pan ddaeth yr hyfforddiant i ben. Gadawodd y milwyr y cowt a rhoddodd Bleddyn y cleddyfau i un ochr. Neidiodd Siwan oddi ar y wal, cododd ei dagr i'r awyr a'i daflu i ochr arall y cowt, yn syth i ganol y targed. Trodd Bleddyn a syllu arni. Cododd hithau un o'r cleddyfau a gwenu ar Bleddyn.

'Amser am fy ngwers i nawr!' meddai'n chwareus gan bwyntio'r cleddyf at Bleddyn. Chwarddodd yntau. 'Dwi o ddifri,' meddai Siwan a'i gwên yn diflannu.

Ildiodd Bleddyn. Estynnodd am gleddyf pren. 'Fyse'n well i ti wisgo arfwisg!'

Anwybyddodd Siwan awgrym Bleddyn.

Yn ddiarwybod iddyn nhw, daeth Dyfan drwy ddrws yng nghornel y cowt ac edrychodd arnyn nhw o'r cysgodion.

'Dere mlaen 'te!' meddai Bleddyn.

Gwenodd Siwan a rhuthro ato. Camodd Bleddyn i'r ochr a'i gwthio i'r llawr. Cododd Siwan yn araf bach ac ysgubo'r cerrig mân oddi ar ei dillad. Edrychai'n flin. Rhuthrodd unwaith eto at Bleddyn. Camodd Bleddyn i'r ochr ac unwaith eto disgynnodd Siwan yn sach ar y llawr. Crawciodd Brân, fel petai'n protestio.

'Mae'n iawn, Brân! Cer i hedfan, wela i di heno!'

Crawciodd yr aderyn bach du yn ansicr cyn hedfan i ffwrdd. Cododd Siwan.

'Rheola dy hunan. Cymer anadl ddofn. Paid rhuthro ata i,' cyfarwyddodd Bleddyn. Chwarddodd Dyfan yn dawel.

Pwyllodd Siwan y tro hwn. Camodd at Bleddyn yn araf. Daeth Bleddyn ati'n sydyn gan chwifio'i gleddyf. Cododd Siwan ei chleddyf a rhwystro'r ymosodiad. Ceisiodd Bleddyn eto. Ond roedd Siwan yn ddigon cyflym i'w rwystro eto. Gwenodd Siwan â balchder. Roedd eiliad o ddiffyg canolbwyntio'n ddigon. Symudodd Bleddyn fel llew a gwthio'r cleddyf i ysgwydd Siwan. Disgynnodd i'r llawr unwaith yn rhagor.

'Mae'n rhaid i ti ganolbwyntio drwy'r amser!'

Daeth sŵn chwerthin o'r cysgodion a chamodd Dyfan i'r cowt. Roedd o wedi mwynhau'r sioe.

'Mae tipyn o gythrel ynddot ti, Siwan!' chwarddodd Dyfan.

Cododd Siwan ar ei thraed a syllu arno'n fileinig. Fedrai hi ddim credu iddi hi erioed hoffi'r fath geiliog o ddyn. Roedd hi'n falch nad oedd hi'n gorfod priodi'r dyn rhagor.

'Wyt ti moyn tro?' gofynnodd Siwan yn goeglyd.

Edrychodd Dyfan ar Bleddyn. Llyncodd ei boer. 'Mae'n rhaid i ni ddynion gadw'n hegni at y frwydr go iawn!'

Rhowliodd Siwan ei llygaid. Gwyddai fod milwyr y Pedair Ynys i gyd yn crynu wrth weld y Bwystfil.

'Beth amdanat ti a fi, 'te?' gofynnodd Siwan. Cydiodd mewn cleddyf arall a'i daflu o flaen traed Dyfan.

'Wyt ti'n siŵr dy fod di moyn treulio mwy o amser ar y llawr?' chwarddodd Dyfan gan estyn am y cleddyf pren.

Rhedodd Siwan yn sydyn ato gan weiddi. Amddiffynnodd Dyfan yr ymosodiad cyntaf ond roedd Siwan yn wyllt. Chwifiodd ei chleddyf yn ffyrnig. Roedd o'n methu amddiffyn y tro hwn. Tarodd y cleddyf yn erbyn pen Dyfan. Disgynnodd i'r llawr. Safodd Siwan drosto a sylweddoli bod pen yr arglwydd yn goch gan waed. Cododd Dyfan yn sydyn. Gallai Siwan weld ei fod yn cwffio'r dagrau. Roedd hi wedi llwyddo i'w fychanu, er nad oedd hynny'n rhoi pleser iddi.

'Mae'n ddrwg—' dechreuodd Siwan.

'Mae'n rhaid i mi fynd,' meddai Dyfan yn sydyn. Diflannodd i mewn i'r castell gan afael yn y briw ar ei ben.

'Aeth hynny'n dda!' meddai Bleddyn.

'Daeth holl rwystredigaethau'r dyddiau diwethaf allan. Dwi'n teimlo'n ofnadwy!'

'Paid â phoeni. Neiff les iddo fe!'

'Dwi'n barod i ymladd. Dwi moyn mynd gyda ti a phawb

arall yfory!' crefodd Siwan, ond gwyddai beth fyddai'r ateb.

'Yma mae dy le di nawr…'

'Ynys Wen yw fy lle i,' torrodd Siwan ar ei draws.

'Does dim alla i ei wneud, mae'n ddrwg 'da fi,' meddai Bleddyn cyn ei gadael ar ei phen ei hun yn y cowt.

Safodd Siwan yno'n myfyrio ar yr ornest ffug. A lwyddodd hi i greu argraff ar Bleddyn? Neu oedd o'n dal i'w gweld hi fel merch fach ddiniwed? Cerddodd at y targed ac estyn ei dagr a'i roi yn ei phoced. Roedd hi'n dechrau nosi ac roedd bwrlwm y paratoi wedi distewi. Daeth gwas i mewn drwy'r drysau allanol gan wthio cart. Sodrodd y cart wrth ochr y cleddyfau cyn gadael. Sylweddolodd Siwan mai arfwisgoedd oedd ynddo. Cerddodd Siwan at y cart. Roedd arfwisgoedd gydag arfbais yr ynysoedd i gyd arnyn nhw. Roedd y cowt yn wag, felly bachodd ar y cyfle.

* * *

Fu porthladd Traeth Coch erioed mor brysur. Rhwyfai un cwch ar ôl y llall, yn cludo milwyr o'r traeth i'r llongau. Safai'r milwyr eraill mewn rhesi'n aros eu tro. Yno, yn eu canol, roedd Siwan. Roedd hi wedi sleifio i ganol y milwyr. Safai â'i phen i lawr, yr helmed yn cuddio'r rhan fwyaf o'i hwyneb. Roedd hi'n dal am ei hoed ond yn dipyn byrrach na gweddill y milwyr, felly roedd yr arfwisg yn hongian amdani. Ond doedd neb yn cymryd sylw ohoni, beth bynnag – roedd eu meddyliau ar bethau pwysicach.

'Faint o filwyr sda ni?' gofynnodd un milwr.

'Glywes i tua pum mil!' atebodd yr agosaf ato.

'Cyn lleied â 'ny? Mae dros hanner can mil yn byw ym Mhorth Wen! Does dim gobaith!'

'Paid digalonni, gyfaill. Paid colli ffydd!'

Doedd y sgwrs ddim yn rhoi llawer o ffydd i Siwan. Clywodd sŵn crawc yn y pellter. Ai Brân oedd o? Roedd hi wedi gorchymyn iddo aros ar yr ynys. Daeth ei thro hi i fynd ar un o'r cychod. Oedd hi'n gwneud y peth iawn? Oedd hi'n cael traed oer? Doedd hi ddim yn barod i fynd i ryfel!

'Dere yn dy flaen!' gwaeddodd milwr y tu ôl iddi a'i gwthio.

Crynai Siwan wrth i wynt main yr ynys godi a gwthio'r cwch rhwyfo tuag at un o'r ugain o longau oedd wedi angori. Roedd hi wedi ei pharlysu. Teimlai fod y camgymeriad yma am ddod yn ôl i'w brathu. Âi'r môr yn fwy garw wrth iddyn nhw agosáu at y llong a disgynnodd y glaw gan ddawnsio ar y dŵr. Gorchuddiwyd yr awyr gan gymylau llwydion. Dringodd y milwyr ar y llong enfawr. Cymerodd Siwan dipyn mwy o amser na gweddill y milwyr. Doedd hi ddim wedi arfer dringo ysgol raff, a doedd yr arfwisg drom oedd amdani ddim yn helpu.

O'r diwedd cyrhaeddodd Siwan y dec. Roedd hi'n chwys laddar ac allan o wynt. Gwibiai pawb o'i hamgylch ond arhosodd hi'n llonydd. Roedd hi'n tywallt y glaw a theimlai Siwan ar goll. Atseiniodd llais cryf, cyfarwydd dros y gwynt a'r glaw i'w thynnu'n ôl i realiti. Peidiodd y bwrlwm a safodd y milwyr ar y dec yn gwrando.

'Filwyr! Mae'r awr wedi cyrraedd. Fi yw Bleddyn, neu'r Bwystfil i chi!'

Allai Siwan ddim credu ei bod hi ar yr un llong â Bleddyn! Allai hi chwaith ddim credu ei fod yn siarad mor agored â thua dau gant o bobl!

'Fe fydda i'n eich harwain chi i'r frwydr. Dwi'n gwybod bod rhai ohonoch chi isie dial am lofruddiaeth y Brenin Peredur. Dwi'n gwybod hefyd nad oedd gan rai ohonoch chi lawer o feddwl ohono. Ond nid brwydr i ddial yw hon. Rydyn ni'n Bedair Ynys ar wahân ond yn gweithio gyda'n gilydd. Dyw Gwern ddim yn poeni am y Pedair Ynys. Dyw Gwern ddim yn poeni am neb ond amdano'i hunan. Mae Gwern yn peryglu rhyddid y Pedair Ynys!'

Dechreuodd rhai o'r milwyr weiddi eu cefnogaeth i Bleddyn. Roedd Siwan yn ei edmygu gymaint. Roedd Gwern wedi dod yn frenin wrth ladd ei thad hi, a gwyddai pawb nad oedd o am edrych ar ôl lles y Pedair Ynys gyfan. Aeth y Bwystfil yn ei flaen.

'Erbyn i ni gyrraedd Ynys Wen, fe fydd hi'n nos. Y gobaith yw na fyddan nhw'n disgwyl ymosodiad yn y nos. Ond pwy a ŵyr? Alla i ddim addo buddugoliaeth. Alla i ddim addo eich bod yn goroesi'r frwydr. Ond dwi'n addo mai dim ond marwolaeth fydd yn fy rhwystro i rhag brwydro dros y Pedair Ynys!'

Daeth bloedd gan y milwyr i gyd. Teimlodd Siwan ei hun yn ymuno yn y bloeddio, fel petai rhywun arall yn rheoli ei chorff. Dechreuodd y milwyr wasgaru. Arhosodd Siwan yno. Roedd yr ofn bellach yn gyffro. Diflannodd ei gwên pan sylweddolodd fod Bleddyn yn edrych arni. Trodd yn sydyn a dechrau dilyn rhai o'r milwyr o dan y dec. Roedd cannoedd ar y llong. Doedd bosib ei fod o wedi ei hadnabod?

Roedd hi bron â chyrraedd y drws i lawr i'r caban pan deimlodd Siwan law gref ar ei hysgwydd. Trodd i wynebu llygaid coch y Bwystfil.

'Ro'n i'n gwybod mai ti oedd yno,' ochneidiodd Bleddyn, 'Dere 'da fi!'

Gafaelodd Bleddyn ym mraich Siwan a'i thywys i lawr i'r caban. Tarodd aroglau chwys ei ffroenau'n syth. Arweiniodd Bleddyn hi drwy ddrws ym mlaen y llong. Caeodd y drws ar ei ôl.

'Dwyt ti ddim i fod yma!' meddai Bleddyn yn rhwystredig.

'Mae'n rhy hwyr nawr. Does dim troi'n ôl,' atebodd Siwan gan dynnu ei helmed.

'Nid gêm yw rhyfel, Siwan.'

'Dwi'n gwybod. Nid merch fach ydw i!'

'Mae hyd yn oed rhywun fel fi yn teimlo'n fach mewn rhyfel.'

'Dwi moyn ymladd 'da ti. Mae fy nheulu i gyd wedi mynd, heblaw amdanat ti! Does gen i ddim byd i'w golli.'

Gwenodd Bleddyn arni. Gwyddai Siwan pa mor bwysig oedd ei theulu hi iddo a theimlai ei fod yn bwysig ei atgoffa ei fod yn rhan o'r teulu hwnnw.

'Aros 'da fi 'te,' ildiodd Bleddyn.

Cofiodd Siwan cymaint yr arferai Bleddyn godi ofn arni. Nawr, ar ôl teimlo mor anobeithiol drwy'r dydd, doedd Siwan ddim yn teimlo'r ofn hwnnw rhagor. Teimlai'n llonydd ac roedd ei meddwl yn dawel yng nghwmni'r Bwystfil, ac am eiliad roedd Siwan wedi anghofio am y frwydr oedd i ddod.

Gwern

YNYS WEN

Doedd teulu'r Gogledd ddim wedi colli eu chwant bwyd o gwbl. Roedd Taran a Math yn cnoi'r cigoedd fel dau gi llwglyd. Roedd Gwenllian wedi gorffen ei bwyd. Gallai hi fwyta dros y Pedair Ynys, ond doedd hynny ddim i'w weld yn effeithio ar ei chorff siapus, yn wahanol i'w brodyr. Ers dod yn frenin, roedd Gwern wedi colli ei chwant bwyd. Teimlai fod rhywun yn ei wylio o hyd, a bod ei gynghorwyr agosaf yn cynllwynio yn ei erbyn.

Llenwid y Neuadd Fwyd â chanhwyllau, ac roedd y fflamau bychain yn cynhesu'r awyrgylch oeraidd. Roedd hi'n noson oer a gwlyb ond teimlai pawb yn ddiogel yn y castell. Eisteddai Gwern ym mhen y bwrdd, yn syllu ar y drws. Teithiai ei feddwl yn ôl. Gallai deimlo Maelgwn yn crynu mewn ofn yn ei afael a chlywed sgrech Siwan wrth iddi weld corff ei modryb yn gelain ar y llawr. Clywodd ei gyllell yn hollti gwddf y bachgen bach a'r gwaed yn diferu i'r llawr.

'Arbennig!' gwaeddodd Taran ar draws y neuadd, wedi gorffen ei fwyd ac yn amlwg wedi mwynhau. Deffrodd Gwern o'i fyfyrdod. Gosododd Gwenllian ei llaw ar law'r brenin.

'Mae gen i un peth arall i'w drafod, mae gen i ofn. Do'n i ddim isio trafod y peth yn y cyfarfodydd,' meddai Taran. 'Mae wedi bod rhy hir ers i ni glywed gan Tyrfech. Rydyn ni fel teulu yn poeni amdano, ac am Enid a Pedr wrth gwrs, ac wedi penderfynu gyrru Math a dau o filwyr i chwilio amdanyn nhw.'

Syfrdanwyd Gwern. Doedd bosib fod anfon un o'i ryfelwyr gorau yn syniad da, yn enwedig â rhyfel ar fin torri.

'Fedra i ddim caniatáu hyn,' meddai Gwern.

'Pam?' gofynnodd Taran.

'Dwi angen y milwyr i gyd ar gyfer y rhyfel sydd i ddod. Mae Ynys y Gwynt yn paratoi ymosodiad unrhyw funud. Math yw un o'r rhyfelwyr gorau sydd gennon ni. Alla i ddim gadael iddo fynd!'

'Dwi ddim yn siŵr faint o wahaniaeth fydd colli tri milwr!' chwarddodd Taran yn heriol.

Teimlai Gwern fod Taran yn ceisio tanseilio'i awdurdod. Doedd o ddim am ildio i neb.

'Mae'n ddrwg gen i, Taran, ond dwi angen fy milwyr gorau. Bydd cyfle i chi chwilio am Tyrfech, ac Enid a Pedr wrth gwrs, wedi i ni drechu Aneirin a'i fyddin bitw, a dyna ddiwedd ar y mater.'

Ceisiodd Gwern beidio â gwenu. Teimlai fel brenin, yn gryf ac awdurdodol. Ond roedd fflamau'r canhwyllau wedi dechrau crynu, fel petaen nhw'n ymateb i'r tensiwn oedd i'w deimlo drwy'r neuadd. Gadawodd pawb y neuadd yn fuan wedyn, heb ddweud dim. Synhwyrai Gwern fod Taran yn teimlo'n ddig tuag ato, ond gwnâi'n siŵr y byddai'n ei wobrwyo am ei deyrngarwch ar ôl y frwydr.

Pan gyrhaeddodd Gwern a Gwenllian ystafell y brenin yn ddiweddarach y noson honno, roedd y ddau yn eu byd eu hunain. Dadwisgodd y ddau i gyfeiliant y tân yn clecian. Doedd Gwenllian byth mor dawel â hyn. Gwthiodd Gwern realiti'r sefyllfa i gefn ei feddwl gorbrysur a dringo i'r gwely.

Ymunodd hithau ag o, a chlosio ei chorff noeth ato. Rhoddodd ei freichiau o'i hamgylch.

'Mae'n naturiol fod Taran yn poeni am Tyrfech, ei fab,' sibrydodd Gwenllian wrtho.

'Wyt ti'n awgrymu nad ydw i'n poeni am fy mhlant i?'

'Nadw, wrth gwrs! Ond ella'i bod hi'n syniad da gyrru rhai i chwilio amdanyn nhw? Dwyt ti ddim isio croesi fy mrawd!'

'Mae hynny'n swnio fel bygythiad,' meddai Gwern.

'Ddim o gwbl, 'nghariad i, dim ond gair o gyngor,' atebodd Gwenllian gan wenu.

'Wyt ti'n mynd i fy mradychu?'

Diflannodd ei gwên. Rhowliodd Gwenllian oddi wrtho a throi ei chefn ato. 'Alla i ddim credu dy fod yn gofyn y fath beth!'

Roedd Gwern ar fin ymddiheuro am fod yn amheus ohoni pan ddaeth cnoc ar y drws.

'Y Brenin Gwern!' gwaeddodd Rheunant yr ochr arall i'r drws.

'Tyrd i mewn!'

Daeth Rheunant i mewn i'r ystafell. Roedd ei wyneb yn goch ac ofn yn llenwi ei lygaid.

'Maen nhw wedi cyrraedd.'

'Newyddion gwych o'r diwedd! Gad i mi wisgo, yna dwed wrth Owain am ddod ag Aneirin i'r Neuadd Fawreddog,' meddai Gwern. Roedd hi'n hen bryd iddo gyrraedd. O'r diwedd, roedd popeth yn disgyn i'w le.

'Mae'n ddrwg gen i, y Brenin Gwern, nid Aneirin sydd wedi cyrraedd. Mae llongau o Ynys y Gwynt yn agosáu at y ddinas,' meddai Rheunant yn nerfus.

Melltithiodd Gwern. Allai ddim credu fod trigolion Ynys y Gwynt yn ceisio ymosod arnyn nhw yn annisgwyl.

'Gwna'n siŵr fod popeth yn ei le, y milwyr a'r arfau. Gyrra'r Dynion Gwyllt i lawr i'r porthladd i groesawu ein gwesteion annisgwyl,' gorchmynnodd Gwern.

Gadawodd Rheunant yr ystafell yn sydyn. Cododd Gwern a dechrau gwisgo a dechreuodd Gwenllian wneud yr un peth.

'Arhosa di yma. Does dim angen i ti drafferthu,' meddai Gwern gan roi ei freichiau o amgylch canol Gwenllian. Rhoddodd gusan dyner iddi. 'Mae'n ddrwg gen i am fod mor amheus. Mi fydd y frwydr ar ben erbyn y bore!'

Siwan

MÔR Y MEIRW

Gostegodd y gwynt ond roedd y glaw yn dal i ymosod ar longau'r fyddin wrth iddyn nhw angori. Safai Siwan wrth ochr Bleddyn ym mlaen y llong. Gallai'r ddau weld amlinelliad arfordir Porth Wen drwy'r glaw. Doedd dim llawer o symud i'w weld yn y porthladd. Roedden nhw wedi llwyddo i dwyllo Gwern, gan gyrraedd ganol nos. Paratôdd y milwyr i fynd lawr at y cychod.

'Dwi'n dal i gredu y dylet ti aros ar y llong,' meddai Bleddyn.

'Fe fydda i'n fwy diogel 'da ti!' atebodd Siwan.

Doedd dim pwynt i Bleddyn ddadlau. Roedd Siwan wedi gwneud ei phenderfyniad a doedd dim newid ei meddwl i fod. Camodd Siwan i lawr yr ysgol raff ar ochr y llong. Roedd hi'n methu gweld llawer o dan ei helmed, yn enwedig â'r glaw yn tywallt i lawr. Bu bron iddi lithro ond llwyddodd i ddal ei gafael ar y rhaffau. Camodd i'r cwch rhwyfo ac eistedd yn y cefn gyda Bleddyn. Roedd tarianau yno'n barod, rhag ofn i saethau ymosod arnyn nhw o'r porthladd. Eisteddai hanner cant o filwyr yn y cwch enfawr. Cydrwyfai'r milwyr a eisteddai ar yr ochr gan gadw'r un rhythm.

Gallai Siwan glywed ei chalon yn curo a theimlo'r glaw yn treiddio drwy ei harfwisg i gymysgu â'r chwys ar ei chorff.

Edrychodd Bleddyn at y porthladd ond roedd bob man yn dywyll. Daeth mellten o'r awyr gan oleuo'r ynys am eiliad. Roedd eiliad yn ddigon. Disgwyliai cannoedd o filwyr yng nghysgodion anheddau'r ddinas, ac roedd mwy yn paratoi i anelu saethau at y cychod.

'Codwch eich tarianau!' gwaeddodd Bleddyn yn groch.

Tybiai Siwan fod holl gychod y fyddin wedi ei glywed. Cododd y milwyr eu tarianau gan warchod y rhwyfwyr hefyd. Cyflymodd y rhwyfo. Roedd popeth yn dywyll o dan y darian. Gallai Siwan glywed ei hanadl yn cyflymu a theimlai ei braich yn dechrau brifo wrth orfod codi'r darian drom dros ei phen. Rhoddodd Bleddyn ei law ar ei tharian hithau fel petai'n synhwyro'i bod hi'n brwydro. Am eiliad aeth popeth yn ddistaw. Anadlodd Siwan yn ddwfn.

Clywodd sŵn y saethau'n hedfan ac yna deimlo'r ergydion ar y tarianau fel cawr yn curo ar ddrws. Daeth bloedd o'r cwch wrth i saeth drywanu un o'r milwyr. Roedd y frwydr wedi dechrau. Rhwyfodd y milwyr yn gyflymach eto. Cynyddodd curiad calon Siwan wrth iddyn nhw agosáu at Borth Wen.

Daeth yr ail don o ergydion, a mwy o floeddio wrth i rai o'r saethau lanio yn yr holltau rhwng y tarianau. Roedden nhw mor agos at y porthladd.

'Barod!' gwaeddodd y Bwystfil. Gafaelodd y milwyr yn eu cleddyfau'n syth ar gyfer y frwydr. Trodd Bleddyn at Siwan. 'Arhosa'n agos ata i!'

Clywodd Siwan sŵn y cwch yn crafu ar y cerrig wrth iddyn nhw gyrraedd y lan. Daeth y cwch i stop. Ceisiodd Siwan guddio'i hofn ond doedd fawr o gysur iddi weld bod ofn yn llygaid Bleddyn hefyd.

Disgynnodd blaen y cwch i'r lan. Gollyngwyd y tarianau. Rhedodd y milwyr at y gelynion, ond saethau ddaeth i'w cyfarfod. Disgynnodd y milwyr yn y blaen i'r llawr. Camodd Bleddyn dros y cyrff. Dilynodd Siwan a gweddill y milwyr tra bod merched y Dynion Gwyllt yn paratoi i saethu eto. Ond roedd Bleddyn yn chwim. Daeth ei gleddyf i lawr ar bennau'r merched. Rhedodd milwyr Porth Wen tuag atyn nhw. Doedd dim amser i feddwl. Cododd Siwan ei chleddyf i amddiffyn ei hun. Gwelodd filwr yn rhedeg ati drwy'r storm o frwydro a chododd ei gleddyf yn barod i ymosod. Rhewodd Siwan. Daeth Bleddyn allan o nunlle, ei wthio i'r llawr a phlymio'i gleddyf i galon y milwr.

Tynnodd Siwan anadl ddofn. Teimlai fel petai amser yn arafu, ond doedd dim eiliad i'w golli. Cofiodd gyngor Bleddyn i ganolbwyntio. Cododd ei chleddyf. Trechodd un milwr ac wedyn un arall. Ond roedd gormod ohonyn nhw. Gwelodd saethau o dân yn hedfan drwy'r awyr gan lanio ar rai o'r llongau. Clywodd gleddyfau'n taro a milwyr yn bloeddio. Dyma oedd erchylltra rhyfel. Gorweddai cannoedd o gyrff ar dir y porthladd ac roedd y môr yn goch gan waed byddin y Pedair Ynys. Teimlai'n anobeithiol ac yn yr eiliad honno daeth milwr y tu ôl iddi. Clywodd Siwan grawc. Trodd i wynebu'r milwr oedd yn gweiddi'n wyllt. Roedd Brân yn chwifio'i adenydd ac yn pigo'r milwr gyda'i big. Rhoddodd hynny gyfle i Siwan blymio'i chleddyf rhwng ei asennau. Disgynnodd y milwr a hedfanodd Brân i ffwrdd cyn i Siwan gael cyfle i ddiolch iddo.

Teimlai'n fwy penderfynol nag erioed. Doedd hi ddim am fod yn faich i Bleddyn a Brân. Doedd hi ddim am i neb ei hachub hi. Roedd hi'n mynd i achub y Pedair Ynys.

Gwern

YNYS WEN

Edrychai Gwern i lawr ar y ddinas o'r castell. Yn y tywyllwch, gallai weld y llongau'n wenfflam ar hyd Môr y Meirw a chlywed y bloeddio a'r brwydro o'r porthladd. Roedd y brenin yn falch ei fod yn bell o'r frwydr ac yn ddiogel y tu ôl i furiau'r castell. Daeth Taran ato.

'Pa newyddion o'r porthladd?' gofynnodd Gwern.

'Mae popeth dan reolaeth. Mi fydd y frwydr ar ben erbyn iddi wawrio,' atebodd Taran. 'Dwi'n credu y dylen ni ymuno â'r frwydr!'

Rhewodd Gwern. Doedd arno ddim awydd ymladd.

'Mae'n bwysig fod y milwyr yn gweld eu brenin yn ymladd efo nhw!'

'Mae'n bwysig fod y brenin yn aros yn fyw!' atebodd Gwern.

'Mi wna i dy amddiffyn di. Dwi'n ysu i ymladd ac yn credu y dylet ti ddangos dy wyneb hefyd,' ymbiliodd Taran.

Myfyriodd Gwern am eiliad. Doedd o ddim eisiau ymddangos fel llwfrgi, ond doedd o erioed wedi bod mewn brwydr o'r blaen. Camodd Taran ato.

'Paid â phoeni, mi fydda i wrth dy ochr di, drwy'r amser.'

'Dwi ddim angen i ti edrych ar fy ôl i,' meddai Gwern gan droi at ei gyfaill a chyhoeddi'n hyderus, 'Tyrd! Beth am ddangos grym Gwern a Taran i weddill y Pedair Ynys!'

Pan gamodd Gwern drwy ddrws y castell daeth ton o ofn drosto wrth i'r glaw dywallt i lawr. Roedd Maes y Brenin yn wag. Wrth i Gwern, Taran a rhai o warchodwyr y castell agosáu at y brwydro, cynyddodd sŵn y bloeddio a chynyddodd curiad calon y brenin hefyd. Gafaelodd yn ei gleddyf yn barod am beth bynnag a ddeuai. Edrychodd at Taran. Roedd tân yn ei lygaid a gwên ar ei wyneb. Edrychai wedi cyffroi wrth iddo gael cyfle i ymladd. Doedd dim tân yn llygaid Gwern, dim ond pilipala aflonydd yn ei fol.

Oedodd Gwern pan gyrhaeddodd y porthladd wrth weld yr olygfa erchyll. Gorchuddiwyd y cerrig â blanced o gyrff, wrth i'r brwydro barhau o'u hamgylch. Roedd hi ar fin gwawrio a'r awyr yn cochi, ond roedd y glaw'n dal i ddisgyn. Dymunai fod yn ôl yn ei ystafell ym mreichiau Gwenllian. Ysgydwodd ei ben. Roedd rhaid iddo ymladd. Doedd dim llawer o fyddin y Pedair Ynys ar ôl beth bynnag.

'Y Brenin Gwern!' gwaeddodd un o filwyr Afarus oedd â gwaed dros ei arfwisg. Trodd llawer i edrych arno tra bod y gweddill yn rhy brysur yn ymladd.

'Hwrê!' gwaeddodd rhai.

'O'r diwedd!' gwaeddodd eraill.

'Amser dangos ein grym, gyfaill,' meddai Taran cyn rhedeg i ymuno â'r brwydro. Rhedodd gweddill milwyr y brenin ar ei ôl. Roedd Gwern wedi ei barlysu.

Daeth sŵn y tu ôl iddo. Trodd i weld Rheunant, Gwenllian a milwyr yn rhedeg tuag ato.

'Mae Owain wedi cyrraedd!' cyhoeddodd Rheunant gan geisio cael ei wynt ato.

'Pam dod â Gwenllian i lawr yma?!' gofynnodd Gwern yn flin.

'Mae Owain wedi'n bradychu. Mae Aneirin ac yntau wedi

hawlio'r castell. Mi gyrhaeddon nhw'n syth ar ôl i chi adael,' meddai Gwenllian gan glosio ato. Roedd Gwern yn methu deall.

'Mae eu milwyr ar eu ffordd, eich Mawrhydi,' meddai Rheunant.

Crebachodd Gwern yn hogyn bach. Teimlai fel Maelgwn, mae'n rhaid, cyn ei lofruddiaeth.

'Beth allwn ni wneud? Ble allwn ni fynd?' gofynnodd, ei lais yn crynu.

Ond doedd nunlle i fynd. Ymddangosodd Aneirin rhwng yr anheddau. Cerddai cannoedd o filwyr y tu ôl iddo. Trodd Gwern, Rheunant a milwyr Ynys Afarus i'w hwynebu. Rhedodd Gwenllian i nôl cleddyf un o'r meirw ar y llawr cyn sefyll gyda'r rhes o filwyr yn barod i ymladd. Brasgamodd Aneirin yn hyderus tuag atyn nhw gydag arfbeisiau holl ynysoedd y Pedair Ynys ar ei frest. Llyncodd Gwern ei boer. Roedd hi'n fore, ac megis dechrau oedd ei frwydr yntau.

SIWAN

YNYS WEN

Roedd synau'r frwydr yn fyddarol. Gwthiodd Siwan yr holl synau o'i meddwl. Gwyddai fod byddin Gwern yn ennill y frwydr a dim ond goroesi oedd ar ei meddwl nawr. Roedd yr holl beth mor aneglur. Teimlai fel pysgodyn wedi ei ddal mewn rhwyd yn brwydro gyda gweddill y pysgod i ddianc yn ôl i'r môr, yn ôl adre.

Gwelodd Siwan wyneb cyfarwydd rhwng brwydro'r milwyr. Disgynnodd Dyfan i'r llawr. Safai dau filwr uwch ei ben yn barod i ymosod. Cododd Dyfan yn sydyn ac ymladd, ond roedd dau yn erbyn un. Ar hynny clywodd Siwan floedd.

'Y Brenin Gwern!'

Trodd i weld Gwern yn sefyll ar gyrion y frwydr, yn edrych ar yr olygfa frawychus. Edrychodd yn ôl at Dyfan. Roedd o'n colli'r frwydr, ac yn ymladd am ei fywyd. Ymosododd milwr arni a thaflwyd Siwan yn ôl i ganol y frwydr. Llwyddodd i'w hamddiffyn ei hun a threchu'r milwr ar ôl brwydro'n hir. Trodd ei sylw at Gwern eto, ond roedd rhywbeth yn ei thynnu i'r cyfeiriad arall. Clywodd floedd Dyfan – roedd craith enfawr ar ei fraich a gwaed yn tasgu ohoni. Cariodd yn ei flaen i frwydro, ond roedd pethau'n anobeithiol. Rhedodd Siwan drwy'r cyrff tuag ato.

Cyrhaeddodd Siwan mewn pryd. Tarodd ei chleddyf yn

erbyn cleddyf un o filwyr Afarus. Cododd Dyfan ar ei draed i ymladd, yn ddiolchgar am y cymorth. Brwydrodd y ddau yn erbyn y gelynion. Roedd y ddau filwr yn dalach ac yn gryfach, ond roedd Siwan a Dyfan yn fwy chwim. Llwyddon nhw i osgoi yr ergydion. Trechodd Siwan un milwr. Nawr, roedd hi'n ddau yn erbyn un. Ymosododd Siwan a Dyfan ar y milwr ar yr un pryd. Taflwyd Siwan i'r llawr. Disgynnodd ei helmed a rhowlio i ffwrdd i ganol y cyrff llonydd. Wrth godi ei phen i edrych ar Dyfan, roedd y milwr ar fin disgyn. Roedd Dyfan wedi ei drechu o. Edrychodd arni, mewn penbleth.

'Siwan?'

Daeth mwy o filwyr i frwydro. Roedd hi'n hunllef ddiddiwedd. Disgynnodd milwyr y Pedair Ynys fesul un. Sylweddolodd Siwan ei bod hi a Dyfan wedi eu hamgylchynu gan filwyr. Ochneidiodd Siwan. Roedd ei thaith yn ôl adref yn ofer. Meddyliodd am Aneirin, oedd wedi hwylio i'w farwolaeth oherwydd Dyfan, y dyn roedd hi newydd ei achub.

'I ble mae pawb yn mynd?' holodd Dyfan.

Edrychodd Siwan y tu hwnt i'r milwyr oedd yn eu hamgylchynu. Roedden nhw'n rhuthro yn ôl tuag at y ddinas.

'Yn ôl i'r ddinas! Mae'r brenin mewn perygl!' gwaeddodd un.

Wyddai Siwan ddim beth oedd yn digwydd. Roedd sylw pawb wedi troi at y ddinas. Yn sydyn ymddangosodd Bleddyn o nunlle a neidiodd i mewn i'r cylch at Siwan a Dyfan gan drechu dau filwr yr un pryd. Daeth llygedyn o obaith yn ôl i Siwan. Gallai weld yr ofn yn llygaid y milwyr wrth weld Bleddyn yn gawr yn eu canol. Edrychai mor drawiadol, gyda'i arfwisg wedi ei pheintio â gwaed ei ddioddefwyr.

'Ai dyma'r gorau sydd gyda chi? Dwi moyn mwy!' gwaeddodd Bleddyn ar y milwyr. Edrychodd y milwyr ar ei gilydd wedi dychryn. Dechreuodd rhai redeg at y ddinas. Dilynodd y gweddill. Doedden nhw ddim eisiau addurno arfwisg y Bwystfil.

Wrth i'r tri gael eu gadael ar y cerrig am eiliad, roedd posib iddyn nhw gymryd seibiant rhag y brwydro.

'Bleddyn, beth sy'n digwydd yn y ddinas?' gofynnodd Siwan iddo.

Trodd Bleddyn ati. Roedd ei lygaid yn frawychus. Edrychai fel dyn gwyllt. Newidiodd ei lygaid o fod yn ffyrnig i fod yn warchodol wrth iddo edrych ar Siwan.

'Mae'r llanw'n troi!' atebodd Bleddyn. 'Dewch!'

Roedd y Bwystfil yn ei elfen, yn gawr yng nghanol dynion pitw. Yma ar faes y gad, roedd pawb yn fwystfilod. Rhuthrodd tuag at y ddinas, tuag at yr ymladd. Edrychodd Siwan a Dyfan ar ei gilydd, cyn rhedeg i'w ddilyn. Y lle mwyaf diogel oedd wrth ochr y Bwystfil.

Gwern

YNYS WEN

Safai Gwern yn wynebu Aneirin a'i fyddin, wrth i'r frwydr fynd rhagddi'r tu ôl iddo. Roedd y llanw wedi troi, gan ddod â chyrff y meirw i'r lan. Teimlai Gwern y waliau'n cau amdano. Roedd wedi ei amgylchynu gan filwyr. Erbyn hyn, roedd nifer byddin Aneirin yn fwy nag un Gwern. Ond roedd gan Gwern Taran. Gwyddai y byddai ei ffrind yn aros wrth ei ochr, a safai Gwenllian yno'n gafael mewn cleddyf. Edrychai'n barod am y frwydr, yn llawer mwy parod nag yr oedd ef.

Yn syth o'i flaen, roedd byddin Aneirin yn agosáu, a'i harweinydd yn anelu'n syth amdano. Rhewodd Gwern. Teimlodd ddŵr yn disgyn i lawr ei goesau a chaeodd ei lygaid mewn cywilydd. Diolchodd fod y glaw'n dal i ddisgyn, i guddio'r ddamwain. Clywodd floedd wrth ei ochr. Pan agorodd ei lygaid, roedd Taran a gweddill y milwyr yn rhedeg i gyfarfod byddin Aneirin. Arhosodd Gwern yn ei unfan, y byd fel petai'n chwyrlïo o'i gwmpas. Y fath gywilydd a siom. Roedd o wedi derbyn, o'r diwedd, mai llwfrgi oedd o.

Ceisiodd ddianc rhag y frwydr, ond roedd byddin Aneirin ym mhob man. Cododd ei gleddyf i'w amddiffyn ei hun. Gwelodd ddyn yn neidio dros gyrff ar y llawr, ei gleddyf yn yr awyr a'r glaw yn tywallt. Glaniodd o flaen y brenin. Aneirin.

'Aneirin, nid fy nghynllun i oedd o! Wir! Mae'n rhaid i ti fy nghoelio i...' plediodd Gwern wrth gamu'n ôl.

Trodd i weld a oedd rhywle i ddianc, a gwelodd dri milwr yn cerdded, gyda chyrff y meirw wedi gwasgaru tu ôl iddyn nhw. Gwyddai pwy oedd un. Roedd pawb yn gwybod pwy oedd Bleddyn y Bwystfil. Doedd o ddim yn nabod y llall ond roedd yr wyneb yn gyfarwydd. Cafodd fraw pan sylweddolodd pwy oedd hi. Roedd teulu Peredur o Ynys Wen wedi dod at ei gilydd i ddial arno.

'Taran oedd y tu ôl i bopeth!' ychwanegodd y brenin, oedd yn teimlo mor fach.

Edrychodd o gwmpas am lygedyn o obaith. Ble oedd Taran a Rheunant i'w achub? Yng nghanol y brwydro, gallai weld Taran a Gwenllian. Gafaelodd Taran yn llaw ei chwaer ac edrychodd y ddau i fyw llygaid Gwern. O'r diwedd, roedd ei ffrind wedi sylweddoli ei fod mewn perygl. Disgwyliodd Gwern iddyn nhw ruthro ato. Dyma'r gobaith, meddyliodd, ond pharhaodd y teimlad ddim yn hir. Trodd Taran a Gwenllian i'r cyfeiriad arall a diflannu yn y dorf o filwyr, yn cael cymorth gan y Dynion Gwyllt. Edrychodd Gwern ar y cyrff o'i flaen a gweld Rheunant yn gelain ar y llawr. Gorweddai mewn pwll o goch a'i lygaid a'i geg yn llydan agored. Roedd Gwern ar ei ben ei hun.

'Dywedodd Owain bopeth wrtha i, y ffordd wnest ti hollti gwddf fy nhad a lladd aelodau o'i Gyngor ar Ynys Wen,' meddai Aneirin drwy ei ddannedd, yn agosáu ato gyda phob cam.

'Hy, ddywedodd o ei fod o'n rhan o'r cynllun?'

'Dwi'n gwybod pam ei fod e'n rhan o'r cynllun!' atebodd Aneirin.

'Syniad Taran oedd hynny! Doedd gen i ddim syniad!' plediodd Gwern.

'Dylwn i dy ladd di yma, fel wnest ti ladd fy nhad!'

Disgynnodd Gwern ar ei liniau a'r cleddyf ar y cerrig wrth ei ymyl. Caeodd ei lygaid, y dagrau'n llifo. Roedd o wedi derbyn ei ffawd.

'Ond, fe gei brawf am dy bechodau. Cei bydru mewn cell tan hynny!'

Agorodd Gwern ei lygaid. Roedd Aneirin yn agos ac yn barod i estyn i lawr i'w gymryd fel carcharor. Gwelodd Gwern ei gyfle. Gafaelodd yn ei gleddyf a'i chwifio at fol Aneirin. Tarodd y cleddyf yn galed gan hollti ei groen. Griddfanodd Aneirin mewn poen. Rhedodd Gwern i gyfeiriad y ddinas. Teimlodd obaith unwaith eto, am eiliad, cyn iddo deimlo'r boen fwyaf erioed. Stopiodd yn ei unfan a disgyn i'r llawr. Prin y gallai anadlu. Clywodd draed yn agosáu. Tynnwyd rhywbeth o'i gefn. Bloeddiodd mewn poen. Trodd ar ei gefn. Roedd Siwan yn plygu drosto gyda dagr gwaedlyd yn ei llaw ac aderyn du yn hofran uwch ei phen. Roedd hanner gwên ddieflig ar ei hwyneb, ond eto gallai weld tristwch yn ei llygaid.

'Alla i ddim dweud faint dwi wedi aros am hyn. Mae hyn i 'nhad, i Dorcas ac i Maelgwn!'

Daeth cryndod yn ei llais wrth iddi adrodd enw ei brawd. Cododd ei dagr yn araf bach cyn hollti gwddf Gwern fel petai'n torri darn o fara. Llifodd y gwaed fel y glaw ar gerrig coch Porth Wen, ac wrth i bopeth fynd yn ddu i Gwern, gostegodd y glaw a gwawriodd yr haul dros y Pedair Ynys.

Rhan 6

Ogof Tywyllwch

Enid

Y MÔR ANHYSBYS

Eisteddai Enid, Gwydion a Tyrfech fab Taran yn y cwch. Doedd yr un ohonyn nhw mewn hwyliau da wrth rwyfo drwy'r niwl. Synnai Enid fod milwyr y Tiriogaethau Rhydd heb ddod ar eu holau. Styriodd rhywbeth yn y môr y tu ôl iddyn nhw ac ymddangosodd pen Gwymon o'r dŵr gyda thri pysgodyn yn crynu yn ei ddwylo a gwên ddireidus ar ei wyneb.

'Diolch byth! Dwi'n llwgu,' meddai Tyrfech dan ei wynt.

Doedd Enid na Gwydion wedi dweud dim ers gadael y Tiriogaethau Rhydd. Ceisiai Enid beidio meddwl am Smwt, ond roedd hynny bron yn amhosib. Faint mwy o farwolaethau fyddai ar y siwrnai, tybed? Edrychodd yn ôl ar Gwydion – roedd y dewin wedi bod yn edrych arni'n rhyfedd ar hyd y daith o'r lan.

'Ydych chi'n mynd i ddweud rhywbeth?' gofynnodd Enid yn flin.

Petrusodd Gwydion cyn dechrau ateb, 'Pan...'

Neidiodd Gwymon o'r dŵr gan lanio yn y cwch. Disgynnodd y pysgod wrth eu traed yn glep, gan dorri ar draws Gwydion.

'Cinio!' cyhoeddodd y creadur.

Diolchodd pawb iddo, ond doedd dim brwdfrydedd yn eu lleisiau. Roedden nhw wedi bod yn rhwyfo ers cwpwl o ddyddiau a'r oll roedden nhw wedi'i fwyta oedd pysgod. Ond doedd fiw i neb gwyno, roedd yn well na dim. Doedd hi ddim yn hawdd bwyta'r pysgod yn amrwd, ond doedd dim dewis arall.

Ar ôl dioddef ei chinio, parhaodd Enid i eistedd mewn distawrwydd, ei gwefusau wedi'u gorchuddio â heli'r môr. Roedd y môr yn llonydd fel drych yn y niwl. Doedd dim tir o'u cwmpas, ond roedd Enid yn hyderus fod Gwydion yn gwybod y ffordd.

'Enid?' galwodd Gwydion arni i ymuno ag o yng nghefn y cwch.

Cododd Enid a dringo i'r cefn. Eisteddodd wrth ymyl yr hen ddyn, gan wynebu cefnau Gwymon a Tyrfech.

'Pan daflwyd Shadrach i'r llawr, wnes i ddim defnyddio hud,' meddai'r dewin.

Edrychodd Enid arno'n syn. 'Dwi ddim yn deall.'

'Dwi ddim wedi adrodd stori Calrach a fi yn ei chyfanrwydd i ti,' dechreuodd Gwydion. 'Roedd o'n fwy na ffrind i mi. Roedden ni'n frodyr, ac mi oedd gennon ni ddwy chwaer, Ceridwen a Gwawr. Roedd pob un ohonon ni'n edrych ar ôl ynys, ac mi wnes i symud i Afarus pan o'n i'n ifanc iawn. Calrach oedd yn frenin, oherwydd mai fo oedd yr hynaf. Ni oedd y pedwar dewin olaf, ond doedd yr un ohonon ni'n gallu cael plant, heblaw am Calrach.'

'Felly, mi oeddech chi'n genfigennus?' holodd Enid.

'Cenfigennus? Nac o'n, ro'n i'n hapus fod Calrach yn gallu cael plant. Ro'n i'n caru'r hogyn bach.'

'Be ddigwyddodd?'

'Roedd y teulu i gyd draw yn Afarus, fy ynys i. Pan oedd Calrach a'i wraig yn dod draw, roedden nhw'n hoff o eistedd wrth droed Mynydd Dantus yn edrych allan ar y môr,' meddai Gwydion. 'Un bore, ro'n i'n edrych ar ôl Pedr…'

'Pedr?'

'Dyna oedd enw mab Calrach. Dim ond tair oed oedd o. Roedden ni yn ystafell uchaf y palas. Llwyddodd Pedr i ddringo at y ffenestr a disgynnodd yr holl ffordd i lawr a marw'n syth.'

Wyddai Enid ddim beth i'w ddweud. Gallai weld pa mor anodd oedd hyn i Gwydion.

'Roedd Calrach yn credu 'mod i wedi ei wthio'n fwriadol. Roedd o'n meddwl 'mod i'n genfigennus, a phan ochrodd fy chwiorydd efo fi aeth o'n wallgo a doedd o ddim yn ymddiried yn neb. Dechreuodd ladd pobl ddiniwed, a phlant hefyd. Pan es i, Ceridwen a Gwawr i'w wynebu, doedd dim rhesymu ag o. Ymosododd Calrach ar y tri ohonon ni. Roedd o'n ddewin pwerus, yn rhy bwerus i ni. Lladdwyd Ceridwen a Gwawr, ond mi lwyddais i i'w barlysu. Ro'n i'n methu ei ladd, felly mi wnes i ei gloi yn Ogof Tywyllwch, fel nad oedd o'n gallu achosi mwy o niwed i neb.'

Roedd saib wrth i Enid brosesu'r stori ac wrth i Gwydion gael ei wynt ato. Gallai Enid weld yn ei wyneb ei fod o'n ail-fyw popeth yn ei feddwl.

'Gofynnaist ti wrtha i pam wnes i ddim ei ladd o. Roedd o'n frawd i mi, ac mi ro'n i'n teimlo mai fy mai i oedd marwolaeth Pedr. Ond roedd hynny'n gamgymeriad. Dylwn i fod wedi ei ladd,' meddai Gwydion yn drist.

'Ddim eich bai chi oedd o,' atebodd Enid gan geisio'i gysuro.

'Pan gyrhaeddais yn ôl o Ynys Trigo, roedd gwraig Calrach, Angharad, yn Afarus, wedi dianc rhag dicter pobl Ynys Wen. Roedd ei bol wedi tyfu'n belen. Doedd Calrach ddim yn gwybod ei bod yn disgwyl babi arall. Yn y diwedd aeth popeth yn ormod iddi, a bu farw ar enedigaeth y plentyn.'

'Be ddigwyddodd i'r plentyn?'

'Rhoddais y babi i gwpwl ifanc yn Dantus a diflannodd unrhyw dras o hud am amser hir iawn.'

'Pam ei fod o wedi dychwelyd rŵan?'

'Mae Calrach wedi llwyddo i ddianc o Ogof Tywyllwch heb adael yr ogof,' atebodd Gwydion.

'Dydy hynny ddim yn gwneud unrhyw synnwyr!'

'Dwi'n gwybod. Ond am ryw reswm roedd atyniad at dy frawd.'

'Pedr, yr un enw ella?' dyfalodd Enid.

'Yr un gwaed, dwi'n amau,' meddai Gwydion.

Doedd bosib fod yr hyn roedd Gwydion yn ei ddweud yn wir? Roedd gwaed dewin yn perthyn i'w brawd? Yn perthyn iddi hi?

'Fel ddwedais i, wnes i ddim defnyddio hud ar Shadrach. Ond mi wnaeth rhywun.'

Agorodd Enid ei cheg mewn anghrediniaeth lwyr. Carlamodd ei meddwl fel ceffylau gwyllt Afarus. Roedd hi wedi teimlo rhywbeth yn gadael ei chorff yn yr eiliad y sgrechiodd ar Shadrach gyda'i holl nerth. Roedd hi'n methu credu'r peth.

'Mae gwaed Calrach yn llifo drwy dy wythiennau; fy ngwaed i. Mae yntau'n llifo drwy waed dy dad, neu dy fam,' cyhoeddodd Gwydion fel petai mewn seremoni, ond roedd hyn i gyd yn gwneud i Enid deimlo'n anniddig.

'Pam mae Calrach angen Pedr?' gofynnodd Enid.

'Dwi'n tybio mai eisiau cymorth i ddianc o'r ogof mae o, neu isio i mi frathu ar yr abwyd. Dwi'n dyfalu mai'r ail reswm sy'n gywir, sy'n esbonio pam bod fy enw ar wal ystafell dy frawd!'

'Felly, mae Calrach yn ein disgwyl? Be ddylen ni wneud?'

'Mi fydd Pedr wedi ei gloi yno am byth, os nad ydyn ni'n mynd yno i'w achub. Yr unig ffordd i Calrach allu dianc ydy os ydw i'n datgloi'r swyn neu... os ydw i'n... marw,' meddai Gwydion.

Trodd Enid i edrych ar wyneb Gwydion. Edrychai'n hen a diobaith, fel petai'n rhwyfo i'w farwolaeth.

'Ddylen ni ddim mynd,' meddai Enid. Trodd Gwydion i'w hwynebu.

'Be!? Ar ôl erfyn yn ddiddiwedd arna i dy helpu di, rŵan ti'n newid dy feddwl!?' rhythodd Gwydion arni.

'Ond, fedra i ddim gadael i chi...' dechreuodd Enid, ond allai hi ddim dweud y gair.

'Dwi'n ddiolchgar dy fod yn poeni amdana i ond mae'n rhaid i hyn ddigwydd. Mae'n rhaid i mi ddad-wneud fy nghamgymeriad. Dwi'n poeni llai rŵan fy mod i'n gwybod dy fod di'n ddewin!'

Adleisiodd y geiriau yn ei phen. Dewin. Ar ôl blynyddoedd o glywed chwedlau am ddewiniaid, cewri ac angenfilod rhyfedd, roedd hi wrthi'n creu ei chwedl ei hun.

Cliriodd y niwl yn raddol.

'Tir!' gwaeddodd Tyrfech.

'Ynys Trigo!' cyhoeddodd Gwydion.

Cododd Enid ar ei thraed i edrych ar y tir anial oedd yn ymgripio o'r môr ac yn arwain at goedwig dywyll. Tybed pa angenfilod rhyfedd a pheryglus oedd yn eu disgwyl yn y goedwig? Ond gwyddai mai y tu hwnt i'r goedwig roedd y perygl mwyaf.

ANEIRIN

YNYS WEN

Disgynnodd Aneirin ar ei bengliniau ar y cerrig caled, yn syth ar ôl i Gwern gymryd ei anadl olaf. Rhoddodd ei law ar ei asennau. Roedd gwaed yn llifo ar ôl ergyd annisgwyl Gwern. Edrychodd o'i gwmpas a gweld yr holl gyrff llonydd ar hyd y porthladd. Ffrindiau a gelynion. Rhuthrodd Siwan ato.

'Aneirin!'

'Paid poeni amdana i, Siw, fydda i'n iawn,' atebodd Aneirin. Ond roedd ei wyneb yn wyn a'i anadl yn llafurus.

Cerddodd Bleddyn at gorff milwr a thorri darn o ddefnydd ei drowsus oddi arno. Daeth y Bwystfil atyn nhw a rhoi'r defnydd i Aneirin.

'Rho bwyse arno. Awn ni â ti i'r castell,' meddai Bleddyn.

Rhoddodd Bleddyn a Siwan eu breichiau o amgylch Aneirin a'i helpu i gerdded ar y cerrig tuag at y ddinas. Roedd pob cam yn boenus, ond ceisiai beidio dangos hynny. Wrth gerdded yn araf dros y cerrig coch gan geisio osgoi'r cyrff, sylwodd Aneirin ar y milwyr oedd ar eu gliniau, a'u dwylo ar eu pennau, wedi ildio. Bydden nhw'n cael carchar am ddilyn gorchmynion pobl oedd, yn ôl y drefn, yn fwy pwysig na nhw. Roedd Aneirin wastad wedi meddwl fod bywyd yn annheg.

Daeth Gwilym a Pwyll o fyddin y Pedair Ynys i'w cyfarfod, yn waed drostyn nhw.

'Wnest ti gymryd dy amser! Gadael i dy chwaer ymladd drostot ti,' meddai Gwilym gyda chrechwen. 'Mae hi'n fwy o ddyn na ti!'

Rhythodd Siwan arno.

'Mae'n ddrwg 'da fi. Roedd hi'n siwrnai hir o'r Pig,' atebodd cyn i Siwan gael cyfle i ymateb.

'Mi wnest ti'n hachub ni. Alla i ddim credu fod Owain wedi aros yn driw i ti!' ychwanegodd Pwyll.

'Ble mae'r Arglwydd Taran?' gofynnodd Siwan.

'Mae e wedi llwyddo i ddianc gyda rhai o'r Dynion Gwyllt. Mae'n debyg ei fod wedi paratoi am bopeth!' atebodd Pwyll.

'Mae'n rhaid i ni fynd ar eu holau!' meddai Siwan ar bigau drain.

'Fydde hynny ddim yn ddoeth. Fe ddaw'r amser i Taran dalu am ei bechodau. Mae'n rhaid i ni orffwys am nawr,' meddai Bleddyn.

Dechreuodd y criw gerdded tuag at y ddinas. Aeth Gwilym i'r cefn i siarad â Dyfan tra bod Pwyll yn cerdded wrth ochr Bleddyn, Siwan ac Aneirin.

'Mae'r orsedd yn aros amdanat ti, Aneirin,' meddai Pwyll â gwên ar ei wyneb.

'Pa groeso fydd yma i mi? Roedd pobl Ynys Wen yn fwy na pharod i gael gwared o 'nhad!' meddai Aneirin gan riddfan mewn poen.

Doedd Pwyll ddim yn gwybod beth i'w ddweud. Yr oll allai Aneirin glywed oedd cleifion yn gweiddi mewn poen a milwyr yn ceisio'u cysuro. Wrth geisio anwybyddu'r griddfan, clywodd lais cyfarwydd. Stopiodd Aneirin yn ei unfan.

'Ydw i'n mynd i fod yn iawn?' meddai'r llais, yn crynu o ganol y cyrff.

'Ti'n iawn?' gofynnodd Siwan i Aneirin.

Edrychodd Aneirin yn ei flaen a gweld milwr yn rhoi pwysau ar goes dyn ifanc. Sylweddolodd mai Gruff oedd o. Datgymalodd ei hun o afael Bleddyn a Siwan a rhuthro ato.

'Aneirin!' gwaeddodd Siwan.

Anwybyddodd Aneirin hi. Anwybyddodd y boen oedd yn gweiddi yn ochr ei fol. Camodd dros y cyrff a chyrraedd Gruff. Disgynnodd ar ei liniau a gafael ynddo'n dynn.

'Gruff, dwi yma nawr, fyddi di'n...' oedodd Anerin wrth edrych lawr a gweld mai dim ond hanner ei goesau oedd ar ôl. Roedd gwaed yn llifo o'i gorff hefyd. Roedd milwr yn trio popeth i'w arbed rhag y boen, ond roedd pethau'n edrych yn anobeithiol.

'Ody e'n ddrwg?' gofynnodd Gruff â dagrau yn ei lygaid. Crynai ei gorff fel pysgodyn o'r dŵr oedd ar fin marw.

'Edrych arna i, Gruff. Dwi yma gyda ti,' meddai Aneirin. Roedd dagrau'n llifo lawr ei fochau yntau erbyn hyn, ond roedd ei boenau wedi eu disodli gan y boen o wybod fod ei Gruff annwyl ar fin gadael.

'Gawn ni fynd yn ôl i'r Angor?' gofynnodd Gruff.

'Cawn siŵr. Awn ni'n ôl i'r Angor, i orwedd yn yr ystafell i fyny'r grisiau, fi a ti.'

Edrychodd Aneirin ar y milwr oedd wedi stopio ceisio trin ei goesau erbyn hyn. Ysgydwodd ei ben ar Aneirin. Cododd y milwr a cherdded i ffwrdd i chwilio am rywun arall i geisio'i achub.

Edrychodd Aneirin i lawr ar Gruff a rhoddodd gusan ar ei dalcen. Gallai deimlo llygaid beirniadol pawb yn edrych arno, ond doedd o ddim yn poeni.

'Dwi'n dy garu di, Gruff.'

'Dwi angen help i redeg yr Angor, Aneirin,' meddai Gruff. Roedd ei gorff yn gwanio, yn dechrau ildio. Roedd ei lygaid yn cau yn araf bach a'r crynu wedi peidio.

'Fe wna i helpu,' atebodd Aneirin. Yn ei lais o roedd y cryndod erbyn hyn.

Gafaelodd yn dynn yn Gruff wrth i'w gorff fynd yn llipa. Doedd o ddim eisiau gollwng. Roedd o'n ysu i fod yn ôl yn Nhraeth Coch ac fe ddiawliodd ei hun am deimlo cywilydd am eu perthynas. Edrychodd ar wyneb Gruff am un tro olaf cyn codi ar ei draed. Roedd pawb yn edrych arno. Cwffiodd yr ysfa i weiddi arnyn nhw. Dechreuodd gerdded yn herciog tuag at y ddinas. Daeth Siwan a Bleddyn bob ochr iddo i'w helpu. Er y golled, er yr unigrwydd, doedd Aneirin ddim ar ei ben ei hun.

ENID

YNYS TRIGO

Ar gyrion y goedwig, oedodd Gwymon. Daeth Enid y tu ôl iddo.

'Gwymon?' Neidiodd y creadur. Roedd golwg nerfus ar ei wyneb, yn wahanol i'r arfer. 'Wyt ti'n iawn?' gofynnodd Enid.

'Wedi blino, dyna'r cwbl,' atebodd Gwymon.

'Rwyt ti wedi bod yn gymorth mawr i ni, does dim rhaid i ti ddod dim pellach!' Gwenodd Gwymon arni'n simsan cyn camu o dan gysgod iasol y goedwig.

Oedodd Enid i edrych heibio'r tir anial, lle roedd y cwch yn gorwedd o flaen y môr. Wyddai hi ddim ai wedi nosi oedd hi ynteu oedd hi'n dywyll drwy'r amser ar yr ynys hon. Trodd ei sylw'n ôl at y goedwig ddu ac at y golau oedd yn disgleirio o dop ffon Gwydion. Gallai weld Tyrfech ap Taran wrth ei ochr a Gwymon yn ddistaw y tu ôl i'r ddau. Rhuthrodd ar ôl y tri.

'Dwi erioed wedi bod mewn lle mor... rhyfedd,' sibrydodd Tyrfech gan edrych o'i gwmpas yn wyliadwrus.

'Mae hud yn perthyn i'r lle 'ma,' atebodd Gwydion cyn troi i edrych ar Enid fel petai'n ei rhybuddio. 'Hud tywyll iawn.'

Cofiodd Gwydion am y tro diwethaf iddo fod yma, pan roddodd Calrach dan glo yn y tywyllwch. Daeth atgofion y diwrnod hwnnw fel ton o dristwch drosto.

Doedd fawr ddim sŵn yn y goedwig, dim ond siffrwd byd

natur o'u cwmpas. Gallai Enid deimlo llygaid yn edrych arni, er y tywyllwch. Meddyliodd am Pedr ar ei ben ei hun mewn lle mor arswydus, mor bell o adref. Camodd y pedwar yn araf drwy'r goedwig, ddim eisiau aflonyddu ar unrhyw angenfilod oedd yn byw yno.

Yn sydyn daeth y pedwar at agoriad. Safai un goeden unig yng nghrombil y goedwig â brigau fel cyllyll miniog yn pwyntio atyn nhw a cheubren tywyll yn ei chanol. Roedd niwl yn amgylchynu'r goeden.

'Dyma ni, y drws i Ogof Tywyllwch!' meddai Gwydion. Dechreuodd Gwydion gerdded tuag at y goeden.

'Gwydion!' galwodd Enid. 'Does dim brys.'

Gwyddai Enid beth fyddai camu mewn i Ogof Tywyllwch yn ei olygu i dynged y dewin.

'Mae gen i fwy o gwestiynau,' meddai Enid.

Rhoddodd Tyrfech ei law ar ysgwydd Gwymon a rhoi arwydd iddo i ddod i eistedd gydag o, i roi ychydig o amser i'r ddau siarad. Camodd Gwydion at Enid a gwenu arni. Eisteddodd y ddau ar y gwair yng nghanol y niwl. Ddywedodd y ddau ddim am ychydig cyn i Enid dorri ar y tawelwch.

'Un peth dwi ddim yn deall, os oes gwaed dewin yn rhedeg trwy fy nheulu, pam mae fy nghyn-deidiau wedi marw'n ifanc?' gofynnodd. 'Ro'n i'n meddwl fod dewiniaid yn byw am byth?'

'Os nad ydyn nhw'n gwybod am yr hud sy'n llifo trwy eu gwaed, efallai eu bod nhw'n byw bywyd cyffredin, fel pawb arall. Dyfalu ydw i ond mi fysa hynny'n esbonio'r peth,' atebodd Gwydion.

'Mam neu Dad sy'n cario'r hud?'

'Does gen i ddim syniad, ond os ydy'r hud ynddot ti, mae o'n llifo drwy wythiennau dy frawd hefyd!'

Ystyriodd Enid. Roedd hi mor agos at ei brawd, ond yn teimlo mor bell. Roedd ganddi gymaint i'w golli.

'Mae'n amser i ni orffen hyn,' meddai Gwydion.

'Ond...' dechreuodd Enid cyn edrych ar wyneb yr hen ddewin. Roedd ei wên yn gysur yn y cyfnod tywyll hwn.

'Rwyt ti wedi dysgu pwysigrwydd pobl i mi. Cyn i ti ddod, ro'n i wedi cloi fy hun i ffwrdd, yn meddwl mai dyna oedd orau i mi ac i bawb arall. Ro'n i'n anghywir. Rwyt ti wedi fy achub i'n barod. Pedr sydd dy angen di rŵan,' meddai Gwydion gan godi ar ei draed ac estyn ei law i Enid. Tynnodd anadl ddofn cyn derbyn ei law a chodi ar ei thraed.

Cododd Tyrfech a Gwymon a dod i ymuno â'r ddau o flaen y goeden unig. Edrychodd pawb ar y ceubren. Roedd fel petai'n troelli, yn ceisio hudo pawb i mewn.

'Does dim pwysau ar neb ddod i mewn i'r ogof,' dechreuodd Gwydion. 'Mae'r hyn sy'n ein disgwyl yn fwy peryglus nag unrhyw beth rydych chi wedi ei wynebu hyd yn hyn!'

'Y lle mwya diogel i fod ydy wrth eich ochr chi,' atebodd Tyrfech cyn troi at Enid. 'A dwi isio helpu.'

Gwenodd Enid arno. Edrychodd y tri ar Gwymon. Roedd o'n edrych ar y llawr. Cododd ei wyneb a nodio. Roedd o am ddod gyda nhw hefyd.

Camodd y pedwar fesul un i mewn i ddüwch y goeden. Goleuodd ffon Gwydion yr ogof. Roedd dau lwybr yn arwain i lawr i grombil yr ogof. Dewisodd Gwydion y llwybr ar y dde. Straffaglodd y pedwar i lawr y llwybr, y creigiau'n llaith a serth. Roedd hi'n daith araf a pheryglus, ond roedd golau Gwydion yn gwneud pethau rhywfaint yn haws. Cyrhaeddodd Gwymon y gwaelod yn gyntaf. Roedd wedi arfer â chreigiau a lleithder. Rhoddodd gymorth i'r tri arall gyrraedd y gwaelod yn ddiogel.

Oedodd y pedwar yng ngheg twnnel oedd yn arwain i galon yr ogof. Roedd awgrym o olau yn y pellter. Camodd y pedwar i lawr y twnnel; Gwydion yn arwain gydag Enid, Tyrfech ac yna Gwymon yn ei ddilyn. Daeth teimlad o ofn dros Enid wrth iddyn nhw agosáu at y golau yn y pen draw. Adleisiai eu camau o amgylch y twnnel.

O'r diwedd cyrhaeddodd y pedwar at agoriad yn yr ogof. Llosgai canhwyllau o amgylch ei waliau hi. Roedd y nenfwd yn ddu ond roedd fel petai'n codi am byth. Cododd calon Enid am eiliad wrth weld Pedr yn eistedd ar graig ym mhen draw'r agoriad. Doedd o ddim yn edrych fel carcharor. Doedd dim ofn ar ei wyneb. Ar gopa'r graig roedd gorsedd o esgyrn a hen ddyn mewn clogyn budur a choron o esgyrn ar ei ben. Allai Enid ddim peidio ag edrych i mewn i'w lygaid du oedd fel dwy ffynnon dywyll ddiddiwedd.

'Rwyt ti'n hwyr!' harthiodd yr hen ddyn.

'Mae'n ddrwg gen i, y Brenin Calrach!'

Trodd Enid, Gwydion a Tyrfech i weld Gwymon yn gostwng ei ben. Daliodd y creadur lygaid Enid. Doedd hi ddim yn deall. Edrychai Gwymon mor euog. Crechwenodd Calrach.

'Da, was! Mae gen ti anrhegion llawer gwell na physgod i mi heno!'

ANEIRIN

YNYS WEN

Deffrodd Aneirin mewn gwely cyfarwydd. Doedd o ddim wedi bod yn yr ystafell hon ers pum mlynedd, ers cael ei alltudio i Ynys y Gwynt gan ei dad. Dim ond gwely, cadair, bwrdd bach yn y gornel a chanhwyllau ar y waliau oedd yn yr ystafell fechan. Dechreuai'r canhwyllau bylu. Edrychodd Aneirin drwy'r ffenestr a gweld y lleuad yn edrych yn ôl arno'n warchodol. Teimlodd ei asennau gyda'i law. Roedd darn o ddefnydd o gwmpas ei ganol ond roedd y briw'n dal yn ifanc. Daeth cnoc ysgafn ar y drws.

Camodd Siwan i mewn a dod i eistedd ar y gadair wrth ymyl y gwely.

'Gysgest ti?'

'Do, mae'n rhaid! Sai'n cofio cyrraedd 'ma,' atebodd Aneirin. 'Mae dy wallt di'n dechrau tyfu'n ôl!'

'Efallai wna i ofyn i Bleddyn ei dorri fe 'to,' meddai Siwan.

Gwenodd Aneirin arni. Doedd cael torri ei gwallt ddim wedi newid dim ar ei harddwch. Roedd hi'n debyg iawn i'w mam.

'Mae'n ddrwg 'da fi am Gruff.'

Llenwodd ei lygaid yn sydyn, er bod Aneirin yn cwffio gyda'i holl nerth i beidio dangos gwendid.

'Mae'n iawn i ti lefen weithie,' meddai Siwan fel petai wedi darllen ei feddwl. 'Rwyt ti wedi colli rhywun pwysig i ti.'

'Gruff oedd yr unig beth oedd yn fy nghadw i fynd ar Ynys y Gwynt!'

Dechreuodd y dagrau lifo a theimlai gymaint o gywilydd yn crio o flaen ei chwaer fach.

'Dwi'n teimlo fel tasen i wedi fy nghloi mewn ogof dywyll ar ben fy hunan a dim ffordd o ddianc!'

'Dwyt ti ddim ar ben dy hunan!' meddai Siwan gan ddod i eistedd ar y gwely a rhoi ei braich o amgylch ei brawd.

'Yr unig le ro'n i'n teimlo'n ddiogel oedd gyda Gruff,' meddai Aneirin.

'Fysen i wedi hoffi cwrdd ag e.'

'Byse fe wedi dwli arnat ti,' atebodd Aneirin gan wenu arni. 'Sut alla i fod yn hapus hebddo, Siw?'

'Ti yw'r brenin nawr!'

'Fydda i ddim yn gwneud brenin da!' chwarddodd Aneirin.

'Paid crecian!' meddai Siwan.

Chwarddodd Aneirin. Dyna y byddai ei mam yn dweud bob tro y byddai un ohonyn nhw yn dweud neu'n gwneud rhywbeth hurt.

Mwythodd Siwan ysgwyddau Aneirin i geisio'i gysuro. Fedrai hi ddim dioddef ei weld yn drist. Gallai Aneirin synhwyro fod rhywbeth ar feddwl ei chwaer.

'Mae'n rhaid i ni ddial ar Taran nawr. Mae'n rhaid iddo dalu am ei bechodau,' meddai Siwan o'r diwedd.

'Pwyll piau hi, Siw.'

'Dylen ni fod wedi mynd ar ei ôl yn syth. Mae'n siŵr ei fod bron yn ôl yn Ynys y Gogledd erbyn hyn!' wfftiodd Siwan.

Arhosodd Aneirin yn dawel. Y peth olaf roedd o eisiau oedd ymladd, ond gallai weld fod ei chwaer yn benderfynol.

'Be fyddet ti'n neud, fel brenin?'

'Dwi wedi cael digon ar ymladd, Siw. Heddwch dwi moyn, ond does dim heddwch i'w gael ar y Pedair Ynys 'ma.'

'Yr unig ffordd i ni gael heddwch yw i gael gwared ar Taran a'i gefnogwyr.'

'Dial yw hynny! Beth ddigwyddodd i drafod pethau'n gall?' gofynnodd Aneirin.

'Mae 'na gyfarfod brys heno i drafod beth i'w wneud nesaf. Ro'n i fod i ofyn i ti beth oeddet ti moyn gwneud, fel y brenin newydd,' meddai Siwan.

'Dwi ddim yn cael gwahoddiad?' gofynnodd Aneirin yn wawdlyd.

'Dwyt ti ddim yn ddigon da i adael dy wely ar hyn o bryd!'

'Paid crecian!' meddai Aneirin gan ddechrau codi o'i wely.

'Mae'n rhaid i ti orffwys!' ymbiliodd Siwan.

'Dyle'r brenin newydd fod yn y cyfarfod, ti ddim yn credu?' gofynnodd Aneirin. 'Cer i ddweud y bydda i yno'n fuan.'

Nodiodd Siwan ond roedd hi'n amlwg yn gyndyn o ddilyn ei orchymyn. Gadawodd hi'r ystafell gan gau'r drws. Griddfanodd Aneirin mewn poen wrth iddo geisio codi ar ei draed. Doedd ganddo ddim awydd trafod heno, ond roedd hwn yn gyfarfod pwysig ac roedd yn rhaid i'r brenin gael dweud ei ddweud.

* * *

'Mae'n debyg fod llong wedi bod yn disgwyl amdanyn nhw wrth yr harbwr, i'r gorllewin o'r afon,' meddai Pwyll, oedd wedi cyrraedd y cyfarfod gydag aelodau eraill o bwysigion Byddin y Pedair Ynys, yn ogystal â'r rhai oedd yn driw i Aneirin, y brenin newydd.

'Fysen ni fod wedi gallu dal yr Arglwydd Taran a'r gwehilion gwyllt 'na tase Aneirin wedi cyrraedd yn gynt!' meddai Gwilym yn wawdlyd.

'Fysen ni ddim yma heb Aneirin, a bydden i'n dal dy dafod o'i flaen e, y brenin newydd, taswn i'n ti,' atebodd Bleddyn.

'Does 'da fi ddim dy ofn di!' meddai Gwilym.

'Dylet ti ofni,' ychwanegodd Siwan.

Saethodd Dyfan fab Macsen olwg flin at Gwilym. Brathodd ei dafod. Roedd Bleddyn wedi hen arfer â'r ystafell dywyll ond roedd o'n brofiad newydd i bawb arall i fod yn Ystafell Cyngor y Brenin, yng nghrombil y castell. Sylwodd Aneirin ar siapiau cysgodion pawb, fel bwganod ar y waliau. Roedd cysgodion Gwilym a Pwyll yn dal, yn adlewyrchu eu hosgo milwrol. I'r gwrthwyneb, roedd rhai Dyfan ac Owain yn fach. Gallai Aneirin weld fod brwydr gyntaf Dyfan wedi gadael tipyn o effaith arno, ac roedd golwg euog iawn ar Owain – oherwydd ei rôl yn nienyddiad y Brenin Peredur, mae'n siŵr. Roedd y cysgod mwyaf yn llenwi'r wal y tu ôl i Bleddyn a'r cysgod lleiaf yn flanced warchodol o amgylch Siwan. Tybed sut olwg oedd ar ei gysgod yntau? Y lleiaf ohonyn nhw i gyd, debyg.

'Beth yw cynllun dy ffrind, Owain?' holodd Gwilym yn haerllug. Syllodd Owain yn syn arno.

'Pwy?' gofynnodd Bleddyn wedi drysu.

'Taran. Ry'ch chi'n dipyn o ffrindie, ydych chi, Owain?' meddai Gwilym â gwên hunanfoddhaus yn ffurfio dan ei fwstás.

'Os nad oes 'da ti ddim byd call i'w ddweud, Gwilym, ti'n gwybod lle mae'r drws!' meddai Bleddyn yn gadarn, wedi cael llond bol ar sylwadau plentynnaidd y cadfridog. Rhythodd Gwilym ar Bleddyn, ond doedd fiw iddo agor ei geg eto.

'Sai'n credu mai erlid Taran yw'n blaenoriaeth ni nawr,' meddai Pwyll.

'Dwi'n cytuno,' meddai Bleddyn.

'A beth *yw* ein blaenoriaeth ni nawr, Pwyll?' gofynnodd Gwilym.

'Ailadeiladu perthynas Aneirin gyda phobl Ynys Wen. Mae'n rhaid i ni wneud yn siŵr fod y bobl yn ymddiried ynddo. Mae'n amser i ni gael brenin cryf yn teyrnasu dros y Pedair Ynys,' meddai Pwyll cyn sylweddoli beth roedd o wedi ei ddweud. 'Nid fod Peredur yn frenin gwan... ond...'

Roedd Gwilym yn amlwg yn mwynhau gweld Pwyll yn ymbalfalu am y geiriau cywir. Doedd gan Aneirin ddim i'w ddweud wrth y cadfridog. Doedd ganddo ddim amser i'w gemau plentynnaidd.

'Doedd Peredur ddim yn frenin cryf,' dechreuodd Bleddyn. Edrychai fel petai'r geiriau wedi brifo Siwan. 'Ddim yn y diwedd, beth bynnag. Collodd ei ffordd, ac aeth yn farus. Yn ffodus i ni, mae ei blant wedi etifeddu nodweddion gorau eu tad a'u mam.'

Gwenodd Siwan, fel y byddai ei mam yn gwenu ers talwm. Edrychodd Aneirin arni'n llawn edmygedd. Roedd hi'n gryfach nag o, ac yn glyfrach hefyd.

'Sut awn ni ati i ailadeiladu perthynas gyda'r bobl?' gofynnodd Owain, wedi dod o hyd i'w lais o'r diwedd.

'Mae'n rhaid i ni ddechrau gwireddu ein haddewidion. Mae angen cydweithio gyda phob ynys fel bod pawb yn cael chwarae teg a phob ynys yn ffynnu,' atebodd Bleddyn.

Synnai Aneirin o weld Bleddyn mor llafar. Roedd Aneirin yn cofio'r bwystfil fel cawr distaw oedd yn codi ofn ar bawb. Teimlai'n falch ei fod ar ei ochr.

'Beth am gael cyfarfod ag arglwyddi a chynghorau pob ynys?' cynigiodd Bleddyn.

'Sai'n credu fydd Taran eisiau dod yn ôl i Borth Wen yn

fuan!' meddai Pwyll. 'A beth am Ynys Afarus? Pwy yw Arglwydd Afarus nawr bod Gwern wedi marw?'

'Ei fab, Pedr?' atebodd Gwilym. 'Ond mae sôn ei fod yntau ac Enid, ei chwaer, ar goll!'

Disgynnodd wyneb Siwan. Gwyddai Aneirin pa mor agos oedd Siwan ac Enid.

'Ond roedd Gwern wedi ailbriodi, felly all o ddim bod yn un ohonyn nhw,' ychwanegodd Pwyll.

'Mae hi'n sefyllfa gymhleth, ond allwn ni ddim gadael Afarus allan o'r trafodaethau. Dim ond gwneud pethau'n waeth fydde hynny,' meddai Bleddyn.

Edrychodd Aneirin ar Dyfan. Roedd ei ben i lawr a heb ddweud gair. Roedd hi'n amlwg nad oedd o eisiau bod yno. Sylweddolodd Aneirin nad oedd yntau wedi dweud gair chwaith. Dyma'r lle olaf roedd o eisiau bod, yn eistedd yng nghadair ei dad. Yr unig beth oedd ar ei feddwl oedd dianc, gadael yr ystafell, gadael y ddinas, gadael yr ynys. Roedd o wedi cael llond bol o ryfel a gwleidyddiaeth. Meddyliodd am yr Angor, y dafarn lle byddai milwyr a llongwyr yn mwynhau cwrw a chwmni, lle siaradodd efo Gruff am y tro cyntaf.

'Oes gan y brenin newydd farn am hyn? Neu ai ni fydd yn gorfod gwneud ei waith budur drosto?' gofynnodd Gwilym gan dynnu sylw Aneirin yn ôl at y cyfarfod diflas.

'Dwi'n cytuno gyda Bleddyn,' atebodd Aneirin.

'Methu meddwl drostot ti dy hun?' chwarddodd Gwilym. Anwybyddodd Aneirin.

'Dwi'n gwybod mai fi yw etifedd Peredur a'r brenin naturiol nesaf, ond dwi'n gwrthod bod yn frenin ar y Pedair Ynys.'

Agorodd Siwan ei cheg mewn syndod.

'Methu cymryd y pwysau? Llwfrgi fuest ti erioed!' meddai Gwilym â'i wên slei.

Doedd Aneirin ddim am gael ei demtio i ffraeo neu i gwffio. Gallai weld fod Siwan yn berwi ac yn ysu i neidio dros y bwrdd a hanner lladd y Cadfridog Gwilym. Efallai mai dyna fyddai orau i bawb!

'Os wnei di ddim bod yn frenin, pwy allwn ni ddilyn?' gofynnodd Bleddyn â golwg ddryslyd iawn ar ei wyneb.

'Mae'r arweinydd gorau yma gyda ni,' meddai Aneirin. Trodd ei sylw at Siwan. 'Fydde neb yn arweinydd gwell na Siwan, felly dwi'n awgrymu Siwan ferch Olwen i fod yn frenhines newydd ar y Pedair Ynys!'

'Does bosib dy fod di o ddifri!?' chwarddodd Gwilym. 'Merch bymtheg oed yn teyrnasu dros y Pedair Ynys? Mae'r peth yn hurt!'

'Mae hi'n gadarn fel fy nhad ac yn oddefgar fel fy mam,' meddai Aneirin gan edrych ar Siwan. Gwenodd hithau arno. 'Be ti'n feddwl, Siw?'

Roedd hi wedi rhewi o flaen y chwe dyn.

'Hyn yw'ch syniad chi o ailadeiladu perthynas gyda'r bobl? Bydd pawb yn chwerthin ar eich pennau!'

'Os yw'r mwyafrif yn yr ystafell yma'n cytuno, gan gynnwys Siwan ei hunan, dyna sydd am ddigwydd, Gwilym,' meddai Aneirin.

'Ond…' dechreuodd y cadfridog.

'Dyna yw fy hawl fel brenin dros dro!'

Doedd gan Aneirin ddim syniad beth oedd barn pawb arall am hyn, ond gwyddai fod Siwan yn berffaith i deyrnasu dros y Pedair Ynys. Byddai hi'n llawer gwell yn rheoli nag ef.

'Felly, Siwan, wyt ti'n awyddus i fod yn frenhines?'

Oedodd Siwan. Roedd llygaid pawb yn rhythu arni hi, yn disgwyl am ei hymateb. Tynnodd anadl ddofn, 'Ydw!'

Gwenodd Aneirin. 'Pawb sy'n cytuno y dylai Siwan fynd yn

frenhines ar y Pedair Ynys?' Rhoddodd Aneirin ei law i fyny ac aros. Saethodd llaw Bleddyn i fyny yn syth.

'Dwi erioed wedi dod ar draws rhywun mor ddewr ac mor angerddol yn fy mywyd. Bydde Siwan yn frenhines arbennig,' meddai Bleddyn a'i lygaid yn gwenu arni.

Edrychodd Aneirin o amgylch y bwrdd. Doedd dau ddim yn ddigon. Edrychai Gwilym yn hyderus wrth iddo eistedd yn ôl yn ei gadair yn fuddugoliaethus.

'Fydden i ddim yma heb Siwan,' meddai Dyfan gan godi ei ben o'r diwedd. Newidiodd mynegiant wyneb Gwilym. 'Fel Arglwydd Ynys y Gwynt, fe fydda i'n falch o gael arweinydd mor ddewr a thrawiadol â Siwan!'

Cochodd Siwan ychydig cyn i Dyfan gario yn ei flaen. 'Fe fydd 'da ti gefnogaeth Ynys y Gwynt tra byddaf i byw!' ac ar hynny cododd Dyfan ei fraich.

Dilynwyd hynny gan law Pwyll. Gwenodd hwnnw ar Siwan a tharo golwg ar Aneirin fel petai'n gofyn, 'gobeithio dy fod yn gwybod beth wyt ti'n ei wneud!'

'Dwi ddim yn teimlo fod gen i le i fod yma, heb sôn am fod yn rhan o ddewis arweinydd newydd. Alla i ddim esbonio'r euogrwydd sydd yn llifo drwydda i am beth wnes i, ond gobeithio galla i ddechrau ailadeiladu fy mherthynas gyda chi heddiw. Mae gen i ffordd bell i fynd!' meddai Owain cyn codi ei law.

Dim ond Gwilym oedd ar ôl. Edrychai mor bwdlyd, a'i freichiau wedi'u plethu. Roedd ei gysgod wedi suddo yn ei gadair.

'Felly, Siwan, ti fydd brenhines newydd y Pedair Ynys. Fe gawn drafod mwy fory ar y camau nesaf,' cododd Aneirin ar ei draed yn bwyllog. Roedd ei ochr yn rhoi poenau aruthrol iddo.

Gadawodd Gwilym yr ystafell yn sydyn gan fwmian yn flin wrtho'i hun. Dilynwyd ef gan Dyfan, Pwyll ac Owain, ac arhosodd Bleddyn a Siwan yn eu cadeiriau.

'Ydych chi'n siŵr fod hyn yn syniad da?' gofynnodd Siwan o'r diwedd.

'Alla i fod gyda ti drwy'r cyfan... os wyt ti moyn?' meddai Bleddyn.

'Ydw siŵr! Beth amdanat ti, Aneirin? Wnei di fy helpu i?'

Oedodd Aneirin, doedd o ddim eisiau dweud celwydd wrth ei chwaer. Roedd o'n methu disgwyl i adael hyn i gyd y tu ôl iddo, ond moment Siwan oedd hon.

'Fe gawn ni drafod mwy fory,' atebodd Aneirin.

Gwenodd ar Siwan cyn dechrau cerdded tuag at y drws. Cyn gadael yr ystafell, edrychodd yn ôl ar ei chwaer. Oedd o'n gwneud y peth iawn yn trosglwyddo'r cyfrifoldeb iddi hi, neu bod yn llwfr oedd o? Roedd poen ei asennau'n ormod iddo allu meddwl yn glir. Edrychai ymlaen i'r diwrnod erchyll hwn ddod i ben, ond gwyddai y byddai mwy o broblemau'n disgwyl amdano drannoeth.

Enid

YNYS TRIGO

Roedd y tawelwch yn llethol. Edrychai Calrach fel petai'n mwynhau'r olwg syfrdanol oedd ar wynebau ei westeion. Ymlwybrodd Gwymon tuag at ei feistr ac ymuno â Pedr i eistedd ar waelod y graig. Edrychodd Enid ar Pedr, ei brawd. Edrychai ei lygaid yn dywyllach nag arfer a'i wyneb yn hollol ddifynegiant. Beth oedd Calrach wedi ei wneud iddo? Trodd sylw Enid yn ôl at Gwymon.

'Ro'n i'n meddwl dy fod di'n helpu ni!' harthiodd Enid arno.

'Ai dyna ydy'r diolch mae Gwymon yn ei gael am ddod â chi yma yn ddiogel? Hy! Heb Gwymon fyset ti ddim yma!' atebodd Calrach. Edrychodd ar Tyrfech. 'Do'n i ddim yn disgwyl pedwar ohonoch chi chwaith. Pwy ydy'r dyn diarth yma?'

Safai Tyrfech fab Taran yno, yn methu credu'r hyn roedd o'n ei weld.

'Wedi colli dy dafod? Dwyt ti ddim yn bwysig, beth bynnag!' trodd Calrach at Gwydion. 'Mae gennon ni gymaint i'w drafod, frawd!'

'Gad i Pedr ddod aton ni ac mi gawn ni drafod,' meddai Gwydion.

Arhosodd Pedr yn llonydd. Doedd o ddim wedi cymryd sylw ohonyn nhw. Edrychai fel petai ar goll yn ei fyd bach ei hun. Camodd Enid yn nes at y graig.

'Pedr? Enid sy 'ma. Does dim rhaid i ti ddioddef rhagor. Tyrd lawr ata i. Plis, Pedr!'

Symudodd Pedr ddim.

'Dwi'm yn meddwl fod Pedr isio dod atat ti, Enid,' meddai Calrach.

'Dy'ch chi ddim yn gwybod be mae o isio!'

'Wyt ti'n gwybod?' adleisiodd llais Calrach o amgylch yr ogof. Tawelodd Enid. Wrth edrych ar Pedr, doedd hi ddim yn ei nabod o rhagor.

'Mae hud yn perthyn i tithau hefyd, Enid. Does dim rhaid i ti fyw bywyd cyffredin fel pawb arall. Fe allet ti...'

'Dyna ddigon, Calrach!' torrodd Gwydion ar ei draws. Roedd o wedi clywed digon gan ei frawd.

'Faint o amser sydd wedi mynd heibio ers i ti fy nghloi i yma?' Doedd dim hyd yn oed awgrym o wên ar wyneb Calrach y tro hwn.

'Y camgymeriad mwyaf wnes i,' meddai Gwydion.

'Mae'n rhy hwyr i ti ymddiheuro nawr!'

'Ymddiheuro? Y camgymeriad oedd peidio dy ladd di'r holl flynyddoedd yn ôl!'

'Fel wnest ti ladd fy mab?'

'Wnes i ddim lladd Pedr!' ymbiliodd Gwydion. Cododd Calrach.

'Bydd ddistaw! Doeddet ti ddim yn gallu ymdopi efo'r ffaith fy mod i'n frenin a thithau ddim ond yn arglwydd!' taranodd llais Calrach o amgylch yr ogof. Eisteddodd ar ei orsedd.

'Wnes i ddim lladd Pedr, ond beth am Ceridwen a Gwawr? Ein chwiorydd ni, Calrach! Mi wnest ti'u lladd nhw heb feddwl ddwywaith!'

'Dim ots am y gorffennol. Gest ti wared ohona i, fel oeddet ti isio, dim ond i gloi dy hun mewn cwt yng nghanol coedwig!

Pam? Methu wynebu neb ar ôl be wnest ti? Neu dim digon o gefnogaeth gan bobl oedd yn driw i mi?' heriodd Calrach.

'Do'n i ddim isio bod fel ti,' sibrydodd Gwydion yn ddigon uchel i Calrach glywed.

'Dylet ti fod wedi meddwl am hynny cyn lladd Pedr!' atebodd Calrach.

Gwrandawodd Enid ar y canrifoedd o boen yn lleisiau'r ddau frawd.

'Roedd Angharad yn aros amdana i yn Afarus ar ôl i mi dy gloi di yma,' meddai Gwydion. Cododd Calrach ei ben wrth glywed ei henw. 'Roedd ei bol hi'n belen, Calrach!'

'Wyt ti'n credu 'mod i'n dwp?' chwarddodd Calrach.

'Sut wyt ti'n esbonio Enid a Pedr, ta?' gofynnodd Gwydion.

'Rhai o dy ddisgynyddion di, mae'n rhaid!'

'Ti'n gwybod mai ti oedd yr unig ddewin oedd yn gallu cael plant!' atebodd Gwydion.

Distewodd Calrach. Gallai Enid weld ei fod yn prosesu'r holl wybodaeth. Roedd hithau'n dal i brosesu'r holl beth hefyd. Edrychodd Calrach ar y graig oddi tano.

'Beth ddigwyddodd i Angharad?' gofynnodd heb godi ei ben.

'Bu farw ar enedigaeth y babi,' atebodd Gwydion. Cododd Calrach ei ben yn sydyn. Roedd golwg ffyrnig ar ei wyneb.

'Gest ti wared arni hithau hefyd felly? A beth am y babi!?'

'Naddo. Rhoddais y babi i deulu parchus yn Dantus. Ro'n i'n methu wynebu'r byd rhagor!'

'Llwfr wyt ti, Gwydion! Ond mae dy amser di ar ben!'

Camodd Enid yn agosach eto. Roedd hi'n barod am frwydr. Sylwodd Calrach arni'n agosáu. Gwenodd arni.

'Mae'n bryd i ni ddewiniaid reoli'r Pedair Ynys unwaith eto. Wyt ti am ymuno â Pedr, Enid?' gofynnodd, ei lais wedi meddalu a'i wên wedi cynhesu. Am eiliad edrychai fel ffrind yn hytrach na gelyn.

'Mae Pedr yn dod adra efo fi!' atebodd Enid yn gadarn, yn benderfynol o beidio disgyn dan swyn dieflig Calrach. Diflannodd y wên gynnes a daeth llais caled Calrach yn ôl i lenwi'r ogof.

'Felly marw gyda Gwydion fydd dy dynged di!' meddai gan afael yn ei ffon yn dynn.

Cododd Calrach. Pwyntiodd y ffon at Gwydion yn sydyn. Taflwyd Gwydion yn ôl fel petai corwynt anweledig wedi ei daro. Trawodd yn erbyn y graig a disgyn yn sach ar y llawr. Rhedodd Enid a Tyrfech ato.

'Gwydion! Dach chi'n iawn?' ymbiliodd Enid gan ysgwyd y dewin.

Llifai llinell o waed i lawr ei dalcen fel afon goch ar fap. Cododd Gwydion ar ei eistedd ac edrych yn niwlog ar Enid. Sychodd hithau'r gwaed gyda'i llewys.

'Mae'n rhaid i chi adael cyn iddi fynd yn rhy hwyr,' sibrydodd Gwydion.

'Alla i ddim gadael Pedr. Alla i ddim eich gadael chi!' atebodd Enid yn gadarn.

'Dwi'n ofni ei bod hi'n rhy hwyr i Pedr, ond dydy hi ddim yn rhy hwyr i ti. Ti ydy unig obaith y Pedair Ynys, Enid,' meddai Gwydion.

Cododd Gwydion ar ei draed a gafael yn ei ffon. Camodd i ganol yr ogof i wynebu Calrach. Safai yntau ar gopa'r graig yn chwerthin yn sarhaus ar ben ei frawd. Safai Gwymon yn y cysgodion gan wyro ei ben mewn euogrwydd tra eisteddai Pedr yno gyda'r un edrychiad coll ar ei wyneb.

'Dyna'r gorau alli di wneud?' heriodd Gwydion.

Peidiodd y chwerthin. Camodd Calrach i lawr y graig â

golwg fygythiol ar ei wyneb. Roedd o wedi cael llond bol ar hel atgofion. Rhuthrodd tuag at ei frawd a chwifio'i ffon yn yr awyr cyn ei hanelu ato. Llithrodd Gwydion yn ôl ychydig ond llwyddodd i aros ar ei draed y tro hwn. Daliodd ei ffon yn syth o'i flaen a chau ei lygaid i wrthsefyll yr ymosodiad gan Calrach. Doedd yr un o'r ddau am ildio. Yn sydyn, roedd corwynt yn amgylchynu'r ddau. Gwelodd Enid gyfle a rhedodd at ei brawd.

'Pedr! Pedr! Mae'n rhaid i ni fynd!' gwaeddodd dros y gwynt gan dynnu ar fraich Pedr. Ond doedd dim symud arno. 'Tyrd, Pedr!' ymbiliodd Enid.

Trodd Pedr ei wyneb yn araf bach i edrych ar ei chwaer. Roedd ei lygaid yn hollol dywyll. Allai Enid ddim peidio edrych arnyn nhw, er bod yr olygfa'n codi arswyd arni. Roedden nhw'n syfrdanol ond yn frawychus yr un pryd.

'Pedr?' gofynnodd Enid fel llygoden fach.

'Mae'n rhy hwyr! Efo fi a'r Brenin Calrach mae dy le di, Enid,' meddai Pedr mewn llais undonog.

'Na, Pedr!' Roedd Enid yn erfyn arno, wrth i'r llifddorau agor. Llifodd y dagrau wrth i'r corwynt hud gynyddu o amgylch yr ogof.

'Does gen ti ddim syniad o faint byddin Calrach. Mi fydd hud yn rheoli'r Pedair Ynys unwaith eto. Aros efo fi, Enid. Efo fi a'r Brenin Calrach!' meddai Pedr, ond roedd y geiriau fel petaen nhw'n dod o enaid rhywun arall.

Dechreuodd yr ogof grynu a disgynnodd darnau o'r creigiau o'u cwmpas.

'Enid! Mae'n rhaid i ni fynd!' gwaeddodd Tyrfech.

'Fedra i ddim gadael Pedr!' atebodd Enid.

'Aros yma efo ni, Enid,' meddai Pedr.

'Mae'n rhy hwyr! Tyrd!' gwaeddodd Tyrfech.

Ceisiodd Enid lusgo Pedr o'r graig, ond doedd o ddim yn symud. Ceisiodd eto, ond y tro hwn cafodd ei gwthio'n ôl gan rym. Roedd golwg ddieflig ar wyneb ei brawd. Gafaelodd Tyrfech yn ei braich.

'Mae'n rhaid i ni fynd!'

Edrychodd Enid ar Gwydion. Roedd ei lygaid yn dal ar gau, yn ymladd am ei fywyd yn erbyn Calrach.

'Does dim y gelli di ei wneud! Tyrd!'

Ildiodd Enid. Edrychodd ar ei brawd am y tro olaf ond roedd yntau fel petai'n ôl o dan swyn Calrach. Bu'r daith yn ofer. Rhedodd Enid a Tyrfech drwy'r corwynt ac anelu at y twnnel. Oedodd Enid yng ngheg y twnnel. Gallai weld fod Calrach yn ennill y frwydr a chrynai Gwydion yn afreolus. Agorodd ei lygaid ac edrych arni. Gwelodd Enid awgrym o wên ar ei wyneb. Gwyddai Gwydion y gallai arbed ychydig o amser i Enid a Tyrfech ddianc. Suddodd calon Enid. Roedd popeth yn dymchwel o'i hamgylch.

Gafaelodd Tyrfech ynddi a'i harwain hi ar hyd y twnnel. Roedd y canhwyllau ar y waliau'n fflachio wrth i'r ogof grynu. Cyrhaeddodd y ddau ben draw'r twnnel lle roedd y creigiau'n esgyn tuag at yr agoriad, ond roedd hi'n daith hir a pheryglus. Dringodd y ddau'r creigiau serth a llaith, gan lithro fesul cam. O'r diwedd, dyma gyrraedd yr agoriad. Rhuthrodd y ddau allan gan ddisgyn ar y gwair o flaen y goeden. Roedden nhw allan o wynt ond doedd dim amser i oedi.

Cododd Tyrfech a llusgo Enid ar ei thraed. Rhedodd y ddau drwy'r goedwig gan anelu at y môr. Clywai Enid adar yn crawcian yn ffyrnig a bleiddiaid yn udo, fel petai seremoni fawr ar fin digwydd, ond doedd dim arwydd ohonyn nhw yn nunlle. Ysgydwai'r canghennau gan daro Tyrfech ac Enid wrth iddyn nhw redeg heibio. Teimlai Enid fel petai'n rhedeg am oes. Roedd ei choesau'n drwm a'i hysgyfaint yn erfyn arni i gymryd seibiant.

O'r diwedd daeth y goedwig i ben a'r môr i'r golwg yr ochr draw i'r tir anial oedd o'u blaenau. Gwelodd Tyrfech y cwch yn y pellter. Gafaelodd ym mraich Enid a rhedeg tuag ato.

'Tyrd, helpa fi i'w gwthio hi i'r dŵr!' siarsiodd Tyrfech arni.

Ond roedd pen Enid ar chwâl. Safodd yno â'i meddwl yn carlamu. Oedd hi wedi gwneud y peth iawn yn gadael Gwydion? A beth am Pedr? Beth fyddai tynged y Pedair Ynys pan ddeuai Calrach a'i fyddin draw? Gwthiodd Tyrfech y cwch ar ei ben ei hun gyda'i holl nerth.

'Neidia i mewn!' gorchmynnodd Tyrfech. Anwybyddodd Enid o. Roedd hi'n dal i geisio ateb y cwestiynau yn ei phen. 'Enid!' gwaeddodd.

Deffrodd Enid o'i myfyrdod a chamu'n anfoddog i'r cwch. Gwthiodd Tyrfech y cwch i'r môr cyn neidio i mewn. Gafaelodd yn y rhwyfau a dechrau rhwyfo'n ffyrnig. Eisteddai Enid yn y tu blaen yn wynebu Ynys Trigo. Teimlai'n hollol anobeithiol. Roedd hi wedi gadael ei brawd bach mewn ogof dywyll. Wrth i Ynys Trigo bellhau, doedd teimladau Enid ddim yn diflannu. Fedrai hi ddim cael geiriau Gwydion allan o'i phen, 'Ti ydy unig obaith y Pedair Ynys…' Doedd hi ddim yn barod am hyn. Roedd y cyfrifoldeb yn pwyso'n drwm ar ei hysgwyddau.

Daliodd rhywbeth ar yr ynys ei llygaid. Ymddangosodd ffigwr o'r coed, a'i glogyn budur yn llusgo ar hyd y tir anial. Gwisgai Calrach ei goron o esgyrn ar ei ben a daliai ei ffon yn ei law. Oedodd yng nghanol y tir anial. Cododd Enid ar ei thraed. Stopiodd Tyrfech rwyfo ac edrych yn ôl at yr ynys. Daeth ffigwr arall o'r goedwig, ffigwr llai y tro hwn. Brasgamodd Pedr i ymuno wrth ochr ei feistr. Torrodd Enid ei chalon wrth weld ei fod yn gafael mewn ffon. Ffon Gwydion. Ymddangosodd un ffigwr arall, yr ochr arall i Calrach. Llusgodd Gwymon ei draed a dod i sefyll gyda'i gefn wedi crymanu. Dechreuodd holl fwystfilod Ynys Trigo weiddi ac udo. Roedd y Brenin Calrach wedi dianc, yn barod i adennill gorsedd y Pedair Ynys.

ANEIRIN

YNYS WEN

Cododd Aneirin o'i wely ar ôl noson ddi-gwsg arall. Gwisgodd ei ddillad cyn edrych allan drwy'r ffenestr ar Porth Wen dan gymylau llwydion. Ond o leiaf roedd hi'n fore sych. Doedd o ddim yn edrych ymlaen at heddiw. Gwyddai Aneirin na fyddai Siwan yn hapus o glywed ei gynlluniau am y dyfodol.

Teimlodd ei graith newydd yn boenus dan ei ddillad. Ochneidiodd Aneirin cyn gadael yr ystafell ac anelu am y Neuadd Fawreddog. Doedd o ddim yn disgwyl i neb fod yno'r adeg yma o'r bore, ond pan gyrhaeddodd, gwelodd fod Siwan a Bleddyn yno'n barod.

'Aneirin! Dere i eistedd, mae llawer i drafod!' meddai Siwan. Cerddodd Aneirin at y bwrdd ac eistedd. Doedd o ddim mewn hwyliau mor dda â'i chwaer.

'Pam ry'ch chi wedi codi mor gynnar?'

'Methu cysgu, rhy gyffrous!' atebodd Siwan. 'Beth yw dy esgus di?'

'Methu cysgu,' atebodd Aneirin yn swrth. 'Dyw bod yn frenhines ddim yn swydd hawdd, Siw.'

Diflannodd y cyffro o wyneb Siwan. 'Dwi'n gwybod!'

'Rydyn ni wedi bod yn trafod yr arwisgo,' meddai Bleddyn yn synhwyro'r tensiwn ac yn awyddus i gadw pethau'n hwyliog.

'Mae'n well heb ryw firi cyhoeddus. Y peth olaf mae pobl Ynys Wen eisiau nawr yw ffanfer! Beth wyt ti'n feddwl, Aneirin?'

Nodiodd Aneirin. Edrychodd Bleddyn a Siwan ar ei gilydd.

'Mae'n ddrwg 'da fi, Aneirin,' meddai Siwan gan estyn ei llaw ar ysgwydd ei brawd. 'Dwi'n gwybod fod hwn yn gyfnod anodd i ti, ar ôl colli Gruff, ond rwyt ti adre nawr, gyda fi!'

'Dyw Porth Wen ddim yn adre i fi nawr, Siw, ddim ers blynyddoedd,' atebodd Aneirin.

'Ond fe all fod unwaith eto!'

'Dwyt ti ddim yn deall, Siw, dwi ddim moyn bod yma!' harthiodd Aneirin arni.

'Ond beth amdana i? Dwi angen ti, yn fwy nag erioed!'

'Fe arhosa i yma am ychydig, nes bydd y seremoni drosodd a phopeth yn ei le, ond dwi ddim moyn aros yma mwy nag sydd raid,' meddai Aneirin yn ceisio anwybyddu'r siom ar wyneb Siwan.

'Paid â 'ngadael i!' ymbiliodd Siwan.

'Fydda i ddim yn bell, gei di ddod i 'ngweld i… pan ti ddim yn brysur yn bod yn frenhines!' gwenodd Aneirin. 'Mae gen ti rywun llawer gwell a mwy profiadol na fi wrth dy ochr di!' ychwanegodd gan gydnabod Bleddyn.

'I ble'r ei di?' holodd Siwan.

'Mae angen rhywun i redeg Tafarn yr Angor. Mae'n hafan i lawer o filwyr a llongwyr y Pedair Ynys. Dyna be dwi moyn gwneud.'

'Fydda i'n dy golli di!' meddai Siwan gan lwyddo i gadw'r dagrau dan glo.

'A fydda i'n dy golli dithe hefyd!' meddai Aneirin. 'Ond mae'r gwaethaf wedi pasio, fe alli di wneud i'r Pedair Ynys ffynnu unwaith eto, fel oedd Dad yn ei wneud pan oedd Mam yn fyw, a fydda i ddim yn bell!'

Cofleidiodd y ddau. Ochneidiodd Aneirin mewn rhyddhad. Doedd o ddim wedi disgwyl iddi ddeall, ond roedd hi'n fwy aeddfed nag o.

'Bydd rhaid i ti ddod yn ôl i 'ngweld i hefyd!' rhybuddiodd Siwan yn chwareus.

'Dwi ddim wedi gadael eto!' chwarddodd Aneirin.

Eisteddodd y tri mewn tawelwch. Roedd Aneirin yn ffyddiog y byddai ei chwaer fach yn frenhines arbennig. Roedd o'n falch fod y rhan anoddaf o'i ddiwrnod drosodd. Ymhen ychydig ddyddiau byddai'n cael hwylio'n ôl i Ynys y Gwynt a byw ei fywyd mewn heddwch.

E N I D

Y MÔR ANHYSBYS

Cymerodd Tyrfech seibiant. Roedd o wedi bod yn rhwyfo drwy'r nos a doedd o ddim ond prin yn gallu teimlo ei freichiau. Ceisiai'r haul ddangos ei wyneb drwy'r cymylau ond roedd gormod ohonyn nhw. Doedd Enid ddim wedi cysgu winc chwaith, dim ond eistedd yn y cwch yn syllu i ryw wagle. Teimlai rwyg mawr yn ei chalon.

'Doedd dim allet ti fod wedi ei wneud, Enid,' meddai Tyrfech o'r diwedd.

'Ella byswn i wedi gallu helpu Gwydion,' atebodd Enid.

'Fysat ti a fi'n anobeithiol yn erbyn pwerau'r hen ddewin!'

Edrychodd Enid allan ar y môr a gwrando ar y gwylanod uwch eu pennau. Trodd ei sylw at y rhwyfau oedd yn llonydd ar ochrau'r cwch. Cofiodd y tro cyntaf iddi fod mewn cwch gyda Gwydion; mor flin oedd hi am iddo adael iddi rwyfo mor hir, ac yntau'n gallu gwneud heb godi ei freichiau. Ond os oedd Gwydion yn gallu gwneud hynny, oedd hi? Canolbwyntiodd ar y rhwyfau gan ewyllysio i rywbeth ddigwydd, ond ddigwyddodd ddim byd. Canolbwyntiodd gymaint fel dechreuodd Enid fynd yn goch.

'Enid?' gofynnodd Tyrfech.

Anwybyddodd Enid o. Dyfalbarhaodd i geisio symud y rhwyfau â'i hud. Dechreuodd feddwl fod Gwydion wedi dweud celwydd wrthi.

'Be sy? Ti'n iawn?'

'Cau dy geg am funud!'

Tynnodd Enid anadl ddofn a chau ei llygaid. Estynnodd ei llaw o'i blaen fel petai'n ceisio cyffwrdd rhywbeth. Eisteddodd Tyrfech yno yn edrych arni mewn penbleth llwyr. Yna, yn raddol bach dechreuodd y rhwyfau grynu ychydig. Credai Tyrfech mai rhywbeth yn y dŵr oedd o i ddechrau, ond wedyn dyma'r cwch yn dechrau rhwyfo ei hun. Neidiodd Tyrfech ar ei draed a bron iddo ddisgyn i mewn i'r môr. Agorodd Enid ei llygaid. Allai hithau ddim coelio'r peth chwaith.

'Be sy'n digwydd?' gofynnodd Tyrfech wedi dychryn.

'Arna i mae'r cyfrifoldeb i rwystro Calrach. Ond fydda i angen cymorth!' meddai Enid.

'Ti sy'n...?' dechreuodd Tyrfech.

Gwenodd Enid arno. Eisteddodd Tyrfech yn ôl yn y cwch.

'Mae hyn yn anhygoel,' meddai Tyrfech. 'Ond rwyt ti *yn* gwybod mai'r ffordd yna mae Ynys Wen, dwyt?'

'Fel ddudes i, 'dan ni angen cymorth,' atebodd Enid.

'Wow, wow! 'Dan ni ddim yn mynd yn ôl i...?'

Roedd edrychiad Enid yn ddigon i ateb cwestiwn Tyrfech.

'Wyt ti'n gall?'

'Does gennon ni ddim dewis. Mi fyddwn ni angen gymaint o filwyr â phosib. Dywedodd Pedr rywbeth am fyddin Calrach, rhywbeth am faint ei fyddin. Dydy'r Pedair Ynys ddim yn barod i geisio brwydro yn erbyn Calrach a'i fyddin enfawr heb ychydig o gymorth!'

'Be sy'n gwneud i ti feddwl y gwneith *hi*, Tegwen, wrando arnon ni?'

'Mi wneith hi wrando arna i!' atebodd Enid.

Doedd dim newid ar feddwl Enid, a doedd Tyrfech ddim yn awyddus i drio ar ôl gweld yr hud oedd yn perthyn iddi.

Caeodd ei geg ac eistedd yn bwdlyd yn y cwch rhwyfo. Doedd dim pwynt dadlau. Roedd rhaid iddi drechu Calrach er mwyn achub Pedr, ac roedd angen y fyddin fwyaf a welodd y Pedair Ynys i wneud hynny. Roedd rhaid gofyn am gymorth y Frenhines Tegwen. Daeth wyneb yr haul i'r golwg am eiliad cyn diflannu tu ôl i gwmwl llwyd, wrth iddyn nhw rwyfo yn araf bach yn ôl tuag at y Tiriogaethau Rhydd.

Dianc O'r Tywyllwch

Rhan 7

Etifedd Calrach

Alys

YNYS AFARUS

Eisteddai Alys, Arglwyddes Ynys Afarus, gan edrych ar y forwyn yn cwblhau ei thasgau, yn gosod y jwg o ddŵr ar y bwrdd wrth ochr y bowlen ffrwythau a gadael yr ystafell. Edrychodd ar yr afalau, y grawnwin a'r cnau o bob cornel o'r Pedair Ynys, yn troi'r bowlen yn enfys o liw. Yna edrychodd ar y jwg. Gwyddai na fyddai'n cael ei gyffwrdd heno nac yn y bore, ac y byddai'r forwyn yn yfed y dŵr yfory, yn meddwl nad oedd Alys yn gwybod. Teimlai'n wastraff gosod jwg llawn a phowlen lawn nad oedd yn cael eu cyffwrdd, ond mynnai Alys y gorau i'w mab, er gwaethaf popeth. Dechreuodd y gannwyll bylu, a gwyddai felly ei fod o ar fin dod i'r ystafell.

Ymddangosodd Pedr yn y drws. Edrychodd Alys i fyw ei lygaid duon ond doedd dim mynegiant ar ei wyneb. Ymlwybrodd i'r ystafell a dechrau dadwisgo.

'Sut oedd dy ddiwrnod di?' holodd Alys.

Cododd Pedr ei ysgwyddau; yr un ystum bob nos. Doedd dim sgwrs i'w chael gan ei mab a dim ond ateb yn ôl yn herfeiddiol y byddai ei merch, Enid, pan geisiai ymresymu â hi. Roedd bod yn fam yn gallu bod yn faich i Alys. Pam na allai ei phlant gydymffurfio? Ar ôl gorffen dadwisgo, neidiodd Pedr i mewn i'w wely a swatio dan y garthen. Cododd Alys. Gwasgodd y garthen o amgylch ei mab mor dynn fel nad oedd posib iddo symud.

'Nos da, 'nghariad i,' sibrydodd Alys gan rhoi cusan ar ei dalcen cyn troi am y drws.

'Dwi'n cael breuddwydion rhyfedd, Mam,' meddai Pedr. Trodd Alys ato.

'Hunllefau?'

Ysgydwodd Pedr ei ben. 'Dwi mewn...'

'Does neb yn hoffi gwrando ar freuddwydion pobl eraill, Pedr,' meddai Alys.

Edrychai Pedr yn siomedig. 'Mam? Ydw i'n wahanol?'

'Am be wyt ti'n mwydro?'

'Glywis i chi a Dad yn siarad. "Hogyn bach od", ddudodd Dad, a chitha'n cytuno efo fo. Be sy'n 'ngwneud i'n od?' gofynnodd Pedr, yn daer eisiau gwybod.

'Paid â chlustfeinio arna i a dy dad, wir!'

'Dwi'n teimlo'n wahanol i chi?'

'Bydd ddistaw rŵan, amser cysgu, a phaid â gadael i dy dad glywed di'n siarad fel 'ma. Ti'n gwybod sut mae o'n gallu bod!'

'Mae'n ddrwg gen i, Mam.'

Er nad oedd Alys eisiau cyfaddef, doedd ganddi ddim llawer o amynedd gyda'i phlant. Cododd ar ei thraed. Edrychodd ar Pedr am y tro olaf cyn chwythu'r gannwyll, gan adael ei mab yn ei freuddwydion.

★ ★ ★

'Dydach chi na Dad yn poeni dim amdano!' gwaeddodd Enid ar ei mam wrth ruthro i mewn i'r ystafell yn llawn dicter.

'Wrth gwrs fy mod i! Fedra i ddim coelio dy fod di'n dweud y fath beth!' atebodd Alys a geiriau ei merch yn rhoi halen ar y briw.

Gwyddai Alys bod Enid wedi siarad â'i thad. Gallai weld ôl dagrau ar foch ei merch. Teimlai ar goll. O, na fyddai Gwern yn rhoi *mwy o amser iddi. Hwylio draw i Ynys Wen oedd yr unig beth ar ei feddwl. Synhwyrai Alys fod Gwern, yn dawel bach, yn teimlo'n falch o gael gwared ar ei fab bach rhyfedd.*

'*Dydy Dad ddim yn poeni amdano, mae hynny'n amlwg,*' *mwmiodd Enid dan ei gwynt.*

'*Mae ganddo dipyn ar ei blât,*' *meddai Alys. Roedd hi'n methu credu ei bod hi'n dal i amddiffyn ei gŵr, ar ôl yr holl flynyddoedd. Ond doedd dim posib gwybod pwy oedd yn gwrando. Roedd clustiau ym mhob man.*

'*Pethau llawer mwy pwysig na'i fab! Dylen ni fynd i edrych amdano os na eith Dad!*'

Safodd Alys yno am eiliad, yn ystyried y peth. '*Mae'n llawer rhy beryglus i ni, Enid!*'

'*Dach chi am aros yma yn wraig fach dda ufudd felly? Ble mae'ch asgwrn cefn chi?*' *poerodd Enid.*

'*Enid! Rhag dy...*'

Caeodd drws ei hystafell. Clywodd Alys ei merch yn stompio i ffwrdd. Teimlai gymaint o gywilydd. Roedd hi wedi colli ei mab ac, erbyn hyn, wedi colli parch ei merch hefyd. A dweud y gwir, doedd ganddi ddim parch ati hi ei hun.

* * *

Dim ond olion y wledd oedd i'w gweld ar y bwrdd. Eisteddai Alys ar un pen a Gwern y pen arall. Llwyddai'r ddau i osgoi edrych ar ei gilydd heb fawr o drafferth. Roedd yr Arglwydd Taran a'i deulu wedi mynd i'w hystafelloedd, eisiau ymlacio a chael digon o gwsg cyn y siwrnai i Ynys Wen yn y bore. Ond doedd dim siâp cysgu ar Gwern. Roedd y dyddiau diwethaf wedi bod yn llafurus i'r ddau. Gallai Alys ddweud fod rhywbeth yn poeni ei gŵr, ond nid diflaniad Pedr na'r ffaith fod Enid wedi rhedeg i ffwrdd oedd yn peri gofid iddo.

Teimlai Alys fel petai wedi ei chornelu. Roedd hi ar bigau eisiau hel ei phethau a mynd i chwilio am ei phlant ond gwyddai na fyddai Gwern yn caniatáu hynny.

Mentrodd Alys edrych ar ei gŵr. Teimlai gymaint o anniddigrwydd tuag ato. Oedd o'n ymwybodol ei bod hi yno hyd yn oed? Beth oedd yn mynd drwy ei feddwl? Cynllwynio ei gamau nesaf at ddod yn frenin, mae'n siŵr, a'i blant ar goll! Allai hi ddim credu ei fod wedi gyrru hogyn ifanc un ar bymtheg oed ar ôl Enid. Roedd Alys eisiau gweiddi arno, eisiau ei weld o'n diflannu. Ond roedd hi'n garcharor yn ei chartref ei hun. Roedd ei thad wedi ei gorfodi i briodi Gwern. Teimlai hynny fel dedfryd marwolaeth erbyn hyn. Gwyddai'n iawn sut oedd Enid yn teimlo, yn cael ei gorfodi i briodi Tyrfech ap Taran. Ond doedd dim allai Alys wneud am hynny.

'Fydda i ddim dy angen di ar Ynys Wen,' meddai Gwern.

'Dan ni'n anghofio am y plant felly?'

'Gawn ni anghofio am Pedr. Dwi'n amau weithiau ai fi ydy ei dad o!'

Anwybyddodd Alys y sylw brwnt a gadael i'w gŵr barhau â'i araith ddiflas. 'Ond pan ddaw Tyrfech, Smwt a'r milwyr o hyd i Enid, mi fydd hi'n difaru anufuddhau i fy ngorchmynion i! Mi wneith hi briodi Tyrfech a dyna ni!'

'Tydy hi ddim isio priodi Tyrfech,'

'Ti'n meddwl 'mod i'n poeni?' gwaeddodd Gwern. 'Nid chdi o'n i isio priodi, a phan fydda i'n frenin ga i briodi pwy bynnag dwi isio,'

'Gwenllian?' gofynnodd Alys yn goeglyd.

Cododd Gwern ar ei draed a cherdded at ddrws y neuadd. Oedodd cyn croesi'r trothwy a throi at ei wraig.

'Dwi ddim yn dy garu di, dwi erioed wedi dy garu di. O fory ymlaen gei di wneud fel wyt ti isio, ond pan fydda i'n frenin, ddim chdi fydd fy mrenhines i,' a diflanodd Gwern drwy'r drws.

Eisteddodd Alys yno am eiliad yn prosesu'r hyn roedd ei gŵr newydd ddweud wrthi. Lledodd gwên ar draws ei hwyneb. Disgynnodd dagrau o hapusrwydd i lawr ei boch. O'r diwedd, roedd hi'n rhydd.

* * *

Roedd wythnos wedi pasio ers marwolaeth Gwern a'r newyddion syfrdanol wedi dod o Ynys Wen mai Siwan oedd brenhines newydd y Pedair Ynys. Ond roedd fel petai'r frenhines wedi anghofio am Ynys Afarus. Roedd yr ynys mewn anhrefn lwyr, cymaint felly nes bod dyn ifanc o'r enw Gelert wedi datgan ei hun yn Arglwydd Afarus. Doedd neb yn gallu rhwystro Gelert a'i ddilynwyr rhag hawlio Palas yr Arglwydd, yn enwedig â byddin Afarus i gyd yn gelain neu'n garcharorion ym Mhorth Wen. Cyn-filwr i Afarus oedd Gelert, wedi dianc o'r fyddin ychydig flynyddoedd yn ôl. Ers hynny roedd o wedi gwneud tipyn o enw iddo'i hun yn teithio o amgylch pentrefi'r ynys yn codi ofn ar y trigolion. Roedd o wedi ennill cryn dipyn o ddilynwyr ar hyd yr ynys oedd yn chwilio am ryddid. Ar ôl clywed am farwolaeth Gwern a'r diffyg milwyr ym Mhorth Wen, gwelodd ei gyfle i'w ddyrchafu ei hun. Teithiodd i Borth Afarus i hawlio'r palas a'r ynys – er syndod i bawb.

Deffrodd Alys ar lawr oer a llaith â chadwyni am ei dwylo. Clywai sŵn llygod yn rhuthro o gwmpas. Roedd hi wedi dod i arfer â'r oglau piso oedd mor gryf yng nghrombil y palas. Roedd yr wythnosau diwethaf wedi bod yn hunllef iddi; colli mab, merch, a gŵr, ac ar ôl cael ei rhyddid, ei golli'n syth. Gelert oedd ei meistr nawr. Gelert oedd ei harglwydd. Treuliai'r arglwydd newydd ei amser yn y palas yn gwneud fel y mynnai, tra bod ei ddilynwyr yn codi braw ar hyd a lled y ddinas ac yn hawlio unrhyw beth neu unrhyw un. Roedd Alys yn gaeth yn yr ystafell fechan, dywyll, a dim ond yn cael gadael pan fyddai

Gelert yn dweud. 'Amser chwarae' roedd o'n ei alw. Teimlai Alys mai caethiwed oedd ei thynged erioed.

Agorodd y drws a gwelodd Alys y wên gam a'r geg yn hanner llawn ddannedd, a'r llygaid dieflig. Gallai weld wyneb Mostyn yn glir, diolch i'r llusern oedd yn ei law.

'Amther chwara!' meddai Mostyn, a'i dafod tew yn dod i'r golwg yn y bylchau rhwng y dannedd.

Cododd Alys ar ei thraed. Doedd dim diben brwydro. Dim ond gwneud pethau'n waeth fyddai hynny, fel roedd hi wedi dysgu yn y diwrnodau cyntaf. Dilynodd Alys y dyn a'i lusern i lawr y twnnel yng nghrombil y palas ac i fyny'r grisiau troellog, cyn cyrraedd y llawr cyntaf. Roedd oglau'r pysgod wedi cael ei ddisodli gan oglau cwrw a mwg, ond o leia doedd dim oglau piso yno.

Cyrhaeddodd Alys yr ystafell fwyaf, ei hen ystafell hi a Gwern. Roedd y drws ar gau, ond gallai glywed sŵn dyn yn siarad a merched yn chwerthin. Curodd y dyn y drws. Clywodd Alys floedd. Agorwyd y drws ac yno ar y gwely gorweddai Gelert a merch noeth bob ochr iddo.

'Ewch! Mae'r prif gwrs wedi cyrraedd!' meddai yn ei lais cryg.

Neidiodd y merched noeth oddi ar y gwely a rhedeg heibio Alys gan chwerthin fel genod bach. Gwthiwyd Alys i mewn i'r ystafell gan Mostyn a disgynnodd i'r llawr. Clywodd y drws yn cau. Daeth Gelert ati'n chwerthin a'i chodi ar ei thraed. Roedd creithiau ar hyd ei gorff. Edrychodd Alys drwy'r ffenestr fawr. Roedd yr haul yn disgleirio ar Borth Afarus heddiw. Teithiodd ei llygaid o amgylch yr ystafell, oedd bellach yn drewi ac yn flêr. Ceisiai Alys edrych i rywle heblaw llygaid trist Gelert. Er yr holl bethau afiach a dieflig roedd Gelert yn eu gwneud, fedrai Alys ddim peidio teimlo bechod drosto. Tybed pa fywyd oedd y dyn ifanc yma wedi ei brofi fel plentyn? Beth oedd yn gwneud iddo ymddwyn fel hyn?

'Tydy brenhines ddim i fod ar y llawr. Tyrd i orwedd,' meddai Gelert.

Rhoddodd ei fraich o'i hamgylch a'i harwain at y gwely. Roedd wyneb Alys yn hollol ddiemosiwn. Doedd hi ddim am iddo ei gweld hi'n dioddef. Dyma oedd ei thynged erbyn hyn, a doedd neb ar ôl i'w hachub.

ENID

Y TIRIOGAETHAU RHYDD

Tarodd y cwch rhwyfo yn erbyn y llechi. Ymbalfalodd Enid a Tyrfech allan ohono, a chodiad yr haul yn troi'r môr yn goch.

'Wyt ti wir am ddweud, eto, mai camgymeriad ydy hyn?' gofynnodd Enid yn flinedig, wedi gorfod dioddef gwrando ar amheuon Tyrfech ar hyd y siwrnai.

'Oes yna bwynt?'

'Nac oes!' atebodd Enid yn gadarn.

Doedd neb ar y traeth i'w croesawu, dim ond y graig enfawr yn bwrw ei chysgod drostyn nhw. Ochneidiodd Enid wrth feddwl am orfod dringo'r holl ffordd i'r copa. Tybed oedd ei hud yn ei chaniatáu i hedfan? Caeodd ei llygaid a chanolbwyntio gyda'i holl nerth. Yna, neidiodd i'r awyr. Am eiliad, teimlodd ei hun yn hofran yn yr awyr. Gwenodd, yna agorodd ei llygaid. Disgynnodd yn frwnt ar y llechi a diflannodd y wên. Doedd yr hud ddim yn caniatáu iddi hi hedfan felly.

'Be ti'n neud?' gofynnodd Tyrfech gan edrych yn rhyfedd arni.

Cochodd Enid. Teimlai fel ffŵl. Cododd ar ei thraed yn sydyn a dechrau cerdded tuag at y graig fel petai dim byd wedi digwydd.

Roedd hi'n fore braf a dim gwynt i'w poeni. Dechreuodd

Enid ddringo'r graig, gyda Tyrfech y tu ôl iddi. Gallai Enid ei glywed yn tuchan. Teimlai'n euog ei bod wedi ei lusgo yn ôl i'r Tiriogaethau Rhydd, lle oedd wedi bod yn garchar iddyn nhw cyn hyn.

Wedi'r holl fustachu, cyrhaeddodd y ddau gopa'r graig. Clywodd Enid rywun yn gweiddi yn y pellter. Edrychodd o'i hamgylch a gweld ffarmwr yn bloeddio ar ei braidd yn bell i ffwrdd yn un o'r caeau. Anelodd Enid yn syth am y coed oedd yn dwnnel gwarchodol i'r lôn ddiddiwedd. Doedd dim amser i'w golli a gwyddai pa mor hir oedd y siwrnai i Liberta.

Cerddodd y ddau ar hyd y lôn. Doedden nhw ddim wedi bwyta ers dyddiau ac roedd hi'n llawer anoddach dal pysgod heb Gwymon i'w helpu. Ond teimlai Enid fod y daith hon yn bwysig. Brwydrodd yn erbyn y teimlad gwag oedd yn ei bol wrth iddi ddechrau gweld sêr.

'Mae'n rhaid i mi orffwys,' meddai Tyrfech.

Trodd i weld Tyrfech yn gorffwys yn erbyn boncyff un o'r coed.

'Ella bysa'n syniad i chditha orffwys hefyd, Enid?'

Ond doedd Enid ddim yn gwrando. Roedd hi'n syllu trwy frigau'r coed at gae lle roedd un goeden anferth gyda dail oedd yn wyrddach na gwyrdd. Ond rhywbeth arall oedd wedi tynnu sylw Enid. Roedd y llysieuyn hir porffor yn bla ar hyd y brigau ac ar hyd y gwair. Camodd Enid rhwng y coed a cherdded at y cae. Cododd Tyrfech ar ei draed a'i dilyn. Beth oedd wedi ei denu at y cae? Allai Tyrfech ddim credu'r olygfa ryfeddol. Plygodd Enid i lawr a phigo llysieuyn o'r llawr. Edrychodd arno am eiliad fel petai'n ei swyno. Yna dechreuodd sglaffio. Roedd o'n fwy blasus hyd yn oed na'r tro diwethaf iddi ei gael. Trodd i weld Tyrfech yn brathu i un ohonyn nhw. Edrychai'n well yn barod. Daeth bloedd o rywle.

'Hei!'

Edrychodd y ddau o'u cwmpas, ond doedd neb yno.

'Fan hyn!'

Gwelodd Enid y ffarmwr trwy'r coed, yn eistedd ar drol, a cheffyl o'i flaen.

'Pwy ydych chi? Pam y'ch chi'n bwyta fy rhanangos i?'

Gwenodd Enid. Felly, dyna beth oedd enw'r llysiau porffor blasus.

'Ydych chi'n mynd i Liberta?' gofynnodd Enid.

'Ydw, pam?'

'Gawn ni ddod efo chi?'

'Os wnewch chi stopio bwyta fy rhanangos i!'

Cerddodd Enid heibio Tyrfech at y ffarmwr. Cododd Tyrfech ranango ar y ffordd at y drol. Er, doedd dim angen iddo – roedd y drol yn llawn ohonyn nhw. Goleuodd llygaid y ddau.

'Peidiwch â chyffwrdd yn rheiny! Dwi'n mynd â nhw i'r farchnad i'w gwerthu. Beth dych chi'n da yma adeg yma'r bore, beth bynnag?' gofynnodd y ffarmwr a golwg amheus ar ei wyneb.

''Dan ni newydd gyrraedd. Ar ein ffordd i weld y Frenhines Tegwen,' atebodd Enid. Synnai Tyrfech nad oedd hi wedi dweud celwydd wrtho.

'Pob lwc. Tydy'r frenhines ddim yn rhoi croeso mawr i fewnfudwyr!'

''Dan ni'n hen ffrindiau,' atebodd Enid. Gwenodd Tyrfech arni.

Gorffwysodd Enid a Tyrfech am weddill y daith yn gwrando ar y ffarmwr yn chwibanu. Mae'n rhaid eu bod wedi disgyn i gysgu am ychydig, oherwydd roedden nhw wedi cyrraedd Liberta o fewn dim. Rhowliodd y drol yn araf wrth lan y llyn. Edrychodd Enid ar y cannoedd o stondinau oedd yng nghysgod y palas. Yna gwelodd Siencyn. Safai yn ei wisg uchelwr yn goruchwylio rhai o'r caethweision yn garddio o flaen y palas.

'Dyma chi! Mae'n rhaid i mi osod fy stondin. Gen i mae'r rhanangos gorau ar draws y Tiriogaethau Rhydd!' meddai'r ffarmwr yn falch. 'O ia, a phob lwc gyda'r frenhines!'

Camodd y ddau oddi ar y drol ar y tir caled. Roedd yr haul wedi hen godi erbyn hyn a gallai Enid deimlo'r chwys yn cronni ar ei thalcen.

'Wel, be ydy'r cyn...' dechreuodd Tyrfech ond roedd Enid wedi dechrau brasgamu tuag at Siencyn.

Newidiodd mynegiant Siencyn pan sylweddolodd pwy oedd yn cerdded tuag ato. Oedodd Enid o'i flaen. Roedd Siencyn wedi rhewi, ei geg yn llydan agored ond doedd dim sŵn yn dod allan ohono.

'Siencyn, mae'n rhaid i mi gael gair â'r frenhines,' meddai Enid.

'Be... ym...'

'Mae'n bwysig!'

Ar yr eiliad honno, agorodd drws y palas a daeth Shadrach allan. Edrychai'n llawer mwy blêr na Siencyn. Edrychai'n gandryll pan welodd Enid.

'Chdi! Dwi'n mynd i dy ladd di!' bloeddiodd Shadrach gan ruthro ati. Ceisiodd Siencyn ei rwystro ond roedd o'n rhy gryf. Gallai Enid ogleuo'r cwrw ar ei anadl. Estynnodd Shadrach ei law i'w tharo, ond am ryw reswm fedrai o ddim. Roedd o wedi rhewi, yn llythrennol.

'Be-be sy'n digwydd?' gofynnodd Shadrach a'r olwg fileinig wedi ei disodli gan ofn a phanig. Cerddodd Enid yn agosach ato cyn sibrwd,

'Taswn i'n chdi, fyswn i'n gadael llonydd i mi.'

Gwthiwyd Shadrach yn ôl gan rym o rywle, fel y noson pan

laddodd o Smwt. Safai Enid yno gydag un llaw o'i blaen. Roedd pob man yn ddistaw. Roedd hyd yn oed bwrlwm y farchnad wedi gostegu. Trodd Enid yn bwyllog at Siencyn.

'Wnei di fynd â fi at y frenhines os gweli di'n dda?'

'Pam wyt ti wedi dod yn ôl? Mi wneith y Frenhines Tegwen dy ladd di!' plediodd Siencyn gyda golwg drist ar ei wyneb. Gallai Enid weld nad oedd o'n hoff o weld pobl yn dioddef.

'Mae o'n wir yn bwysig,' atebodd Enid gan wenu arno.

Arweiniodd Siencyn y ddau at y palas. Cododd Shadrach ar ei draed yn sydyn wrth i'r ddau basio. Rhythodd ar Enid, ond roedd hi'n amlwg ei fod yn crynu gan ofn. Roedd hi'n hoffi'r effaith y gallai ei hud gael ar bobl, yn enwedig ar fwlis fel Shadrach.

Agorwyd drws y palas gan filwr. Cerddodd Enid a Tyrfech ar draws y llawr o farmor gwyn. Teimlai fel ddoe pan oedden nhw'n cael eu tywys yma gan Siencyn y tro cyntaf hwnnw, yn garcharorion. Caeodd y milwr y drws y tu ôl iddyn nhw. Safai pedwar dyn blêr a bregus yr olwg o flaen y frenhines ac uchelwyr bob ochr yn gobeithio cael bargen. Eisteddai Tegwen ar ei gorsedd yn ei ffrog borffor a'i choron o aur. Ac yn ôl y disgwyl, gwelodd Enid fod Rosa'n clwydo'n falch uwch ei phen. Cododd y frenhines ar ei thraed. Ei thro hi oedd hi i agor ei cheg mewn syndod.

Pedr

YNYS TRIGO

Roedd hi'n fore niwlog ar Ynys Trigo; bore diflas fel pob bore arall ar y darn o dir rhyfedd hwn yng nghanol nunlle, ac er ei bod hi'n fore, roedd hi'n dal yn dywyll dan y coed. Ynys fechan oedd hon, ond wrth i Pedr gerdded trwy'r goedwig teimlai fel ynys ddiddiwedd. Dilynodd Pedr y golau oedd ar ffon Calrach o'i flaen. Edrychodd Pedr ar ei ffon newydd, hen ffon Gwydion. Caeodd ei lygaid a rhoddodd ei law ar y garreg emrallt. Goleuodd yr emrallt. Gwenodd Pedr.

'Tyrd yn dy flaen, Pedr! Mae gen i rywbeth i ddangos i ti,' gwaeddodd Calrach yn y pellter.

Rhuthrodd Pedr ar ei ôl. Gwyddai mai eisiau dangos ei fyddin oedd Calrach. Roedd o wedi brolio gymaint am faint ei fyddin yn y dyddiau diwethaf, ers gallu dianc o Ogof Tywyllwch.

'Dwi'n falch dy fod di efo fi, Pedr.'

'Doedd gen i ddim llawer o ddewis, a bod yn deg!' chwarddodd Pedr.

'Ond fyset ti wedi gallu mynd efo dy chwaer. Dwi'n falch dy fod di ar yr un ochr â fi. Dwi'n teimlo fel tad unwaith eto,' meddai Calrach gan edrych ar Pedr gyda balchder.

Teimlai Pedr yn euog am siomi Enid, ond roedd yr ogof a'r ynys hon yn teimlo fel cartref iddo. Doedd o erioed wedi teimlo mor gartrefol o'r blaen.

'Dwyt ti ddim yn cael traed oer, wyt ti?' gofynnodd Calrach gan oedi yng nghanol y goedwig.

'Am be?'

'Am hwylio i Ynys Wen a bod efo fi'n teyrnasu dros y Pedair Ynys. Mae pobl y Pedair Ynys yn wenwyn, Pedr. Dydyn nhw erioed wedi bod yn ffrindiau i ti, a doedden nhw ddim yn ffrindiau i finnau chwaith!'

'Beth am fy chwaer?'

'Mae dal gobaith i Enid. Fe allwn ni ei pherswadio mai efo ni mae ei lle hi! Mae'n rhaid i ddewiniaid aros efo'i gilydd!' meddai Calrach. Trodd ei wyneb yn sur wrth iddo boeri'r geiriau nesaf. 'Dyna oedd camgymeriad Gwydion, a fy chwiorydd i. Dwi'n gobeithio y byddi di'n barod i wneud y peth iawn os bydd rhaid i ti!'

'Y peth iawn?' holodd Pedr mewn penbleth.

'Fe ddown ni at hynny cyn bo hir...' meddai Calrach.

Ar hynny clywodd Pedr sŵn udo, a sgrechian a llafarganu. Roedd y goedwig wedi dod i ben. Oedodd Pedr wrth weld yr olygfa o'i flaen. Crechwenodd Calrach wrth weld ei ymateb. Roedd miloedd o fwystfilod wedi eu gosod fel milwyr ar y tir anial o flaen y môr. Roedd tair rhan i'r fyddin. Bleiddiaid ffyrnig duon a dannedd fel cyllyll a llygaid fel dwy ogof ar y dde, adar enfawr tywyll gyda phigau coch ar y chwith, a dynion cyhyrog yn y canol. Edrychai pob un yn debyg i Calrach mewn rhyw ffordd. Safai Gwymon o'u blaenau yn gadlywydd y fyddin.

'O ble ddoth yr holl greaduriaid?' gofynnodd Pedr wedi'i syfrdanu.

'Creais i'r creaduriaid yma gyda chig a gwaed fy hun!' meddai Calrach.

'Sut?'

'Ro'n i wedi treulio gymaint o amser yn yr ogof yn

diawlio Gwydion. Fe wnes i benderfynu fod rhaid gwneud rhywbeth. Roedd rhaid i fi ddianc!' meddai Calrach yn angerddol. 'Dechreuodd yr holl beth gydag un pysgodyn. Daeth y pysgodyn hwn i lawr nant oedd yn rhedeg i lawr i'r ogof. Roedd o ar fin marw pan ges i syniad. Dyma fy nghyfle i ddianc. Creais i Gwymon a dyna oedd dechrau'r cynllwyn i ddianc, i ddial!'

Edrychodd Pedr ar Gwymon. Sylweddolodd pa mor debyg oedd o i Calrach, ac eto, roedd o'n debycach i Gwydion rywsut. Torrodd Calrach ar ei draws.

'Gyda'r fyddin hon, gallwn ni roi diwedd ar ganrifoedd o ddynion gwan yn rheoli'r Pedair Ynys. Daw tro'r dewiniaid unwaith eto!'

Enid

Y TIRIOGAETHAU RHYDD

Safai Enid yno'n gwrando ar y sibrwd, y grwgnach a'r cynnwrf oedd wedi treiddio drwy'r neuadd. Roedd wynebau'r uchelwyr yn ddryslyd. Roedd wynebau'r pedwar dyn blêr yn ddryslyd. Ond gan y Frenhines Tegwen oedd yr wyneb mwyaf dryslyd yn y neuadd.

Camodd Siencyn ymlaen gan symud y pedwar dyn o'r neilltu a gosod Enid a Tyrfech o flaen gorsedd y frenhines. Ysgydwodd Siencyn ei ysgwyddau.

'Pam dod yn ôl?' holodd Tegwen. Tawelodd y neuadd.

'Mae'r Pedair Ynys angen eich help chi,' atebodd Enid yn ddigynnwrf.

Gallai Enid glywed Tyrfech wrth ei hochr yn anadlu'n ddwfn. Edrychodd arno. Syllai yntau ar Rosa. Edrychai'r aderyn yn anferth yn y neuadd liwgar. Roedd yr aderyn yn codi ofn ar bawb, ond nid ar Enid. Gwelai hi ochr arall i'r aderyn, ochr brydferth ac addfwyn.

'Hy! Ti angen fy help i?' chwarddodd Tegwen. 'Ar ôl i ti ddianc ac anafu un o fy milwyr gorau?'

Erbyn hyn roedd milwyr wedi ymgynnull yng nghefn y neuadd, a Shadrach yn eu plith. Roedd golwg wyliadwrus arno, yn wahanol i'w wên ddieflig arferol.

'Doedd gen i ddim dewis. Roedd rhaid i mi geisio achub fy mrawd!'

'Ceisio? Felly methiant oedd y daith?' meddai Tegwen yn swnio'n hunanfoddhaus.

'Ie, gwaetha'r modd,' meddai Enid yn drist cyn cario ymlaen, 'Ond mae dal gobaith…'

Torrodd Tegwen ar ei thraws, 'Beth am dy daid? Mae pawb yn colli'r dewin bwyd!'

'Roedd y siwrnai'n ormod iddo. Rhoddodd ei fywyd i fy achub i a Tyrfech fab Taran.'

Daeth sŵn chwerthin gan rai o'r uchelwyr. Ochneidiodd Tyrfech. Doedd o ddim am faddau i'w dad am yr enw twp a roddodd iddo. Rhythodd Tegwen ar y dorf. Tawelodd pawb yn syth.

'Sut wnaethoch chi ddianc?' gofynnodd Tegwen. 'Does neb erioed wedi dianc o'r Tiriogaethau Rhydd o'r blaen!'

'Lwc, am wn i,' atebodd Enid.

'Fydd 'na ddim dianc tro 'ma!' cyhoeddodd Tegwen.

Chwifiodd Rosa ei adenydd a hedfan i lawr a glanio o flaen y ddau. Daeth sgrech fyddarol o'i geg. Cynyddodd sŵn anadlu Tyrfech, ond roedd Enid yn dal yn ddigynnwrf. Nesaodd Rosa atyn nhw yn araf bach a'r neuadd gyfan fel petai'n dal ei hanadl. Camodd Enid yn ei blaen.

'Enid!' sibrydodd Tyrfech yn ofidus.

Estynnodd Enid ei llaw at yr anifail. Petrusodd Rosa. Edrychai pawb ar y ddau mewn syndod. Doedd yr uchelwyr erioed wedi gweld gymaint o ddrama yn y neuadd, erioed wedi gweld rhywun yn herio'r aderyn o'r blaen.

'Dwi ddim yma i frifo neb. Dim ond isio cymorth,' sibrydodd Enid wrth Rosa.

Estynnodd Enid ei llaw at ei big. Ochneidiodd y dorf. Mwythodd Enid ei big, yna ei blu. Cododd Tegwen unwaith eto wrth i Rosa wneud synau doedd hi erioed wedi'u clywed o'r blaen. Roedd yn mwynhau'r mwythau. Trodd yr aderyn a hedfan yn ôl i orffwys ar yr orsedd, yn warchodol o'i frenhines.

'Mae'r Pedair Ynys mewn peryg. Mae dewin dieflig o'r enw Calrach ar ei ffordd i gipio'r orsedd ac i ladd pawb fydd yn ei wrthwynebu. Does dim digon o filwyr. 'Dan ni angen eich help chi. Dwi'n erfyn arnoch!'

'Dewin?' gofynnodd Tegwen.

'Dwi'n gwybod ei fod o'n swnio'n wirion ond mae'n wir!'

'Mae o'n wir. Coeliwch chi fi!' ychwanegodd Tyrfech. Roedd ei anadl wedi tawelu.

'Fedra i ddim eich helpu chi,' meddai Tegwen.

'Ond—' dechreuodd Enid.

'Pam fyswn i'n rhoi byddin i'r Pedair Ynys?' gofynnodd Tegwen.

'Os nad ydych chi am helpu, bydd miloedd yn marw,' atebodd Enid.

'Miloedd o bobl y Pedair Ynys!'

'Ar ôl cipio'r Pedair Ynys, i ble ydych chi'n credu daw Calrach a'i fyddin? Ydych chi'n credu y bydd o'n fodlon gyda'r Pedair Ynys? Does neb yn ddiogel – y Pedair Ynys, na'r Tiriogaethau Rhydd.'

Llanwyd y neuadd â thawelwch unwaith eto wrth i bawb ddisgwyl am y ddedfryd. Roedd llygaid pawb ar y frenhines. Edrychodd hithau ar Siencyn, a thinc o euogrwydd yn ei llygaid.

'Alla i ddim eich helpu chi, ond mi wna i adael i chi fynd,' meddai Tegwen o'r diwedd.

Ochneidiodd Enid. Roedd y daith yn ofer, unwaith eto. Wrth i Enid a Tyrfech gael eu tywys o'r neuadd gan Siencyn teimlai Enid don o siom enfawr. Caeodd y drysau porffor ar eu holau. Roedd unrhyw lygedyn o obaith oedd yng nghalon Enid bellach yn pylu, yn araf bach.

* * *

Disgleiriai'r haul tanbaid gan ddallu Enid a Tyrfech am eiliad wrth i ddrws y palas agor. Clywai Enid fwrlwm y farchnad wrth i'w llygaid ymgynefino â'r goleuni. Cerddodd y ddau'n llipa i lawr y grisiau. Teimlai Enid fod popeth yn chwalu'n ddarnau bychain a doedd ganddi mo'r egni i ddod â phopeth yn ôl at ei gilydd. Ond roedd rhaid iddi. Roedd geiriau Gwydion yn adleisio yn ei phen, *ti ydy unig obaith y Pedair Ynys*.

Daeth Siencyn y tu ôl iddyn nhw, gan afael mewn sach. 'Mae'n ddrwg gen i fod eich taith chi'n ofer, ond peidiwch â cholli gobaith!'

'Hawdd dweud hynny o ddiogelwch eich palas mawr gwyn!' atebodd Enid. Roedd hi'n corddi tu mewn. Roedd hi'n methu credu pa mor hunanol oedd Tegwen.

'Mae'r Frenhines Tegwen yn styfnig, ond mae 'na rai sy'n gallu newid ei meddwl, o bryd i'w gilydd,' meddai Siencyn gyda gwên gysurus ar ei wyneb.

'Wnei di siarad â hi?' gofynnodd Enid yn obeithiol.

'Dria i 'ngora, ond dwi'n addo dim!'

Oedodd ceffyl a throl fach bren o'u blaenau. Roedd gwas wrth y llyw a dau filwr bob ochr iddo, rhag ofn i'r gwas feddwl dilyn Enid a Tyrfech i Afarus mae'n siŵr!

'Eith y gwas â chi i dop y graig,' meddai Siencyn.

Rhoddodd Siencyn y sach i Enid. Roedd bara, cig a digon o ranangos ynddo. Sylwodd Enid ar ychydig o'r blodyn du yn y sach hefyd.

'Mae'r blodyn du i ti, Tyrfech. Rhag ofn na chest ti ddigon

y tro diwethaf!' meddai Siencyn gan wenu. Cochodd Tyrfech ond roedd Enid ar goll.

'Be ydy enw'r blodyn?' gofynnodd Enid.

'Dwi'n siŵr y gwneith Tyrfech roi'r ateb i ti. Cymerwch ofal. Dwi'n gobeithio eich gweld chi eto, mewn amser hapusach na hyn,' ffarweliodd Siencyn, cyn camu i fyny'r grisiau a diflannu i'r palas.

Dringodd y ddau i'r drol. Wrth iddyn nhw adael Liberta, hedfanodd Rosa uwch eu pennau. Edrychai mor hardd a mawreddog a theimlai Enid mor fach. Doedd hi ddim yn teimlo'n obeithiol o allu achub y Pedair Ynys. Rhoddodd Tyrfech law o gysur ar ei hysgwydd.

'Be ydy hanes y blodyn 'ma 'ta?'

'Baia,' atebodd Tyrfech.

'Be?'

Ochneidiodd Tyrfech gan dynnu ei law i ffwrdd. 'Baia ydy enw'r blodyn!'

Roedd saib cyn i Tyrfech gario yn ei flaen. 'Ti'n cofio fi'n sôn am Carwen?'

'Dy chwaer fach?' gofynnodd Enid. Nodiodd Tyrfech.

'Y salwch sydd ganddi... mae'n edrych yn debyg mai'r pla ydy o.'

'Y pla? Ond does dim hanes o'r pla ar y Pedair Ynys ers canrifoedd!'

'Mae'r symptomau i gyd yno. Anodd anadlu, taflu i fyny...' dechreuodd Tyrfech.

'Tydy hynny ddim yn golygu mai'r pla...'

'Mae ei breichiau hi'n ddu, Enid,' torrodd Tyrfech ar ei thraws. Tawelodd Enid. Roedd Smwt wedi adrodd hanes y pla iddi. 'Yn ôl y chwedlau, roedd blodyn du'n gallu cael gwared ar y pla, ond yn anffodus tydy'r blodyn ddim yn tyfu ar unrhyw un o ynysoedd y Pedair Ynys rhagor. Clywodd 'nhad adroddiadau fod y blodyn yn tyfu yn y Tiriogaethau Rhydd...'

'Aaaa, mae pethau'n gwneud synnwyr rŵan!' meddai Enid.

'Be ti'n feddwl?'

'Dwi'n deall pam fod yr Arglwydd Taran wedi ymbilio ar 'nhad i ymosod ar y Tiriogaethau Rhydd! Isio achub Carwen mae o!'

'Mae Carwen wedi ei chloi mewn ystafell ers i'w chroen droi'n ddu. 'Dan ni ddim yn cael ei gweld hi, dim ond siarad trwy'r drws. Mae twll bach i roi bwyd a diod iddi ar waelod y drws. Dwi'n casáu peidio'i gweld hi,' meddai Tyrfech gan gwffio'r dagrau.

Rhoddodd Enid ei llaw ar ei ysgwydd. 'Mae'n ddrwg gen i 'mod i wedi dy lusgo di i'r llanast yma!'

'Ddim dy fai di ydy o. Mae gen ti frawd sydd mewn trafferth. 'Dan ni yn yr un cwch!' meddai Tyrfech.

'Mi wna i'n siŵr y gweli di Carwen eto!'

'Dwi ddim am dy adael di nes bydd Calrach wedi cael ei drechu. Does gen i ddim syniad be i wneud ond mi dria i 'ngora!' meddai Tyrfech gan afael yn ei llaw.

Edrychodd y ddau ar ei gilydd am eiliad. Syllodd Enid i mewn i'w lygaid tywyll. Gwenodd Tyrfech arni. Roedd hi'n falch ei fod o gyda hi. Teimlai'n euog am gwyno gymaint am gael ei gorfodi i'w briodi! Rhowliodd olwynion y drol dros dwll yn y ffordd gan ddod â nhw'n nes at ei gilydd. Gollyngodd Enid law Tyrfech. Teimlai ei chalon hi'n curo'n gyflymach nag arfer. Edrychodd i ffwrdd – doedd hi ddim eisiau iddo ei gweld hi'n cochi. Treuliodd y ddau weddill y daith at y cwch mewn tawelwch, ond roedd eu meddyliau'n chwyrlïo.

PEDR

YNYS TRIGO

Daeth Pedr ac Enid wyneb yn wyneb â'i gilydd yng nghanol y brwydro erchyll. Dau ddewin mewn torf o ddynion, merched ac angenfilod. Gafaelai Pedr yn ffon Gwydion mewn un llaw a chleddyf yn y llall. Roedd gan Enid ffon yn ei llaw hefyd a goleuai diemwnt ar dop y ffon bren. Gafaelodd Enid yn dynn yn ei ffon a phwyntiodd ei chleddyf yn fygythiol at Pedr. Chwifiodd aderyn enfawr gwyn uwchben y ddau gan sgrechian.

'Tydy hi ddim yn rhy hwyr i ti, Enid! Gawn ni reoli'r Pedair Ynys. Gawn ni reoli unrhyw le 'dan ni isio!' meddai Pedr â chyffro yn ei lais. Roedd ei lygaid tywyll yn disgleirio.

'Ti 'di torri fy nghalon, Pedr!' criodd Enid. Edrychai ei chwaer mewn poen. Nid poen corfforol ond gallai Pedr weld ar ei hwyneb ei bod hi'n dioddef.

Rhedodd Enid at ei brawd. Doedd yr olwg boenus ddim ar ei hwyneb bellach. Edrychai'n ffyrnig. Pwyntiodd y ffon ato. Taflwyd Pedr i'r awyr cyn glanio'n galed ar y cae mwdlyd. Cododd yn araf bach ond roedd popeth yn aneglur. Ysgydwodd ei ben a daeth ei olwg yn ôl yn raddol. Daeth Enid ato'n gryfach y tro hwn, ond roedd Pedr yn barod. Llwyddodd i wrthsefyll yr ymosodiad a thaflu grym ei hun ati, gan lorio'i chwaer fawr. Cododd hithau'n sydyn. Rhedodd ato gyda'i ffon yn un llaw a'i chleddyf yn y llall, a tharodd ei chleddyf yn erbyn un Pedr. Roedd y frwydr yn un wyllt. Digwyddodd popeth mor sydyn. A dyna pryd clywodd Pedr y sŵn. Does dim byd fel sŵn cleddyf yn plymio i gorff rhywun. Roedd y ddau ym mreichiau ei gilydd, yn edrych ar ei gilydd am eiliad. Yna, disgynnodd afon goch o waed o geg Enid. Disgynnodd ar ei gliniau a Pedr gyda hi. Doedd o ddim am ei gollwng.

'Ti 'di torri 'nghalon i, Pedr,' sibrydodd Enid.

Ni wyddai Pedr beth i'w ddweud, dim ond syllu ar Enid yn cymryd ei hanadl olaf. Gafaelodd Pedr ynddi, wrth i'r brwydro fynd yn ei flaen o'u hamgylch. Clywai ddynion a merched yn griddfan mewn poen, angenfilod yn udo a sgrechian a chleddyfau'n taro'i gilydd yn ddi-baid. Ond allai Pedr ddim ond canolbwyntio ar wyneb llonydd ei chwaer, a'r afon goch oedd yn llifo i lawr ei gên.

Yn sydyn, agorodd Enid ei llygaid. Syllodd ar Pedr gan ailadrodd, 'Ti 'di torri 'nghalon i, Pedr!' drosodd a throsodd. Rhewodd Pedr, a'r geiriau'n atseinio yn uwch ac yn uwch cyn i bopeth dawelu.

Agorodd Pedr ei lygaid. Doedd o ddim ar y cae mwdlyd, ond yn gorwedd yn Ogof Tywyllwch, yn chwys drosto. Ochneidiodd mewn rhyddhad. Hunllef oedd hi wedi'r cyfan. Clywodd sŵn traed yn dod o gyfeiriad y twnnel ac ymddangosodd Calrach yng ngoleuni'r agoriad.

'Mae hi'n amser. Tyrd!' meddai wrth Pedr.

Ni wyddai Pedr beth oedd yn ei ddisgwyl wrth wneud y daith drwy'r twnnel, i fyny'r creigiau llaith a thrwy'r ceubren. Disgwyliai Calrach amdano y tu allan i'r goeden.

'Lle 'dan ni'n mynd?' gofynnodd Pedr.

'I gofio am hen ffrind,' atebodd Calrach yn amwys, cyn cerdded drwy'r goedwig.

Teithiodd y ddau drwy'r goedwig mewn tawelwch. Yn y pellter gallai Pedr weld fflamau yng nghanol y goedwig. Wrth agosáu, sylweddolodd Pedr mai coelcerth angladd oedd hi, a gorweddai corff yno. Edrychai'n debyg i Calrach, ond Gwydion oedd o. Safai Gwymon yr ochr arall i'r goelcerth, a dim ond ei wyneb i'w weld drwy'r fflamau.

''Dan ni yma i gofio am hen ffrind a brawd annwyl,' cyhoeddodd Calrach dros glecian y fflamau.

Roedd Pedr wedi drysu. Oedd Calrach yn cynnal angladd i rywun oedd wedi ei gloi mewn ogof am bum can mlynedd? Roedd y peth yn hurt! Cariodd y dewin yn ei flaen.

'Roedden ni unwaith yn ffrindie gorau! Dwi'n maddau i ti nawr am fy mradychu, Gwydion. Mae'n amser i ti orffwys, i ymuno efo gweddill y sêr, i gadw cwmni i Pedr, Angharad, Ceridwen, Gwawr a'r lleuad!'

Roedd dagrau'n llifo i lawr ei fochau a doedd dim arwydd ei fod am stopio. Ar yr eiliad honno, edrychodd Pedr ar ei feistr a gweld dyn gwan oedd yn gadael i'w emosiynau ei reoli.

'Mae'n rhaid i ni i gyd fod yn barod i aberthu'r hyn 'dan ni'n garu,' meddai wrth Pedr cyn cerdded yn ôl tuag at yr ogof.

Wrth edrych ar y fflamau'n llyfu corff Gwydion, meddyliodd Pedr mai peth hawdd fyddai aberthu rhywun. Doedd o'n caru neb bellach, ddim hyd yn oed Enid.

281

Enid

YNYS AFARUS

Cymerodd hi dros ddiwrnod cyfan i Enid a Tyrfech rwyfo o'r Tiriogaethau Rhydd i Afarus.

'Dylen ni fod wedi rhwyfo o amgylch yr ynys!' meddai Tyrfech gan edrych ar ganghennau'r coed a chlywed siffrwd y dail yn y gwynt.

'Bydd ffordd hyn yn gyflymach,' atebodd Enid.

'Sut? Dydy hynny ddim yn gwneud synnwyr!'

'Mae hi'n Goedwig Hud am reswm!' gwenodd Enid arno, cyn camu dan y coed. Dilynodd Tyrfech. Doedd o ddim eisiau cael ei adael ar ei ben ei hun. Doedd y tro diwethaf iddo fod yno ddim yn brofiad pleserus o gwbl.

Cerddodd y ddau drwy'r goedwig. Roedd hi'n llonydd yno. Yr unig beth allai'r ddau glywed oedd trydar yr adar. Teimlai Enid yn heddychlon. Doedd y goedwig ddim hanner mor arswydus a bygythiol â'r tro diwethaf. Dilynodd Enid sŵn yr adar gan wrando ar grensian y dail dan ei thraed. Oedodd. Roedd caban Gwydion o'i blaen. Edrychai'r caban yn unig a thywyll fel petai wedi heneiddio ers iddi fod yno, ychydig wythnosau'n ôl.

'Caban Gwydion?' dyfalodd Tyrfech.

Teimlai fel oes ers i Enid fod yno, yn blasu'r cawl gorau erioed. Roedd cymaint wedi digwydd ers hynny. Clywodd Enid y geiriau eto, *Ti ydy unig obaith y Pedair Ynys…* a gallai eto weld ei wên y tro diwethaf y gwelodd hi Gwydion yn yr ogof.

'Wyt ti isio mynd i mewn?'

'Sdim amser,' meddai Enid gan ailddechrau'r daith.

Dilynodd Tyrfech ei ffrind. Doedd o ddim yn edrych ymlaen at y daith hir oedd o'u blaenau. Brasgamodd Enid drwy'r goedwig, yn igam-ogamu o goeden i goeden. Dechreuai Tyrfech deimlo allan o wynt, ond roedd Enid ar garlam. Roedd Tyrfech ar fin gofyn am gael gorffwys pan ddaeth y goedwig i ben. Safai'r ddau ar y darn o laswellt rhwng y Goedwig Hud a thref Dantus.

'Sut? Ym…' crafodd Tyrfech ei ben. Doedd o ddim yn disgwyl cyrraedd tref Dantus mor sydyn.

'Fel ddudes i, Coedwig Hud!' atebodd Enid gyda gwên ddireidus.

Dechreuodd Enid gerdded ar hyd y gwair tuag at y dref. Oedodd Tyrfech am eiliad. Roedd ei feddwl yn llawn cwestiynau.

'Sut 'nest ti hynny?' gofynnodd wrth iddo ddal i fyny efo Enid.

'Dim fi na'th! Y goedwig na'th!' atebodd Enid.

'Ond sut oedda chdi'n gwybod? Dim ond newydd ddod i wybod fod hud yn perthyn i chdi wyt ti!'

'Fedra i ddim esbonio. Ers i Gwydion ddatgelu bod gen i hud, dwi wedi bod yn teimlo'n wahanol. Dwi'n gallu synhwyro pethau,' atebodd Enid. Doedd hi ddim yn hollol siŵr sut oedd hi'n gwybod am hud y goedwig ei hun, ond roedd pethau pwysicach ar ei meddwl.

Wrth iddyn nhw agosáu at y dref, sylweddolodd Enid pa mor ddistaw oedd hi o gymharu â'r tro diwethaf iddi fod yma. Doedd neb i'w weld yn unlle ac roedd awyrgylch iasol yn eu croesawu ar y stryd fawr. Doedd dim marchnad, dim sŵn plant yn chwarae, dim trigolion yn sgwrsio. Agorodd drws Y Seren a daeth y tafarnwr allan a thaflu hen gwrw i lawr y stryd. Stopiodd yn stond wrth weld Enid a Tyrfech yn nesáu.

'Be dach chi'n neud?' gofynnodd y tafarnwr yn amheus. Edrychodd o'i gwmpas yn nerfus.

''Dan ni ar ein ffordd i Borth Afarus,' atebodd Enid.

'Taswn i'n chi 'swn i'n troi'n ôl,' sibrydodd y tafarnwr.

Daeth bloedd o'r pellter, diflannodd y tafarnwr a chau drws Y Seren yn glep ar ei ôl. Edrychodd y ddau ar ei gilydd cyn cario ymlaen i lawr y stryd. Teimlai Enid yn anniddig. Byddai'n rhaid bod yn wyliadwrus.

'Pam ti'n meddwl ei fod o wedi awgrymu i ni droi'n ôl?' holodd Tyrfech.

'Dwn i'm,' atebodd Enid yn ddistaw.

'Sut groeso gei di gan dy dad, ti'n meddwl?'

'Dim un cynnes iawn! Ond dwi ddim ei ofn o. Mi wneith o wrando arna i tro 'ma!' atebodd Enid.

Roedd y ddau yng nghalon y dyffryn, yng nghysgod Mynydd Dantus. Roedd eu taith yn mynd dros y bryn a heibio'r mynydd at Borth Afarus, prifddinas Ynys Afarus. Gadawodd y ddau'r dref a dechrau dringo'r bryn. Wedi iddyn nhw gyrraedd y copa, oedodd y ddau wrth weld Mynydd Dantus yn ei holl ogoniant. Roedd eira ar y mynydd a'r copa wedi diflannu yn y cymylau. Roedd dipyn o waith troedio i fyny ac i lawr cyn cyrraedd Porth Afarus. Gwelodd Enid adar prysur yn yr awyr a chlywed y nant yn llifo i lawr y mynydd i afon Gwenllys. Roedd llwybr yn arwain o amgylch y mynydd, dros yr afon. Camodd Enid i lawr y bryn a chyrraedd yr afon. Edrychodd i lawr yr afon a gweld y cerrig mawr a godai o'r dŵr.

''Dan ni angen gorffwys, Enid. Mae gennon ni ychydig o

fwyd ar ôl,' meddai Tyrfech yn cyfeirio at y sach gyda'i law. 'Dylen ni fwyta cyn croesi!'

Oedodd Enid, cyn cytuno. Eisteddodd y ddau ar y gwair yn gwrando ar yr afon ac yn bwyta rhanangos ar fara oedd, er syndod, yn dal yn ffres. Roedd y ddau wedi osgoi siarad am yr eiliad yn y drol ar y Tiriogaethau Rhydd. Gwyddai Enid ei bod wedi teimlo rhywbeth wrth gyffwrdd ei law. Rhywbeth nad oedd hi wedi ei deimlo erioed o'r blaen. Edrychodd ar Tyrfech oedd wrthi'n sglaffio'i ginio. Roedd hi'n braf cael boddi yn y tawelwch ond roedd gwaith i'w wneud. Cododd y ddau a rhoddodd Tyrfech y sach dros ei ysgwydd a dilyn ei ffrind.

Roedd hi'n siwrnai hir ar hyd y llwybr oedd yn mynd dros ochr y mynydd. Roedd llwybrau haws ond hon oedd y ffordd gyflyma i Borth Afarus. Brwydrodd y ddau yn erbyn y brigau a'r gwrychoedd oedd bob ochr i'r llwybr cul, wrth ddringo'r mynydd. Roedd Enid ar garlam a Tyrfech y tu ôl iddi'n ceisio dal ei wynt. Ar ôl ychydig, dechreuodd y llwybr fynd am i lawr. Diolchodd Tyrfech, ond golygai hyn fod Enid yn cerdded yn gyflymach, bron ei bod hi'n rhedeg. Erbyn cyrraedd pen draw'r llwybr, roedd Tyrfech yn greithiau i gyd. Teimlai ei fod wedi colli'r frwydr â'r brigau a'r gwrychoedd, ond roedd o'n falch o gyrraedd diwedd y llwybr. Carlamodd Enid yn ei blaen. Gwyddai y bydden nhw'n gallu gweld y ddinas ar ôl pasio'r graig.

Edrychai Porth Afarus mor hardd o waelod y mynydd, hyd yn oed ar ddiwrnod mor ddiflas. Pwyntiai Tŵr yr Arglwydd i'r awyr, adeilad uchaf yr ynys. Gwelodd Enid adar yn hedfan heibio'r tŵr a gorffwys ar y gadeirlan. Dechreuodd hi bigo bwrw glaw wrth i'r ddau gyrraedd y ddinas. Rhoddodd ei chlogyn dros ei phen. Doedd hi ddim eisiau gwlychu, ond yn fwy pwysig doedd hi ddim eisiau i neb ei hadnabod. Cerddodd y ddau drwy'r Hen Dref. Roedd y farchnad yn ddistawach nag arfer, a'r gweithfeydd gwlân yn ddistaw hefyd. Oedodd Enid ar gornel stryd pan welodd ddau ddyn mewn gwisgoedd du yn dal un o'r marchnatwyr yn erbyn wal.

'Paid byth â'n herio fi eto! Yr Arglwydd sydd piau popeth yn y farchnad yma. Mi wnawn ni gymeryd be 'dan ni isio!'

Dechreuodd Enid gerdded at y dynion ond gafaelodd Tyrfech yn ei braich.

'Does dim amser! Mae'n rhaid i ni siarad efo dy dad!'

Gwyddai Enid fod Tyrfech yn iawn. Ond roedd o'n torri ei chalon i weld y dynion yn codi ofn ar yr hen farchnatwr. Roedd hi wedi teithio o'r mynydd i'w chartref sawl tro o'r blaen. Gallai wneud y siwrnai â'i llygaid ar gau!

Roedd y giât fawr ar agor pan gyrhaeddodd y ddau. Doedd hi byth ar agor fel arfer. Cerddodd y ddau drwy'r gerddi. Doedden nhw ddim wedi cael eu trin ers tro. Yn sydyn, clywodd Enid chwerthin yn dod o'r palas. Oedodd pan welodd ddau ddyn mewn gwisgoedd duon yn sgwrsio y tu allan i ddrws y palas, ond stopiodd y ddau sgwrsio pan welon nhw Enid a Tyrfech.

'Wedi dod â rhodd i'r arglwydd?' chwarddodd un ohonyn nhw gan edrych ar Tyrfech.

'Be?' atebodd Tyrfech mewn penbleth.

Pwy oedd y dynion? A pham oedden nhw tu allan i ddrws y palas fel gwarchodwyr? Tynnodd Enid ei chlogyn gan ddangos ei hwyneb.

'Enid ydw i, merch yr arglwydd!'

Syllodd y ddau arni, cyn dechrau chwerthin yn aflafar dros bob man.

'Ti chydig yn hen i fod yn ferch i'r arglwydd, del!'

Chwarddodd y ddau. Dechreuodd Enid golli ei hamynedd.

'Ble mae'r Arglwydd Gwern? Mae ei ferch isio siarad ag o!' torrodd Enid ar draws y ddau.

Peidiodd y chwerthin, a lledodd crechwen hyll ar hyd wyneb un ohonyn nhw. Agosaodd at y ddau. Camodd Tyrfech yn ei flaen yn warchodol.

'Dewch efo fi. Mae'r arglwydd yn y neuadd,' meddai'r llall cyn troi a diflannu trwy'r drws.

Roedd y palas yn drewi ac roedd sŵn chwerthin a rhialtwch yn llenwi'r lle. Arweiniodd y dynion y ddau at y neuadd. Teimlai Enid mor rhyfedd bod yn ôl, ond roedd y palas wedi newid. Roedd hi prin yn adnabod y lle rhagor. Roedd dau fwrdd hir, llawn pobl yn y neuadd. Eisteddai ugain o ddynion ar bob bwrdd a merched hanner noeth yn eistedd ar eu gliniau. Roedd Enid yn methu deall beth oedd yn mynd ymlaen wrth weld y bobl ddieithr yn pigo bwyd o'r wledd oedd ar y byrddau ac yn llowcio'r cwrw fel petai'n ddŵr. Roedd pib yng ngheg llawer o'r dynion a hynny'n creu niwl o fwg dros y neuadd.

'Dyma chi, arglwydd!' cyhoeddodd un. Cerddodd y ddau heibio Enid a Tyrfech.

Eisteddai'r arglwydd yn ei gadair foethus. Edrychodd Enid a Tyrfech ar ei gilydd yn ddryslyd. Nid Gwern oedd yn eistedd yn ei gadair, ond dyn ifanc. Gwenodd, ond roedd ei lygaid yn bradychu ei dristwch.

'A pwy ydych chi?' gofynnodd gan weiddi ar draws y neuadd. Tawelodd pawb.

'Pwy wyt *ti*?' atebodd Enid. Chwarddodd rhai o'r dynion.

'Fi yw Gelert, Arglwydd Afarus!'

'Ble mae fy nhad?' gofynnodd Enid. Gallai glywed Tyrfech yn anadlu'n ddwfn, ond roedd hithau'n hollol lonydd. Doedd dim yn cynhyrfu Enid bellach. Dechreuodd Gelert chwerthin.

'Ha! Merch Gwern, ydw i'n iawn?' gofynnodd gan godi o'i gadair a dechrau camu at y ddau.

'Ble mae fy nhad?' gofynnodd Enid eto. Doedd ganddi ddim amser i chwarae gemau.

'Mae dy dad wedi marw. Lle wyt ti 'di bod?' Chwarddodd pawb yn y neuadd.

Roedd cymaint wedi digwydd ers iddi adael, ond doedd hi ddim yn disgwyl hyn. Teimlai ryddhad nad oedd hi'n gorfod wynebu Gwern, ond eto, roedd hi wedi colli ei thad ac roedd hynny'n deimlad rhyfedd.

'Mae dy fam yn dal yn fyw,' meddai Gelert. 'Gei di ymuno â hi yn y celloedd! Mostyn!'

Camodd cawr o ddyn atynt a'i ben moel yn sgleinio yn y mwg. Roedd o ar fin gafael yn Enid pan rewodd yn ei unfan. Syllodd Enid arno cyn dal ei dwylo ato a'i wthio yn ôl gyda'i hud. Disgynnodd Mostyn ar y llawr. Crebachodd yn hogyn bach ofnus. Edrychodd Gelert ar Enid yn ofalus. Cododd pob dyn yn y neuadd, heblaw Mostyn. Rhedodd y merched i ffwrdd. Roedd Enid a Tyrfech wedi'u hamgylchynu.

'Rhowch y ddau yma yn y celloedd!' gwaeddodd Gelert. Trodd a mynd i eistedd yng nghadair yr arglwydd.

Camodd dau ddyn atyn nhw ac wedyn rhewi, yn union fel gwnaeth Mostyn. Gallai Enid weld ar wyneb Gelert ei fod wedi dychryn. Taflwyd y dynion at y waliau. Daeth mwy o ddynion, a mwy o ddynion wedyn i geisio cipio Enid, ond taflwyd pob un i'r llawr. Gwenodd Enid ar Gelert.

'Os dach chi isio mynd, ewch, wna i ddim eich brifo chi,' meddai Enid yn bwyllog.

Edrychodd y dynion ar ei gilydd am eiliad cyn rhuthro o'r neuadd gan wthio'i gilydd am y cyntaf i adael. Trodd Enid ei sylw yn ôl at Gelert. Roedd o wedi codi ar ei draed. Nid sŵn anadlu Tyrfech oedd i'w glywed erbyn hyn, ond Gelert. Llyncodd ei boer wrth i Enid agosáu ato. Roedd hi mor agos, gallai Enid deimlo'i anadl ddrewllyd ar ei hwyneb.

'Cer o 'ma a paid byth dod yn ôl, neu mi ladda i di,' sibrydodd Enid yn ei glust.

Oedodd Gelert am eiliad, cyn ildio a gadael y neuadd. Roedd ei deyrnasiad byr fel Arglwydd Afarus wedi dod i ben. Rhuthrodd Enid o'r neuadd, trwy ddrws bychan wrth y grisiau mawr ac i lawr y grisiau troellog. Cyrhaeddodd y gwaelod. Roedd hi'n hollol dywyll yno ac yn drewi o biso. Gwyddai fod llusern yno'n rhywle. Cliciodd ei bysedd. Goleuodd llusern ar y wal wrth ei hymyl. Gafaelodd ynddi a cherdded yn araf bach i lawr y twnnel. Roedd celloedd gwag bob ochr iddi. Edrychodd i'r pen draw, a gwelodd gorff yn gorwedd fel baban ar y llawr, a'i chefn tuag ati hi. Camodd Enid yn araf tuag at y gell. Torrodd y clo ac agor drws y gell yn araf.

'Mam?'

Ystwyriodd y corff ar y llawr. Trodd Alys i wynebu Enid. Brawychwyd Enid wrth weld wyneb ei mam. Roedd hi'n gleisiau drosti a'i thrwyn yn goch gan waed. Dechreuodd dagrau lifo i lawr ei hwyneb. Gososdodd Enid y llusern ar y llawr, rhuthro at ei mam a'i chofleidio. Sylwodd ar y cadwyni am ei dwylo. Gafaelodd ynddyn nhw a'u torri'n rhydd gyda'i hud. Doedd Alys ddim mewn stad i sylwi beth oedd yn digwydd. Cofiodd y geiriau olaf iddi ddweud wrth ei mam, *lle mae'ch asgwrn cefn chi?* Cofleidiodd Enid ei mam yn dynnach nag erioed. Doedd hi ddim eisiau ei gollwng byth.

★ ★ ★

Gosododd Enid gadach oer yn ofalus ar wyneb Alys. Disgleiriai'r cleisiau yng ngolau'r canhwyllau. Gorweddai ei mam ar wely Pedr – roedd hi wedi gwrthod mynd i'w hen ystafell. Gallai Enid ogleuo'r pysgod o hyd. Doedd o ddim mor gryf â'r oglau cwrw oedd ar hyd y palas, ond roedd o'n dal yno, yn mynnu glynu. Agorodd Alys ei llygaid. Ceisiodd wenu ar Enid, ond roedd y briwiau ar ei gwefusau yn ei rhwystro.

'Dylen i fod wedi dod efo ti o'r cychwyn,' sibrydodd Alys.

'Mae angen i chi orffwys,' meddai Enid. Anwybyddodd ei mam gan geisio codi ar ei heistedd.

'Wnest ti ddod o hyd i Pedr?'

Petrusodd Enid. Doedd hi ddim yn syniad da sôn am yr hud, nid rŵan beth bynnag.

'Naddo. Mae'n rhaid i chi orffwys!'

'Be ti'n meddwl sydd wedi digwydd i Pedr bach?'

'Dim syniad, ond mi wnes i drio 'ngora, wir yr!' meddai Enid gan gwffio'r dagrau.

'Ddim dy fai di ydy o, Enid! Dwi'n llwfrgi am beidio dod efo ti. Mi wna i gario hynny am byth. Mae hynny'n brifo llawer mwy na'r cleisiau 'ma!'

Parhaodd Enid i roi'r cadach oer ar wyneb ei mam, gan fwytho'r cleisiau. Edrychai'n ofnadwy a theimlai Enid bwl o euogrwydd wrth edrych arni.

'Be ddigwyddodd i 'nhad?' gofynnodd Enid o'r diwedd.

'Mi oedd o'n frenin y Pedair Ynys am ychydig, cyn i rywun ei ladd o,' meddai Alys yn ffwrdd â hi. Doedd y newyddion am farwolaeth Gwern ddim wedi gwneud argraff fawr arni.

'Pwy ydy'r brenin rŵan?'

'Brenhines! Dy ffrind, Siwan, o'r Ynys Wen,' atebodd Alys.

Allai Enid ddim credu'r peth. Siwan yn frenhines? Doedd Siwan ddim y math o berson i deyrnasu dros y Pedair Ynys.

Ond roedd pethau wedi newid ers iddi adael Afarus. Efallai bod Siwan wedi newid hefyd.

'Sut 'nest ti lwyddo i fynd heibio Gelert a'i ddilynwyr?'

'Roedd gen i help!'

Cododd Enid ar ei thraed a mynd at y ffenestr. Roedd hi wrth ei bodd yn edrych ar Borth Afarus yn y nos. Roedd gweld yr holl lusernau yn y ffenestri'n rhoi teimlad hudolus iddi. Ond allai hi ddim credu gymaint oedd y ddinas wedi newid mewn cyn lleied o amser, ers iddi gychwyn ar ei thaith i geisio achub Pedr.

'Ble mae'r milwyr i gyd?' gofynnodd Enid gan droi at ei mam.

'Mae'r rhan fwyaf un ai wedi marw neu'n garcharorion ym Mhorth Wen. Mae'r gweddill wedi ffoi i Ddyffyn Tawel gyda Goronwy,' atebodd Alys.

'Pam?'

'Doedd dim digon o filwyr ar ôl i wrthwynebu Gelert a'i griw!'

Eisteddodd Enid ar erchwyn y gwely. 'Mae'n rhaid i mi fynd i Ynys Wen fory,' meddai.

'Dwi ddim yn meddwl bod hynny'n syniad da!'

'Pam?'

'Dy dad na'th ladd Peredur, tad Siwan!'

'Ond dwi ddim byd tebyg i 'nhad!'

'Dwi'm yn meddwl bydd hynny'n golygu dim i'r Frenhines Siwan,' meddai Alys. 'Pam mae'n rhaid i ti fynd? Newydd gyrraedd wyt ti! Ti 'di newid gymaint, Enid!' Roedd ei hwyneb yn llawn edmygedd wrth iddi edrych ar ei merch.

'Mae'n rhaid i mi weld Siwan,' atebodd Enid gan godi ar ei thraed.

'Ond…'

'Ac mae'n rhaid i chi orffwys!' torrodd Enid ar ei thraws. 'Wela i chi yn y bore, cyn i mi fynd!'

'Dwyt ti ddim yn mynd i nunlle ar ben dy hun!'

'Dwi ddim ar ben fy hun, mam. Mae T—'

'Dwi'n dod efo ti,' meddai Alys yn benderfynol.

'Ydy hynny'n syniad da?'

'Waeth i ti heb, Enid. Dwi'n difaru peidio dod efo ti i chwilio am Pedr yn y lle cynta. Dwi wedi cael digon o ddifaru!'

'Ond...' dechreuodd Enid.

'Dyna'i ddiwedd hi! Wela i di'n bore,' meddai Alys gan orwedd yn ôl ar y gwely a throi ei chefn ar Enid.

Chwythodd Enid un o'r canhwyllau ar y waliau, a gadael un yn llosgi. Doedd hi ddim eisiau i'w mam fod ar ei phen ei hun yn y tywyllwch. Cerddodd at y gwely a gorwedd wrth ei hymyl. Estynnodd Alys ei braich yn ôl a gafael yn dynn yn llaw Enid. Teimlai Enid yn ddiogel. Caeodd ei llygaid a mynd i gysgu'n syth. Roedd hithau angen gorffwys hefyd. Roedd diwrnod mawr o'u blaenau.

Pedr

YNYS TRIGO

Dilynodd Pedr y golau ar ben ffon Calrach drwy'r goedwig, eto. Teimlai bod yr hen ddewin yn dangos rhywbeth newydd iddo o hyd. Roedd o ar dân eisiau hwylio i'r Pedair Ynys, ond roedd rhaid i Gwymon a'i griw adeiladu'r llongau cyn gadael.

'Be dach chi am ddangos i mi heno?' gofynnodd Pedr yn ddiamynedd.

Trodd Calrach i edrych arno. Edrychodd Pedr i'w lygaid oer. Roedd o fel edrych i mewn i ddrych. 'Mae croeso i ti aros yma, os dwyt ti ddim isio dod efo fi i Ynys Wen,' meddai'r dewin.

Cerddodd Calrach yn ei flaen. Ochneidiodd Pedr a'i ddilyn. Gallai Pedr glywed tonnau'r môr ac oglau'r heli wrth iddyn nhw agosáu at ben draw'r goedwig. Clywodd sŵn fel petai rhywun yn curo'n ddi-baid ar y drws. Gallai weld cysgodion yn symud ar y tir anial, drwy'r coed. Pan ddaeth y coed i ben fe syfrdanwyd Pedr gan yr hyn a welai. Rhedai bleiddiaid ar draws y tir gyda darnau o bren ar eu cefnau. Roedd adar yn hedfan gyda darnau o'r llong yn eu cegau a'r dynion ar ben y llongau'n gosod popeth yn eu lle. Ddoe, dim ond darnau o bren oedd yno. Erbyn hyn roedd hanner cant o longau mawr ar hyd y tir anial, yn barod i hwylio i Ynys Wen.

'Os wyt ti'n amyneddgar, fe gei dy wobrwyo!' meddai Calrach gan wenu ar Pedr.

Safodd Pedr yno'n edrych ar yr olygfa, y geiriau'n sownd yn ei wddf.

'Dwi wedi creu'r fyddin fwyaf a welodd y Pedair Ynys erioed. Does neb yn gallu ein rhwystro ni, Pedr!'

'Beth am Enid? Mae hud yn perthyn iddi hithau hefyd,' meddai Pedr o'r diwedd.

'Fe wnawn ni geisio'i pherswadio i ymuno efo ni!'

'Neith hi ddim,' atebodd Pedr.

'Felly bydd rhaid trechu Enid, fel Gwydion, ac mi drechwn ni bawb arall fydd yn ceisio gwrthsefyll ein pŵer a'n grym!' meddai Calrach yn llawn cyffro. Roedd Pedr yn ddistaw.

'Wyt ti'n mynd i allu trechu Enid, pan ddaw'r amser?' gofynnodd Calrach gan edrych ar Pedr o gornel ei lygaid. Trodd Pedr i edrych ar ei feistr.

'Wrth gwrs,' meddai.

Crechwenodd y dewin wrth edrych ar yr olygfa o'i flaen. Roedd popeth yn dod at ei gilydd. Gallai Pedr synhwyro cyffro Calrach. Edrychai fel hogyn bach ar fin derbyn anrhegion penblwydd. Fedrai Pedr chwaith ddim peidio teimlo'n gyffrous. Dyma gyfle'r *hogyn bach od* i ddangos i'w deulu, a gweddill y Pedair Ynys, pa mor arbennig oedd o.

Enid

MÔR Y MEIRW

Safai Enid ar flaen y llong yn edrych ar Borth Wen o'i blaen. Doedd hi ddim wedi gweld y brifddinas ers blynyddoedd, dim ond darllen llythyrau Siwan o'i hystafell. Tybed pa groeso fyddai yno iddi hi a'i mam? Gwraig a merch y dyn a laddodd dad y frenhines newydd. Doedd hi ddim wedi gweld Siwan ers ei breuddwyd fyw yn y Goedwig Hud cyn i'r bleiddiaid ymosod arni. Roedd geiriau Siwan yn gwneud synnwyr erbyn hyn, *rwyt ti wedi fy mradychu*.

Daeth Tyrfech i sefyll wrth ei hochr a'i wallt tonnog yn chwifio yng ngwynt y môr. Roedd o'n ddyn golygus, er gwaetha ei enw rhyfedd. Tybed beth oedd o'n feddwl ohoni hi?

'Mae dy fam yn dal i gysgu,' meddai Tyrfech o'r diwedd. 'Pryd wyt ti am sôn wrthi am yr hud? Ac am Pedr?'

'Ches i ddim cyfle i sôn am yr hud, wel, do'n i ddim isio ei drysu!' atebodd Enid.

'A Pedr?'

'Fedra i ddim dweud wrthi! Gwell peidio, dwi'n meddwl,' meddai Enid yn siomedig yn ei methiant ei hun.

'Ddim dy fai di oedd o,' meddai Tyrfech gan roi ei law ar ei hysgwydd. 'Wyt ti'n meddwl y gwnân nhw'n coelio ni?'

'Mi ddangosa i iddyn nhw os na wnân nhw! Er dwi'm isio codi ofn ar neb!'

'Ella fydd gen ti ddim dewis!' rhybuddiodd Tyrfech. Teimlai Enid bwysau'r Pedair Ynys ar ei hysgwyddau.

Gollyngwyd yr angor. Ymddangosodd Alys o'r caban. Roedd hi wedi ei gorchuddio gan gleisiau ond doedd ei harddwch ddim wedi diflannu. Ceisiodd daflu gwên at Enid. Dringodd y tri i lawr i'r cwch, a dechreuodd y gwas rwyfo. Doedd Enid erioed wedi gweld neb yn rhwyfo mor araf. Roedd ei freichiau bach fel dwy bluen. Bu bron i Enid ddefnyddio'i hud pan gymerodd Tyrfech y rhwyfau. Cochodd y gwas a thaflu golwg ymddiheugar at y tri.

Clywodd Enid sŵn bwrlwm y porthladd yn nesáu. Roedd yr adeiladau lliw hufen fel grisiau mawr yn arwain i fyny at y castell. Edrychai Porth Wen yn enfawr, ond doedd hi ddim mor hardd â Phorth Afarus. Doedd dim golygfa well na Phorth Afarus o droed Mynydd Dantus ar ddiwrnod braf. Eisteddai Alys a Tyrfech y naill ochr iddi ar y cwch. Roedd Alys yn llonydd, yn cau ei llygaid i deimlo awel y môr ar ei hwyneb. Gwingodd Tyrfech yn ei sedd.

'Fydd bob dim yn iawn,' meddai Enid wrtho. 'Mi wna i'n siŵr y cei di weld Carwen eto!'

Arafodd y cwch wrth i'w waelod grafu'r gro ger y lan. Dringodd y tri allan. Edrychodd Enid ar y dŵr a sylwi ei fod o'n goch. Camodd y tri i fyny'r grisiau o'u blaenau cyn cyrraedd y porthladd. Doedd Enid erioed wedi gweld y lle mor brysur ac roedd ôl y frwydr i'w weld. Roedd gweithwyr yn dal i gario darnau o arfwisgoedd, tarianau, cleddyfau a hyd yn oed cyrff, mewn cartiau enfawr. Rhuthrodd milwr atynt.

'Pwy ydych chi? Does dim llongau i fod i gyrraedd heddi!' meddai'r milwr. Edrychai dan gymaint o straen. Oedodd pan welodd wyneb Alys. 'Er mwyn y lleuad! Beth ddigwyddodd i chi?'

'Stori hir. 'Dan ni eisiau cyfarfod y frenhines. Mae gennon ni rywbeth pwysig i'w drafod gyda hi,' atebodd Alys.

'Mae'n ddrwg gen i ond mae'r frenhines yn brysur!' chwarddodd y milwr fel petai o'r cwestiwn mwyaf twp iddo glywed erioed. 'Bydd yn rhaid i chi fynd yn ôl ar eich cwch mae gen i ofn!'

Ceisiodd y milwr dywys y tri yn ôl i lawr y grisiau, ond roedd Enid wedi cael llond bol ar fod yn glên.

'Mae'n rhaid i mi siarad â'r frenhines!' meddai Enid yn flin.

'Ie, ie, a fysen i'n hoffi tase 'ngwraig ddim yn gweithio mewn tafarn, ond allwn ni ddim cael popeth!' atebodd y milwr.

'Fi yw Enid, merch y diweddar frenin Gwern, ac mae'n rhaid i mi siarad â'r frenhines!'

Stopiodd y milwr yn stond gan edrych mewn syndod ar Enid.

'Dilynwch fi,' sibrydodd. Gwaeddodd ar fwy o filwyr i roi cymorth iddo. Doedd o ddim eisiau colli gafael ar y gwesteion pwysig yma.

Arweiniodd y milwyr y tri i'r castell gan adael y gweithwyr i orffen clirio olion y frwydr fawr. Ond doedd gan yr un ohonyn nhw syniad fod brwydr arall, un lawer mwy peryglus ar y gorwel.

Rhan 8

Ynys y Gogledd

ANEIRIN

YNYS WEN

O'r diwedd, daeth y diwrnod. Diwrnod dychwelyd i Ynys y Gwynt. Teimlai Aneirin yn fodlon am unwaith yn ei fywyd, er y byddai'n rhyfedd bod yn Nhafarn yr Angor heb Gruff. Gafaelodd yn ei sach oedd yn llawn dillad. Doedd ganddo ddim byd gwerthfawr, dim ond pethau angenrheidiol. Caeodd ddrws ei ystafell ac anelu am y Neuadd Fawreddog. Eisteddai Siwan a Bleddyn wrth y bwrdd. Gwenodd Siwan wrth weld ei brawd.

'Ro'n i'n poeni byset ti'n gadael heb ddweud dim!'

'Heb ffarwelio â'n chwaer fach?' gwenodd Aneirin.

'Fydd hi'n rhyfedd hebddot ti. Ti'n siŵr alla i ddim dy berswadio di i aros?'

Ysgydwodd Aneirin ei ben. 'Fydda i'n dod i ymweld bob hyn a hyn, ond am nawr dwi moyn seibiant o'r holl ymladd, a'r holl wleidyddiaeth!'

Cuddiodd Siwan ei siom a chododd i gofleidio'i brawd.

'Gyrra lythyr os wyt ti moyn unrhyw beth, a fe ddo i draw yn syth,' meddai Aneirin gan afael ynddi'n dynn.

Gwahanodd y ddau a daeth Bleddyn ato. Ysgydwodd Aneirin ei law. Doedd dim angen dweud dim. Gwyddai y byddai ei chwaer yn ddiogel gyda'r Bwystfil yn ei gwarchod.

Gadawodd Aneirin y castell drwy'r drysau enfawr. Ceisiodd

yr haul ddangos ei wên drwy'r cymylau llwydion a theimlodd Aneirin yn rhydd wrth glywed drysau'r castell yn cau y tu ôl iddo. Roedd o wedi gwrthod y cynnig o gael milwyr i'w dywys i lawr i'r porthladd. Doedd o ddim yn teimlo fel dyn pwysig ar ôl blynyddoedd o ymladd yn y fyddin, a doedd fawr o neb yn ei adnabod ym Mhorth Wen beth bynnag. Gwyddai pawb mai Aneirin Wyn II, brawd y frenhines oedd un o arwyr Brwydr Porth Wen, ond doedd bron neb yn gwybod sut oedd o'n edrych.

Cerddodd ar draws Maes y Brenin, neu Faes y Frenhines erbyn hyn. Roedd ôl y frwydr yn dal yno. Ceisiodd Aneirin anwybyddu'r clirio, ond hawdd oedd anwybyddu bloeddio'r marchnatwyr a phrysurdeb y siopwyr. Edrychodd Aneirin ar hyd y stryd fawr oedd yn arwain at y porthladd ac at y môr yn y pellter. Camodd yn hamddenol gan adael olion rhyfel tu ôl iddo. Dechreuodd fwynhau ei ryddid. Fedrai o ddim aros i gael hwylio i Ynys y Gwynt, gweld Traeth Coch yn agosáu a'r Angor yn ei groesawu gartref.

Roedd Aneirin hanner ffordd at y porthladd pan welodd griw o filwyr yn dod i'w gyfarfod. Brasgamodd wyth milwr i fyny'r stryd. Symudodd trigolion yr ynys i'r ochr. Roedd golwg ddifrifol iawn ar wyneb y milwr oedd ar y blaen. Edrychodd Aneirin ar y tri oedd wedi'u hamgylchynu gan y milwyr. Edrychai'r tri'n gyfarwydd iddo, a suddodd calon Aneirin wrth iddyn nhw nesáu.

'A! Aneirin!' meddai'r milwr cyn sibrwd y geiriau nesaf. 'Mae'r tri yma moyn gair 'da'r frenhines. Maen nhw'n honni taw...'

'Dwi'n gwybod pwy ydyn nhw,' torrodd Aneirin ar ei draws.

Roedd Aneirin yn adnabod Enid o'i blentyndod. Cofiai pan

ddeuai hi a'i brawd bach rhyfedd draw gyda'u rhieni. Gwyddai mai Alys oedd y ddynes hefyd, er yr holl gleisiau ar ei hwyneb. Doedd dim angen dyfalu pwy oedd y dyn. Edrychai Tyrfech fab Taran yn union fel ei dad. Allai Aneirin ddim credu bod y tri wedi meiddio dod i Ynys Wen.

'Mae'n rhaid i mi siarad efo Siwan!' ymbiliodd Enid.

'Y Frenhines Siwan,' cywirodd Aneirin.

'Mae'n bwysig,' meddai Tyrfech.

'Pam?' gofynnodd Aneirin.

'Mae'r Pedair Ynys mewn perygl, a 'dan ni wedi dod i ofyn am gymorth!' atebodd Enid.

Gwelodd Aneirin y llong yn y pellter, yn barod i hwylio i Draeth Coch. Gwyddai na fyddai'n hwylio heddiw. Byddai'n rhaid iddo ohirio ei daith i Ynys y Gwynt.

Siwan

YNYS WEN

Eisteddai Siwan ar yr orsedd yn y Neuadd Fawreddog, gyda Bleddyn ar gadair wrth ei hochr, a hynny'n gwneud iddi deimlo'n fach. Roedd meddwl Siwan ar chwâl. Pam mae Enid wedi dod i'r ynys, ar ôl popeth oedd wedi digwydd rhwng eu tadau? Ni wyddai beth fyddai ei hymateb hi pan gerddai Enid, Alys a Tyrfech drwy'r drws. Teulu i fradwyr oedden nhw ac roedd y gosb am hynny'n llym. Efallai mai wedi dod i ofyn am faddeuant oedden nhw? Curai ei chalon yn gyflym ac roedd ei dwylo'n wlyb o chwys. Ond doedd ganddi ddim rheswm i boeni. Siwan oedd yn eistedd ar yr orsedd. Siwan oedd yn gwisgo'r goron. Siwan oedd y frenhines.

Glaniodd Brân ar ysgwydd Siwan. Agorodd y drws a chamodd Aneirin i mewn i'r neuadd. Yna daeth deg milwr a'r bradwyr yn eu canol. Doedd yr un ohonyn nhw'n gallu edrych ar Siwan. Teimlai'r tri gymaint o gywilydd am droseddau Gwern a Taran. Roedd Siwan yn falch. Dylen nhw deimlo cywilydd. Dringodd Aneirin y grisiau bach oedd yn arwain at yr orsedd ac eistedd yn y gadair wag wrth ochr y frenhines. Roedd y ddau roedd Siwan yn ymddiried ynddyn nhw fwyaf bob ochr iddi. Roedd hi mor falch fod Aneirin wedi aros. Symudodd y milwyr i'r ochr gan adael y tri bradwr yng nghanol y neuadd yn wynebu'r frenhines, ond roedd llaw pob un ar garn ei gleddyf, yn barod os âi unrhyw beth o chwith.

'Ydych chi wedi dod i ymddiheuro?' gofynnodd Siwan, yn edrych ar Enid. Ei brad hi oedd wedi brifo fwyaf.

'Mae'n wir ddrwg gen i am be na'th 'nhad! Doedd gen i ddim syniad tan —' dechreuodd Enid.

'Dim syniad?' gwaeddodd y frenhines. 'Dwi'n falch bod yr holl lythyre wnes i anfon wedi bod o werth i ti.'

'Ddim dyna —' dechreuodd Enid.

'Hy!' wfftiodd y frenhines.

'Dwi ddim yn siŵr wyt ti'n gwybod, ond mae Pedr wedi cael ei gipio,' mentrodd Enid. Trodd i edrych ar ei mam cyn cario ymlaen. 'Es i chwilio amdano dros wythnos yn ôl. Ar ôl taith hir a pheryglus, mi 'nes i ddod o hyd iddo fo!'

'Be? Ond 'nest ti ddeud…' dechreuodd Alys, wedi cynhyrfu wrth glywed y newyddion newydd.

'Mae'n ddrwg gen i am ddweud celwydd, ond roeddech chi mewn stad ofnadwy! Do'n i ddim isio gwneud pethau'n waeth!'

'Ydy o'n iawn? Sut oedd o? Ydy o'n fyw?' ymbiliodd Alys.

'Mae o'n fyw, ond mae o'n wahanol,' atebodd Enid cyn troi'n ôl at Siwan. 'Dwi wedi dod yma i'ch rhybuddio chi, i wneud yn siŵr ein bod ni'n barod pan fydd y frwydr yn dechrau!'

'Pa frwydr?' holodd Aneirin gan bwyso ymlaen yn ei gadair.

'Bydd hyn yn anodd i chi goelio! Pythefnos yn ôl fyswn i ddim yn coelio'r peth fy hun. Mae Pedr wedi cael ei gipio gan hen ddewin o'r enw Calrach. Roedd y dewin wedi cael ei gloi mewn ogof am bum canrif gan ei frawd, Gwydion, ond mae o wedi llwyddo i ddianc. Roedd o'n Frenin y Pedair Ynys pan garcharwyd o yn Ogof Tywyllwch. Mae Calrach isio adennill yr orsedd ac mae ganddo hud i'w helpu,' meddai Enid.

Edrychodd Aneirin a Siwan ar ei gilydd mewn penbleth. Roedd hyd yn oed rhai o'r milwyr yn chwerthin.

'Pam fyswn i'n dod yr holl ffordd yma, ar ôl popeth sydd wedi digwydd, os nad ydy o'n wir?' gofynnodd Enid yn rhwystredig.

Peidiodd y chwerthin. Edrychodd Siwan ar ei hen ffrind. Fyddai Enid fyth mor ddifrifol â hyn a gallai Siwan weld fod rhywbeth yn ei phoeni. Ond roedd y stori hud yn hollol anghredadwy.

'Pam fyset ti'n dod 'ma ar ôl beth ddigwyddodd? Rhwbio'r halen yn y briw falle? Rwyt ti wedi fy mradychu,' poerodd Siwan. Atseiniodd y geiriau o amgylch y neuadd.

'Mae'n rhaid i ti ddangos iddyn nhw,' sibrydodd Tyrfech wrth Enid.

'Oes gen ti rywbeth i'w ddweud? Tyrfech, ydw i'n iawn?' gofynnodd Siwan.

'Mae'r stori'n wir. Dwi wedi gweld rhyfeddodau efo Enid. Mae hi'n berson arbennig.' Trodd Tyrfech i edrych ar Enid. 'Mae hi'n berson hudolus!'

Edrychodd Siwan ar Enid. Teithiai ei llygaid o amgylch yr ystafell. Beth oedd ar ei meddwl, tybed? Yna estynnodd Enid o'i blaen, fel petai'n ceisio dal rhywbeth. Edrychodd ar y frenhines, cyn cau ei llygaid. Gafaelodd y milwyr yn dynn yn eu cleddyfau. Edrychodd Siwan, Aneirin a Bleddyn ar Enid wedi drysu'n lân. Beth oedd yn bod arni? Beth oedd hi'n ei wneud? Yna, teimlodd Siwan ei choron yn codi oddi ar ei phen. Hedfanodd y goron fel saeth a glanio yn llaw Enid.

Tawelodd y neuadd yn llwyr, am eiliad. Crawciodd Brân. Allai Siwan ddim credu'r hyn roedd hi newydd ei weld. Roedd Bleddyn ar ei draed, cymaint oedd o wedi ei syfrdanu. Torrodd Enid ar y tawelwch.

'Os na wnawn ni weithio efo'n gilydd, mi neith Calrach gymryd dy goron di, yn union fel dwi newydd wneud,' meddai Enid.

'Beth? Sut?' dechreuodd Siwan, ond roedd y geiriau ar goll yn rhywle.

Edrychodd Enid ar y frenhines, a'r goron yn ei llaw, 'Ydych chi'n barod i wrando?'

ANEIRIN

YNYS WEN

Eisteddai'r chwech fel cysgodion yn Ystafell y Cyngor. Rhoddodd Enid a Tyrfech eiliad i bawb geisio prosesu'r hyn oedd newydd ddigwydd yn y Neuadd Fawreddog ond doedd gan Enid ddim amser i aros.

'Does gennon ni ddim llawer o amser. Mi fydd Calrach a'i fyddin yma mewn dim!' meddai Enid.

'Mae Calrach wedi disgwyl pum canrif i ddychwelyd i'r Pedair Ynys. Dwi ddim yn ei weld o'n gwastraffu amser,' ychwanegodd Tyrfech.

'Does bosib fod ganddo fyddin fawr iawn os yw e wedi bod mewn ogof ers pum can mlynedd?' gofynnodd Siwan.

'Ac mae gennon ni Fyddin y Pedair Ynys a ti a dy... hud,' meddai Aneirin.

'Newydd ddod i wybod am y pwerau yma ydw i. Mae Calrach wedi bod yn cryfhau ei hud am bum can mlynedd, a dwi'n amau fod ei fyddin yn fwy na 'dan ni'n feddwl,' atebodd Enid.

'Wyt ti'n credu bydd ein byddin ni'n ddigon i'w drechu?' gofynnodd y frenhines.

'Mae angen pob cymorth allwn ni,' atebodd Enid.

'Mae Ynys Wen ac Ynys y Gwynt yn barod i ymladd, a nawr dwi'n gwybod fod Ynys Afarus ar ein hochr ni. Os y'n ni am gael cymorth Ynys y Gogledd mae angen i ni ddelio â Taran,' meddai'r frenhines gan boeri enw'r Arglwydd Taran.

Allai Aneirin ddim teimlo'i draed. Roedd hi'n rhewllyd yn yr ystafell. Edrychodd Aneirin draw at Tyrfech. Roedd ei lygaid yn syllu ar ei draed wrth glywed enw ei dad, Taran. Doedd Aneirin ddim yn ymddiried ynddo o gwbl. Cododd Tyrfech ei ben.

'Fedra i berswadio 'nhad i'n helpu!'

Distewodd yr ystafell. Eisiau mynd yn ôl at ei dad oedd Tyrfech felly. Gwyddai Aneirin pa mor dan din oedd teulu Ynys y Gogledd.

'Does dim pwynt. Un hunanol fuodd dy dad erioed,' atebodd Siwan, gan oeri'r ystafell hyd yn oed yn fwy.

'Ond mae gen i'r hyn roedd 'nhad wir isio. Doedd o mond isio i Gwern ddod yn frenin er mwyn ymosod ar y Tiriogaethau Rhydd! Ond does dim angen i ni ymosod rhagor. Mae gen i'r hyn oedd 'nhad isio,' meddai Tyrfech.

'A beth yw hynny?' gofynnodd y frenhines.

'Blodyn i gael gwared o'r pla sydd wedi effeithio ar Carwen,' atebodd Tyrfech.

'Mae'n rhaid i ni wthio'n gwahaniaethau i un ochr, neu mae Calrach wedi ennill yn barod!' meddai Enid gyda brys yn ei llais.

'Mae'n hawdd i chi'ch dau ddweud hynny!' poerodd Siwan yn ôl. Gallai Aneirin weld cymaint oedd brad Enid wedi'i brifo. Roedd y ddwy wedi bod yn ysgrifennu llythyrau at ei gilydd ers blynyddoedd a Siwan erbyn hyn yn credu mai defnyddio'r wybodaeth i helpu ei thad ddod yn frenin wnaeth Enid.

'Doedd gen i ddim syniad be roedd 'nhad yn ei wneud,' meddai Enid. Wfftiodd y frenhines.

'Mae hi'n dweud y gwir,' meddai Alys yn sydyn, â thristwch

yn ei llais. 'Aeth Enid i chwilio am Pedr cyn i Gwern ddod i Borth Wen. Dwi'n difaru peidio mynd efo hi. Dwi'n deall pam 'dach chi'n flin efo ni. Dwi'n flin efo fi fy hun! Does gen yr un ohonoch chi syniad pa mor aml 'nes i feddwl rhoi cyllell yng nghalon Gwern wrth iddo gysgu. Byddwch yn flin efo fi, ond allwch chi ddim bod yn flin efo Enid. Mae ei chalon hi'n bur a dwi mor falch ei bod hi'n ferch i mi!'

Sobrodd yr ystafell. Gwenodd Enid ar ei mam. Os oedd Calrach ar ei ffordd, doedd dim amser i fwy o ffraeo. Cododd Aneirin ar ei draed.

'Fe wnawn ni adael y gorffennol yn y gorffennol. Mae gwaith 'da ni i wneud. Fe af i gyda Tyrfech i Ynys y Gogledd gydag ychydig o filwyr, a —' dechreuodd Aneirin cyn i'r frenhines dorri ar ei draws.

'Na. Dim milwyr. Dy'n ni ddim moyn mwy o frwydro. Fe af i gyda Tyrfech i ofyn am gymorth Taran.'

'Dyle'r frenhines aros ym Mhorth Wen, yn enwedig mewn cyfnod fel hyn!' erfyniodd Aneirin.

'Mae'r briffdinas dy angen di'n fwy na fi! Ti oedd arwr Brwydr Porth Wen. Fe wnei di aros yma gydag Enid ac Alys i wneud yn sicr y bydd y ddinas yn barod am yr ymosodiad,' meddai Siwan cyn troi at Tyrfech. 'Fe yrrwn ni lythyr at Dyfan ar Ynys y Gogledd i ddod â'r fyddin i Borth Wen, ac fe af i a Bleddyn gyda Tyrfech i ofyn am gymorth Taran a'r Dynion Gwyllt!'

'Dylwn i fynd. Fe alla i ddangos yr hud iddo. Doeddech chi ddim yn fy nghoelio i tan i mi ddangos i chi!' meddai Enid.

'Byddwn ni dy angen di yma, rhag ofn i Calrach gyrraedd,' atebodd Siwan.

'Sai'n credu bod hyn yn syniad da,' sibrydodd Aneirin wrth agosáu at y frenhines.

309

'Ti oedd yn credu y byddwn i'n gwneud brenhines dda,' meddai Siwan.

'Ie, ond—'

'A dyma yw penderfyniad y frenhines!'

Eisteddodd Aneirin. Roedd rhaid iddo wrando, er nad oedd o'n cymeradwyo'r cynllun o gwbl.

'Os nad oes dim byd arall, mae gwaith 'da ni i wneud!' meddai'r frenhines gan gloi'r cyfarfod.

* * *

Edrychodd Aneirin ar y llong oedd yn gadael Porth Wen drwy ffenestr ei ystafell. Edrychai'r môr yn ffyrnig wrth i'r gwynt chwyrlïo a'r glaw dywallt. Roedd wedi colli'r frwydr i berswadio Siwan i aros. Doedd hi ddim yr un ferch ag oedd hi cyn iddo gael ei hel gan eu tad i Ynys y Gwynt. Roedd hi'n styfnig ac yn benderfynol, ac yn frenhines dda.

Gadawodd yr ystafell. Roedd ganddo waith paratoi am yr ymosodiad. Cerddodd i lawr y grisiau ac anelu at y Neuadd Fawreddog. Oedodd yn y cyntedd. Safai Enid yn syllu ar ffon hud Dyfrach.

'Rwy'n cofio Dorcas yn adrodd straeon Dyfrach a'r Dewiniaid i mi a Maelgwn pan oedden ni'n fach, a Dad yn dweud mai dim ond chwedlau oedden nhw. Ond roedd y straeon yn wir,' meddai Aneirin.

Doedd Enid ddim wedi tynnu ei llygaid oddi ar y ffon.

'Rwy'n cofio Dorcas yn dweud bod ei fab wedi ei fradychu. Mae casineb a thwyll yn themâu cyson yn straeon y dewiniaid,' cariodd Aneirin yn ei flaen.

Trodd Enid ato. Gwyddai nad oedd Aneirin yn ymddiried ynddi.

'Mae ochr dda ac ochr ddrwg i'r dewiniaid. Mae'r hud yn gallu rheoli rhai, a rhai'n gallu rheoli'r hud,' atebodd Enid.

'A pha un wyt ti?'

'Mae'r hud sydd y tu mewn i mi'n bwerus iawn ac mae'r demtasiwn i'w ddefnyddio'n aml yn anodd i'w anwybyddu,' meddai Enid wrth agosáu ato. Llyncodd Aneirin ei boer. 'Ond mi wnes i wrthod ymuno â Calrach a Pedr. Dwi'n gobeithio mai ochr dda'r dewiniaid sydd yndda i,' a throdd Enid a cherdded i'r Neuadd Fawreddog.

Dilynodd Aneirin hi. Eisteddodd Enid wrth y bwrdd ac astudio hen fap o Ynys Wen.

'Rwy wedi gyrru llythyr brys i'r Pig. Mae gan Owain gannoedd o filwyr sy'n driw iddo. Rwy'n sicr y bydd e a'i fyddin yma cyn gynted â phosib!'

'Beth am weddill yr ynys?'

'Mae tipyn o filwyr ym Mryn Du ac ar bwys Llyn Arian…'

'A Sawdl Caradog?' gofynnodd Enid. 'Dyna lle fydd Calrach a'i fyddin yn cyrraedd gyntaf.'

'Rwy wedi gyrru llythyr i'r trefi i gyd, gan gynnwys Sawdl Caradog, yn gorchymyn y milwyr i ddod i Borth Wen. Mae'n well i ni i gyd fod gyda'n gilydd a gwrthwynebu Calrach ar y caeau tu allan i Lys y Brenin.'

'Wyt ti wedi rhybuddio trigolion y trefi fod ymosodiad ar y ffordd?' holodd Enid.

'Fydde neb yn credu bod dewin ar ei ffordd i ymosod arnon ni,' atebodd Aneirin.

'Mae'n rhaid i ni drio!'

'Allwn ni ddim achub pawb!'

'Mae'n rhaid i ni drio,' ailadroddodd Enid.

'Fe yrra i lythyr yn dweud wrth bawb am ddod i'r brifddinas. Ond sai'n credu ddaw llawer.'

'O leia mi fyddwn ni wedi trio,' meddai Enid.

Gallai Aneirin glywed y gwynt yn chwythu fel petai'n ceisio chwibanu. Meddyliodd am Siwan yn hwylio yn y tywydd garw yma, yn hwylio at Taran o bawb.

'Mi fydd Siwan yn iawn,' meddai Enid wedi darllen ei feddwl. 'Mae hi wastad wedi bod yn glyfar, ond rŵan mae yna dân yn ei llygaid, ac mi wneith Taran wrando ar Tyrfech beth bynnag!'

'Mae'r ddwy ohonoch chi wedi newid. Rwy'n cofio Siwan yn dy ddilyn di i bob man a thithe ddim yn cau dy geg! Dwyt ti ddim mor aflonydd ag oeddet ti.'

Gwenodd Enid ar Aneirin. Eisteddodd y ddau mewn distawrwydd am eiliad, yn cofio amser hapusach a symlach. Dyheai Aneirin am yr amseroedd hynny cyn iddo gael ei daflu i fyd o ryfel a gwleidyddiaeth, o gynnen a braw.

'Sut olwg sydd ar amddiffynfeydd y ddinas?' gofynnodd Enid o'r diwedd.

'Mae gwaith i'w wneud,' atebodd Aneirin.

'Well i ni siapio, felly!' meddai Enid gan godi a gadael yr ystafell.

Roedd ar fin codi, pan ddaeth Enid yn ôl gyda ffon Dyfrach yn ei llaw.

'Aneirin, mi fydda i angen mynd â'r ffon 'ma,' meddai.

'Sai'n credu bydd neb yn ddigon twp i geisio dy stopio di!' chwarddodd Aneirin.

Ond doedd Aneirin ddim yn chwerthin ar y tu mewn. Cofiodd am yr holl straeon yr arferai Dorcas eu hadrodd am y dewiniaid. Doedd gan yr un ohonyn nhw ddiweddglo hapus.

SIWAN

MÔR Y MEIRW

Roedd Môr y Meirw'n llawn bywyd wrth i long y frenhines hwylio tuag at Ynys y Gogledd. Eisteddai Siwan a Bleddyn ar feinciau anghyfforddus mewn caban o dan y dec. Llowciodd Bleddyn ddracht o'i gwrw. Ni wyddai Siwan sut allai o yfed, a'r tonnau'n chwipio'r llong o un ochr i'r llall.

'Faint o siwrnai yw hi fel arfer?' holodd Siwan.

'Cwpwl o orie. Hirach, gan bod rhaid i ni rwyfo'n bellach,' atebodd Bleddyn. 'Ond dy'n ni ddim angen tynnu sylw neb yn yr harbwr at y llong!'

'Ond does bosib y bydd milwyr y Gogledd yn mynd â ni'n syth at Taran cyn ein niweidio ni?'

'Bydd y milwyr hynny wedi colli ffrindie, brodyr, tadau a meibion oherwydd Brwydr Porth Wen. Rwy'n credu y bydd llawer eisiau cael cyfle i niweidio'r Bwystfil cyn fy nhaflu o flaen Taran,' meddai Bleddyn.

Allai Siwan ddim credu ei bod hi'n yr un lle â Bleddyn y Bwystfil a heb deimlo dim ofn. Yn wir, roedd cymaint wedi newid dros yr wythnosau diwethaf. Roedd y cawr arian yn ffrind iddi bellach.

'Wyt ti'n cysgu yn dy helmed?' gofynnodd Siwan gan wenu.

'Yn anffodus, dyw e ddim yn gyfforddus iawn, neu mi fydden i!' chwarddodd Bleddyn.

'A wnei di ei thynnu hi bant nawr?' gofynnodd Siwan eto, ond heb wenu'r tro hwn.

Syllodd y llygaid coch arni am eiliad; y llygaid coch dieflig unwaith, oedd nawr yn gysur iddi. Ond roedd hi eisiau gweld mwy. Roedd hi eisiau gweld ei wyneb yn iawn.

'Mae yna reswm pam mai Bwystfil yw fy enw i,' meddai Bleddyn gan edrych i ffwrdd.

'Bleddyn yw dy enw di, nid Bwystfil!'

'Dwyt ti ddim moyn gweld,' chwarddodd Bleddyn eto.

'Ydw! Ac fel brenhines rwy'n gorchymyn!' meddai Siwan yn tynnu ei goes.

Rhythodd Bleddyn arni. Pwysodd Siwan yn ôl. Efallai ei fod o'n ffrind iddi, ond roedd o'n dal yn gawr.

'Mae'n ddrwg gen i. Do'n i ddim yn ei feddwl e,' meddai Siwan gan godi'n araf rhag disgyn ac anelu am ddrws y caban.

'Siwan! Brenhines Siwan!' galwodd Bleddyn, wedi anghofio am eiliad ei fod o'n siarad efo brenhines, yn ogystal â ffrind.

Trodd y frenhines i'w wynebu. Oedodd Bleddyn cyn estyn at ei helmed.

'Does dim rhaid i ti! Os nad wyt ti moyn,' meddai Siwan.

Tynnodd Bleddyn yr helmed oddi ar ei ben yn araf a phwyllog a dangos ei wyneb am y tro cyntaf ers blynyddoedd. Roedd llygaid cochion Bleddyn yn crwydro o amgylch yr ystafell, i bobman heblaw at lygaid Siwan, fel hogyn bach swil. Prin fod ganddo wallt, ac roedd beth oedd yn weddill yn flêr. Roedd ei glustiau fel petai rhywbeth wedi'u brathu drosodd a throsodd ac roedd creithiau ar hyd ei wyneb.

Cerddodd Siwan ato. Rhoddodd ei llaw ar ei foch i sychu'r deigryn oedd yn llifo'n araf ar hyd un o'r creithiau. O'r diwedd edrychodd Bleddyn i'w llygaid. Roedd y frenhines yn gwenu arno.

'Mae'n hyfryd gweld dy wyneb di o'r diwedd, Bleddyn!'

Daeth cnoc ar y drws. Rhoddodd Bleddyn ei helmed yn ôl dros ei wyneb. Agorodd y drws a daeth milwr i mewn. Roedd hi'n amser gollwng yr angor.

* * *

Rhwyfodd Bleddyn y cwch i ffwrdd o'r llong, a thuag at Ynys y Gogledd. Crwydrodd meddwl Siwan yn ôl i'r tro diwethaf y bu hi mewn cwch rhwyfo: yn dianc o Borth Wen ar ôl llofruddiaeth ei thad. Teimlai fel bywyd arall rhywsut.

'Dwi'n teimlo 'mod i'n byw mewn cwch rhwyfo!' meddai Tyrfech dros y gwynt.

'Beth?' gofynnodd Siwan.

'Dwi wedi treulio dipyn o amser mewn cwch rhwyfo yn ystod yr wythnosau diwethaf!'

Caeodd Siwan ei llygaid yn barod am sylw arall gan Tyrfech wrth i'r gwynt ostegu ychydig. Doedd o ddim yn rhy hoff o dawelwch, yn enwedig os oedd yr awyrgylch yn lletchwith.

'Mae'r môr yn ffyrnig heddiw,' meddai Tyrfech.

'Beth yw enw'r traeth cudd 'ma?' gofynnodd y frenhines ar ei draws.

'Traeth Cudd,' atebodd Tyrfech.

'Ie, beth yw enw'r traeth?'

'Traeth Cudd… yw enw'r traeth…'

'O, rwy'n gweld,' meddai Siwan.

'Mae o i'r dwyrain o'r harbwr. Fydd neb yno pan gyrhaeddwn ni, ac mae llwybr distaw yn arwain o'r traeth at Lyn Ucha. Gawn ni gwch rhwyfo gan Rolant wrth y llyn i rwyfo i'r Pair, wedyn fydd dim posib i ni guddio!'

'Mwy o rwyfo,' ochneidiodd Bleddyn dan ei wynt.

'Fyddwn ni ddim moyn cuddio pan gyrhaeddwn ni'r Pair,' atebodd Siwan.

'Fydd pawb yn gwybod yn syth pwy fydd hwn, beth bynnag!' meddai Tyrfech gan bwyntio at Bleddyn.

'Mae ganddo enw!' rhythodd Siwan arno.

'A Bwystfil ydy ei enw ar Ynys y Gogledd mae gen i ofn, nid Bleddyn!'

'Beth am fod yn ddistaw am weddill y daith?' meddai Siwan yn wawdlyd.

Rhwyfodd Bleddyn yr holl ffordd i Draeth Cudd, gyda Tyrfech yn pwyntio'r ffordd. Neidiodd y tri allan o'r cwch wrth iddyn nhw gyrraedd y traeth hudolus o aur oedd wedi ei amgylchynu gan goed gwyrdd.

'Tydy gweddill yr ynys ddim mor hardd, coeliwch chi fi!' meddai Tyrfech.

Arweiniodd Tyrfech y ddau at y llwybr. Roedd o'n llwybr cul i ddechrau, yn fwdlyd dan draed, a brigau a drain i bob cyfeiriad. Ond cyn hir dechreuodd y llwybr ledu a rhuthrodd y tri ar hyd y llwybr nes dod at lyn enfawr. Yn y pellter, y pen draw i'r llyn, roedd dinas. Gallai Siwan weld tŵr enfawr yng nghanol y ddinas.

'Dyna ddinas y Pair, neu adra i mi,' meddai Tyrfech gan ddechrau cerdded ar hyd y llyn, yn gadael i Siwan syllu.

Edrychai'r ddinas yn llwm yn y tywydd diflas ac roedd y tŵr enfawr yn ei chanol hi'n edrych yn frawychus.

'Y Frenhines Siwan! Dewch!' gwaeddodd Tyrfech.

Dilynodd Siwan Tyrfech a Bleddyn oedd yn anelu at gaban bach ar lan y llyn. Cnociodd Tyrfech y drws. Clywodd sŵn symud a rhochian o'r tu mewn. Agorwyd y drws gan hen ddyn moel gyda barf wen swmpus. Gwenodd wrth weld Tyrfech.

'Tyrfech!' meddai gan gofleidio ynddo.

'Rolant! Mae'r hen farf wedi tyfu!'

'A'r gwallt wedi diflannu!' atebodd Rolant gan chwerthin. Diflannodd y wên pan welodd pwy oedd yn sefyll tu ôl i Tyrfech.

'Peidiwch â phoeni! Maen nhw efo fi!' meddai Tyrfech.

'Ers pryd wyt ti'n ffrindiau efo'r Bwystfil?' gofynnodd Rolant gan rythu ar Bleddyn.

'Mae Bleddyn a'r Frenhines Siwan yma efo fi. Mae'n rhaid i ni siarad efo 'nhad!'

'Gollais i fy nai ym Mrwydr Porth Wen,' meddai Rolant gan anwybyddu Tyrfech.

'Doedd gen i ddim rheswm i ymladd â'ch nai. Dim ond gyda Gwern a Taran,' atebodd Bleddyn yn bwyllog.

'Bysa fo wedi lladd dy dad tasa fo wedi cael y cyfle!' gwaeddodd Rolant ar Tyrfech.

'Mae pethau llawer pwysicach na hynny rŵan. Mae'r Pedair Ynys mewn peryg!'

'O, ac mae Ynys Wen yn disgwyl i bawb helpu. Does neb yn ein helpu ni pan 'dan ni mewn trwbwl!'

'Roedd hynny cyn i mi fod yn frenhines! Dwi'n gaddo newid pethau fel bod pob ynys yn cael eu trin yn deg gan y frenhiniaeth, gan gynnwys Ynys Wen,' meddai Siwan.

'Dwi wedi clywed hynny o'r blaen...' dechreuodd Rolant.

'Does dim amser i hyn!' gwaeddodd Tyrfech. Tawelodd Rolant. 'Dwi angen cwch i rwyfo dros Lyn Ucha!'

Roedd Rolant wedi dychryn o weld Tyrfech yn gweiddi arno. Ufuddhaodd yr hen ddyn. Cafodd y tri gwch rhwyfo ganddo, ond dim mwy. Ymddiheurodd Tyrfech iddo cyn gadael ac ymhen dim roedd y tri ar y llyn, mewn cwch rhwyfo unwaith eto. Fedrai Siwan ddim tynnu ei llygaid oddi ar y tŵr o'i blaen. Tŵr enfawr o faen du oedd yn saethu i'r awyr fel taran. Tybed sut groeso fyddai'n eu disgwyl nhw yn y Pair? Tybed sut groeso fyddai'n eu disgwyl gan y dyn ei hun? Doedd Siwan ddim yn edrych ymlaen at weld yr Arglwydd Taran eto.

Aneirin

YNYS WEN

'Fe bryna i oen i ti os oes dewin yn ymosod ar y ddinas! Mae'r peth yn hurt!' meddai un milwr wrth gario arfau drwy'r ddinas.

'I be fydda i angen oen os oes dewin yn ymosod?' chwarddodd y llall.

Ochneidiodd Aneirin wrth glywed y milwyr yn cerdded heibio. Doedd neb yn cymryd y newyddion o ddifri.

'Fe alla i ddangos i bawb fod y bygythiad yn wir,' cynigiodd Enid.

'Dwi ddim moyn dychryn pawb!'

'Ella mai dyna maen nhw angen,' meddai Enid.

'Dwi ddim moyn nhw i dy weld di fel bygythiad. Rwyt ti yma i'n helpu ni i amddiffyn y ddinas, on'd wyt ti?' gofynnodd Aneirin.

'Wrth gwrs! Dwi yma i amddiffyn y Pedair Ynys i gyd!'

Daeth oglau pysgod o'r marchnadoedd bach oedd yn llenwi pob cornel stryd i ffroenau Aneirin. Clywodd drigolion yn chwerthin a bargeinio, cardotwyr yn pesychu a phawb yn eu hanwybyddu. Roedd hi fel pob diwrnod arall ym Mhorth Wen a doedd dim arwydd fod byddin ar y ffordd. Ond doedd gan Aneirin ddim amser i boeni. Roedd llongau wedi cyrraedd y porthladd ac roedd Aneirin ac Enid ar eu ffordd i'w croesawu i'r ddinas.

'Sut mae dy fam erbyn hyn?' holodd Aneirin.

'Mae hi'n gwella, yn araf bach. Diolch am adael iddi hi, ac i mi, aros yn y castell,' atebodd Enid yn ddiffuant.

'Croeso, siŵr. Dy'n ni ddim yn anifeiliaid, dim ots beth ddwedodd dy dad!'

Crebachodd Enid. Roedd hi'n dal i deimlo'n euog am weithredoedd ei thad. Teimlai Aneirin yn ddrwg am ei hatgoffa hi amdano pob cyfle a gâi.

'Mae'n flin 'da fi. Dwi'n dal i deimlo'n ddig am be na'th e i 'nheulu i,' meddai Aneirin.

'Dylet ti deimlo'n ddig. Dw inna hefyd yn teimlo'n ddig am be na'th o! Wnes i erioed gynhesu ato, er ei fod o'n dad i mi!'

'Roedd gen i berthynas tebyg â 'nhad inne,' atebodd Aneirin gan wenu arni.

Daeth y porthladd i'r golwg rhwng anheddau'r ddinas. Roedd criw o bobl yn cael eu croesawu gan filwyr yn y porthladd. Gallai Aneirin weld fod pum llong wedi angori yn y môr a chychod yn hwylio'n ôl ac ymlaen i gludo mwy o filwyr. Agosaodd y ddau at y criw cyntaf ar y lan. Daeth Aneirin wyneb yn wyneb â dyn ifanc oedd wedi ei fychanu lawer gwaith dros y blynyddoedd diwethaf. Suddodd ei galon, gan ddisgwyl sylw gwawdlyd ganddo.

'Aneirin! Ry'n ni 'ma i ymladd dros y frenhines, dros y Pedair Ynys!'

'Yr Arglwydd Dyfan! Diolch am ymateb mor sydyn. Ry'n ni mewn amser peryglus iawn. Mae brwydr enfawr ar y gorwel, a gelyn llawer mwy ffyrnig nag unrhyw ddyn,' meddai Aneirin wedi synnu o weld Dyfan yn ei gyfarch mor glên. Efallai ei fod o wedi aeddfedu.

'Ie, ie! Rhywbeth am ryw ddewin? Wnes i ddweud wrth yr Arglwydd Dyfan i beidio trafferthu gyda'r fath nonsens!'

meddai Gwilym gan ymddangos y tu ôl i Dyfan. Roedd ei arfwisg hyd yn oed yn dynnach o amgylch ei gorff crwn, ond doedd dim newid ar ei eiriau haerllug.

'Bydden ni'n ateb galwad gan y Frenhines Siwan bob tro,' meddai Pwyll gan ysgwyd llaw Aneirin. Dyma un o blith Cyngor Ynys y Gwynt roedd o'n falch o'i weld.

'Foneddigion, ga i'ch cyflwyno chi i Enid, merch yr Arglwyddes Alys o Ynys Afarus!'

Gwenodd Enid. Ond ddywedodd y tri ddim gair, dim ond edrych ar ei gilydd mewn penbleth. Diflannodd ei gwên.

'Beth mae merch Gwern yn ei wneud ym Mhorth Wen?' gofynnodd Dyfan yn hanner sibrwd, ond yn ddigon uchel i bawb ei glywed.

'Heb gadwyni hefyd!' ychwanegodd Gwilym.

Roedd Aneirin ar fin ateb, ond roedd Enid wedi cael y blaen arno.

'Mi fyddwch chi fy angen i ar gyfer y frwydr sydd i ddod!'

Roedd eiliad o dawelwch cyn i Gwilym ddechrau chwerthin fel dyn gwyllt.

'Beth am i ni orffen y sgwrs i fyny yn y castell? Mae gan Enid rywbeth i ddangos i chi,' meddai Aneirin gan droi ei gefn ar Gwilym a dechrau ar y daith yn ôl i'r castell.

SIWAN

YNYS Y GOGLEDD

Roedd y palas yn llawn o filwyr oedd yn amgylchynu Siwan, Bleddyn a Tyrfech yng nghanol y neuadd. Edrychodd Siwan i'r nenfwd uchel. Safai'r tri ohonyn nhw yn union o dan big Tŵr yr Arglwydd Taran. Eisteddai'r arglwydd fel brenin mewn cadair dywyll oedd ar ffurf mellten. Gafaelai mewn powlen oedd yn llawn mefus coch.

'Ti isio fy help i?' chwarddodd Taran.

''Dan *ni* isio dy help di!' ymbiliodd Tyrfech arno.

'Tyrfech, be sydd wedi digwydd i chdi? Ers pryd wyt ti'n cyboli efo'r gelyn?'

'Ers i mi weld y gelyn go iawn!'

'A pwy yw'r gelyn go iawn 'ta?'

Oedodd Tyrfech. Gwyddai y byddai ei dad yn chwerthin, ond roedd rhaid iddo ddweud.

'Dewin dieflig o'r enw Calrach. Mae o ar ei ffordd i Borth Wen!'

'Dewin!?' chwarddodd Taran. 'Fedrith o ddim bod yn rheolwr mor ddrwg â theulu hon!' meddai gan edrych i lawr ei drwyn ar Siwan.

'Bydd miloedd o bobl yn marw!' meddai Tyrfech.

'Ar y ffordd i Borth Wen mae o, medda chdi. Pam ddylen ni boeni ar Ynys y Gogledd?'

'Neith o ddim stopio nes ei fod o'n frenin dros y Pedair Ynys gyfan!'

Roedd distawrwydd am eiliad. Brathodd Taran i mewn i'r mefus gan adael i'r sudd lifo i lawr ei ên sgwâr. Estynnodd am fefusen arall.

'Os wnewch chi'n helpu, falle bydd cyfle i chi oroesi. Ond os nad ydych chi'n helpu, bydd marwolaeth yn anochel,' cyhoeddodd Siwan yn uchel. Rhoddodd Taran y mefus oedd yn ei law yn ôl yn y bowlen.

'Bygythiad?' gofynnodd Taran.

'Ffaith,' atebodd Siwan.

Gwenodd Taran. 'Ti'n llawer mwy dewr na dy dad!'

Roedd Siwan yn corddi. Hoffai yn fwy na dim gael dysgu gwers i'r arglwydd dan din a chael gwared ar y wên hunanfoddhaus oedd ar ei wyneb.

''Nhad, mae'n rhaid i ni wneud hyn! Faswn i ddim yn gofyn oni bai ei fod o'n hollbwysig!' meddai Tyrfech.

Diflannodd y wên. 'Galla i roi ychydig o filwyr i chi…'

'Dydy hynny ddim yn ddigon. Mae'n rhaid i Fyddin y Gogledd a gweddill y Pedair Ynys sefyll ochr yn ochr am unwaith! Mae'n rhaid i ni fod ar yr un ochr!' torrodd Tyrfech ar draws ei dad.

Roedd yn amlwg o wyneb Taran ei fod yn dechrau sylweddoli difrifoldeb y sefyllfa, o glywed Tyrfech yn erfyn arno, ond roedd hi'n amlwg nad oedd o'n barod i helpu.

'Alla i roi hanner y fyddin i chi,' meddai Taran yn ddistaw.

'Yr Arglwydd Taran—' dechreuodd Siwan.

'A dyna ddiwedd y mater! Gewch chi aros heno, ond bydd rhaid i chi fynd yfory. Fe wna i'n siŵr bod milwyr yn barod i hwylio erbyn y bore,' meddai Taran. Cododd i adael.

'Beth am y Dynion Gwyllt?' gofynnodd Bleddyn.

'Felly, dwyt ti ddim wedi colli dy dafod?' gwenodd Taran. 'Be amdanyn nhw?'

'Falle byddai'r Dynion Gwyllt yn fodlon helpu?'

'Mae'r Dynion Gwyllt yn anoddach i'w perswadio na fi!' chwarddodd Taran.

Edrychodd Siwan ar Tyrfech unwaith eto. Roedd pethau'n edrych yn dywyll arnyn nhw, ac roedd amser yn brin.

* * *

Oedodd Tyrfech y tu allan i'r drws mawr. Tynnodd anadl ddofn cyn curo. Doedd dim ateb. Curodd unwaith eto.

'Carwen?'

Clywodd Tyrfech symudiadau yr ochr arall i'r drws.

'Tyrfech?'

'Dwi adra, am ychydig. Mae gen i rywbeth ar gyfer dy groen di.'

Estynnodd ei law yn y sach a gafael yn y blodau du. Rhoddodd y blodau ar blât bach o bren a'i wthio drwy'r twll oedd yng ngwaelod y drws.

'Mwytha dy groen efo'r blodau yma, a gobeithio gneith y pla ddiflanu!'

'Fydda i'n cael dy weld di os ydyn nhw?' galwodd y llais bach.

'Gobeithio,' atebodd Tyrfech.

Eisteddodd Tyrfech y tu allan i'r ystafell yn sgwrsio gyda'i chwaer fach drwy'r nos, cyn disgyn i gysgu. Teimlai mor braf bod adre, hyd yn oed os mai dim ond am un noson oedd hynny.

* * *

324

'Hei! Deffra!'

Agorodd Tyrfech ei lygaid a gweld Siwan yn edrych i lawr arno.

'Wyt ti wedi bod yma drwy'r nos?' gofynnodd y frenhines.

'Ydy hi'n fora?' gofynnodd Tyrfech gan ystyrio.

'Ydy! Mae'n amser mynd at y Dynion Gwyllt cyn hwylio i Borth Wen. Dere, glou!'

Ond arhosodd Tyrfech ar y llawr a dechrau curo'n uchel ar y drws.

'Carwen!?'

Ond doedd dim sŵn yn dod o ochr arall i'r drws.

'Carwen!?' gwaeddodd eto, yn uwch y tro hwn.

'Be!?' atebodd Carwen, yn amlwg wedi cael ei deffro gan y floedd.

'Sut mae dy groen di?' gofynnodd Tyrfech yn obeithiol.

Edrychodd Siwan arno'n syn. Roedd distawrwydd wrth i Tyrfech ddal ei wynt, yn disgwyl am ateb ochr arall i'r drws.

'Y darnau du, maen nhw wedi mynd!' meddai Carwen.

Cododd Tyrfech ar ei draed. 'Wyt ti'n siŵr?'

'Yndw! Maen nhw wedi mynd!'

Rhedodd Tyrfech i fyny'r grisiau gan adael Siwan ar ei phen ei hun wrth y drws. Daeth yn ei ôl yn syth, gyda goriad yn ei law. Stopiodd yn stond wrth y drws. Edrychodd ar Siwan. Roedd o'n crynu. Rhoddodd y goriad yn y clo a'i droi. Agorodd y drws. Safodd Tyrfech a Siwan yn ôl. Gwelodd Siwan hogan fach eiddil a'i gwallt tonnog bron â chyffwrdd y llawr. Edrychai mor welw. Dechreuodd Tyrfech wylo wrth weld ei chwaer fach am y tro cyntaf ers blynyddoedd. Lledodd gwên ar hyd wyneb Carwen a dechreuodd gamu tuag at ei brawd.

'Dangos dy freichiau,' meddai Tyrfech.

Torchodd Carwen ei llewys. Roedd ei breichiau mor welw

â'i hwyneb. Disgynnodd Tyrfech ar ei liniau mewn llawenydd. Rhedodd Carwen ato. Gwenodd Siwan. Gadawodd y ddau yng ngwaelod y palas yn cofleidio.

* * *

Rhwyfodd milwr y cwch i lawr afon Gwyllt. Roedd hwyliau da ar Taran a Tyrfech. Teimlai Siwan yn hapus drostyn nhw, dros Tyrfech beth bynnag! Doedd dim golwg hapus ar wyneb Bleddyn. Disgynnai'r glaw gan wneud i'w arfwisg swnio fel drwm.

'Rŵan fod Carwen yn iach, dwi'n addo helpu'r Pedair Ynys yn y frwydr i ddod!' cyhoeddodd Taran.

'O'n i'n credu dy fod di wedi gaddo'n barod?' cwestiynodd Bleddyn.

''Nes i addo dim byd, Bwystfil! Ond does gen i ddim rheswm i wrthwynebu Ynys Wen rhagor,' atebodd Taran.

'Sut fath o groeso gawn ni gan y Dynion Gwyllt?' holodd Siwan.

'Gad bopeth i mi, y Frenhines Siwan!' meddai Taran gan wenu.

Roedd coed bob ochr i'r afon, yn hongian dros y cwch fel twnnel, ond doedd nunlle i guddio rhag y glaw. Yn sydyn, tarodd saeth yn erbyn y cwch gan ddychryn pawb heblaw am Taran. Chwarddodd yntau dros bob man. Stopiodd y milwr rwyfo. Ymddangosodd ugain merch o'r coed. Roedd bwa a saeth yn nwylo pob un, ac yn pwyntio at y cwch. Doedd nunlle i ddianc.

* * *

Teimlai Siwan y rhaff yn tynnu o amgylch ei dwylo wrth iddi gael ei llusgo drwy'r goedwig. Ni allai weld dim oherwydd y sach oedd dros ei phen. Gallai glywed ei hanadl yn glir a phopeth arall yn bell yn y cefndir. Tybed sut oedd y lleill? Roedd Taran wedi dweud fod hyn yn draddodiad gan y Dynion Gwyllt gan nad oedden nhw eisiau i neb ganfod lle roedd eu dinas danddaearol, Ffrochlas. Baglodd Siwan dros frigyn ar y llawr.

'Tyrd yn dy flaen, Frenhines!' meddai un o'r merched yn ddiamynedd.

Doedd y Dynion Gwyllt ddim yn cydymffurfio â rheolau ac arferion. Cododd Siwan ar ei thraed heb gymorth a chario ymlaen i gerdded yn y tywyllwch.

'Peidiwch â phoeni! 'Dan ni ddim yn bell!' gwaeddodd y ferch.

Gwthiwyd pen Siwan i lawr a theimlodd law yn gwthio i lawr ar ei chefn.

'Gwyliwch eich traed!'

Camodd Siwan yn ei blaen a bu bron iddi ddisgyn eto. Teimlodd ei thraed yn glanio. Roedd grisiau o'i blaen, ond doedden nhw ddim yn rhy serth. Ni wyddai faint o risiau oedd yno, ond roedden nhw'n cerdded am amser hir. Pan ddaeth y grisiau i ben, o'r diwedd, tynnwyd Siwan gan y ferch oedd yn dal y rhaff, a dechreuodd glywed sŵn siarad a phlant yn chwerthin. Roedd oglau chwys a baw yn gymysg yn y sach ac roedd y llawr yn feddal dan ei thraed.

Daeth y daith i'w therfyn. Tynnodd y ferch y sach oddi ar ei phen. Edrychodd Siwan o'i chwmpas. Safai Bleddyn, Taran a Tyrfech wrth ei hochr, pob un â rhaff o amgylch eu dwylo. Safai'r pedwar o amgylch tân, yng nghanol cannoedd o bebyll. Rhedai plant o amgylch y lle, tra cerddai merched tal, gwelw heibio gyda phob math o anifeiliaid marw dros eu hysgwyddau. Eisteddai'r dynion y tu allan i'w pebyll yn golchi a thrwsio dillad. Roedd y dynion i gyd bron yr un maint â Bleddyn ond doedd dim mynegiant ar eu hwynebau. Edrychai pob un fel petai swyn arnyn nhw. Gwibiodd llygaid Siwan o amgylch y lle. Roedd popeth yn frown, y pebyll, y gwisgoedd, y llawr dan ei thraed a'r nenfwd uchel uwch ei phen. Pam fod pawb ar yr ynys ryfedd yma'n hoff o nenfydau uchel?

Daeth cochen a chawr o gochyn allan o un o'r pebyll. Safodd y ddau o flaen y pedwar. Edrychai'r gochen ar y pedwar yn fanwl, yn astudio'u hwynebau a'u cyrff. Doedd llygaid y cawr ddim yn gallu aros yn llonydd. Ni wyddai Siwan oedd o'n edrych arnyn nhw ai peidio.

'Mae'n rhaid fod hyn yn bwysig i ti ddod lawr i Ffrochlas, Taran!' meddai'r gochen.

'Doedd gen i ddim llawer o ddewis, Ceridwen! Pryd wyt ti'n mynd i ymddiried yndda i a pheidio rhoi sach dros fy mhen i ddod i lawr yma?'

'Wna i fyth ymddiried mewn arglwydd! Dwyt ti ddim gwell na'r teulu brenhinol!' poerodd Ceridwen.

'Ga i gyflwyno chdi i'r Frenhines Siwan ferch Olwen, felly?' meddai Taran gan wenu.

'Ti'n gwybod nad ydw i'n siarad â brenhines,' atebodd Ceridwen gan droi i ffwrdd.

'Dwi'n gwybod, ond 'dan ni angen eich help chi!'

'Ti ar yr un ochr â'r frenhines 'ma, felly?' gofynnodd Ceridwen.

'Mae'n rhaid i ni gyd fod ar yr un ochr,' meddai Siwan.

'Paid agor dy geg yn y ddinas hon!' gwaeddodd Ceridwen. Ni wyddai Siwan beth i'w ddweud. ''Dan ni wedi gorfod dioddef canrifoedd o gael ein herlid gan y teulu brenhinol, nes ein bod wedi gorfod adeiladu dinas danddaearol i gadw ein pobl ni'n ddiogel!'

'Tydy hynny'n ddim byd i'w wneud â'r Frenhines Siwan. Mae hi'n wahanol i unrhyw frenhines neu frenin sydd wedi bod o'r blaen,' meddai Bleddyn.

'Mae'r Pedair Ynys mewn peryg. Mae hynny'n eich cynnwys chi,' meddai Taran. 'Mae 'na ddewin o'r enw Calrach,' dechreuodd Taran cyn troi at Tyrfech, ei fab. 'Dwi'n iawn?'

Ochneidiodd Tyrfech. 'Mae Calrach ar ei ffordd i'r Pedair Ynys i hawlio'r orsedd ac i ladd unrhyw un sy'n ei wrthwynebu. Mae'r dewin isio i bawb ddioddef, fel roedd o'n dioddef ar ôl marwolaeth ei fab!'

'Ti'n gwastraffu dy lais a dy egni. Wnawn ni ddim helpu'r Pedair Ynys,' atebodd Ceridwen.

'Fe wneith Calrach ddod o hyd i'r ddinas a lladd pawb sy'n byw yma,' ychwanegodd Siwan.

''Nes i ddweud wrthot ti am beidio agor dy geg!'

'Mae gyda ni gyfle os wnawn ni ymladd gyda'n gilydd!'

'Paid â dangos gymaint o amharch ata i a gweddill fy mhobl!' gwaeddodd Ceridwen ar Siwan.

'Dwi'n trio'ch helpu chi!' gwaeddodd Siwan yn ôl.

Cododd y merched eu bwa a phwyntio'r saethau at Siwan. Roedd wyneb Ceridwen mor goch â'i gwallt. Rhythodd Siwan arni. Roedd hi wedi syrffedu cael ei thrin fel plentyn.

'Dwi ddim am wastraffu mwy o amser. Mae Calrach ar ei ffordd ac mae'n rhaid i mi fod ym Mhorth Wen pan mae'n cyrraedd. Y cyfan alla i ei wneud yw gofyn am eich cymorth, a dwi wedi gwneud hynny. Nawr, mae'n rhaid i mi fynd! Alla i ddim dechrau dychmygu sut mae'n teimlo i guddio mewn dinas gudd. Ces i fy ngeni i'r teulu mwyaf cyfoethog yn y Pedair Ynys, er wnes i ddim gofyn am hynny,' meddai Siwan.

'Wyt ti'n disgwyl i mi deimlo bechod dros y frenhines?' chwarddodd Ceridwen.

'Nadw, dim ond dweud 'mod i'n wahanol i fy nhad a fy nhaid a phob un sydd wedi'ch erlid chi dros y blynyddoedd, a falle wnei di ddim credu gair, ond dwi'n erfyn arnot ti i'n helpu ni!' atebodd Siwan.

Oedodd Ceridwen am eiliad. 'Tasa'r Brenin Peredur, neu unrhyw aelod arall o'r teulu brenhinol, wedi dod i Ffrochlas 'swn i wedi ei ladd o, ond dwi 'di blino ar yr holl ymladd. Os wnewch chi'n gadael ni mewn heddwch, wnawn ni adael llonydd i chi.'

''Nest ti gwffio efo fi yn y frwydr ddiwethaf,' meddai Taran.

'Roedd hynny yn *erbyn* brenin, nid ochr yn ochr â brenhines,' atebodd Ceridwen yn syth.

'Mae hyn yn anobeithiol! Taran, mae'n amser i ni fynd i Ynys Wen!' meddai Siwan.

Nodiodd Taran. Safodd y pedwar yno mewn tawelwch. Roedd Siwan yn ysu i adael y ddinas danddaearol. Roedd hi'n corddi. Roedd hi'n methu edrych ar Ceridwen, er ei bod yn gallu dweud fod y gochen yn syllu arni. Cerddodd Ceridwen at un o'r pebyll a diflannu i mewn iddi. Dilynwyd hi gan Cadno'r cawr. Roedd y daith i lawr afon Gwyllt yn ofer, meddyliodd Siwan. Camodd un o'r merched gwelw ati a rhoi'r sach dros ei phen. Roedd y frenhines yn y tywyllwch unwaith eto.

Aneirin

YNYS WEN

Edrychodd Aneirin i lawr ar Gaeau Gwynfryn o frig y wal oedd yn gwahanu Porth Wen oddi wrth weddill yr ynys. Roedd hi'n fore llonydd a safai ychydig o filwyr wedi gwasgaru ar hyd y wal. Roedden nhw'n sgwrsio a chwerthin gyda'i gilydd; milwyr Ynys Wen, Ynys Afarus ac Ynys y Gwynt. Dyheai Aneirin am fod yn ôl yn yr ystafell uwchben Tafarn yr Angor, ym mreichiau Gruff ac yng nghwmni cynhesrwydd fflamau'r tân. Trodd i edrych ar y ddinas a Môr y Meirw yn y pellter. Gofidiai am dynged Siwan. Dylai o fod wedi mynnu nad oedd hi i fynd yno, ond roedd ei chwaer yn styfnig.

Daeth Enid ac Alys i fyny grisiau'r wal a dod i sefyll wrth ei ochr. Gafaelodd Enid yn ffon Dyfrach. Roedd golwg well ar Alys na phan ddaeth hi yma ychydig ddyddiau'n ôl. Gallai Aneirin weld ei hwyneb yn gliriach, ond roedd o'n llawn tristwch o hyd.

'Dim golwg o Siwan?' holodd Enid.

'Dim 'to, ond mae Owain wedi cyrraedd 'da milwyr y Pig,' atebodd Aneirin.

''Dan ni angen gymaint o filwyr â phosib!'

'Beth am yr ochr arall?' gofynnodd Alys gan droi i wynebu'r caeau, oedd yn fwy o fwd na gwair.

'Mae hi'n edrych yn dywyll, ond does neb wedi gweld dim,' meddai Aneirin.

Roedd yr awyr wedi tywyllu hyd yn oed yn fwy yn y munudau diwethaf. Gallai Aneirin synhwyro fod rhywbeth ar droed. Doedd dim gwynt yn chwythu a theimlai'r llonyddwch a'r tawelwch yn anarferol a sinistr. Daeth Dyfan i ymuno â'r tri. Edrychodd ar Enid yn rhyfedd. Roedd o'n dal mewn sioc ar ôl gweld ei phwerau. Roedd Enid wedi codi ofn ar Gwilym oedd wedi cloi ei hun yn ei ystafell ers ddoe.

'Ydy Gwilym am ddod allan o'i ystafell heddiw?' gofynnodd Aneirin gydag awgrym o wên ar ei wyneb.

'Mae'r hen ddyn wedi dychryn am ei fywyd! Ry'n ni i gyd,' atebodd Dyfan gan gadw llygaid craff ar Enid.

'Does dim rheswm i boeni. Mae Enid yma i'n helpu ni,' meddai Aneirin yn galonogol.

'Dwi'n gwybod, ond nid bob dydd ti'n gweld rhyfeddodau fel 'ny!'

Gwenodd Enid. Edrychodd Aneirin arni. Oedd hi'n mwynhau codi ofn ar bobl? Disgynnodd diferyn o law ar dalcen Aneirin ac wrth iddo edrych i'r awyr dechreuodd y glaw dywallt. Trodd yr awyr yn hollol ddu a gorchuddiwyd Caeau Gwynfryn â niwl.

'Fysa'n well i ni fynd i mewn...' dechreuodd Dyfan ond roedd rhywbeth yn tynnu ei sylw o ganol y niwl. 'Y'ch chi'n gallu clywed hynna?'

Gwrandawodd y pedwar yn astud. Gallai Aneirin glywed carlamu yn y pellter a sŵn dyn yn griddfan mewn poen, ond roedden nhw'n methu gweld dim trwy'r niwl. Disgwyliai Enid, Alys, Aneirin a Dyfan ar y wal i weld beth oedd yn cuddio yn y niwl. Gafaelodd Enid yn dynn yn ei ffon. Roedd dwylo Aneirin a Dyfan ar gyrn eu cleddyfau. Ymddangosodd ceffyl yn carlamu drwy'r niwl. Eisteddai dyn ar ei gefn, ond edrychai fel petai ar fin disgyn. Craffodd Aneirin a gweld fod gwaed ar hyd ei wyneb ac roedd o'n gafael yn awenau'r ceffyl ag un llaw. Dyna pryd sylweddolodd Aneirin mai dim ond un fraich oedd ganddo.

'Help!' gwaeddodd y dyn, yn amlwg mewn poen difrifol.

'Agorwch y giatiau!' gwaeddodd Aneirin.

'Beth os mai cynllun i'n twyllo ni yw hyn?' gofynnodd Dyfan gan afael ym mraich Aneirin. Gallai Aneirin weld yr ofn yn ei lygaid.

'Allwn ni ddim ei adael e mas fan'na!'

Rhuthrodd Enid ac Aneirin i lawr grisiau'r wal a thuag at y giatiau mawr, ac aros wrth iddyn nhw agor yn araf bach. Ymunodd Dyfan ac Alys â nhw. Roedd dau filwr naill ochr i'r giatiau yn tynnu rhaffau i'w hagor. Saethodd y ceffyl i mewn i'r Llys. Disgynnodd y dyn yr eiliad aeth o drwy'r giatiau. Rhedodd Enid ac Aneirin ato, gyda Dyfan ac Alys yn fwy gwyliadwrus y tu ôl iddyn nhw. Roedd ei wyneb yn goch gan waed. Llifai mwy o waed o'i ysgwydd lle roedd ei fraich wedi bod ychydig ynghynt. Rhyfeddodd Aneirin ei fod yn dal yn fyw.

'Dere â nyrs yma!' gwaeddodd Aneirin ar filwr oedd yn edrych ar y dyn mewn arswyd.

Gafaelodd y dyn ym mraich Aneirin. 'Mae'n rhy hwyr. Maen nhw ar eu ffordd!'

'Pwy sydd ar eu ffordd?' gofynnodd Dyfan.

'Dynion y môr, bleiddiaid â llygaid fel pyllau duon ac adar â phigau coch,' meddai'r dyn a'i lygaid yn llenwi â dagrau.

'Paid â phoeni, ti'n ddiogel nawr,' meddai Aneirin gan geisio'i gysuro.

'A'r hen ddyn a'r hogyn bach,' cariodd y dyn yn ei flaen. Closiodd Enid ato.

'Yr hogyn bach?' gofynnodd Alys.

'Roedd ffon yn llaw'r ddau. Gan y ddau yma oedd y llygaid

mwyaf tywyll welais i erioed! Roedden nhw'n gallu gwneud pethau gyda'u ffyn, rhyw fath o... hud!' Crynodd y dyn mewn ofn.

Brwydrodd y dyn i anadlu. Roedd Aneirin yn mwytho ei ben ac yn dal yn ei gorff yn dynn, fel baban.

'Maen nhw ar eu ffordd,' meddai'r dyn cyn cau ei lygaid am y tro olaf.

Disgynnodd tawelwch dros y Llys. Edrychai pawb ar y dyn. Dim ond sŵn y glaw oedd i'w glywed am eiliad. Edrychodd Aneirin ac Enid ar ei gilydd. A dyna pryd clywodd y ddau'r sŵn, oedd fel petai'n bell i ffwrdd. Oedd Aneirin yn dychmygu pethau? Roedd Dyfan yn clywed y sŵn hefyd, sŵn udo, sgrechian a llafarganu.

Rhan 9
Camgymeriad Gwydion

Pedr

YNYS WEN

Roedd Treddewin unwaith yn brifddinas y Pedair Ynys cyn i frwydr fawr ddinistrio popeth ganrifoedd yn ôl. Wedyn roedd hi'n dref fach heddychlon ar gyrion Porth Wen. Ond nawr, y dref hon oedd yn olygfa i un o'r cyflafanau mwyaf i'r Pedair Ynys ei gweld erioed. Gorweddai cyrff yn gelain yn y mwd; dynion, merched, plant. Roedd Calrach, Pedr a Gwymon ar fin gadael y dref, gyda'r fyddin y tu ôl iddyn nhw, yn gorymdeithio yn eu miloedd. Roedd yr udo, y sgrechian a'r llafarganu'n fyddarol.

'Mae'n hyfryd bod yn ôl,' meddai Calrach gan chwerthin yn sinistr a'i wallt hir yn disgleirio yn y glaw. Er bod sŵn y fyddin yn fyddarol, gallai Pedr glywed Calrach yn glir.

Cyrhaeddodd y fyddin Gaeau Gwynfryn rhwng Treddewin a waliau Llys y Brenin a Phorth Wen. Fel arfer, roedd posib gweld y waliau ond heddiw roedd y glaw a'r niwl yn eu cuddio. Cerddodd Pedr heibio i hen adfeilion yng nghanol y caeau. Doedd o erioed wedi eu gweld o'r blaen. Sylwodd Calrach arno'n edrych arnyn nhw.

'Hen gastell y dewiniaid yw'r adfeilion. Dyma lle roedd y dewiniaid yn teyrnasu dros y Pedair Ynys cyn fy amser i, a dyma lle fydd y dewiniaid yn teyrnasu eto!'

Teimlai Pedr gyffro yn treiddio drwy ei gorff. Roedd y

frwydr fawr yn ei ddisgwyl drwy'r niwl. Roedd o wedi bod yn aros am y diwrnod hwn erioed, ond dim ond nawr roedd o'n sylweddoli hynny.

'Gwymon, wyt ti wedi clywed gan dy griw?' holodd Calrach.

'Naddo, y Brenin Calrach, ond mae hanner cant ohonyn nhw ar y ffordd i borthladd y ddinas!' gwaeddodd Gwymon dros y sŵn.

'Dylai hynny fod yn ddigon i oedi unrhyw longau sy'n ceisio cario milwyr i'r ddinas,' meddai Calrach.

Curai calon Pedr yn gyflymach fesul cam, wrth iddyn nhw agosáu at y waliau. Gwyddai rywsut fod Enid ar y wal yn aros amdano. Gallai deimlo presenoldeb ei chwaer. Mae'n rhaid bod Calrach wedi synhwyro'i fod o'n meddwl amdani.

'Sut wyt ti'n teimlo am Enid, Pedr?'

'Dwi'n teimlo dim amdani, ond bydd rhaid i ni fod yn wyliadwrus ohoni. Mae hi'n gryfach na dach chi'n feddwl!'

'Mae hi'n rhy debyg i Gwydion, yn ormod o lwfrgi i dy ladd di!'

'Dwi'n poeni dim am hynny,' meddai Pedr.

Dechreuodd Pedr weld siapiau drwy'r niwl. Daeth y wal i'r golwg a gallai weld wynebau milwyr y Pedair Ynys yn disgyn wrth i fyddin Calrach agosáu. Hoffai Pedr y wefr o syfrdanu pobl. Doedd o erioed wedi codi ofn ar neb o'r blaen. Dim ond hogyn bach eiddil oedd o'r tro diwethaf iddo fod yma, a dyma fo'n dychwelyd yn ddewin i'w ofni, i'w barchu, i'w edmygu.

Cododd Calrach ei ffon. Stopiodd ei fyddin yn stond. Daeth yr udo, y sgrechian a'r llafarganu i ben yn syth. Camodd Calrach yn ei flaen a syllu ar filwyr y Pedair Ynys ar hyd y wal. Sylwodd Pedr ar ei chwaer yn edrych i lawr, uwchben y giatiau mawr. Gafaelai mewn ffon debyg i'r un oedd yn ei law yntau. Edrychai'n ddigynnwrf, ond gallai Pedr weld y tu hwnt i'r mynegiant ar ei hwyneb. Roedd tristwch a dicter y tu ôl i'w llygaid. Safai Gwymon wrth ei ochr. Edrychai yntau'n drist hefyd, fel petai ar goll. Ond roedd gweddill y fyddin yn ffyrnig; y bleiddiaid bygythiol, y dynion môr rhyfedd a'r adar arswydus oedd yn hofran uwch eu pennau. Chwarddodd Pedr. Byddai hon yn frwydr hawdd.

Camodd Pedr at Calrach, oedd yn syllu ar y wal. Roedd Pedr ar bigau drain eisiau ymosod.

'Ydyn ni am ymosod?' gofynnodd Pedr.

'Amynedd, Pedr,' atebodd Calrach. 'Dwi isio trysori'r eiliad hon!'

Doedd gan Pedr ddim awydd aros, ond o leia gallai weld wynebau ofnus y gelynion, a rhoddai'r ofn hwnnw foddhad iddo. Roedden nhw'n gwybod fod y diwedd ar fin cyrraedd.

Siwan

MÔR Y MEIRW

Safai Siwan ar fwrdd y llong yn craffu i weld oedd Porth Wen yn dal mewn un darn. Gwaetha'r modd, roedd y glaw yn tywallt i lawr, a doedd dim posib gweld y ddinas. Cerddodd y frenhines yn ôl i lawr y grisiau i'r caban, lle roedd Bleddyn, Taran a Tyrfech yn gorffwys.

'Wedes i byddet ti'n methu gweld dim yn y tywydd 'ma!' meddai Bleddyn wrth iddi gerdded drwy'r drws.

Rhoddodd ei llaw drwy ei gwallt. Diolchai nad oedd ganddi wallt hir rhagor. Eisteddodd ar gadair. Doedd hi ddim wedi gallu aros yn llonydd drwy gydol y daith, yn poeni am Aneirin, ac am Borth Wen a'i thrigolion.

'Ymlaciwch, eich Mawrhydi!' meddai Tyrfech.

'Ia, 'dan ni ddim yn bell,' ychwanegodd Taran.

Ond roedd hyn yn deimlad afiach. Aros, heb allu gwneud dim. Meddyliodd Siwan am Brân. Byddai wrth ei bodd yn hedfan i Borth Wen nawr. Tybed sut oedd ei ffrind bach annwyl? Teimlai'n euog am beidio gadael iddo ddod i Ynys y Gogledd gyda hi, ond roedd y daith yn llawer rhy beryglus i aderyn bach diniwed fel Brân.

Roedd y daith yn un esmwyth, ddigynnwrf. Ond yn sydyn, bron i Siwan ddisgyn o'i chadair wrth i rywbeth daro'n erbyn y llong.

'Be ar y lleuad oedd hwnna?' gofynnodd Taran.

Dyma rywbeth arall yn taro eto, yn galetach y tro hwn, ac yna un arall. Rhuthrodd y pedwar i fyny i'r dec i gael golwg ar beth oedd yn ymosod arnyn nhw. Roedd milwyr yn pwyso yn erbyn ochr y llong yn edrych i lawr ar y môr.

'Beth sy'n digwydd?' gwaeddodd Siwan dros y glaw.

'Siapiau yn y môr, eich Mawrhydi!' atebodd milwr.

Edrychodd Siwan i lawr a gweld y siapiau'n nofio o gwmpas ac yn hyrddio'u hunain at ochr y llong. Clywodd floedd o'r pellter. Roedd y pedair llong arall dan ymosodiad hefyd. Roedd y siapiau'n edrych yn rhy fawr i fod yn bysgod. Dyna pryd neidiodd un ohonyn nhw allan o'r môr. Trodd yr anifail yn ddyn, a hedfanodd drwy'r awyr yn fawreddog, ond roedd ei wyneb yn frawychus. Edrychai fel hen ddyn â chrychau ar hyd ei wyneb a'i lygaid yn dywyllach na'r nos. Glaniodd ar y llong. Safodd pawb yn stond. Rhedodd y creadur rhyfedd at y frenhines, ond camodd Bleddyn ato a'i daro i'r llawr. Crynodd y creadur am eiliad cyn codi. Gafaelodd Bleddyn yn ei gleddyf. Rhedodd at y creadur ond dyma ergyd arall yn dod o'r môr. Taflwyd Bleddyn a phawb arall i'r llawr. Cododd y creadur a neidio'n ôl i mewn i'r môr.

'Saethwch i'r môr!' gwaeddodd Taran.

Gafaelodd milwyr yn eu harfau a saethu at y creaduriaid. Ond roedd y llong fel petai'n dechrau suddo. Rhedodd milwr i fyny o'r caban.

'Mae dŵr yn dod i mewn!' gwaeddodd.

'Cariwch ymlaen i saethu!' gorchmynnodd Siwan.

Rhedodd i flaen y llong i edrych os y gwelai hi Borth Wen. Ond roedd y niwl yn gorchuddio'r môr, a'r ddinas yn anweledig. Dechreuodd y llong droi ar ei hochr yn araf bach. Neidiodd rhai milwyr i'r môr, wedi dychryn am eu bywydau ac am geisio nofio i'r lan.

'Ddylen ni neidio?' gofynnodd Siwan i Bleddyn.

'Na! Mae'r môr yn beryg bywyd!' atebodd Bleddyn.

Clywodd Siwan floeddio'n dod o'r môr wrth i'r creaduriaid gael gafael ar y milwyr oedd wedi neidio i'w plith. Gafaelodd y rhai oedd yn weddill yn ochr y llong a golwg frawychus ar eu hwynebau. Edrychai pethau'n anobeithiol. Yna, glaniodd hen ffrind wrth ochr Siwan.

'Brân! Beth wyt ti'n ei wneud yma?' meddai Siwan gyda rhyddhad a phryder o weld ei chyfaill ffyddlon.

Crawciodd Brân. Roedd yn edrych i'r awyr. Daeth sgrech fyddarol a throdd sylw pawb at y cymylau llwydion. Ymddangosodd eryr mawr gwyn drwy'r niwl a rhywun ar ei gefn. Daeth sgrech arall, yna un arall ac un arall. Hedfanodd llu o eryrod llwydion drwy'r awyr a glaniodd yr un gwyn ar y llong. Eisteddai dynes fach gron ar gefn hwnnw gyda gwallt fel cyllyll a chleddyf porffor yn ei llaw.

'Y Frenhines Tegwen!' meddai Tyrfech yn llawen.

Glaniodd aderyn llwyd wrth ei hochr. Eisteddai Siencyn ar ei gefn yn ei arfwisg ddu a phorffor.

'Dewch! Cyn i'r llong suddo!' gwaeddodd yntau.

Camodd Siwan at yr eryr gwyn.

'Wnaiff Rosa ddim brathu,' meddai Tegwen.

Neidiodd Siwan ar gefn Rosa ac eistedd y tu ôl i Tegwen. Eisteddodd Tyrfech ar gefn aderyn Siencyn a daeth mwy o adar i gludo'r gweddill at y lan.

'Beth yw dy enw di, 'mechan i?' gofynnodd Tegwen.

'Siwan, Brenhines y Pedair Ynys!'

'Tegwen, Brenhines y Tiriogaethau Rhydd! Pleser cael dy gyfarfod di, y Frenhines Siwan!'

Ni wyddai Siwan beth i'w ddweud. Hedfanodd Rosa at Borth Wen gyda Brân yn edrych mor fach wrth ei ochr. Câi Siwan ei rhyfeddu fwyfwy bob dydd – dewiniaid, dinas danddaearol a nawr brenhines ar gefn eryr enfawr. Ond doedd hi ddim yn poeni rhyw lawer. Roedd Siwan yn ddiogel, am y tro…

* * *

Glaniodd Rosa ar y cerrig mân. Dilynwyd ef gan yr holl adar llwyd eraill, hanner cant ohonyn nhw wedi'u gwasgaru ar hyd y cerrig. Atseiniai clychau Llys y Brenin dros y ddinas.

'Pam 'dych chi yma?' gofynnodd Siwan wrth gamu i lawr oddi ar gefn Rosa.

'Fedra i adael os ti eisiau,' atebodd Tegwen.

'Na! Do'n i ddim yn eich disgwyl, 'na'r cyfan!'

'I Enid mae'r diolch,' meddai Tegwen.

Rhuthrodd Bleddyn at Siwan a daeth Tyrfech a Taran ati hefyd. Roedd Tyrfech yn llawn cyffro ond roedd wyneb Taran mor wyn â phlu Rosa.

'Mae'n ddrwg gen i nad oedden ni'n gallu achub y fyddin i gyd,' meddai dyn â gwên gysurus ar ei wyneb.

'Dyma Siencyn. Mae angen diolch i hwn hefyd am fy mherswadio fi i wrando ar Enid!'

'Diolch,' meddai Siwan. Roedd yr holl beth wedi ei syfrdanu.

'Dyna'r pysgod rhyfedda welais i erioed!' meddai Siencyn.

'Dwi wedi gweld un tebyg o'r blaen. Hanner dyn, hanner pysgodyn ffyrnig!' meddai Tyrfech. 'Maen nhw'n gryf a'r un mor 'tebol ar dir!'

'Dylai rhai aros yma i amddiffyn y ddinas rhag y dynion… pysgod… y… pysgod-ddynion!' awgrymodd Siencyn.

'Pysgod-ddynion? Enw da!' gwenodd Tyrfech arno.

'Cytuno, Siencyn! Ond tydy'r clychau ddim yn swnio'n addawol iawn!' meddai Tegwen.

Doedd Siwan ddim yn gwrando. Edrychai ar Rosa yn ei holl ogoniant. Roedd mor ffyrnig, yn fawreddog ac mor brydferth. Am eiliad, roedd Siwan wedi anghofio am y rhyfel, ac am ei holl broblemau.

'Y Frenhines Siwan?' galwodd Bleddyn arni.

'Ie?' atebodd Siwan gan ddeffro o'i swyn.

'Beth wnawn ni?'

Ond chafodd Siwan ddim cyfle i ateb.

'Drychwch! Siapiau yn y dŵr!' gwaeddodd un o filwyr y Tiriogaethau Rhydd ar draws y porthladd.

Edrychodd pawb ar y môr. Roedd siapiau mawr fel cysgodion du'n nofio tuag at y ddinas, yn agosáu ar wib. Roedd rhaid i Siwan wneud penderfyniad. Canai'r clychau yn y cefndir gan ei hatgoffa fod y fyddin mewn perygl. Golygai hynny fod Aneirin ac Enid mewn perygl hefyd. Ond roedd yn rhaid iddi wneud y penderfyniad cywir er mwyn y ddinas, nid er mwyn ei ffrindiau. Camodd ymlaen at y môr a throi i wynebu'r adar a'r milwyr oedd yn aros am gyngor ar y cerrig mân.

'Fe arhoswn ni yma i amddiffyn y ddinas! Mae plant Porth Wen yn dibynnu arnon ni!' gwaeddodd Siwan. Daeth bloedd gan y milwyr. Edrychodd Siwan o'i chwmpas, yn chwilio am rywbeth. 'Brân! Ble wyt ti?'

Hedfanodd Brân a glanio ar ei hysgwydd. Gwenodd Siwan arno. Efallai mai dyma'r tro olaf y bydden nhw'n gweld ei gilydd.

'Dwi moyn i ti arwain yr adar, gyda Rosa, i Lys y Brenin i helpu Aneirin, Enid a gweddill y fyddin,' meddai Siwan.

Crawciodd Brân fel petai'n protestio. Roedd yr aderyn eisiau bod wrth ochr ei ffrind.

'Fe fydda i yno ar ôl delio â'r pysgod-ddynion!'

Gadawodd Brân ysgwydd Siwan. Crawciodd mor uchel ag y gallai a dechrau hedfan i fyny at Lys y Brenin. Chwifiodd gweddill yr adar eu hadenydd a dilyn Brân at y frwydr.

Safai cant ohonyn nhw, yn filwyr o'r Pedair Ynys a'r Tiriogaethau Rhydd, ar y cerrig yn wynebu'r môr a'r cysgodion du oedd yn nesáu. Gafaelodd Siwan yn ei chleddyf. Neidiodd un o'r pysgod allan o'r dŵr ac edrych yn syth i lygaid Brenhines y Pedair Ynys cyn diflannu o dan y dŵr. Roedd y pysgod-ddynion yn chwim. Roedden nhw mor agos.

'Byddwch yn barod!' gwaeddodd Siwan.

Cododd pawb eu cleddyfau yn barod am y frwydr. Canai'r clychau'n uwch nag erioed cyn tawelu. Yna, neidiodd y pysgod-ddynion o'r môr a dod wyneb yn wyneb â dwy frenhines a'u dilynwyr ffyddlon.

ENID

YNYS WEN

Cliriodd y niwl yn raddol i ddatgelu'r fyddin enfawr oedd y tu ôl i Calrach. Doedd y milwyr erioed wedi gweld y fath greaduriaid o'r blaen. Pwyntiai rhai o filwyr y Pedair Ynys eu bwa a saeth at fyddin Calrach. Doedd eraill ddim ond yn gallu syllu'n gegagored.

'Canwch y clychau!' gwaeddodd Aneirin.

Rhedodd milwr heibio Enid at y gloch fawr oedd ar y wal uwchben y giatiau. Tynnodd y rhaff. Rhoddodd Enid ei dwylo dros ei chlustiau, fel pawb arall oedd yn agos. Atseiniodd y clychau dros y ddinas i rybuddio bod y gelyn wrth y giatiau ac yn gorchymyn i holl filwyr y ddinas fynd yno ar unwaith. Llifodd milwyr i mewn i Lys y Brenin, heibio'r castell. Dringodd rhai i fyny i'r wal a'r gweddill yn wynebu'r giatiau, heb wybod beth oedd yn eu disgwyl yr ochr arall. Daeth sŵn y glaw i'r amlwg eto wrth i'r clychau dawelu. Cerddodd Dyfan at Enid, Alys ac Aneirin.

'Beth wnawn ni nawr?' gofynnodd Dyfan, ei nerfusrwydd yn amlwg.

'Aros,' atebodd Enid.

'Aros? Am beth?'

'Mae Enid yn iawn. Gyda ni mae'r fantais,' meddai Aneirin.

'Mantais? Wyt ti wedi gweld y fyddin? Ella na fydd y

bleiddiaid a'r dynion rhyfedd yna'n gallu dod dros y wal, ond yr adar ar y llaw arall…!'

'Allwn ni ddim ymosod arnyn nhw rŵan. Maen nhw'n rhy gryf a does gennon ni ddim digon o filwyr, ddim nes bydd y Frenhines Siwan a Byddin Ynys y Gogledd yn cyrraedd!' atebodd Enid.

'Ti wir yn credu neith yr Arglwydd Taran a'i fyddin ddod i'n helpu?' gofynnodd Dyfan.

'Mae'n rhaid i ni fyw mewn gobaith!' atebodd Enid eto.

Trodd Enid at Alys. 'Ella dylech chi fynd i'r castell, Mam? Byddwch chi'n fwy diogel yno!'

'Paid â bod yn wirion. Dwi ddim yn cuddio byth eto!' meddai Alys gan chwifio'r cleddyf oedd yn ei llaw. 'Dwi'n barod am y frwydr!'

'Dwi'n rhoi cyfle i chi ildio!' Atseiniodd llais Calrach dros y lle fel taran. 'Fe gewch chi, y rhan fwyaf ohonoch chi, fyw a bod yn gaethweision i mi! Fe gewch fwyd a diod a llety digon addas i bobl gyffredin!'

Edrychodd y milwyr ar ei gilydd. Doedd neb yn gwybod beth i'w wneud. Arhosodd Enid ac Aneirin yn ddistaw.

'Dwed wrtha i, Enid, pwy yw y brenin?' gofynnodd Calrach.

'Dydy'r Frenhines Siwan ddim yma!'

'Ai dyna'r math o reolwr dach chi isio? Rhywun sy'n cuddio tra dach chi'r milwyr yn gwneud y gwaith brwnt i gyd? Neu reolwr sy'n arwain ei fyddin i'r frwydr?' crechwenodd Calrach.

'Dydy hi ddim yn cuddio! Mae hi ar ei ffordd. Gadewch yr ynys a wnawn ni ddim eich brifo chi. Does dim rhaid i neb frifo!' atebodd Aneirin.

Chwarddodd Calrach. Safai Gwymon a Pedr y tu ôl iddo.

Roedd golwg euog ar wyneb Gwymon ond roedd Pedr fel petai'n mwynhau ei hun. Teimlai Enid mor drist wrth edrych arno.

'Pedr! Tyrd yn ôl ata i!' gwaeddodd Alys.

'Pam fyswn i'n gwneud hynny? Dach chi erioed wedi poeni amdana i!'

'Paid â bod yn wirion!'

'Dwi'n hapus lle ydw i. Dwi'n rhan o rywbeth o'r diwedd, ac mae pawb yn gwybod amdana i!' meddai Pedr gyda gwên ddieflig ar ei wyneb a chryndod yn ei lais.

'Dwyt ti ddim yn rhywun drwg, Pedr!' meddai Enid.

'Does dim rhaid i ti fod yn fanna, efo'r bobl gyffredin eraill. Tyrd i ymuno efo fi a'r Brenin Calrach. Mi all y dewiniaid reoli'r Pedair Ynys unwaith eto!'

'Mae Calrach yn dy ddefnyddio di, Pedr! Mae o wedi dy ddefnyddio di o'r cychwyn! Pam wyt ti'n meddwl ei fod o wedi dy gipio di?' crefodd Enid arno.

'Mae'r Brenin Calrach yn gweld pa mor arbennig ydw i. Ddim fel chdi, a Mam, a Dad! Lle mae Dad? Dwi isio iddo fo weld pa mor bwerus ydw i!' gwaeddodd Pedr yn flin.

'Mae Dad wedi marw,' atebodd Enid.

Disgynnodd wyneb Pedr am eiliad. Roedd popeth yn dawel cyn i'r wên ddieflig ddychwelyd ar ei wyneb. 'Da iawn! A chi fydd nesa!'

Llifodd y dagrau i lawr wyneb Alys wrth edrych ar ei mab. Cofleidiodd Enid hi. Dechreuodd y llafarganu unwaith eto, yn ddistaw i ddechrau cyn cryfhau a chryfhau. Yna ymunodd yr udo a'r sgrechian. Edrychodd Enid ar Calrach. Roedd y dewin dieflig yn gorfoleddu yn sŵn byddarol ei fyddin ddychrynllyd.

Aneirin

YNYS WEN

Roedd Aneirin wedi profi erchylltra rhyfel sawl gwaith, wedi profi'r brwydro ffyrnig, wedi profi'r golled ddiangen. Ond doedd o erioed wedi gweld byddin mor arswydus o'r blaen nac erioed wedi clywed y fath sŵn. Roedd sain y clychau'n cael eu boddi. Gallai Aneirin weld yr ofn yn llygaid y milwyr, yr un ofn roedd o wedi'i weld ganwaith.

Pylodd sŵn y clychau, ond roedd môr o filwyr yn dal i lifo i mewn i Lys y Brenin. Safai Enid, Dyfan ac Alys wrth ochr Aneirin yn syllu ar yr olygfa erchyll. Trodd Aneirin i edrych ar y milwyr o'i amgylch. Gwyddai yn ei galon nad oedd digon ohonyn nhw i drechu Calrach a'i fyddin ac roedd ganddo deimlad mai dyma ei frwydr fawr olaf. Dim ond breuddwyd oedd dianc i Dafarn yr Angor erbyn hyn.

'Mae'r niferoedd yn ormod,' meddai Dyfan. Trodd rhai o'r milwyr eu pennau, yn amlwg wedi clywed sylw Arglwydd Ynys y Gwynt.

'Bydd Siwan a byddin Ynys y Gogledd yma mewn dim, a chadw dy lais i lawr. Dy'n ni ddim moyn chwalu gobeithion pawb,' atebodd Aneirin.

'Ond does dim gobaith!' meddai Dyfan, yn uwch y tro hwn. Gallai Aneirin weld y tristwch enfawr ar ei wyneb.

Camodd Aneirin ato. Rhoddodd ei law ar ei ysgwydd. 'Falle

nad oes llawer o obaith, ond dy'n ni ddim ar ben ein hunain!'

'Ydyn, ni ar ben ein hunain, Aneirin. Does neb yn dod i'n helpu ni!' atebodd Dyfan.

Cododd Aneirin ei ben a gweld fod y milwyr ar y wal yn syllu arno. Roedden nhw'n chwilio am rywun i'w ddilyn, rhywun i'w harwain am y tro olaf. Roedden nhw wedi dewis Aneirin. Gwenodd Enid arno.

'Wnawn ni ddim gadael i'r gwehilion yma gipio ein dinas ni heb ymladd amdani!'

Tawelodd Llys y Brenin. Cododd llais Aneirin yn uwch na sŵn byddin Calrach. Roedd milwyr y Pedair Ynys i gyd yn gwrando.

'Mae'n rhaid i ni geisio amddiffyn ein dinas, ein pobl, ein plant! Fe allwn ni ildio, bod yn gaethweision i ddewin dieflig, marw heb anrhydedd, neu fe allwn ni ymladd yn ôl!' gwaeddodd Aneirin. Dechreuodd rhai o'r milwyr nodio a chymeradwyo. 'Ry'n ni wedi bod yn ymladd 'da'n gilydd ers rhy hir! Mae'n bryd i ni sefyll 'da'n gilydd! Fe wna i unrhyw beth i amddiffyn Porth Wen, Ynys Wen a gweddill y Pedair Ynys tra bydda i byw! Pwy sydd gyda fi?!'

Bloeddiodd y milwyr, gan godi eu cleddyfau. Teimlai Aneirin obaith yn ei galon am eiliad. Ond wrth i floeddio'r milwyr ddistewi, diflannodd y gobaith yn sydyn. Syrthiodd distawrwydd ar draws Caeau Gwynfryn. Roedd yr udo, y sgrechian a'r llafarganu wedi peidio hefyd. Trodd Aneirin i edrych i lawr ar y caeau. Safai'r dynion yn stond. Roedd y bleiddiaid yn ddistaw, poer yn glafoerio o'u cegau a'r adar wedi diflannu yn y cymylau uwchben. Edrychodd Aneirin ar Calrach. Roedd ei ffon yn yr awyr. Gwenai Pedr y tu ôl iddo. Suddodd calon Aneirin. Heb ddweud dim, pwyntiodd Calrach ei ffon tuag at y wal a rhedodd y dynion yn eu blaenau. Carlamodd y bleiddiaid ffyrnig tuag at y wal, ac roedd synau'r adar uwchben y cymylau yn nesáu.

'Saethwyr!' gwaeddodd Aneirin.

Pwyntiodd y milwyr ar y wal eu bwâu at y bleiddiaid, gan ddisgwyl am yr arwydd gan Aneirin, wrth i'r fyddin agosáu.

'Saethwch!' gwaeddodd Aneirin o'r diwedd.

Hedfanodd y saethau drwy'r awyr. Disgynnodd rhai o'r dynion, rhai o'r bleiddiaid. Gwaeddodd Aneirin eto. Disgynnodd rhai o'r fyddin. Ond roedd cymaint ohonyn nhw. Roedden nhw fel un llanw diddiwedd. Ymddangosodd yr adar drwy'r cymylau, a throdd y saethwyr eu sylw atynt. Ond roedden nhw'n rhy agos. Disgynnodd rhai, ond pigodd y lleill ar y milwyr gan rwygo'r cnawd. Bloeddiodd y milwyr mewn poen. Chwifiodd Aneirin ei gleddyf gan daro un o'r adar i'r llawr. Ond roedd gormod ohonyn nhw. Cafodd ei bigo yn ei fraich. Gollyngodd ei gleddyf, a disgynnodd i'r llawr. Ceisiodd frwydo yn erbyn y creadur, ond teimlai'n anobeithiol. Yna clywodd sgrech enfawr, a gwelodd siâp gwyn yn hedfan ar draws yr awyr. Hedfanodd Brân at Aneirin a brwydro yn erbyn yr aderyn.

Cododd Aneirin ar ei draed. Gafaelodd yn ei gleddyf a rhedeg ar hyd y wal. Roedd un eryr gwyn a hanner cant o rai llwyd yn brwydro yn erbyn adar Calrach. Daeth Enid ato.

'Fe ddoth hi!' meddai.

'Pwy?' gofynnodd Aneirin mewn penbleth.

'Y Frenhines Tegwen ac adar y Tiriogaethau Rhydd!' atebodd Enid gan droi'n ôl at y frwydr.

Cydiodd Enid mewn bwa oedd ar lawr y wal a saethu at y dynion a'r bleiddiaid, oedd bron â chyrraedd y giatiau erbyn hyn. Daeth y teimlad o obaith yn ôl i galon Aneirin. Doedden nhw ddim ar eu pennau'u hunain.

Enid

YNYS WEN

'Dim ond mater o amser cyn iddyn nhw dorri drwy'r giatiau!' gwaeddodd Enid wrth barhau i saethu at y bleiddiaid.

'Beth ddylen ni wneud?' gofynnodd Dyfan.

'Does dim llawer allwn ni wneud!' atebodd Aneirin.

Gorweddai cyrff ar hyd y wal, rhai'n llonydd a rhai'n griddfan mewn poen yn sgil ymosodiad yr adar. Ond gallai'r ymosodiad fod wedi bod yn llawer gwaeth. Diolch byth am Rosa a'i ffrindiau!

Chwiliodd Enid o'i chwmpas am fwy o saethau, ond doedd dim i'w weld. Safodd ar y wal yn edrych ar y bleiddiaid a'r dynion yn hyrddio'u hunain yn erbyn y giatiau. Roedd torri trwyddyn nhw yn anochel. Trodd ei sylw i ben draw'r cae, lle safai Calrach, Pedr a Gwymon o flaen yr ail don o ddynion a bleiddiaid. Hyd yn oed efo cymorth Tegwen a'i hadar, roedd byddin Calrach yn llawer mwy na'u byddin nhw. Edrychodd ar Pedr, ei brawd. Roedd o'n gwingo, ar bigau eisiau ymuno yn yr ymladd. Edrychai'n ddieflig yn ei wisg ddu, a Calrach fel ysbryd yn ei glogyn gwyn budur.

Tynnwyd sylw Enid yn ôl at y sŵn oedd fel camau cawr wrth i'r dynion a'r bleiddiaid daflu eu hunain at y giatiau. Safai Aneirin, Dyfan ac Alys ar y wal yn ddiymadferth. Roedd rhaid iddyn nhw wneud rhywbeth, neu byddai'r bleiddiaid yn rhydd i grwydro Porth Wen.

'Mae'n rhaid i ni agor y giatiau!' meddai Enid.

'Wyt ti'n gall?' gofynnodd Dyfan.

'Maen nhw am dorri drwy'r giatiau, a phan wnân nhw, bydd y bleiddiaid yn rhydd i ymosod ar bobl a phlant Porth Wen. Os wnawn ni agor y giatiau a rhedeg atyn nhw, fe allwn ni gadw'r ymladd ar y caeau ac i ffwrdd o'r ddinas!'

'Mae Enid yn iawn,' meddai Aneirin. 'Mae'n rhaid i ni geisio amddiffyn Porth Wen mor hir ag y gallwn ni!'

Edrychodd Enid ar ei mam. Nodiodd hithau. Roedd Alys yn ymddangos mor ddigynnwrf. Allai Enid ddim ond edmygu ei mam ar ôl popeth roedd hi wedi ei ddioddef. Clywodd sŵn y giatiau'n dechrau hollti. Roedden nhw mor agos i dorri drwodd. Rhedodd Enid i lawr y grisiau i gowt enfawr Llys y Brenin. Safai milwyr yno yn crynu gan ofn, tra bod eraill yn gwthio yn erbyn y giatiau i geisio cadw'r bleiddiaid i ffwrdd.

'Dewch 'nôl!' gorchmynnodd Enid.

Camodd y milwyr dryslyd i ffwrdd o'r giatiau. Safodd Enid, Aneirin, Alys a Dyfan o'u blaenau, a rhuthrodd Gwilym a Pwyll atynt.

'Beth ar y lleuad wyt ti'n ei wneud, ferch?' gofynnodd Gwilym, ei aeliau bron â chuddio'i lygaid.

'Dwi'n gwybod fod hyn yn teimlo fel ildio, ond wrth ymosod yn ôl, 'dan ni'n creu gobaith ac yn rhoi cyfle i bobl Porth Wen,' meddai Enid. Hedfanodd Rosa uwch eu pennau. 'ac mae gennon ni gymorth. Mae'n ddrwg gen i fod pethau wedi dod i hyn, ond does dim angen i hyn fod yn ddiwedd i ni!'

Gwaeddodd rhai o'r milwyr eu cefnogaeth. Trodd Enid i

wynebu'r giatiau. Roedd y pren yn hollti mwy a mwy fesul hyrddiad. Gafaelodd Enid yn dynn yn ei chleddyf ac yn dynnach yn ei ffon hud. Yr unig beth ar ôl i'w wneud oedd aros.

Pedr

YNYS WEN

Doedd Pedr ddim yn gallu gweld ei chwaer ar y wal. Dim ond llond dwrn o filwyr gyda bwa a saeth oedd ar ôl.

'Lle mae pawb?'

'Maen nhw am redeg at fy nghreaduriaid, meddwl bod ganddyn nhw gyfle i drechu fy myddin i,' chwarddodd Calrach cyn troi at Pedr. 'Does dim gobaith ganddyn nhw!'

Rhyfeddodd Pedr sut oedd Calrach yn cael y blaen ar bawb, yn gwybod beth oedd pawb am wneud cyn iddyn nhw'u hunain wybod. Ond roedd Pedr yn dechrau colli amynedd. Roedd o ar dân eisiau ymladd a dangos ei rym i bawb.

'Ydy hi'n amser gyrru'r ail don, y Brenin Calrach?' gofynnodd Gwymon.

'Dwi'm yn meddwl bydd rhaid i ni. Mae Enid wedi penderfynu agor y giatiau. Fe wnawn ni drechu'r fyddin ar Gaeau Gwynfryn cyn cipio'r ddinas!'

Allai Pedr ddim ond edmygu'r hen ddewin. Roedd popeth yn mynd yn ôl y cynllun. Ond eto, roedd gan Pedr ryw ysfa hunanol i gipio'r goron a gorsedd y Pedair Ynys oddi ar Calrach, pan fyddai'r brwydro wedi dod i ben. Oedd Calrach yn gwybod beth oedd yn mynd drwy ei feddwl? Oedd Calrach yn mynd i gael gwared ohono wedi'r brwydro? Edrychodd Calrach arno drwy gornel ei lygaid gyda chrechwen. Edrychodd Pedr i ffwrdd yn syth.

Roedd y dynion a'r bleiddiaid bron â thorri drwy'r giatiau. Byddai cannoedd o filwyr yn rhedeg allan drwyddyn nhw unrhyw funud, ac Enid ei chwaer, yn un ohonyn nhw.

'Wyt ti'n barod i flasu rhyfel am y tro cyntaf, Pedr?' gofynnodd Calrach.

'Ydw,' atebodd Pedr yn gadarn.

Tynnodd Gwymon ei gleddyf o'i wain. Gafaelodd Calrach yn dynn o amgylch ei ffon hud. Edrychodd Pedr ar ei gleddyf a ffon Gwydion yn ei law. Curai ei galon yn gynt nag erioed. Roedd ei emosiynau'n gymysg o nerfau a chyffro. Dyma oedd ei gyfle i'w gyhoeddi ei hun i bawb ac i gymryd ei le haeddiannol ar orsedd y Pedair Ynys.

Holltodd y giatiau ar draws y caeau a chlywodd Pedr floedd. Roedd o'n siŵr mai bloedd Enid oedd hi. Ymunodd milwyr y Pedair Ynys i gyd yn y bloeddio wrth iddyn nhw ruthro allan a chwalu i mewn i'r dynion a'r bleiddiaid. Brwydrodd ton gyntaf Calrach am ychydig ond doedd dim digon i wneud niwed mawr i fyddin y Pedair Ynys. Gallai Pedr weld y brwydro ffyrnig yn y pellter; griddfannau'r bleiddiaid yn boddi sŵn y milwyr. Roedd gormod o filwyr y Pedair Ynys yno a threchwyd y dynion a'r bleiddiaid o fewn munudau.

Roedd cae cyfan yn gwahanu byddin y Pedair Ynys ac ail don enfawr Calrach. Safodd y ddwy fyddin yn syllu ar ei gilydd am eiliad, cyn i Calrach gamu yn ei flaen. Dilynodd Gwymon ei feistr ond safodd Pedr yn stond. Ni wyddai beth i'w wneud. Yna, dechreuodd yr ail don ruthro tuag at Enid a'r fyddin. Rhedodd y milwyr i gyfarfod y creaduriaid rhyfedd. Tynnodd Pedr anadl ddofn cyn rhedeg ochr yn ochr ag angenfilod Calrach, yn syth at ei chwaer.

Enid

YNYS WEN

Teimlai Enid gymaint o gasineb tuag at Calrach wrth iddi redeg ochr yn ochr â'i mam i ymladd yn erbyn ei brawd. Roedd chwant ac ysfa Calrach am bŵer wedi chwalu ei theulu. Er, teimlai bod ei theulu ar chwâl ers cyn i'r dewin dieflig ddod i'w bywyd. Gwelodd Enid ei brawd yng nghanol y dynion a'r bleiddiaid. Edrychai'n syth i'w llygaid. Torrodd Enid ei chalon. Gwyddai beth oedd rhaid iddi wneud.

Disgynnodd y glaw yn galed ar arfwisgoedd y milwyr, a'u bloeddio yn ychwanegu at sŵn tincian y glaw a slwtsh y mwd dan eu traed. Doedd Enid ddim yn teimlo ofn, dim ond tristwch; tristwch am bopeth oedd wedi digwydd ac am bopeth oedd i ddod.

Roedd y bleiddiaid yn gyflymach na gweddill y fyddin. Roedden nhw'n agosáu at Enid a'r milwyr. Clywodd Enid y bloeddio unwaith eto. Daeth y teimlad o gasineb yn ôl wrth iddyn nhw daro yn erbyn y bleiddiaid. Chwifiodd Enid ei chleddyf i'w hamddiffyn yn erbyn dannedd a chrafangau'r angenfilod. Defnyddiodd ffon hud Dyfrach i ymosod arnyn nhw. Neidiodd y bleiddiaid at y milwyr, a llwyddodd Enid i amddiffyn ei hun am y tro. Clywodd floedd tu ôl iddi. Roedd ei mam wedi disgyn ac yn gafael yng ngwddf blaidd oedd yn suddo'i grafangau i mewn i'w chroen. Griddfanodd Alys mewn poen. Rhedodd Enid ati gan bwyntio'i ffon at y blaidd. Taflwyd y creadur oddi ar ei mam a glanio'n gelain yn y mwd.

'Dwi'n iawn. Paid â phoeni amdana i!' meddai Alys, ond roedd ei hwyneb yn adrodd stori wahanol.

Helpodd Enid ei mam i godi. Ond roedd gafael mewn cleddyf yn boenus iddi. Ceisiodd gario ymlaen i ymladd, ond fedrai hi ddim codi ei braich.

'Mam, ewch yn ôl i'r ddinas! Amddiffynnwch y bobl!' meddai Enid gan gario ymlaen i geisio'i hamddiffyn gyda'i chleddyf a'i ffon.

'Dwi'n iawn!'

'Mam!' gwaeddodd Enid gan daflu edrychiad ati, yn union fel roedd Alys wedi arfer ei wneud iddi hi.

'Tyrd â Pedr yn ôl,' meddai Alys yn ddagreuol cyn diflannu drwy'r milwyr.

Trodd Enid yn ôl at y brwydro. Gwelodd fod gweddill byddin Calrach wedi cyrraedd. Brwydrodd Aneirin a Dyfan yn erbyn y creaduriaid cyhyrog oedd mor debyg i Gwymon. Disgynnodd niwl fel blanced dros yr ymladd. Dim ond siapiau oedd pawb erbyn hyn. Daeth Enid wyneb yn wyneb efo un o ddynion y môr a defnyddiodd y ffon i ymosod arno. Taflwyd y creadur i'r llawr, ond cododd ar ei draed ar ôl ychydig. Roedd y creaduriaid yma'n gryfach na'r bleiddiaid hyd yn oed. Rhuthrodd ati. Pwyntiodd Enid y ffon ato a thaflwyd y dyn i'r llawr unwaith eto.

Gwelodd Enid ei brawd yn brwydro drwy'r niwl. Roedd milwr ar ôl milwr yn disgyn wrth iddo ddefnyddio ffon hud Gwydion i gael gwared arnynt. Teimlai Enid y casineb yn dychwelyd wrth weld ffon Gwydion, a chofio popeth oedd wedi digwydd. Tynnwyd ei sylw oddi ar y brwydro am eiliad. Ac roedd eiliad yn ddigon. Neidiodd blaidd arni a thaflwyd ei ffon i'r mwd. Cododd ar ei thraed. Roedd tri blaidd wedi ei hamgylchynu. Edrychai'r bleiddiaid yn union fel yr un oedd wedi ei helpu yn y Goedwig Hud wythnosau ynghynt. Ceisiodd ddefnyddio ei hud, ond doedd hi ddim hanner mor bwerus heb y ffon. Gafaelodd yn dynn yn ei chleddyf wrth i'r tri ymosod arni. Ceisiodd frwydro ond roedd un blaidd yn rhy gryf iddi, heb sôn am dri. Gwthiwyd hi i'r llawr. Trodd i wynebu'r bleiddiaid, oedd yn barod i neidio. Yna, clywodd sgrech. Hedfanodd Rosa at y bleiddiaid a hyrddio'i hun yn eu herbyn. Ond erbyn hyn roedd y dyn môr wedi codi ac yn rhuthro ati. Cyn i Enid allu gwneud dim, stopiodd y creadur yn stond, ac ymddangosodd cleddyf porffor o'i fol. Disgynnodd i'r llawr, a thu ôl iddo, safai Tegwen yn ei harfwisg borffor. Estynnodd Tegwen ei llaw a chodi Enid ar ei thraed. Roedd hi'n gafael yn ffon Dyfrach â'i llaw arall.

'Dwi'n meddwl mai ti sydd piau hon?' meddai Tegwen gyda hanner gwên ar ei hwyneb.

Gwenodd Enid yn ôl. 'Pam wnaethoch chi newid eich meddwl?'

'Diolcha i Siencyn!'

Edrychodd Enid o'i chwmpas a gweld Siencyn, Siwan, Tyrfech a Taran wedi ymuno yn y brwydro. Diflannodd y casineb am eiliad wrth weld pawb yn ymladd gyda'i gilydd. Ond doedd dim amser i ymlacio. Gwelodd Pedr yn y pellter. Anelodd am ei brawd gyda'i chleddyf yn un llaw a ffon Dyfrach yn y llall.

Aneirin

YNYS WEN

Llithrai Aneirin o amgylch y cae fel petai'n dawnsio. Roedd o'n gleddyfwr o fri ac yn un o ryfelwyr gorau'r Pedair Ynys. Brwydrai yn erbyn y creaduriaid ffyrnig gan adael pob un a feiddiai ddod yn agos ato yn gelain yn y mwd. Ceisiodd beidio meddwl am ddim byd pan oedd o mewn brwydr, er mor anodd oedd hynny. Ond roedd creithiau rhyfel yn agor bob hyn a hyn.

Edrychodd Aneirin o'i gwmpas. Gwelodd Tyrfech a Taran yn brwydro yn y pellter. Tad a mab yn brwydro gyda'i gilydd. Edrychai'r ddau mewn dipyn o berygl. Roedd milwyr y Pedair Ynys yn disgyn yn gyflymach na chreaduriaid Calrach. Rhuthrodd Aneirin drwy'r môr o angenfilod i roi cymorth iddyn nhw. Roedd blaidd llwyd ar eu harfwisgoedd, arfbais Ynys y Gogledd. Cofiai Aneirin gymaint o ofn y blaidd oedd arno pan oedd yn blentyn, ond edrychai bleiddiaid Calrach yn llawer mwy mileinig. Gwthiodd yr atgof o'i feddwl. Roedd rhaid iddo ganolbwyntio ar y frwydr. Amgylchynwyd y tri gan y creaduriaid rhyfedd oedd yn edrych fel dynion y môr. Doedd Aneirin ddim wedi gweld y fath greaduriaid erioed o'r blaen.

'Chi'n edrych fel bo' chi angen help!' meddai Aneirin.

'Mi oeddan ni'n gwneud yn iawn, diolch! Ond nawn ni ddim dweud na!' meddai Taran gan wenu ar ei fab. Gwenodd

Tyrfech yn ôl ond roedd y creaduriaid rhyfedd yn cau amdanyn nhw.

'Mae gormod o bysgod-ddynion yma!' meddai Tyrfech.

'Pysgod-ddynion?' gofynnodd Aneirin.

'Dyna 'dan ni'n eu galw nhw. Does gan neb syniad be ydyn nhw!' atebodd Taran.

Daeth y pysgod-ddynion atyn nhw fel storm. Brwydrodd y tri yn eu herbyn a chlincian y cleddyfau yn sŵn mor gyfarwydd i Aneirin.

Sylwodd Aneirin ar wyneb un o'r pysgod-ddynion. Roedd o'n greadur cyhyrog a'i gleddyf yn dynn yn ei law. Edrychai'n debyg i Calrach ond roedd ei lygaid yn llawn tristwch. Camodd Tyrfech ato, a gallai ddweud fod y ddau'n adnabod ei gilydd.

'Gwymon! Mi wnest ti 'mradychu i, ac Enid, a Gwydion!' gwaeddodd Tyrfech arno.

'Doedd gen i ddim dewis!' atebodd Gwymon.

Rhuthrodd Tyrfech ato gan chwifio'i gleddyf yn ffyrnig. Ond roedd Gwymon yn gyflymach ac yn llawer fwy chwim. Neidiodd o'r ffordd a gwthio Tyrfech i'r llawr.

'Sai moyn ymladd! Ond fe wna i dy ladd di os oes rhaid!' gwaeddodd Gwymon. Disgleiriai ei gorff llaith yn y glaw.

Roedd y niwl wedi dechrau codi. Cododd Tyrfech a sefyll o flaen Gwymon, yn barod i neidio ato unwaith eto. Ymunodd Aneirin wrth ochr Tyrfech.

'Bydd rhaid i ti ladd y ddau ohonon ni!' meddai Aneirin.

Camodd y ddau at Gwymon. Roedd Gwymon yn gleddyfwr o fri hefyd, ac roedd Aneirin yn falch nad oedd o'n gorfod wynebu'r creadur ar ei ben ei hun. Llwyddai Gwymon i amddiffyn ei hun yn rhagorol, gan rwystro pob ergyd. Gwthiwyd Tyrfech i'r llawr unwaith eto a chamodd

Aneirin yn ôl am eiliad. Gallai Gwymon ladd y ddau ohonyn nhw'n hawdd, ond roedd y creadur fel petai'n amddiffyn yn lle ymosod. Edrychodd ar Gwymon eto. Roedd ei lygaid yn gweiddi am gymorth.

Clywodd Aneirin floedd. Roedd bleiddiaid wedi ymosod ar Taran. Roedd dau ohonyn nhw yn gorwedd arno, yn brathu a chrafu. Gwelodd Tyrfech fod ei dad mewn perygl. Cododd a rhuthro ato.

"Nhad!'

Ond roedd pysgod-ddynion a bleiddiaid ym mhob man. Trodd Aneirin ei sylw'n ôl at Gwymon ond roedd wedi diflannu.

Brwydrodd Tyrfech ac Aneirin yn erbyn y creaduriaid gan geisio cyrraedd Taran. Roedd sgrechian yr arglwydd yn mynd yn uwch ac yn swnio'n boenus ofnadwy. Gwaeddodd Tyrfech ar ei dad wrth chwifio'i gleddyf a llorio'r creaduriaid o'i amgylch yr un pryd. Hyrddiodd ei hun i mewn i'r bleiddiaid. Disgynnodd Tyrfech a'r ddau flaidd i'r llawr. Roedd y ddau'n barod i neidio arno pan ruthrodd Aneirin i amddiffyn Tyrfech. Cododd ar ei draed. Brwydrodd Aneirin yn erbyn un blaidd a Tyrfech yn erbyn y llall, gan lwyddo i'w trechu wedi brwydr galed.

Pan ddisgynnodd y bleiddiaid i'r llawr, rhedodd Tyrfech at ei dad. Disgynnodd ar ei liniau a gafael ym mhen Taran.

'Dad!'

Roedd Taran yn ei chael hi'n anodd anadlu. Llifiai gwaed o'i freichiau ac roedd anafiadau dwfn i'w gorff. Ceisiodd wenu ar ei fab. Edrychodd Aneirin ar y ddau. Meddyliodd am ei dad ei hun am eiliad, yna am Gruff. Cofiai afael yn ei gorff crynedig, yn gobeithio am wyrth ond yn gwybod nad oedd gobaith. Teimlai mor ddigalon. Roedd creithiau rhyfel Aneirin wedi agor. Efallai mai marw fyddai'r peth gorau iddo. O leia wedyn fyddai ddim rhaid iddo frwydro rhagor.

'Dach chi am fod yn iawn, 'nhad!' meddai Tyrfech gan geisio rhoi pwysau ar y clwyfau. Ond roedd gormod ohonyn nhw.

Rhoddodd Taran ei law ar law ei fab. 'Mae'n iawn. Gad i mi fynd!'

'Na! Fedra i ddim!'

'Cael fy lladd gan flaidd, pwy fysa'n meddwl?' meddai Taran, gydag awgrym o wên ar ei wyneb.

Dyna eiriau olaf Taran ap Terfel. Caeodd Tyrfech lygaid ei dad, cyn codi ac ailymuno yn y frwydr. Roedd gan Ynys y Gogledd arglwydd newydd.

Pedr

YNYS WEN

Defnyddiodd Pedr ei hud i drechu'r milwyr oedd wedi ei amgylchynu. Gyda phob ergyd, teimlai'n fwy pwerus. Roedd tân wedi cynnau y tu mewn iddo. Safai milwyr petrusgar o'i amgylch. Roedd gan y rhain ofn yr hogyn bach distaw. Teimlodd foddhad wrth weld y milwyr yn disgyn yn gelain yn y mwd. Trodd i weld Calrach yn lladd yn hollol ddiymdrech. Gallai weld ei hun yn yr hen ddewin – y ddau wedi cael llond bol ar gael eu trin fel baw, ac wedi dychwelyd i ddangos eu grym ac i ddangos i bawb eu bod nhw'n bodoli.

Gwelodd Pedr ei chwaer drwy'r niwl. Roedd hi'n agosáu ato. Teimlodd Pedr ei galon yn curo. O'r diwedd daeth y ddau wyneb yn wyneb yng nghanol y brwydro erchyll. Dau ddewin mewn torf o ddynion, merched ac angenfilod. Uwch eu pennau, roedd y cymylau'n crynhoi eto. Gallai weld y boen yn llygaid ei chwaer. Cofiodd am ei freuddwyd. Edrychodd i'r awyr a gweld yr aderyn gwyn yn hedfan dros y caeau a'i sgrech yn fyddarol. Trodd ei sylw'n ôl at ei chwaer.

'Tydy hi ddim yn rhy hwyr i ti, Enid! Gawn ni reoli'r Pedair Ynys! Gawn ni reoli unrhyw le 'dan ni isio!' meddai Pedr â chyffro yn ei lais. Roedd ei lygaid tywyll yn disgleirio.

'Ti 'di torri fy nghalon, Pedr!' criodd Enid.

Gwyddai Pedr beth oedd am ddigwydd nesaf. Pwyntiodd Enid ei ffon a'i chleddyf ato cyn rhedeg. Gadawodd Pedr i'r ergyd ei daro. Taflwyd o i'r awyr a glaniodd yn y mwd. Cododd ar ei draed gan wenu. Daeth Enid ato unwaith eto ac roedd Pedr yn barod tro hwn. Llwyddodd i wrthsefyll yr ymosodiad a thaflu grym ei hun, gan lorio'i chwaer fawr. Cododd hithau'n sydyn. Rhedodd ato gyda'i ffon yn un llaw a'i chleddyf yn chwifio yn yr awyr yn y llall. Tarodd ei chleddyf yn erbyn un Pedr. Dyma'r eiliad, meddyliodd. Gwyddai beth oedd am ddigwydd. Gwthiodd ei gleddyf tuag at ei chwaer gan ddisgwyl clywed y sŵn. Ond dim ond clincian cleddyfau oedd i'w glywed. Camodd Pedr yn ôl. Doedd dim afon goch o waed yn llifo o geg ei chwaer. Roedd pethau'n wahanol. Nid hunllef oedd hon.

'Pam wyt ti'n gneud hyn?' gofynnodd Enid.

'Doedd ein rhieni byth yn poeni amdana i! Doedd neb yn poeni amdana i!'

'Dwi'n poeni! Mi wnes i deithio dros dir a môr i dy achub di!'

'Dwi ddim angen i neb fy achub i! O'n i isio i bobl sylwi arna i, i beidio 'nhrin i fel yr hogyn bach od 'na! A rŵan mae pawb yn sylwi arna i, yn fy ofni i!' meddai Pedr.

Cuddiai'r glaw y dagrau ar wyneb Enid, ond roedd Pedr yn adnabod ei chwaer yn dda. Pam na allai hi ymuno efo fo? Doedd hi ddim yn gweld fod pobl yn wenwynig? Ceisiodd Pedr droi ei chwaer am y tro olaf.

'Be mae'r bobl yma 'di neud i chdi? Dydyn nhw ddim yn poeni amdanat ti! Mi ddwedan nhw eu bod nhw'n dy gefnogi di, cyn rhoi cyllell yn dy gefn a chefnogi rhywun arall yr eiliad fyddi di wedi mynd! Mae pobl fel gwenwyn, ac mae'n rhaid i ni gael gwared arnyn nhw i gyd. Mae pobl gyffredin wedi cael eu cyfle, tro'r dewiniaid ydy hi rŵan, unwaith eto! Mi gawn ni reoli'r byd gyda'n gilydd. Dim ond fi a chdi!'

'Be am Calrach?'

'Fydd o ddim trafferth i'r ddau ohonon ni!'

Yn yr eiliad honno, gwelodd Pedr wyneb ei chwaer yn newid. Doedd Enid ddim yn credu yng ngeiriau ei brawd. Ochneidiodd Pedr. Doedd dim newid meddwl ei chwaer. Gwyddai nad oedd rheswm i geisio'i pherswadio rhagor. Pwyntiodd ei ffon ati. Roedd y weithred yn annisgwyl. Taflwyd Enid yn ei hôl a glaniodd ar bentwr o gyrff. Rowliodd y ffon i'r mwd. Roedd hi'n methu symud am fod rhan o'i gwisg wedi bachu yn arfwisg un o'r milwyr celain. Cerddodd Pedr ati. Roedd hyn yn wahanol i'r hunllef a gafodd, ond yr un peth fyddai'r canlyniad. Ceisiodd Enid ymestyn at ei ffon, ond roedd yn rhy bell.

Agosaodd Pedr ati. Roedd y cymylau'n gynfas ddu uwch ei ben. Ceisiodd Enid ymestyn eto, ond roedd ei hymdrechion yn ofer. Safodd Pedr yn edrych i lawr arni. Caeodd Enid ei llygaid ac ymestyn ei llaw allan.

'Do'n i ddim isio gneud hyn, Enid,' meddai Pedr.

Pwyntiodd ei ffon at galon ei chwaer. Roedd tynged Enid yn nwylo Pedr. Yna, hedfanodd ffon Dyfrach o'r llawr i ddwylo Enid. Pwyntiodd Enid y ffon at Pedr a thaflwyd ei brawd yn uchel i'r awyr a glaniodd yn galed ar y llawr. Clywodd Enid sŵn ei esgyrn yn torri. Clywodd ei floedd ar draws y cae. Clywodd ei lais yn ymbil am gymorth.

Griddfanodd Pedr mewn poen. Doedd ei freuddwydion ddim wedi dod yn wir. Hedfanodd aderyn gwyn ar draws y cymylau duon wrth i'r glaw dywallt i lawr. Cuddio dagrau Pedr oedd y glaw erbyn hyn. Roedd pethau'n edrych yn dywyll i'r dewin ifanc.

SIWAN

YNYS WEN

Roedd wyneb Siwan yn gacen o fwd a chwys a gwaed. Llwyddodd i amddiffyn ei hun yn erbyn y creaduriaid rhyfedd. Doedd arni hi ddim ofn, ac roedd llawer o'r diolch am ei hyder i Bleddyn. Gafaelodd yn ei chleddyf gyda phwrpas. Roedd hi'n fedrus â chleddyf ac yn gallu ymladd yn ffyrnig. Diolchodd hefyd fod Brân bob tro'n agos i'w helpu.

Trechodd y blaidd diweddaraf i'w herio a chael cyfle prin am seibiant, dim ond am eiliad. Brwydrai Dyfan, Tegwen, Siencyn a Tyrfech yn agos. Roedd Aneirin a Bleddyn yn agos hefyd. Teimlai mor falch o gael y ddau ohonyn nhw'n gefn iddi. Ond roedd byddin y Pedair Ynys yn dirywio, a'r gobaith yn pylu. Deuai'r bleiddiaid a'r pysgod-ddynion atyn nhw fel tonnau diddiwedd. Gwelai filwyr yn disgyn o'i chwmpas a'i ffrindiau wedi eu hamgylchynu. Roedd colli'r frwydr yn anochel, ond ceisiodd beidio meddwl am hynny. Doedd dim allai Siwan ei wneud, dim ond parhau i frwydro.

Rhedai bleiddiaid atyn nhw o bob cyfeiriad. Gwthiwyd Siwan i'r llawr. Rhuthrodd milwr i'w hamddiffyn gan lorio'r blaidd. Helpodd y milwr hi ar ei thraed.

'Eich Mawrhydi!' meddai â hanner gwên ar ei wyneb, cyn cario ymlaen i ymladd yn erbyn yr angenfilod.

Brwydrodd Siwan yn erbyn y gelyn, ond gallai deimlo'r egni'n gadael ei chorff gyda phob hyrddiad o'i chleddyf. Roedd y milwr wedi aros wrth ei hochr ac yn brwydro gyda hi a Bleddyn yn erbyn y creaduriaid. Ond roedd gormod ohonyn nhw. Taflwyd Siwan i'r llawr gan flaidd enfawr a glaniodd yn galed ar ei chefn. Aeth popeth yn niwlog. Disgynnodd y glaw ar ei hwyneb gan olchi ychydig o'r mwd a'r chwys a'r gwaed, ond roedd yr awyr yn troi uwch ei phen. Gwelodd Brân yn hedfan ati, yn crawcio'n aflafar. Gwelodd helmed Bleddyn a wyneb y milwr yn edrych i lawr arni.

'Siwan!' gwaeddodd Bleddyn, ond roedd yr holl synau o'i chwmpas yn aneglur, fel petai hi dan ddŵr.

'Rhaid i ni amddiffyn y frenhines!' meddai'r milwr.

Diflannodd y ddau o'i golwg, ond gallai glywed y brwydro fel petai'n bell, bell i ffwrdd. Brwydrai Rosa a gweddill eryrod y Tiriogaethau Rhydd yn erbyn adar Calrach, a Brân yn hofran yn warchodol uwch ei phen. Caeodd ei llygaid. Gorweddodd yno am eiliad, yn falch nad oedd hi'n gallu clywed popeth yn glir.

Agorodd ei llygaid. Doedd hi ddim yn gorwedd rhagor. Safai yng ngerddi'r castell. Gwisgai ffrog wen a'i gwallt yn rhydd. Teimlai fel hogan fach unwaith eto. Gwelodd ddynes yn y pellter. Roedd ei chefn ati, ond roedd ei gwallt hir melyn yn gyfarwydd. Trodd y ddynes i wynebu Siwan.

'Mam?'

Teimlai Siwan ei chalon yn cynhesu wrth weld gwên ei mam. Doedd hi ddim wedi gweld y wên ers amser mor hir.

'Ydw i wedi marw?' gofynnodd Siwan wedi drysu.

'Naddo,' chwarddodd Olwen.

'Ydych chi'n fyw?'

Diflannodd gwên ei mam. 'Nac ydw.'

'Lle aethoch chi ar ôl marw?' gofynnodd Siwan a'r dagrau yn cronni o amgylch ei llygaid.

'Es i'r awyr i ymuno â'r sêr a'r lleuad,' atebodd ei mam.

'O'n i'n credu taw chwedl oedd hynny!'

'Rwy'n edrych lawr arnot ti o hyd, yn dy warchod di yn ystod y nos. Rwy'n falch iawn ohonot ti. Mae dy dad yn falch ohonot ti hefyd, a Maelgwn!'

'Ga i ddod atoch chi?'

Roedd Siwan wedi syrffedu ar yr holl ymladd. Roedd hi'n barod i ymuno â gweddill ei theulu.

'Dydy hi ddim yn amser i ti eto. Falle nad yw marw'n ddrwg i gyd, ond does dim byd gwell na byw dy fywyd yn llawn! A beth am Aneirin? Mae e dy angen di. Mae pobl y Pedair Ynys dy angen di!'

Roedd Siwan eisiau rhedeg at ei mam a'i chofleidio, ond roedd hi'n methu symud ei choesau na'i breichiau.

'Ond bydd popeth ar ben erbyn i mi fynd yn ôl!'

'Paid bod mor siŵr,' meddai ei mam.

Dechreuodd Olwen symud ymhellach i ffwrdd. Ceisiodd Siwan redeg ati, ond roedd hi'n sownd ac aeth popeth yn dywyll.

'Mae'r Pedair Ynys dy angen di, cofia!' gwaeddodd Olwen yn y pellter.

'Mam!'

Deffrodd Siwan. Gorweddai ar y llawr mwdlyd unwaith eto, yn edrych ar y cymylau tywyll. Roedd Brân yn brwydro uwch ei phen, yn dal i'w hamddiffyn. Gallai glywed synau rhyfel yn glir erbyn hyn. Symudodd ei choesau, a chodi ar ei heistedd. Edrychodd o'i hamgylch ar yr olygfa erchyll. Gwelodd ei ffrindiau a'i theulu'n parhau i frwydro. Roedd rhaid iddi hithau wneud ei rhan. Sylwodd ar ei chleddyf ar y llawr wrth ei hochr.

A hithau ar fin codi, clywodd rywbeth y tu ôl iddi. Trodd ei phen yn araf. Safai blaidd yno'n barod i neidio arni. Ceisiodd Siwan ymestyn at ei chleddyf, ond roedd hi'n rhy hwyr. Neidiodd y blaidd. Caeodd Siwan ei llygaid. Doedd arni hi ddim ofn marw bellach.

Clywodd saethau'n hedfan drwy'r awyr a'r blaidd yn disgyn i'r llawr gan udo mewn poen. Agorodd ei llygaid. Fedrai hi ddim credu – roedd y blaidd bellach yn gelain. Daeth bloedd o gyfeiriad y ddinas. Sylwodd Siwan ar wallt fflamgoch Ceridwen drwy'r niwl. Dilynwyd hi gan gannoedd o ferched y Dynion Gwyllt, i gyd yn saethu at y gelyn, tra bod Cadno'n chwifio'i gleddyf yn yr awyr. Roedd ei mam yn llygad ei lle.

Cododd Siwan ar ei thraed. Er mor braf oedd ymddangosiad y Dynion Gwyllt, roedd mwy o frwydro i'w wneud. Rhedodd at Aneirin, Bleddyn a'r milwr cyfrin. Brwydrodd yn erbyn y pysgod-ddynion a'r bleiddiaid, wrth i adar ddisgyn o'r awyr. Gallai glywed crawc cyfarwydd Brân a sgrech fawreddog Rosa, ac roedd hynny'n gysur iddi. Daeth Tyrfech, Tegwen, Dyfan a Siencyn atyn nhw. Edrychai fel petai byddin Calrach yn cael eu gwthio'n ôl, diolch i'r Dynion Gwyllt. Camodd Ceridwen at y criw.

'Ceridwen! Mae'r diolch i ti'n enfawr!' meddai Siwan

'Dwi'n gwneud hyn er mwyn dyfodol y Dynion Gwyllt,' atebodd Ceridwen yn swta a chario ymlaen i redeg at fyddin Calrach.

Am eiliad, cafodd y criw gyfle i gael saib wrth i'r Dynion Gwyllt ymladd yn erbyn y creaduriaid.

'Falle bod gobaith wedi'r cwbl!' meddai Dyfan.

Daeth Bleddyn at Siwan gyda golwg ddifrifol yn ei lygaid. 'Sut mae'r cefn?'

'Fe wna i fyw!'

Gwenodd Siwan ar Bleddyn. Gwyddai ei bod hi'n ddiogel gyda'i gwarchodwr swyddogol. Gallai Siwan weld o lygaid Bleddyn ei fod o'n gwenu. Yna agorodd ei lygaid led y pen. Doedd o ddim yn gwenu rhagor. Wyddai Siwan ddim beth oedd yn digwydd i ddechrau, nes iddi weld gwaed yn llifo o'i fol. Disgynnodd Bleddyn i'w liniau. Safai pysgod-ddyn y tu ôl iddo. Tynnodd y cleddyf o gefn Bleddyn a griddfanodd y Bwystfil mewn poen.

'Na!' gwaeddodd Siwan.

Rhuthrodd Aneirin at y pysgod-ddyn a'i hyrddio i'r llawr. Brwydrodd y ddau am ychydig, cyn i Aneirin lwyddo i drywanu ei gleddyf drwy ei wddf. Rhedodd Siwan at Bleddyn. Roedd ei lygaid yn ceisio peidio cau. Gafaelodd Siwan yn ei gorff enfawr trwm.

'Na, Bleddyn! Na!'

Roedd ei bochau'n goch a'i llygaid wedi llenwi â dagrau. Ffwndrodd Siwan i geisio rhoi pwysau ar y clwyf, ond roedd y gwaed yn llifo dros ei dwylo.

'Mae'n iawn, Siwan!' meddai Bleddyn.

Oedodd y frenhines am eiliad. Roedd byddin Calrach wedi ymladd yn ôl, ond roedd y criw wedi gwneud cylch o amgylch y ddau ohonyn nhw i'w hamddiffyn.

'Wyt ti'n credu bod y straeon yn wir?' gofynnodd Bleddyn, ei lais yn gryg a thawel.

'Y straeon?'

'Ydyn ni'n mynd at y lleuad a'r sêr pan y'n ni'n marw?'

'Dwyt ti ddim am farw, alla i —'

'Siwan,' torrodd Bleddyn ar ei thraws, wedi derbyn ei dynged, ac yn chwilio am eiriau o gysur.

Estynnodd Siwan at ei helmed a'i dynnu'n araf bach. Mwythodd y creithiau ar ei wyneb. Sychodd y deigryn oedd ar fin dianc o'i lygaid. Pwyllodd. Gwyddai ei bod hi'n amser dweud ffarwél.

'Mae'r straeon yn wir. Fe weli di Nhad a Mam, a Tad-cu. Fyddi di ddim ar ben dy hunan!' meddai Siwan. 'Ac mi wela i di yno rhyw ben!'

'Dwi ddim moyn gweld ti yno am sbel eto!' atebodd Bleddyn.

Cafodd Siwan amser i ffarwelio wrth i'w ffrindiau gadw'r creaduriaid i ffwrdd. Gorffwysodd Brân ar ei hysgwydd am eiliad fach. Gafaelodd Siwan yn dynn yng nghorff Bleddyn. Un a fu mor driw iddi, rhywun oedd wedi edrych ar ei hôl hi, ei gwarchod hi. I Siwan, roedd colli Bleddyn fel colli tad, unwaith eto.

Enid

YNYS WEN

Llwyddodd Enid i ddatglymu ei hun o arfwisg y milwr. Cododd a cherdded at Pedr ar lawr. Wrth agosáu ato, gwelodd Enid y boen ar ei wyneb. Roedd ei esgyrn wedi chwalu. Llifai'r dagrau i lawr ei wyneb, ac am eiliad cofiai Enid ei brawd bach chwilfrydig yn hytrach na'r dewin ifanc maleisus. Trodd y boen yn gasineb wrth i Pedr sylwi ar ei chwaer. Ceisiodd ddweud rhywbeth ond roedd y boen yn ormod. Clywodd Enid gamau y tu ôl iddi. Trodd i weld Gwymon, a'i osgo euog ac esgusodol.

'Galli di ei helpu, gyda dy hud,' awgrymodd Gwymon.

'Dwi isio i hyn orffen, fedra i ddim ei helpu,' atebodd Enid gan edrych i lawr ar ei brawd, yn ceisio anwybyddu'r gwrthdaro yn ei meddwl.

'Wna i'n sicr nad oes neb yn ymosod arnot ti,' meddai Gwymon.

'Pam ddylwn i ymddiried ynddot ti?'

'Dwi isio i hyn orffen hefyd!'

'Chdi ddechreuodd hyn i gyd!' gwaeddodd Enid arno.

Safai Enid mewn pwll o law, gwaed a mwd. Goleuai top ffon Dyfrach y cymylau duon. Roedd y glaw yn tywallt fel rhaeadr erbyn hyn. Crynodd Enid yn yr oerfel a chamu'n agosach at Pedr, ei brawd. Gwelodd y ddwy ochr iddo yn glir, ond ni wyddai beth i'w wneud. Byddai Gwydion yn gwybod. Hiraethai amdano, am ei gyngor doeth a'i sylwadau pigog. Ond byddai'n rhaid iddi wneud ei dewisiadau ei hun y tro hwn.

'Ti'n gwybod beth i neud,' meddai llais dwfn o'i blaen.

Cododd Enid ei phen a gweld Calrach yn ei glogyn oedd bellach yn ddu. Ni wyddai Enid ai'r mwd ynteu rhyw fath o hud oedd o.

'Mae o'n dal yn frawd i mi,' atebodd Enid.

'Fel oedd Gwydion yn frawd i minnau!'

'Roedd Gwydion yn methu'ch lladd chi oherwydd ei fod o'n eich caru chi,' meddai Enid.

'Roedd o'n methu'n lladd i oherwydd ei fod o'n rhy wan!' harthiodd Calrach. 'Ond dwyt ti ddim.'

'Roedd Gwydion yn gryfach na fuoch chi erioed!'

Edmygodd Calrach ei dycnwch a gallai weld ei theimladau'n gwrthdaro. Crechwenodd y dewin. 'Efallai wnes i'r dewis anghywir!'

'Be dach chi'n feddwl?'

'Efallai nad Pedr oedd y dewis cywir,' meddai Calrach.

Edrychodd Enid ar ei brawd. Roedd o wedi llyncu pob gair gan Calrach. Teimlai bechod drosto. Gallai weld sut y byddai'n hawdd ei dwyllo. Doedd neb wedi cymryd fawr o sylw ohono ar hyd ei oes, tan iddo gyfarfod Calrach. Roedd y dewin wedi rhoi gobaith iddo, ond gwyddai Enid, a Pedr, mai gobaith ffug oedd o erioed. Gallai Enid weld y boen ar wyneb ei brawd. Roedd rhaid iddi wneud rhywbeth. Roedd rhaid iddi geisio'i achub. Gyda ffon Dyfrach yn ei llaw, trodd yn sydyn a gadael i'r hud dreiddio o'i chorff, drwy'r ffon, i ymosod ar Calrach. Teimlai'r milwyr a'r angenfilod y grym yn dod drostyn nhw fel ton. Disgynnodd rhai i'r llawr. Ond safai Calrach yno'n gadarn, heb symud dim, a'r grechwen wedi'i ysgythru ar ei wyneb.

'Falle nad ydw i angen yr un ohonoch chi, wedi'r cwbl!' chwarddodd Calrach cyn gwrthymosod.

Roedd hud a grym Calrach yn ormod i Enid. Taflwyd hi i'r llawr. Clywodd riddfan Pedr wrth ei hochr. Roedd ôl dagrau'n gadael ei lygaid. Cododd a rhedeg at y dewin, ond eto, llwyddodd pŵer Calrach i'w gwthio i'r llawr. Cododd Enid ar ei thraed yn benderfynol a chamu ymlaen i wynebu'r dewin dieflig unwaith eto. Anadlodd yn ddwfn. Safodd yn llonydd, yn disgwyl i Calrach ymosod y tro hwn. Pwyntiodd Calrach ei ffon ati. Gwthiwyd Enid yn ôl ychydig gamau, ond llwyddodd i aros ar ei thraed gan afael yn dynn yn y ffon a defnyddio pob gronyn o hud a deimlai yn ei chorff. Caeodd ei llygaid, a chanolbwyntio ar ddefnyddio'i hud i amddiffyn ei brawd, ei theulu, ei ffrindiau a'r Pedair Ynys gyfan. Clywodd eiriau Gwydion yn ei meddwl, unwaith eto, *ti ydy unig obaith y Pedair Ynys...*

Saethodd pelydr o olau o ffon Calrach, yr holl ffordd at y ffon yn llaw Enid. Ymddangosodd cromen o olau llachar fel un fflam enfawr yn amgylchynu'r ddau ddewin. Peidiodd y brwydro am eiliad wrth i bawb ryfeddu at yr olygfa. Diflannodd crechwen Calrach. Gallai Enid deimlo holl emosiynau'r dewin dieflig drwy'r hud oedd yn treiddio rhyngddyn nhw. Teimlai Enid rwystredigaeth Calrach, ei aniscrwydd a'r tristwch oedd mor glir ynddo.

Roedd Calrach wedi cael digon o'r sioe. Defnyddiodd ei holl rym i ymosod ar Enid. Teimlodd Enid ei hun yn cael ei llusgo tuag at y dewin, yn araf bach. Agorodd ei llygaid. Teimlai fel petai rhaff o amgylch ei chorff gyda Calrach wrth dennyn y rhaff yn ei thynnu. Ceisiodd Tyrfech redeg i'w helpu, ond defnyddiodd Calrach yr hud i'w lorio. Doedd dim byd allai unrhyw un ei wneud. Gwelodd Enid Gwymon ar gyrion y golau. Roedd dagrau'n llifo i lawr ei wyneb. Gallai Enid deimlo'i hun yn gwanhau wrth iddi gael ei llusgo at yr hen ddewin.

'Gwymon! Helpa fi!' ymbiliodd Enid arno.

Gostyngodd Gwymon ei ben. Roedd o'n methu edrych, y siom a'r euogrwydd yn bwyta'i feddwl. Roedd y brwydro wedi ailgychwyn. Clywodd Enid yr arfau'n taro a sgrechian ac udo'r angenfilod yn y pellter. Trodd i edrych ar Calrach. Roedd hi'n agosáu ato, a doedd dim allai hi ei wneud. Roedd y diwedd wedi cyrraedd. Caeodd ei llygaid. Gwthiwyd hi ar ei gliniau, o flaen y dewin.

'Edrycha arna i,' meddai Calrach.

Agorodd Enid ei llygaid ac edrych i'w lygaid tywyll. Uwch ei ben, roedd pob man yn dywyll. Roedd amser y dewiniaid wedi dod. Roedd amser Calrach wedi dod.

'Roeddet ti'n ffŵl i feddwl dy fod yn gallu 'nhrechu i! Cofia fi at Gwydion,' crechwenodd Calrach.

Cododd ei ffon, yn barod i ymosod. Yna, ymddangosodd cleddyf o galon y dewin. Daeth poer o waed o'i geg ac roedd ei lygaid tywyll yn enfawr. Gollyngodd Calrach y ffon a disgyn ar ei liniau. Safai Gwymon tu ôl iddo â chleddyf gwaedlyd yn ei law. Dal i lifo wnâi'r dagrau, ond roedd y rhyddhad ar ei wyneb yn amlwg. O'r diwedd, roedd Gwymon yn rhydd o grafangau ei feistr dieflig.

Gwenodd Enid arno. Disgynnodd Calrach i'r ochr a daeth sgrechian wrth i'r creaduriaid rhyfedd ddisgyn. Syrthiodd yr adar o'r awyr a glanio'n galed ar y llawr. Edrychodd y rheiny oedd yn weddill o fyddin y Pedair Ynys ar yr olygfa mewn penbleth. Trodd Enid yn ôl at Gwymon. Edrychai mewn poen. Gafaelodd yn ei frest a gallai Enid weld ei fod yn cael trafferth anadlu. Cododd ar ei thraed a chamu ato a'i ddal yn ei breichiau pan oedd o ar fin disgyn i'r mwd.

'Gwymon!? Be sy'n digwydd?'

'Alla i ddim byw heb ein creawdwr. Alla i ddim byw heb Calrach,' meddai Gwymon gyda straen amlwg ar ei lais.

'Ella fedra i helpu?' meddai Enid yn anobeithiol.

Ysgydwodd Gwymon ei ben. 'Does dim alli di ei wneud. Rydyn ni'n un efo Calrach!'

'Pam wnest ti'n helpu i?'

'Pan wnes i dy gyfarfod di, gwelais ochr arall i bobl. Ddim yr ochr dywyll roeddwn i wedi arfer â hi yn Ogof Tywyllwch, ond ochr hapus, llawn gobaith. Dwi wedi byw ar Ynys Trigo ers canrifoedd, mewn düwch. Dwi ddim isio byw mewn düwch ddim mwy,' meddai Gwymon a'i anadl yn arafu.

Yn sydyn, roedd hi'n rhy hwyr. Peidiodd calon Gwymon â churo. Edrychodd Enid ar Calrach. Roedd ei lygaid du'n edrych yn syth i'w llygaid hi, ond roedd ei galon yntau wedi peidio hefyd. Gwelodd Enid gorff Gwymon yn dechrau symud fel deilen yn y gwynt. Roedd golwg o fodlonrwydd ar ei wyneb, am y tro cyntaf erioed. Trodd cyrff creaduriaid Calrach yn llwch yn araf bach, a phan edrychodd Enid ar Gwymon eto, roedd wedi diflannu, a'i lwch yn disgyn fel tywod rhwng ei dwylo. Peidiodd y glaw a daeth arwydd bychan o oleuni drwy'r cymylau tywyll. Edrychodd milwyr byddin y Pedair Ynys o'u cwmpas, wedi drysu'n llwyr.

Rhuthrodd Enid at ei brawd. Roedd Pedr yn dal i orwedd ar ei gefn. Byddai'n rhaid iddi geisio'i wella gyda'i hud. Gafaelodd yn ffon Gwydion, oedd wrth ochr corff ei brawd, yn barod i'w defnyddio.

'Alli di ddefnyddio dy hud, Enid? Dydyn ni ddim angen Calrach i reoli'r Pedair Ynys!'

Oedodd Enid. Roedd y pŵer wedi cymryd ei feddwl. Gallai Enid weld Calrach yn wyneb ei brawd bach. Gallai deimlo'r casineb yn pelydru ohono. Roedd hi'n methu ei adael o'n rhydd. Roedd o'n rhy beryglus. Efallai mai ei garcharu fyddai orau. Ar yr eiliad honno, meddyliodd Enid am eiriau Gwydion yn Ogof Tywyllwch, *y camgymeriad oedd peidio dy ladd di'r holl flynyddoedd yn ôl*. Teimlodd Enid ei chalon yn torri wrth sylweddoli beth oedd rhaid iddi ei wneud.

'Mi allwn ni reoli'r Pedair Ynys efo'n gilydd, Enid! Chdi oedd yr unig un oedd yn fy neall i, sydd wedi poeni amdana i!'

'Mae popeth am fod yn iawn,' meddai Enid yn cysuro'i brawd am y tro olaf.

Pwysodd Enid ffon Gwydion yn erbyn calon Pedr a gadael i'r hud deithio o'i chorff, trwy'r ffon i'w galon. Fedrai hi ddim edrych ar Pedr wrth i'r bywyd sugno ohono. Teimlodd ei anadl olaf cyn i'w galon dawelu. Gafaelodd Enid yn dynn yng nghorff ei brawd. Llifodd holl emosiynau'r wythnosau diwethaf allan ohoni. Roedd goroeswyr y rhyfel wedi ymgynnull o amgylch Enid. Roedd y frwydr ar ben a'r Pedair Ynys yn ddiogel.

* * *

Annwyl Siwan,

Dwi'n ysgrifennu atat gyda chalon drom. Dyma'r llythyr olaf y byddaf yn ei ysgrifennu. Mae'r amser wedi cyrraedd.

Mae'n bythefnos bellach ers i mi gyrraedd adra. Fedra i ddim credu pa mor wahanol ydy Ynys Afarus – er gwell neu er gwaeth, does wybod eto. Ond dydy Porth Afarus ddim yn teimlo fel adra i mi bellach. Mae creithiau'r frwydr fawr yn dweud arna i. Teimlaf yn wan, fel petai rhywbeth mawr yn pwyso ar fy nghorff a fy meddwl. Mae popeth yn y palas yn fy atgoffa i o Pedr, ac mae'n amser imi adael.

Dwi'n gwybod y bydd Mam yn iawn. Mae'r holl flynyddoedd o gael ei cham-drin wedi bod yn anodd iddi, ond mae hi'n gryfach nag unrhyw un dwi'n nabod. Mae Mam angen cychwyn newydd, heb y gorffennol yn gwmni iddi. Bydd hi'n arglwyddes arbennig i Afarus ac yn ffrind ffyddlon a chydwybodol i Ynys Wen a'r ddwy ynys arall.

Gobeithiaf dy fod di'n ymdopi ar ôl y frwydr. Roedd yn ddrwg gen i am farwolaeth Bleddyn. Gwyddwn faint o feddwl ohonot ti oedd ganddo, a'i fod o, fel dy fam a dy dad, yn falch iawn ohonot ti. Bydd pethau'n cymryd amser i ddod yn ôl at ei gilydd, ond mae gobaith i'r Pedair Ynys rŵan efo ti wrth y llyw, a fydd Aneirin ddim yn bell os fyddi di angen cymorth neu gyngor.

Roeddwn isio ysgrifennu atat, i esbonio'n hun yn fwy na dim. Mae'n ddrwg gen i am yr holl boen dwi wedi achosi i ti a dy deulu. Dwi'n teimlo'n ofnadwy am bopeth. Ond yn fwy na hynny mae arna i ofn, ofn fy hun a'r hud sy'n treiddio drwy fy nghorff. Fel pob dewin, mae ochr dda a drwg yn perthyn i mi a dwi'n teimlo'r ochr ddrwg yn curo ar y drws bob hyn a hyn. Mae gormod o bŵer yn rhywbeth mor beryglus.

Weli di fyth mohona i eto er fy lles fy hun, ond yn bwysicach, er lles pawb arall. Ond paid â bod yn ddigalon wrth feddwl amdana i. Mae gen i gymaint o atgofion melys o'n hamser ni efo'n gilydd cyn y rhyfel. Roedd dy gwmni di'n gysur mawr i mi pan oedden ni'n blant bach diniwed. Fel dwi wedi dweud yn fy llythyr at Mam, paid â thrio chwilio amdana i, fyddi di'n methu dod o hyd i mi oni bai fy mod i isio i ti.

Diolch am bopeth ar hyd y blynyddoedd. Dwi'n falch

bod y Pedair Ynys yn ddiogel yn dy ddwylo medrus di.
   Llawer o gariad.
   Dy ffrind,
   Enid

EPILOG

YNYS WEN

Teimlodd Alys y gwres tanbaid ar ei chroen wrth iddi gamu ar gerrig y porthladd. Dyma'r tro cyntaf iddi fod ym Mhorth Wen ers y frwydr fawr, bron i bedair blynedd yn ôl. Llifai gymaint o emosiynau trwy'i chorff wrth weld y ddinas brysur, ac yn enwedig wrth weld Siwan yn disgwyl amdani â gwên ar ei hwyneb. Cofleidiodd y ddwy. Roedd y ddwy wedi dod yn ffrindiau mawr dros y pedair blynedd diwethaf, yn cyfnewid llythyrau'n gyson.

'Chi yw'r olaf i gyrraedd unweth 'to!' chwarddodd Siwan.

'Mae rhedeg ynys annibynnol yn waith caled!' atebodd Alys

'Dwi'n yr un cwch â chi, Alys,' gwenodd Siwan arni.

Ymlwybrodd y ddwy o'r porthladd at y castell gyda dim ond dau filwr yr un yn eu dilyn. Hedfanodd Brân yn hapus uwch eu pennau. Am y tro cyntaf ers blynyddoedd roedd heddwch yn teyrnasu ar draws y Pedair Ynys ac unrhyw densiwn rhwng yr ynysoedd yn hen hanes bellach. Gweithred gyntaf Siwan fel brenhines ar ôl y rhyfel oedd i gael gwared o'r frenhiniaeth ac i ddatgan bod ynysoedd y Pedair Ynys bob un yn annibynnol. Cafodd y weithred ei chymeradwyo gan bob ynys ac roedd hyd yn oed y Dynion Gwyllt yn gytûn!

Roedd bwrlwm y ddinas yn gyffrous, ond dyma oedd

yn arferol erbyn hyn, ac roedd Alys yn falch o hynny. Wrth gerdded i fyny'r stryd fawr, gallai glywed oglau cig a physgod ffres, a pherlysiau o bob cwr o'r Pedair Ynys a thu hwnt. Yn wir, roedd pethau wedi newid ers y frwydr fawr.

'Sut ma Olwen fach?' holodd Alys.

'Mae hi wedi tyfu ers i chi fod 'ma ddiwetha. Mae hi'n hyfryd, ond dwi'n edrych mlaen i gael ymlacio ychydig yn y wledd heno! Mae Aneirin wedi dod â chasgenni o gwrw draw o'r Angor!'

'Dwi angen rhywbeth ar ôl y daith arw! Pam ei bod hi wastad yn glawio ar Ynys Afarus tra bod yr haul o hyd yn disgleirio dros Ynys Wen?'

Chwarddodd y ddwy wrth gyrraedd Maes Bleddyn, wedi ei ailenwi ers y frwydr. Roedd cerflun enfawr o garreg yng nghanol y maes: helmed Bleddyn, yn coffáu'r Bwystfil a phob un arall a roddodd ei fywyd i amddiffyn y Pedair Ynys. Gallai Alys weld yr olwg hiraethus yn llygaid Siwan bob tro y byddai'n cerdded heibio'r cerflun. Roedd yr helmed go iawn yn cael ei chadw'n ddiogel yn y castell.

Cyrhaeddodd y ddwy y castell a chamu i mewn i'r Neuadd Fawreddog swnllyd, llawn bywyd. Safai criw yn sgwrsio yng nghanol y neuadd. Roedd gwên ar wynebau pawb. Gallai Alys weld bod cynrychiolaeth o bob ynys yn bresennol, yn ogystal â Tegwen a Siencyn o'r Tiriogaethau Rhydd. Roedd y Pedair Ynys a'r Tiriogaethau Rhydd yn gynghreiriaid erbyn hyn. Gwelodd Alys fod y bwrdd wedi ei osod a'r gynhadledd yn barod i ddechrau.

'Ydych chi'n barod i ddechrau?' gofynnodd Siwan dros y sgwrsio.

'Ydyn, i ni gael dechrau yfed cwrw Aneirin,' mwmiodd Siencyn dan ei wynt.

Daeth pawb i eistedd wrth y bwrdd.

'Yn bresennol mae Dyfan ap Macsen ac Aneirin Wyn II yn cynrychioli Ynys y Gwynt, Tyrfech ap Taran a Carwen ferch Lleuwen yn cynrychioli Ynys y Gogledd yn ogystal â Ceridwen o'r Dynion Gwyllt, Alys ferch Helen yn cynrychioli Ynys Afarus, y Frenhines Tegwen a Siencyn yn cynrychioli'r Tiriogaethau Rhydd a finnau, Siwan ferch Olwen, yn cynrychioli Ynys Wen,' cyhoeddodd Siwan.

Roedd dyn ifanc wrth ei hochr yn ysgrifennu yn Llyfr Cofnodion y Cynadleddau.

'Y mater cyntaf yw'r Tiriogaethau Rhydd,' parhaodd Siwan. 'Y Frenhines Tegwen?'

'Rydyn ni'n gofyn am fwy o filwyr. Mae gwrthryfel uchelwyr y Tiriogaethau Rhydd yn dechrau pylu, ond mae angen mwy o filwyr rhag ofn i bethau waethygu eto!'

Erbyn hyn roedd teithio rhwng y Pedair Ynys a'r Tiriogaethau Rhydd yn gyfreithlon, ond doedd uchelwyr y wlad ddim yn hapus. Roedd pob caethwas wedi ei ryddhau ac roedd criw o uchelwyr wedi ceisio disodli'r frenhines, ond gyda chymorth y Pedair Ynys roedd y Frenhines Tegwen a thrigolion y Tiriogaethau Rhydd yn ddiogel.

Anaml iawn y byddai Alys yn gallu canolbwyntio drwy gydol y cyfarfodydd hyn. Roedd ei sylw'n llithro i mewn ac allan o'r trafodaethau. Ond deallai mai'r brif neges o'r Pedair Ynys oedd bod y berthynas rhwng yr ynysoedd yn gwella, bod nifer y tlodion yn gostwng, a'r Dynion Gwyllt yn hapus o gael rhyddid i weithredu fel llwyth annibynnol. Fyddai pethau byth yn berffaith, ond gallai Alys weld y tân oedd yn cynnau y tu mewn i Siwan. Edrychai mor angerddol wrth drafod. Roedd pob mater yr un mor bwysig â'i gilydd, ac efallai nad oedd hi'n frenhines rhagor, ond roedd hi'n arweinydd arbennig.

Ar ôl y gynhadledd a chyn y wledd, aeth Alys am dro i Gaeau Gwynfryn, ar ddiwrnod mor wahanol i'r frwydr fawr. Doedd dim cwmwl yn yr awyr ac roedd yr haul yn dechrau machlud dros Borth Wen. Safodd Alys yng nghanol y caeau gan feddwl am ei phlant, Enid a Pedr. Teimlai y dylai fod wedi gwneud yn well gyda Pedr; roedd hi wedi methu fel mam. Ond teimlai falchder am Enid. Er nad oedd ganddi syniad ble'r oedd hi, gwyddai pa mor anodd oedd y penderfyniad i adael, i aberthu'i hapusrwydd a'i dyfodol ei hun er mwyn diogelu'r Pedair Ynys.

Ni wyddai Alys o ble, na gan bwy etifeddodd ei phlant yr hud. Tybed oedd yr hud yn perthyn iddi hi? Doedd hi ddim eisiau gwybod, yn enwedig ar ôl gweld a theimlo canlyniadau'r fath bŵer. Teimlai hynny i gyd fel oes wahanol erbyn hyn, ac wrth iddi ymlwybro yn ôl tuag at y castell ymddangosodd un seren fach ddisglair yn yr awyr. Roedd Pedr, o'r diwedd, mewn heddwch.

Roedd y wledd yn achlysur llawen. Teimlai Alys gymysgedd o hapusrwydd a hiraeth wrth weld pawb gyda'u teuluoedd. Eisteddai Siwan gyda'i merch Olwen a'i phartner Llywelyn, milwr oedd wedi ymladd dros y Pedair Ynys ar Gaeau Gwynfryn. Chwarddai Tyrfech, Carwen a Ceridwen wrth wrando ar Aneirin yn adrodd ei straeon, tra bod Siencyn, Tegwen a Dyfan yn blasu'r cwrw o dafarn Yr Angor.

Roedd Alys wedi trefnu i ddychwelyd adre yn y bore. Doedd hi ddim eisiau aros ar yr ynys yn rhy hir. Roedd gormod o atgofion trist ar Ynys Wen. Ond o leia doedd hi ddim yn gaeth i neb, ac roedd hi'n gallu llywio'i thynged ei hun. Roedd hi am fwynhau'r wledd heno gan wybod bod llong yn disgwyl i'w hwylio yn ôl yn y bore, yn ôl i Afarus.

★ ★ ★

YNYS AFARUS

Wrth i bawb fwynhau eu rhyddid ar Ynys Wen, roedd hi'n noson glir a thawel draw yn y Goedwig Hud. Yn wir, gellid tybio fod y goedwig yn cael cyntun, gan chwyrnu'n ysgafn bob hyn a hyn. Daeth Enid allan o'r caban i gadw cwmni i'r sêr, a holl greaduriaid y goedwig. Chwythodd ar y cawl poeth oedd yn y bowlen fach yn ei dwylo ac eisteddodd ar hen foncyff a ddefnyddiai fel sedd.

Teimlodd bwl bach o unigrwydd. Roedd hi ar dân eisiau dychwelyd i fywyd cyffredin, ond gwyddai nad oedd hynny'n ddoeth. Erbyn hyn, roedd Enid wedi llwyddo i reoli'r demtasiwn i ddefnyddio'i hud byth a beunydd, ond byddai dychwelyd i Borth Afarus yn sbarduno'r demtasiwn i'w ddefnyddio. Dyma oedd ei lle, yn heddwch y Goedwig Hud. Roedd Enid wedi aberthu cymaint er mwyn diogelu'r Pedair Ynys, ond doedd hi ddim yn bell ac roedd hynny'n gysur iddi hi, rhag ofn y byddai'r tywyllwch yn dychwelyd ac y byddai angen iddi ailafael yn ei phwerau hud. Hiraethai am gwmni Gwydion ar nosweithiau fel hyn. Roedd hi'n deall nawr pam iddo gadw ei bellter. Cymerodd Enid lymaid o'r cawl blasus, cyn troi ei golygon ac edrych i fyny fry, ar y sêr.